R.A. Salvatore est l'un des auteurs de Fantasy qui connaît le plus grand succès. Ses fans sont fidèles et toujours plus nombreux. Ses romans apparaissent régulièrement dans la liste des best-sellers du *New York Times* et se sont vendus à dix millions d'exemplaires.

C'est en 1988 qu'est né sous la plume de Salvatore un héros qui allait tout de suite devenir extrêmement populaire : Drizzt Do'Urden, plus connu sous le nom de « l'elfe noir ».

Du même auteur, chez Milady en grand format :

La Légende de Drizzt :
1. *Terre natale*
2. *Terre d'exil*
3. *Terre promise*
4. *L'Éclat de cristal*
5. *Les Torrents d'argent*
6. *Le Joyau du halfelin*

Mercenaires :
1. *Serviteur du cristal*
2. *La Promesse du Roi-Sorcier*
3. *La Route du patriarche*

Transitions :
1. *Le Roi orque*
2. *Le Roi pirate*

Demon Wars :
1. *L'Éveil du démon*
2. *L'Esprit du démon*

www.milady.fr

LES ROYAUMES OUBLIÉS

LA LÉGENDE DE DRIZZT

LIVRE III

TERRE PROMISE

R.A. SALVATORE

Traduit de l'anglais (États-Unis) par Fanélie Cointot

Milady est un label des éditions Bragelonne

Licensed By:

Originally published in the USA by Wizards of the Coast LLC.
Originellement publié aux États-Unis par Wizards of the Coast LLC.

Titre original : *Sojourn – The Legend of Drizzt, book 3*

Illustration de couverture :
Todd Lockwood
Carte :
Todd Gamble © 2004 Wizards of the Coast LLC.

ISBN : 978-2-8112-0192-0

Bragelonne – Milady
35, rue de la Bienfaisance - 75008 Paris

E-mail : info@milady.fr
Site Internet : http://www.milady.fr

Il est temps pour moi d'exprimer ma reconnaissance envers les deux personnes qui ont cru en moi, et dont l'influence créatrice m'a aidé à concrétiser la légende de Drizzt. Je dédicace *Terre Promise* à Mary Kirchoff et J. Eric Severson, mes éditeurs et amis, avec tous mes remerciements.

Prélude

L'elfe noir s'assit sur le flanc désolé de la montagne, regardant anxieusement le liseré rouge qui s'épaississait au-dessus de l'horizon oriental. C'était peut-être la centième aube de sa vie, et il connaissait bien la brûlure que cette lumière cuisante allait infliger à ses yeux couleur lavande – des yeux qui n'avaient connu que l'obscurité de l'Outreterre pendant plus de quarante ans.

Pourtant, le drow ne les détourna pas quand les premiers rayons du soleil franchirent l'horizon. Il acceptait la lumière comme son propre purgatoire, une douleur nécessaire pour suivre le chemin qu'il s'était choisi, pour devenir une créature du monde de la surface.

Une fumée grise apparut devant son visage sombre. Il savait ce que cela signifiait sans avoir besoin de baisser les yeux. Son *piwafwi*, sa cape magique de fabrication drow, qui l'avait tant de fois protégé des yeux perçants de ses ennemis en Outreterre, avait fini par succomber à la lumière. La magie de la cape avait commencé à s'amenuiser dix jours auparavant, et le tissu lui-même était en train de se désagréger. De larges trous apparaissaient tandis que des pans entiers de la cape se dissolvaient, et le drow la serra étroitement contre lui pour en sauver ce qu'il pouvait.

Cela ne ferait aucune différence, il le savait bien ; la cape était destinée à disparaître dans ce monde si différent de celui dans lequel elle avait été créée. Le drow s'y accrochait désespérément, y voyant d'une certaine façon une analogie avec son propre destin.

Le soleil continua à s'élever dans le ciel et le drow plissa les yeux ; des larmes en coulèrent. Il ne pouvait plus voir la fumée, désormais ; il ne voyait plus rien à part la lueur aveuglante de cette terrible boule de feu. Il s'assit, immobile, et regarda l'aube poindre du début à la fin.

Pour survivre, il devait s'adapter.

Il pressa douloureusement son orteil contre une pointe du roc et il détourna son attention de ses yeux, de ce vertige qui menaçait de l'envahir. Il pensa à ses bottes tressées dont la finesse était devenue critique et il sut qu'elles aussi allaient bientôt disparaître dans le néant.

Puis peut-être serait-ce le tour de ses cimeterres ? Est-ce que ces armes magnifiques, typiques des drows, qui l'avaient soutenu à travers tant d'épreuves, allaient disparaître ? Quel destin attendait Guenhwyvar, sa compagne, la panthère magique ? Inconsciemment, le drow passa la main dans sa poche pour sentir la merveilleuse figurine, si parfaite jusqu'au plus petit détail, qu'il utilisait pour invoquer le fauve. Sa solidité le rassura dans ce moment de doute, mais elle aussi avait été ensorcelée par les elfes noirs, qui y avaient insufflé la magie si particulière imprégnant leurs terres ; Guenhwyvar était-elle aussi sur le point de disparaître ?

— Quelle créature pitoyable je vais devenir ! se lamenta le drow dans sa langue natale.

Il s'interrogea, ni pour la première fois, ni pour la dernière, sur la sagesse de sa décision de quitter l'Outreterre, d'abandonner le monde de sa maléfique engeance.

Le sang battait à ses tempes ; de la sueur coulait dans ses yeux, avivant la brûlure du soleil. Celui-ci poursuivait son ascension et le drow ne pouvait plus le supporter. Il se leva et se retourna vers la petite grotte qu'il s'était choisie comme demeure, avant de reposer négligemment la main sur la figurine de la panthère.

Son *piwafwi* tombait en lambeaux autour de lui, maigre

protection contre la morsure glaciale du vent des montagnes. Il n'y avait pas de vent en Outreterre, si ce n'étaient de légères émanations gazeuses qui s'élevaient à la surface des étendues de magma, et rien d'aussi froid, excepté le toucher glacial d'un monstre mort-vivant. Le monde de la surface, que le drow connaissait maintenant depuis plusieurs mois, lui avait présenté plusieurs visages très différents, des plus variables – trop variables, pensait-il souvent.

Drizzt Do'Urden ne se rendrait pas. L'Outreterre était le monde de sa race, de sa famille, et dans cette noirceur il ne trouverait pas la paix. Pour rester en accord avec ses principes, il s'était élevé contre Lolth, la Reine Araignée, la divinité diabolique que son peuple vénérait plus que la vie elle-même. Les elfes noirs, y compris les membres de sa propre famille, ne lui pardonneraient jamais son blasphème, et l'Outreterre n'avait pas de gouffres assez profonds pour se terrer hors de leur atteinte.

Même si Drizzt pensait que le soleil allait le consumer, comme il avait consumé ses bottes et son précieux *piwafwi*, même s'il ne devenait rien d'autre qu'une fumée grise et sans substance se dissipant dans la froide brise montagnarde, il conserverait ses principes et sa dignité, ces éléments qui donnaient un sens à sa vie.

Drizzt enleva les restes de sa cape et les jeta dans un gouffre profond. Le vent glacé mordait son front perlé de sueur, mais le drow marchait droit et fier, la mâchoire ferme et ses yeux couleur lavande grands ouverts.

C'était le destin qu'il s'était choisi.

Non loin, au flanc d'une autre montagne, une autre créature contemplait le soleil levant. Ulgulu, tout comme Drizzt, avait laissé derrière lui son monde natal, les rifts fumeux et méphitiques qui caractérisaient le plan de Géhenne, mais le monstre n'était pas venu de son plein gré. C'était le destin d'Ulgulu, sa pénitence, que de grandir dans cet autre monde jusqu'à ce qu'il gagne suffisamment en puissance pour retourner chez lui.

Le seul but d'Ulgulu était le meurtre, il se nourrissait de la force de vie des faibles mortels qui l'entouraient. Il était maintenant sur le point d'atteindre sa maturité : immense, fort et terrible.

Chaque tuerie augmentait sa puissance.

Première partie

Le lever du soleil

Il a brûlé mes yeux et tourmenté chaque partie de mon corps. Il a détruit mon *piwafwi* et mes bottes, volé la magie de mon armure, et il a affaibli mes fidèles cimeterres. Pourtant, tous les jours, sans faillir, j'étais là, assis sur mon perchoir, mon siège du Jugement dernier, pour attendre son arrivée, pour attendre le lever du soleil.

Il venait à moi tous les jours, toujours paradoxal. Sa brûlure ne pouvait être niée, mais je ne pouvais pas non plus nier la beauté du spectacle. Les couleurs qui précédaient l'arrivée imminente du soleil touchaient mon âme d'une façon inédite, un sentiment qui n'avait jamais été suscité par les émanations de chaleur de l'Outreterre. Au début, j'ai pensé que ma fascination était due à l'étrangeté de la scène, mais même maintenant, de nombreuses années plus tard, je sens mon cœur se serrer devant l'éclairage subtil qui annonce l'aube.

Je sais maintenant que le temps que j'ai passé au soleil – ma pénitence journalière – était plus qu'un simple désir d'adaptation aux usages du monde de la surface. Le soleil était devenu le symbole de la différence entre l'Outreterre et ma nouvelle terre d'accueil. La société dont je m'étais enfui, un monde de manœuvres secrètes, de conspirations et de traîtrises, ne pouvait pas exister sous la lumière du soleil, dans ces espaces ouverts.

Ce soleil, par la douleur physique qu'il m'infligeait, avait fini par représenter mon déni de cet autre monde plus sombre.

Ces rayons de lumière révélateurs renforçaient mes principes aussi sûrement qu'ils affaiblissaient les objets magiques fabriqués par les drows.

Sous la lumière du soleil, mon *piwafwi*, la cape-bouclier qui se jouait de la vue la plus perçante, l'uniforme des voleurs et des assassins, était devenu un simple haillon en lambeaux, sans valeur.

Drizzt Do'Urden

1

Des leçons poignantes

Drizzt rampa au-delà du rideau d'arbustes, au-dessus de la pierre plate et nue menant à la grotte qui lui tenait pour l'instant lieu de demeure. Il savait que quelque chose était passé par là récemment – très récemment. Il n'y avait aucune trace visible, mais une forte odeur.

Guenhwyvar tournait en rond sur les rochers qui surplombaient la grotte, à flanc de colline. Le fait de contempler sa panthère était pour le drow d'un réconfort certain. Drizzt en était venu à accorder une confiance aveugle à Guenhwyvar et il savait que le fauve débusquerait tout ennemi tapi en embuscade. Drizzt disparut dans l'ouverture sombre et sourit en entendant la panthère descendre à sa suite, pour veiller sur lui.

Drizzt s'arrêta, derrière une pierre, dans l'entrée de la grotte, laissant à ses yeux le temps de s'habituer à la pénombre. Le soleil brillait encore avec vigueur, même s'il déclinait rapidement vers l'ouest, mais la grotte était bien plus sombre – suffisamment sombre pour que Drizzt laisse ses yeux passer en vision infrarouge. Une fois la mise au point effectuée, Drizzt localisa l'intrus. Derrière un rocher, au fond de la pièce unique de la grotte, émanait une lueur claire, la source de chaleur d'une créature vivante. Drizzt se détendit considérablement. Guenhwyvar n'était plus qu'à quelques pas derrière lui, maintenant, et à en juger par la taille du rocher qui le dissimulait, l'intrus ne pouvait pas être une bien grosse bête.

Cependant, Drizzt avait été élevé en Outreterre, où toutes les créatures vivantes, quelle que soit leur taille, étaient respectées et considérées comme potentiellement dangereuses. Il fit signe à Guenhwyvar de rester en position près de la sortie et rampa autour du rocher pour avoir un meilleur angle de vue sur l'intrus.

Drizzt n'avait jamais vu un tel animal. Il ressemblait presque à un chat, mais sa tête était beaucoup plus petite et son museau, plus fin. Le tout ne devait pas peser plus de quelques livres, ce qui laissait supposer, tout comme la queue touffue de la créature et sa fourrure épaisse, qu'il s'agissait plus probablement d'un fouineur que d'un prédateur. Le petit animal fouillait maintenant dans un sac de nourriture, n'ayant apparemment pas remarqué la présence du drow.

— Reste calme, Guenhwyvar, lui souffla doucement Drizzt, en glissant ses cimeterres dans leurs fourreaux. Il avança d'un pas vers l'intrus pour mieux le voir, tout en gardant une distance prudente pour éviter de le surprendre. Il se dit que si seulement il pouvait gagner la confiance du petit animal, il aurait peut-être un autre compagnon. Celui-ci fit volte-face en entendant Drizzt approcher.

Il agita ses courtes pattes avant avec affolement puis recula jusqu'au mur.

— Reste calme, dit doucement Drizzt à l'intrus. Je ne vais pas te faire de mal.

Drizzt fit un autre pas ; la créature se mit à siffler et pivota sur elle-même, ses petites pattes postérieures martelant le sol.

Drizzt faillit rire tout haut, pensant que la créature tentait de se frayer un chemin à travers la paroi du fond de la grotte. Soudain, Guenhwyvar bondit, et devant la détresse évidente de la panthère, l'hilarité du drow s'évanouit.

Le petit animal releva la queue ; Drizzt remarqua dans la faible lumière les rayures caractéristiques sur son dos. Guenhwyvar gémit et se détourna pour s'enfuir, mais il était trop tard…

À peu près une heure plus tard, Drizzt et Guenhwyvar parcouraient les sentiers au pied de la montagne à la recherche d'un nouveau domicile. Ils avaient sauvé ce qu'ils pouvaient, même si ce n'était pas grand-chose. Guenhwyvar cheminait aux côtés de Drizzt, mais à bonne distance. Leur proximité ne faisait qu'empirer la puanteur.

Drizzt en prenait son parti, bien que la pestilence de son propre corps rende la leçon un brin plus efficace qu'il l'aurait souhaité. Il ne connaissait bien évidemment pas le nom du petit animal, mais il se souviendrait de son apparence. Il serait plus prudent la prochaine fois qu'il rencontrerait une mouffette.

— Et qu'en est-il de mes autres compagnons, dans ce monde étrange ? murmura le drow pour lui-même.

Ce n'était pas la première fois qu'il exprimait à voix haute de telles préoccupations. Il ne connaissait pas grand-chose du monde de la surface, et encore moins des créatures qui y vivaient. Il avait passé des mois entiers à l'intérieur ou à proximité de sa grotte, ses incursions vers les régions plus basses et plus peuplées restant occasionnelles. Là, durant ses explorations, il avait observé des animaux, généralement à bonne distance, et même des humains. Toutefois, il n'avait pas encore trouvé le courage de sortir de sa cachette pour saluer ses voisins, craignant d'être rejeté et sachant qu'il n'avait nulle part où s'enfuir.

Le bruissement d'un cours d'eau mena le drow et la panthère à l'odeur nauséabonde jusqu'à un ruisseau au courant rapide. Drizzt trouva immédiatement une ombre protectrice et commença à retirer son armure et ses habits, tandis que Guenhwyvar se déplaçait en aval pour attaquer la pêche. Le bruit de la panthère furetant dans l'eau amena un sourire sur les traits sévères du drow. Ils mangeraient bien ce soir.

Avec précaution, Drizzt défit la boucle de son ceinturon et posa ses armes ensorcelées devant sa cotte de mailles. En vérité, il se sentait vulnérable sans son armure et sans ses armes – il ne les aurait jamais laissées aussi loin de sa portée en Outreterre –, mais plusieurs mois s'étaient écoulés depuis la dernière fois que Drizzt en avait eu besoin. Il regarda ses cimeterres et fut envahi par les souvenirs doux-amers de la dernière fois qu'il s'en était servi.

Il s'était battu contre Zaknafein, son père, son mentor et son ami le plus cher. Seul Drizzt avait survécu à l'affrontement. Le légendaire maître d'armes n'était plus désormais, mais la victoire dans cette bataille lui revenait tout autant qu'à Drizzt, car ce n'était pas vraiment Zaknafein qui avait poursuivi son fils jusqu'aux passerelles qui surplombaient le lac d'acide de cette caverne. C'était plutôt l'âme-en-peine de Zaknafein, sous le contrôle de la maléfique mère de Drizzt, Matrone Malice. Elle avait cherché à se venger de son fils, de ses accusations envers Lolth et envers la société chaotique des drows en général. Drizzt avait passé plus de trente ans à Menzoberranzan, mais il n'avait jamais accepté les coutumes malveillantes et cruelles en vigueur dans la ville drow. Il avait été une source permanente d'embarras pour la Maison Do'Urden, malgré son incontestable talent pour le maniement des armes. Quand il s'était enfui de la ville pour vivre une vie d'exil dans les contrées sauvages de l'Outreterre, il avait fait perdre à sa haute prêtresse de mère les faveurs de Lolth.

Alors, Matrone Malice Do'Urden avait invoqué l'esprit de Zaknafein, le maître d'armes qu'elle avait sacrifié à Lolth, et elle avait envoyé le mort-vivant à la poursuite de son fils. Pourtant, Malice n'avait pas prévu que l'âme de Zak serait encore assez forte pour refréner son corps durant l'attaque contre Drizzt. À la seconde où Zak avait réussi à s'arracher au contrôle de la Matrone, il avait poussé un cri de triomphe et s'était jeté dans le lac d'acide.

— Mon père, murmura Drizzt, puisant de la force dans ces simples mots.

Il avait réussi là où Zaknafein avait échoué ; il avait laissé derrière lui les coutumes maléfiques des drows alors que Zaknafein en avait été prisonnier pendant des siècles : un simple pion dans les jeux de pouvoir de Matrone Malice. C'était dans la défaillance et dans l'ultime sacrifice de Zaknafein que le jeune Drizzt avait trouvé sa force ; c'était dans la victoire de son père sur lui-même dans la caverne aux acides que Drizzt avait trouvé sa détermination. Il avait méprisé le tissu de mensonges que ses anciens professeurs de l'Académie de Menzoberranzan avaient tenté de tisser sous ses yeux, et il était monté à la surface pour commencer une nouvelle vie.

Drizzt frissonna quand il fit son premier pas dans le ruisseau glacé. En Outreterre, il n'avait connu que des températures constantes et une obscurité permanente. Mais à la surface, le monde le surprenait à chaque instant. Déjà, il avait remarqué que les jours et les nuits n'étaient pas de durée constante : le soleil se levait de plus en plus tôt et les températures – changeant d'heure en heure à ce qu'il semblait – chutaient régulièrement depuis une dizaine de jours. Mais au sein même de ces périodes de lumière et d'obscurité, il y avait des incohérences. Certaines nuits recevaient la visite d'une sphère à la lueur argentée, et certains jours, un voile gris remplaçait le dôme bleu et brillant du ciel.

En dépit de tout cela, Drizzt était le plus souvent satisfait de sa décision de venir vivre dans ce monde inconnu. En contemplant ses armes et son armure, posées dans l'ombre à près de quatre mètres de l'endroit où il se baignait, Drizzt dut reconnaître que le monde de la surface, si étrange qu'il puisse être, avait plus de paix à offrir que n'importe quel recoin de l'Outreterre.

Drizzt restait tout de même sur le qui-vive, malgré son calme. Il avait passé quatre mois à la surface, toujours solitaire, sauf quand il était capable d'invoquer son compagnon félin magique. Désormais entièrement dévêtu à l'exception de son pantalon en lambeaux, les yeux piquant encore à cause de la puanteur dégagée par la mouffette, son odorat rendu inactif par les relents âcres qu'il exhalait et son ouïe surdéveloppée atténuée par le vacarme de l'eau, le drow se sentait en effet vulnérable.

— Je dois vraiment être dans un sale état, songea Drizzt, passant rudement ses doigts minces à travers la masse emmêlée de ses épais cheveux blancs.

Mais quand il jeta un autre coup d'œil vers son équipement, cette pensée s'évanouit en un éclair. Cinq silhouettes grossières se tenaient au-dessus de ses affaires, se souciant assurément assez peu de l'apparence loqueteuse de l'elfe noir.

Drizzt observa la peau grisâtre et les museaux noirs de ces humanoïdes à tête de chiens qui dépassaient les deux mètres, mais son attention était surtout fixée sur les lances et les épées qu'ils pointaient maintenant vers lui. Il connaissait ce type de monstre : il avait déjà vu des créatures similaires parmi les esclaves de Menzoberranzan. Dans la situation présente, cependant, les gnolls lui semblaient différents, bien plus inquiétants que dans son souvenir.

Il pensa un bref instant à se ruer sur ses cimeterres mais abandonna cette idée, sachant qu'une lance le transpercerait avant même qu'il s'en soit approché. Le plus grand des membres de la bande de gnolls, un géant qui devait bien faire deux mètres cinquante avec des cheveux d'un roux flamboyant, observa Drizzt pendant un long moment ; puis il jeta un coup d'œil à l'équipement du drow, avant de reporter son regard sur lui.

— Qu'es-tu en train de penser ? murmura Drizzt dans un souffle.

Il en savait vraiment très peu sur les gnolls. À l'Académie de Menzoberranzan, on lui avait appris qu'ils appartenaient à une race apparentée aux gobelins, malfaisante, imprévisible et plutôt dangereuse. Cela dit, on lui avait appris la même chose à propos des elfes de la surface et des humains, ainsi que, il en prenait conscience à l'instant, de presque toutes les races à l'exception des drows. Drizzt faillit éclater de rire malgré sa situation délicate. Ironiquement, la race qui méritait le plus cette réputation d'imprévisibilité maléfique était justement celle des drows !

Les gnolls restèrent immobiles sans lui dire un mot. Drizzt comprenait leur hésitation à la vue d'un elfe noir. Et il savait qu'il devait profiter de cette peur instinctive s'il voulait avoir la moindre chance de s'en sortir. Mobilisant les capacités innées de son héritage magique, Drizzt agita sa main noire et cerna les cinq gnolls d'inoffensives flammes aux lueurs violettes.

Une des bêtes se plaqua immédiatement au sol comme l'espérait l'elfe, mais les autres se figèrent quand leur chef, plus expérimenté, leur fit un geste de la main. Ils regardaient autour d'eux avec nervosité, ayant l'air de se demander s'il était sage de prolonger cette entrevue. Leur chef, en revanche, avait déjà eu affaire à des feux féeriques bénins auparavant, lors d'une bataille avec un infortuné rôdeur – maintenant décédé – et il savait ce qu'il en était.

Drizzt contracta ses muscles dans l'expectative en tentant de déterminer son prochain mouvement.

Le chef des gnolls reporta son attention sur ses compagnons, comme s'il essayait d'évaluer la façon dont ils étaient entourés par les flammes dansantes. À en juger par la qualité du sort, ce n'était pas un quelconque paysan drow debout devant lui dans ce ruisseau – du moins, c'était ce que Drizzt espérait qu'il pense.

L'elfe noir se détendit un peu quand le chef baissa sa lance et fit signe aux autres de l'imiter. Le gnoll aboya ensuite une suite de mots incompréhensibles, un véritable charabia pour le drow. Devant la confusion visible de Drizzt, le gnoll commença à s'exprimer dans la langue gutturale des gobelins.

L'elfe comprenait ce langage, mais le dialecte du gnoll était si étrange qu'il ne parvint à déchiffrer que quelques mots, parmi lesquels « ami » et « chef ».

Prudemment, Drizzt avança d'un pas vers la bande. Les gnolls s'écartèrent, lui ouvrant un chemin vers ses affaires. Drizzt fit un autre pas hésitant, puis se sentit plus à l'aise quand il remarqua une sombre forme noire tapie dans les buissons à une courte distance. Sur son ordre, Guenhwyvar s'abattrait sur la bande de gnolls d'un seul bond.

— Toi et moi marcher ensemble ? demanda Drizzt au meneur des gnolls, utilisant la langue des gobelins et en essayant d'imiter le dialecte des créatures.

Le gnoll répondit dans un beuglement rapide, et la seule chose que Drizzt crut comprendre fut le dernier mot de la question :

— … Allié ?

L'elfe hocha la tête lentement, espérant avoir bien saisi les intentions de la créature.

— Allié ! grogna le gnoll d'une voix rauque, et tous ses compagnons se mirent à sourire et à rire de soulagement en se donnant des tapes dans le dos.

Drizzt en profita pour rejoindre ses affaires et sangla immédiatement ses cimeterres. Voyant que les gnolls étaient distraits, il jeta un coup d'œil à Guenhwyvar et lui désigna de la tête le haut surplomb plus loin sur le sentier. Rapide et silencieuse, la panthère changea de position. Drizzt pensait qu'il était inutile de révéler tous ses secrets, pas avant de connaître les intentions véritables de ses nouveaux compagnons.

Drizzt suivit les gnolls sur les sentiers sinueux le long des cols les plus bas de la montagne. Les gnolls restaient à distance du drow, ce qui pouvait être pris pour une marque de respect accordée à sa personne et à la réputation de son engeance, ou qui pouvait être dû à une tout autre raison, dont Drizzt n'avait pas connaissance. Il estima plus probable qu'ils gardaient leurs distances simplement à cause de son odeur, à peine atténuée par le bain.

Le chef des gnolls lui adressait régulièrement la parole, ponctuant ses propos agités de clins d'œil narquois ou de vifs frottements de ses mains épaisses et grasses. Drizzt n'avait aucune idée de ce dont le gnoll pouvait bien parler, mais il présumait aux claquements de lèvres enthousiastes de la créature que celle-ci le menait vers une sorte de festin.

Drizzt devina bientôt la destination de leur groupe, car, depuis les sommets plus élevés de la montagne, il avait souvent observé les lumières d'une petite communauté humaine de fermiers qui vivait dans la vallée. Drizzt ne pouvait que faire des conjectures sur les relations entre les gnolls et les fermiers, mais il pressentait qu'elles n'avaient rien d'amical. À l'approche du village, les gnolls se mirent en position d'attaque et commencèrent à se mouvoir furtivement, se cachant derrière les buissons et restant dans l'ombre autant que possible. Le jour était presque tombé quand la petite troupe, contournant le centre du village, se dirigea vers une petite ferme isolée, un peu plus bas vers l'ouest.

Articulant lentement chacun de ses mots pour que le drow le comprenne bien, le chef des gnolls murmura à Drizzt :

— Une famille… Trois hommes, deux femmes…

— Une jeune femme, ajouta un autre gnoll avec avidité.

Le chef des gnolls émit un grognement féroce.

— Et trois jeunes mâles, conclut-il.

Drizzt pensait connaître désormais le but de l'expédition, et l'expression surprise et dubitative qui apparut alors sur son visage incita le gnoll à le lui confirmer de façon explicite.

— Ennemis, déclara le meneur.

Pour Drizzt, qui ne connaissait à peu près rien des deux races, c'était un vrai dilemme. Les gnolls étaient malfaisants – cela au moins était clair – et ils avaient l'intention de faire une descente sur la ferme dès la nuit tombée. Drizzt n'avait aucune intention de se joindre à eux dans cette bataille tant qu'il n'aurait pas plus d'informations quant à la nature de leur conflit.

— Ennemis ? demanda-t-il.

Le meneur des gnolls fronça les sourcils, apparemment consterné. Il débita un flot de charabia au milieu duquel Drizzt crut comprendre « Humain… Chétif… Esclave… ». Tous les gnolls sentirent le soudain malaise de l'elfe, et ils commencèrent à tripoter leurs armes en échangeant des regards nerveux.

— Trois hommes, dit Drizzt.

Le gnoll piqua sauvagement le sol de sa lance.

— Tuer plus vieux ! Attraper deux autres !

— Femmes ?

Le sourire mauvais qui s'élargit sur le visage du gnoll répondit à la question sans l'ombre d'une ambiguïté, et Drizzt commença à comprendre dans quel camp il se trouvait.

— Et les enfants ? dit-il en regardant le gnoll droit dans les yeux, détachant chaque mot.

Il ne pouvait y avoir de malentendu. Sa dernière question était décisive, car si Drizzt pouvait accepter la sauvagerie face à des ennemis mortels, il ne pourrait jamais oublier le jour où il avait lui-même participé à l'un de ces raids. Il avait sauvé une petite elfe à cette occasion, cachant l'enfant sous le corps de sa mère pour lui permettre d'échapper au courroux de ses congénères. De toutes les horreurs auxquelles Drizzt avait jamais été confronté, le massacre d'enfants avait été la pire.

Le gnoll enfonça sa lance dans le sol, ses traits canins déformés par une joie perverse.

—Je ne crois pas, non, dit simplement Drizzt, des flammes s'allumant dans ses yeux couleur lavande.

Les gnolls remarquèrent alors que ses cimeterres étaient apparus dans ses mains comme par magie.

Le museau du gnoll se plissa de nouveau, de perplexité cette fois. Il essaya de relever sa lance pour se protéger, ne sachant pas quelle serait la réaction de cet étrange drow, mais il était déjà trop tard.

L'assaut de Drizzt fut trop rapide. Avant même que le bout de la lance du gnoll ait remué, le drow se rua sur lui, ses cimeterres pointés. Les quatre autres gnolls restèrent figés par la surprise tandis que les lames de Drizzt frappèrent par deux fois, tranchant la gorge de leur puissant chef. Le gnoll géant tomba silencieusement en arrière, en agrippant inutilement son cou de ses deux mains.

Le premier à réagir fut un gnoll qui se tenait à côté de l'elfe noir. Il leva sa lance et chargea Drizzt. Le drow agile esquiva aisément l'attaque mais prit garde à ne pas ralentir l'élan du gnoll. Comme l'immense créature le dépassait, Drizzt roula derrière lui et lui donna un coup de pied dans les chevilles. Déséquilibré, le gnoll tituba et plongea profondément sa lance dans la poitrine d'un de ses compagnons abasourdis.

La créature tira sur l'arme pour la retirer, mais celle-ci était bien enfoncée et sa pointe barbelée accrochée à la colonne vertébrale du pauvre gnoll transpercé. Il n'avait cure de son compagnon mourant; la seule chose qui l'intéressait c'était son arme. Il la tirait, la tournait en tous sens, lançant des imprécations et crachant sur le visage supplicié de son compagnon – jusqu'à ce qu'un cimeterre s'enfonce dans son crâne.

Un autre gnoll, voyant le drow occupé ailleurs et trouvant plus sage d'attaquer son ennemi depuis une bonne distance, leva sa lance pour la projeter. Son bras s'éleva dans les airs, mais avant même qu'il ait le temps de propulser son arme, Guenhwyvar lui avait sauté dessus; le gnoll et la panthère culbutèrent ensemble. Le gnoll frappait de ses poings puissants le flanc musclé du félin, mais les griffes de Guenhwyvar qui le labouraient étaient de loin plus efficaces. Dans les quelques secondes qu'il fallut à Drizzt pour se détourner des trois gnolls morts à ses pieds, le quatrième de la bande avait trouvé la mort sous l'assaut de la grande panthère. Le cinquième s'était enfui.

Guenhwyvar s'arracha de l'étreinte tenace du gnoll mort. Les muscles luisants du fauve roulaient avec nervosité, dans l'attente de l'ordre à venir. Drizzt examina le carnage autour de lui, le sang sur ses cimeterres, et les horribles expressions sur les visages des morts. Il tenait à en rester là, comprenant qu'il s'était impliqué dans une histoire qui le dépassait, qu'il avait croisé le chemin de deux races dont il ne savait pas grand-chose. Après un moment de réflexion, pourtant, la seule image qui s'imposa à son esprit fut la jubilation du chef des gnolls à l'idée de massacrer des enfants. L'enjeu était trop important.

Drizzt se tourna vers Guenhwyvar. Sa voix était plus déterminée que résignée :

— Va le chercher.

Le gnoll gravissait péniblement la piste, jetant des regards furtifs à la ronde, imaginant des formes noires derrière chaque arbre ou rocher.

— Drow ! répétait-il encore et encore d'une voix rauque, utilisant ce mot comme un encouragement pendant sa fuite. Drow, drow !

Soufflant et haletant, le gnoll atteignit un taillis qui s'étendait entre deux murs de roche nus et abrupts. Il trébucha sur un tronc couché, glissa et se meurtrit les côtes sur l'arête d'un rocher couvert de mousse. Ce n'était sûrement pas ces douleurs minimes qui allaient stopper la créature effrayée. Le gnoll se savait poursuivi. Il sentait une présence qui se glissait entre les ombres à la limite de son champ de vision.

Comme il atteignait l'extrémité du taillis qui rendait plus obscure la pénombre du crépuscule, le gnoll repéra deux yeux jaunes et scintillants qui lui rendaient son regard. Il avait vu son compagnon mis en pièces par la panthère et pouvait imaginer ce qui se tenait en travers de son chemin.

Les gnolls étaient des monstres couards, mais ils pouvaient se battre avec une étonnante ténacité quand ils étaient acculés, ce qui était le cas à présent. Comprenant qu'il n'avait aucun moyen de s'échapper – il ne pouvait certainement pas revenir sur ses pas, dans la direction de l'elfe noir –, le gnoll poussa un grognement et leva sa lourde lance.

Il entendit un souffle, un bruit sourd et un cri de douleur perçant quand sa lance atteignit sa cible. Les yeux jaunes disparurent un instant, puis une forme noire détala derrière un arbre. Elle se déplaçait au ras du sol, comme un chat, mais le gnoll prit conscience à cet instant que sa proie n'était pas une panthère. Quand l'animal blessé atteignit l'arbre, il regarda derrière lui et le gnoll le reconnut sans hésitation.

— Raton laveur, laissa échapper le gnoll avant d'éclater de rire. Je fuis devant un raton laveur !

Le gnoll secoua la tête et calma son hilarité avec une profonde expiration. La vue du raton laveur l'avait soulagé d'une certaine façon, mais le gnoll ne pouvait oublier ce qui était arrivé là-bas, à l'autre bout du chemin. Il devait retourner dans sa tanière, pour faire son rapport sur le drow au gobelin géant Ulgulu, son maître, son dieu.

Il fit un pas pour reprendre sa lance, puis s'arrêta brusquement, percevant un mouvement derrière lui. Lentement, le gnoll tourna la tête. Il ne voyait que sa propre épaule et le rocher recouvert de mousse en arrière-plan.

Le gnoll s'immobilisa. Rien ne bougeait derrière lui, aucun bruit n'émanait du taillis, mais la bête savait que quelque chose s'y trouvait. Sa respiration s'accéléra en une suite de grognements rapides ; ses gros poings se serrèrent, puis s'ouvrirent à hauteur de ses flancs.

Le gnoll se retourna et rugit, mais son cri de rage devint un cri de terreur quand les deux cent soixante-dix kilos de la panthère lui tombèrent dessus du haut d'une branche.

L'impact aplatit le gnoll par terre, mais ce n'était pas une faible créature. Ignorant la douleur cuisante provoquée par les griffes cruelles de la panthère, le gnoll attrapa la tête de Guenhwyvar, la maintenant désespérément éloignée de sa gorge pour empêcher la gueule mortelle de trouver une prise.

Pendant presque une minute, le gnoll se débattit, ses bras tremblant sous la pression exercée par les muscles puissants du cou de la panthère. La tête de Guenhwyvar s'abaissa et elle trouva une prise. Ses dents immenses se refermèrent sur le cou du gnoll et étouffèrent la créature condamnée.

Le gnoll s'agitait dans tous les sens et se débattait violemment ; il réussit finalement à renverser la panthère et à s'allonger sur elle. Guenhwyvar maintint sa prise, sereinement, comme un étau. Sa gueule serrait fermement.

Au bout de quelques minutes, le gnoll cessa de se débattre.

2

Questions de conscience

Drizzt laissa ses yeux passer en infravision, une vision nocturne qui lui permettait de discerner les variations de chaleur aussi clairement que les objets qu'il voyait en pleine lumière. Il pouvait maintenant percevoir la chaleur du sang frais, qui faisait briller ses cimeterres d'un éclat vif, et les corps tordus des gnolls qui répandaient leur chaleur dans l'air.

Drizzt essaya de regarder ailleurs, d'observer le sentier sur lequel Guenhwyvar était partie à la poursuite du cinquième gnoll, mais chaque fois son regard retombait sur les gnolls morts et sur le sang qui maculait ses armes.

— Qu'est-ce que j'ai fait ? se demanda Drizzt à haute voix.

Franchement, il n'en savait rien. Les gnolls avaient parlé de massacrer des enfants, une pensée qui avait provoqué la fureur de Drizzt, mais que savait-il au fond du conflit entre les gnolls et les humains du village ? Est-ce que les humains, les enfants humains même, pouvaient être des monstres ? Peut-être avaient-ils fait un raid sur le village des gnolls et tué sans merci ? Peut-être les gnolls voulaient-ils riposter parce qu'ils n'avaient pas le choix, parce qu'ils devaient bien se défendre.

Drizzt s'éloigna de la scène du carnage à la recherche de Guenhwyvar, espérant pouvoir la trouver avant que le cinquième gnoll soit mort. S'il pouvait le retrouver et le capturer, il pourrait peut-être aussi trouver quelques-unes des réponses dont il avait si désespérément besoin.

Il avançait d'une foulée rapide et gracieuse, produisant à peine un bruissement alors qu'il se glissait à travers les buissons le long du sentier. Il retrouva facilement les signes du passage du gnoll, et vit à sa grande frayeur que Guenhwyvar avait également découvert cette piste. Quand il arriva enfin à proximité du taillis, il pressentit que ses recherches touchaient à leur fin. Cependant, son cœur se serra quand il vit le fauve penché au-dessus de sa dernière proie.

Guenhwyvar regarda Drizzt avec curiosité, tandis qu'il s'approchait, d'un pas visiblement nerveux.

— Qu'avons-nous fait, Guenhwyvar ? murmura Drizzt.

La panthère pencha la tête, comme pour signifier son incompréhension.

— Qui suis-je pour infliger un tel châtiment ? continua Drizzt, se parlant plus à lui-même qu'au fauve.

Il se détourna de Guenhwyvar et du gnoll mort et se dirigea vers un buisson touffu, sur les feuilles duquel il put essuyer le sang de ses lames.

— Les gnolls ne m'ont pas attaqué, alors qu'ils m'avaient à leur merci quand ils m'ont trouvé dans la rivière. Et je les remercie en versant leur sang !

À ces mots, Drizzt se retourna vers Guenhwyvar comme s'il attendait – espérait, même – que la panthère le réprimande et, d'une façon ou d'une autre, qu'elle le condamne pour justifier la culpabilité qu'il ressentait. Guenhwyvar n'avait pas bougé d'un pouce et restait imperturbable. Les yeux ronds de la panthère, resplendissant dans la nuit, d'un jaune tirant sur le vert, ne l'accablaient en rien, ne l'incriminaient en aucune façon pour ses actes.

Drizzt se mit à protester, désireux de se complaire dans sa culpabilité, mais l'approbation sereine de Guenhwyvar ne pouvait être ébranlée. Quand ils avaient vécu seuls dans les contrées sauvages de l'Outreterre, quand Drizzt s'était abandonné à ses instincts sauvages qui rendaient les tueries délectables, Guenhwyvar lui avait parfois désobéi, retournant même à une occasion dans le plan astral sans qu'il l'y ait lui-même renvoyée. Mais à présent, la panthère n'avait l'air ni de vouloir partir ni d'être déçue. Guenhwyvar se releva, secouant la poussière et les brindilles de son pelage noir et lustré, et elle s'avança vers Drizzt pour frotter son museau contre lui.

Petit à petit, Drizzt se détendit. Il essuya de nouveau ses cimeterres, cette fois dans l'herbe épaisse, et les glissa dans leurs fourreaux, avant de poser une main reconnaissante sur la tête imposante de Guenhwyvar.

— D'après leurs dires, ils étaient malfaisants, murmura le drow pour se rassurer. Ce sont leurs mauvaises intentions qui ont provoqué mes actes.

Ses propres paroles manquaient de conviction mais, à ce moment précis, Drizzt avait besoin de les croire. Il prit une profonde inspiration pour se calmer, et se réfugia en lui-même pour trouver la force qui lui était nécessaire. Prenant conscience que Guenhwyvar était à ses côtés depuis un bon moment et qu'il était temps pour elle de retourner dans son plan astral pour se reposer, il mit la main dans sa petite poche latérale.

Avant même que Drizzt ait pu sortir la figurine en onyx de sa poche, la patte de la panthère se posa sur sa main, le forçant à lâcher prise. Drizzt regarda Guenhwyvar avec curiosité, et le fauve se pressa lourdement contre lui, manquant de le renverser.

— Mon amie fidèle, dit Drizzt, prenant conscience que la panthère, même exténuée, désirait rester à ses côtés.

Il sortit la main de sa poche et s'accroupit sur un genou, serrant Guenhwyvar contre lui de toutes ses forces. Puis les deux compagnons, côte à côte, quittèrent le taillis.

Drizzt ne dormit pas du tout cette nuit-là, occupé à regarder les étoiles et à réfléchir. Guenhwyvar, qui percevait son anxiété, resta à ses côtés du lever au coucher de la lune, et quand Drizzt se leva pour saluer l'aube suivante, Guenhwyvar se traîna à ses côtés, courbaturée et lasse. Ils trouvèrent une crête rocailleuse dans les contreforts de la montagne où ils s'installèrent pour profiter du spectacle à venir.

En contrebas, les dernières lumières du village de fermiers s'évanouissaient. Le ciel de l'est vira au rose, puis au pourpre, mais Drizzt n'arrivait pas à se concentrer. Toute son attention était retenue par les petites fermes lointaines ; son esprit tentait de déterminer les usages de cette communauté inconnue, pour y trouver une justification des événements survenus la veille.

Les humains étaient des fermiers, ce que Drizzt savait déjà, ainsi que des travailleurs assidus, car plusieurs d'entre eux étaient déjà dehors pour s'occuper de leurs champs. Bien que ces faits lui paraissent prometteurs, Drizzt ne pouvait pas en tirer des conjectures sans fondement sur le comportement des êtres humains en général.

Il prit alors une décision, tandis que la lumière se répandait partout, illuminant les structures de bois de la ville et les larges champs de céréales.

— Je dois en apprendre plus, Guenhwyvar, dit-il doucement. Si je – si nous comptons rester dans ce monde, nous devons commencer à comprendre les usages de nos voisins.

Drizzt hocha la tête en pensant à ce qu'il venait de dire. La preuve avait déjà été faite, et de façon douloureuse, qu'il lui était impossible de rester un observateur neutre de ce qui se passait dans le monde de la surface. Les actes de Drizzt étaient souvent dictés par sa conscience, une force qu'il n'avait pas le pouvoir de contester. Pourtant, étant donné sa connaissance extrêmement limitée des races qui se partageaient cette région, sa conscience pouvait également l'induire aisément en erreur. Elle pouvait semer la désolation sur des innocents, trahissant ainsi les valeurs mêmes que Drizzt tenait à défendre.

Drizzt plissa les yeux face à la lumière du matin, observant le village distant à la recherche d'un indice, d'une réponse.

— Je vais aller là-bas, dit-il à la panthère. Je vais y aller, observer, et apprendre.

Pendant tout ce temps, Guenhwyvar était restée assise en silence. Drizzt n'aurait su dire si la panthère l'approuvait ou si elle le désapprouvait, ni même si elle le comprenait. Cette fois-ci, cependant, Guenhwyvar n'émit aucun signe de protestation quand Drizzt attrapa la figurine en onyx. Quelques instants plus tard, la puissante panthère s'éloignait à toute allure dans le tunnel planaire qui la ramenait à sa demeure astrale, et Drizzt s'avançait sur le sentier qui menait au village humain et à ses réponses. Il ne s'arrêta qu'une seule fois, devant le cadavre solitaire du dernier gnoll, pour prendre la cape de la créature. Drizzt grimaça devant la perspective de commettre un tel larcin, mais le froid de la nuit lui avait rappelé que la perte de son *piwafwi* pouvait devenir un problème sérieux.

À cet instant, les connaissances de Drizzt au sujet des humains et de leur société étaient extrêmement limitées. Tapis dans les profondes entrailles de l'Outreterre, les elfes noirs communiquaient rarement avec les habitants du monde de la surface et s'intéressaient peu à eux. La seule fois où Drizzt avait entendu mentionner les humains à Menzoberranzan, c'était durant son séjour à l'Académie, pendant les six mois qu'il avait passé à Sorcere, l'école des sorciers. Les maîtres drows avaient mis en garde leurs étudiants contre l'usage de la magie « à la manière des humains », ce qui impliquait une dangereuse imprudence, typique des êtres dont la vie était si éphémère.

— Les sorciers humains, avaient dit les maîtres, n'ont pas moins d'ambition que les sorciers drows mais, quand un drow peut consacrer cinq siècles à la réalisation de ses objectifs, un humain ne dispose en revanche que de quelques courtes décades.

Les implications de cet état de choses résonnaient encore dans la tête de Drizzt, avec un éclat particulier depuis quelques mois, parce qu'il avait observé le village des humains presque quotidiennement. Si tous les humains, et pas seulement les sorciers, étaient aussi ambitieux que la plupart des drows – des fanatiques qui pouvaient consacrer les plus beaux siècles du millénaire qu'il pouvait espérer vivre à la poursuite de leur objectif –, seraient-ils consumés par une fièvre à la frontière de la folie ? Ou peut-être, comme l'espérait Drizzt, les histoires qu'il avait entendues à l'Académie n'étaient-elles rien de plus que les habituels mensonges qui enfermaient sa communauté dans un maillage d'intrigues et de paranoïa. Peut-être les humains se fixaient-ils des buts plus accessibles et trouvaient-ils alors joie et satisfaction dans les petits plaisirs de chacun des jours de leur courte existence.

Drizzt n'avait rencontré qu'un seul être humain au cours de ses voyages en Outreterre. Cet homme, un sorcier, s'était comporté de manière irrationnelle et imprévisible et, au bout du compte, il s'était révélé dangereux… Il avait transformé l'ami de Drizzt, un pech, une créature humanoïde inoffensive, en un horrible monstre. Quand Drizzt et ses compagnons étaient arrivés à la tour du sorcier pour mettre un terme à ses agissements, ils avaient été accueillis par une explosion de lumière grondante. Au final, l'humain avait été tué et l'ami de Drizzt, Caqueteur, avait été laissé à son tourment.

Drizzt en avait conçu un sentiment d'amertume, car ce spécimen d'humanité semblait confirmer les avertissements des maîtres drows. Ce fut donc prudemment que Drizzt se dirigea vers le hameau humain, ses pas alourdis par la peur croissante d'avoir commis une erreur en tuant les gnolls.

Drizzt décida d'observer la ferme isolée à l'ouest de la ville, celle que les gnolls avaient choisie pour leur raid. C'était une maison longue et basse, en rondins, avec une seule porte et plusieurs fenêtres fermées. Un porche couvert, ouvert sur les côtés, courait sur l'avant de la maison. À côté se trouvait une grange, haute de deux étages, avec des portes larges et suffisamment hautes pour permettre le passage de chariots de grande taille. Des clôtures en matériaux divers et de tailles variées étaient dressées dans la cour de la ferme, beaucoup renfermaient des poulets ou des cochons, l'une d'entre elles retenait une chèvre et d'autres encerclaient des rangées régulières de plants feuillus qui n'évoquaient rien à Drizzt.

La cour était bordée par des champs sur trois de ses côtés, mais l'arrière de la maison était proche des buissons épais et des gros rochers du versant de la montagne. Drizzt se dissimula sous les branches basses d'un pin, derrière le coin de la maison, ce qui lui permettait de voir presque toute la cour.

Les trois hommes adultes de la maison – trois générations, estima Drizzt – travaillaient dans les champs, trop loin des arbres pour que Drizzt puisse les observer en détail. Mais plus près de la maison se trouvaient quatre enfants, une jeune fille sur la fin de l'adolescence et trois jeunes garçons qui accomplissaient leurs tâches, s'occupant des poules et des cochons et arrachant les mauvaises herbes d'un jardin potager. Ils travaillèrent chacun dans leur coin pendant la plus grande partie de la matinée, et Drizzt n'apprit pas grand-chose de leurs relations. Quand une femme robuste, avec les mêmes cheveux blonds comme les blés que les cinq enfants, sortit sous le porche et fit sonner une cloche géante, ce fut comme si toute l'énergie qui avait été contenue pendant la matinée explosait, soudain hors de contrôle.

Poussant des cris et des hurlements, les trois jeunes garçons se ruèrent à toutes jambes vers la maison, ne s'arrêtant que le temps de lancer des légumes pourris sur leur grande sœur. Au début, Drizzt crut que le bombardement était le prélude à un conflit plus sérieux mais, quand la jeune femme riposta de la même façon, les quatre protagonistes se mirent à rire aux éclats et il comprit qu'il ne s'agissait que d'un jeu.

Quelques instants plus tard, le plus jeune des fermiers qui travaillaient aux champs, probablement le frère aîné, arriva en courant dans la cour, poussant des cris et agitant une houe en fer. La jeune femme encouragea ce nouvel allié à grands cris et les trois petits démons s'enfuirent vers le porche. Mais le jeune homme fut plus rapide, attrapant celui qui était à la traîne d'un seul bras puissant et le déposant prestement dans l'auge du cochon.

Durant tout ce temps, la femme qui sonnait la cloche secouait la tête avec impuissance et émettait un flot ininterrompu de récriminations exaspérées. Une femme plus âgée, aux cheveux gris et maigre comme un clou, sortit pour se tenir à ses côtés, agitant une cuiller en bois de manière menaçante. Apparemment satisfait, le jeune homme passa un bras autour des épaules de la jeune femme et ils suivirent les deux autres petits garçons dans la maison. Le petit dernier s'extirpa de l'eau croupie et voulut les y suivre, mais la cuiller en bois le maintint à distance.

Drizzt ne pouvait comprendre un traître mot de ce qu'ils se disaient, mais il comprit que la femme ne laisserait pas entrer le petit dans la maison tant qu'il ne serait pas sec. Le turbulent petit dernier marmonna quelque chose dans le dos de la porteuse de cuiller alors qu'elle retournait dans la maison, mais le moment était mal choisi.

Les deux derniers fermiers, l'un portant une épaisse barbe grise et l'autre rasé de près, étaient eux aussi revenus du champ, et ils s'étaient discrètement glissés derrière l'enfant qui grommelait. Le petit garçon fut de nouveau projeté dans les airs et atterrit pour la deuxième fois dans l'auge avec un « splatch ! ». Se congratulant avec chaleur, les hommes entrèrent dans la maison, et furent félicités par ses occupants. Le petit garçon trempé se contenta de grogner de nouveau et d'asperger d'eau croupie le museau d'une vache qui s'était approchée pour l'examiner.

Drizzt observa tout cela avec un émerveillement grandissant. Il n'avait rien vu de concluant, mais les façons ludiques de la famille et l'acceptation résignée du perdant du jeu lui firent chaud au cœur. Drizzt sentait qu'un esprit commun animait ce clan, que tous les membres travaillaient dans une même intention. Si cette ferme isolée se révélait un échantillon du reste du village, alors cet endroit ressemblait sûrement à Blingdenpierre, la cité communautaire des gnomes des profondeurs, beaucoup plus qu'à Menzoberranzan.

L'après-midi ressembla beaucoup au matin, mêlant manifestement corvées et jeux dans les quatre coins de la ferme. La famille réintégra la maison de bonne heure, éteignant les lampes peu après le coucher du soleil, et Drizzt s'enfonça dans les fourrés du flanc de la montagne pour méditer ses observations.

Il n'était toujours sûr de rien, mais il dormit plus sereinement cette nuit-là, sans être troublé par ses doutes persistants à propos des gnolls morts.

Pendant trois jours, le drow se tapit dans l'ombre derrière la ferme, regardant la famille travailler ou se divertir. L'intimité du groupe était chaque jour plus manifeste et, quand une véritable bagarre devait se déclencher entre les enfants, l'adulte le plus proche intervenait et ramenait les combattants à la raison. Invariablement, les adversaires recommençaient à jouer ensemble après un court intervalle.

Tous les doutes de Drizzt s'étaient évanouis.

— Prenez garde à mes lames, êtres sans scrupule, murmura-t-il une nuit aux montagnes silencieuses.

Le jeune drow renégat avait décidé que, si un quelconque gnoll ou gobelin – ou toute autre créature, quelle que soit sa race – essayait de faire un raid sur cette famille de fermiers, ils devraient d'abord affronter les cimeterres tournoyants de Drizzt Do'Urden.

Drizzt avait conscience des risques qu'il prenait en observant la famille de la ferme. Si ses habitants le remarquaient – une possibilité bien réelle –, ils paniqueraient sûrement. Mais à cet instant précis de sa vie, Drizzt était prêt à tenter sa chance. Une partie de lui espérait peut-être même qu'il soit découvert.

Tôt dans la matinée du quatrième jour, avant que le soleil soit apparu dans le ciel oriental, Drizzt commença sa patrouille journalière, faisant le tour des collines et des terres boisées qui entouraient la ferme isolée. Le temps que le drow revienne à son perchoir, la journée de travail battait déjà son plein. Drizzt s'installa confortablement sur un lit de mousse abrité par l'obscurité pour les regarder évoluer dans la clarté d'un jour sans nuage.

Moins de une heure plus tard, une silhouette solitaire en provenance de la ferme avançait à pas de loup dans sa direction. Il s'agissait du plus jeune des enfants, le petit garçon aux cheveux blond-roux qui semblait passer presque autant de temps dans l'auge du cochon qu'en dehors, généralement pas de son plein gré.

Drizzt se cacha derrière le tronc d'un arbre voisin, incertain des intentions du petit garçon. Le drow comprit vite que celui-ci ne l'avait pas vu, car l'enfant se glissa dans le fourré, lançant un grognement méprisant par-dessus son épaule en direction de la ferme, avant de se diriger vers les terres boisées de la colline en sifflotant tout du long. Drizzt comprit que l'enfant cherchait à échapper à ses corvées, et il avait presque envie d'applaudir l'insouciance du petit garçon. Cependant, Drizzt n'était pas convaincu qu'il soit sage pour l'enfant de s'aventurer loin de la maison sur des terres aussi dangereuses. Le petit garçon ne devait pas avoir plus de dix ans ; il semblait mince et délicat, ses yeux bleus et innocents contemplaient le monde qui l'entourait sous ses boucles ambrées.

Drizzt attendit quelques instants pour laisser de l'avance au petit garçon et pour voir si quelqu'un se trouvait derrière lui, puis il le suivit, guidé par les sifflotements de l'enfant.

Le petit garçon s'éloignait autant que possible de la maison, haut dans la montagne, et Drizzt le suivit à une centaine de pas de distance, déterminé à le protéger du moindre danger.

Dans les noirs tunnels de l'Outreterre, Drizzt aurait pu s'approcher du petit garçon à pas de loup – ou d'un gobelin, ou de pratiquement n'importe quoi d'autre – et lui tapoter le dos avant même qu'il s'aperçoive de sa présence. Mais après seulement une demi-heure de filature, les mouvements et les changements de vitesse imprévisibles de l'enfant sur le sentier et l'interruption du sifflotement apprirent à Drizzt que le petit s'était rendu compte qu'il était suivi.

Se demandant si le petit garçon n'avait pas repéré un tiers, Drizzt invoqua Guenhwyvar grâce à sa figurine d'onyx et envoya la panthère en reconnaissance sur son flanc, puis il reprit sa marche à pas prudents.

Un instant plus tard, quand l'enfant poussa un cri de détresse, le drow dégaina ses cimeterres et oublia toute prudence. Il ne pouvait pas comprendre ce que disait l'enfant, mais le désespoir résonnait clairement dans sa voix.

— Guenhwyvar ! appela le drow, essayant de rappeler à lui la panthère qui s'était éloignée.

Mais il ne pouvait pas s'arrêter et l'attendre, alors il se rua en avant. Le sentier devint rapidement abrupt, surgissant brusquement de la lisière des arbres pour s'achever au bord d'une gorge d'au moins six mètres de large. Un tronc unique enjambait la faille, tronc auquel était suspendu le petit garçon, à proximité du bord opposé. Les yeux de l'enfant s'agrandirent considérablement à la vue de l'elfe à la peau d'ébène, ses cimeterres à la main. Il bredouilla quelques mots que Drizzt ne put comprendre.

Une vague de culpabilité l'envahit à la vue de l'enfant en péril ; le petit garçon ne s'était aventuré dans cette situation périlleuse que parce qu'il essayait d'échapper à la poursuite du drow. La gorge n'était pas tellement plus haute que large, mais le sol en contrebas était parsemé de rochers pointus et de ronces. Au début, Drizzt hésita, pris au dépourvu par cette rencontre impromptue et les inévitables complications qu'elle allait engendrer, puis il mit rapidement ses propres problèmes de côté. Il rengaina ses cimeterres et croisa les bras devant sa poitrine, geste qui exprimait la paix chez les drows, avant de poser un pied sur le tronc.

Mais le petit garçon n'entendait pas le laisser faire. Dès qu'il se fut remis du choc de la vue de cet elfe étrange, il se propulsa sur le bord opposé de la gorge rocailleuse et poussa le tronc dans le vide. Drizzt recula prestement, sautant du tronc avant que celui-ci soit précipité dans la crevasse à grand fracas. Le drow comprit que l'enfant n'avait jamais été en réel danger mais qu'il avait feint d'être en détresse pour démasquer son poursuivant. L'enfant avait probablement fait semblant d'être en danger également pour éviter le châtiment encouru au cas où celui qui le poursuivait aurait été un membre de sa famille.

C'était au tour de Drizzt de se retrouver dans une situation fâcheuse. Il avait été découvert. Il essaya de trouver une façon de communiquer avec le petit garçon, d'expliquer sa présence et de calmer sa panique. Mais l'enfant n'attendit pas ses explications. Les yeux écarquillés et emplis de terreur, il escalada le talus – par un chemin qu'il connaissait visiblement très bien – et disparut dans un massif d'arbustes.

Drizzt regarda autour de lui, sans savoir que faire.

— Attends ! cria-t-il dans la langue des drows, tout en sachant que le petit garçon ne pouvait le comprendre, et qu'il ne se serait pas arrêté même s'il l'avait compris.

Une forme féline noire frôla le drow et bondit dans les airs, franchissant aisément la crevasse. Guenhwyvar atterrit souplement de l'autre côté et disparut dans le massif.

— Guenhwyvar ! cria Drizzt, tentant de retenir la panthère.

Il n'avait aucune idée de la réaction qu'aurait Guenhwyvar face à l'enfant. À la connaissance du drow, la panthère n'avait rencontré qu'un seul homme auparavant, le sorcier que les compagnons de Drizzt avaient tué par la suite. L'elfe regarda autour de lui, à la recherche d'un moyen de les suivre. Il pouvait toujours descendre la paroi de la gorge en l'escaladant, pour la traverser et en escalader l'autre versant, mais cela prendrait trop de temps.

Drizzt recula de quelques pas, puis il prit son élan et bondit, faisant appel à ses pouvoirs innés de lévitation. Il se sentit véritablement soulagé quand il sentit son corps se libérer de la gravité. Il n'avait pas utilisé son sort de lévitation depuis qu'il était monté à la surface. Ce sort n'était d'aucun secours pour un drow qui se cachait au grand air. Petit à petit, l'élan initial de Drizzt l'amena presque au bord de la gorge. Il commença à se concentrer pour planer vers le sol, mais le sort s'interrompit brutalement et Drizzt tomba d'un coup. Sans tenir compte des ecchymoses de son genou, sans se demander pourquoi son sort n'avait pas fonctionné, il se mit à courir, criant désespérément à Guenhwyvar de cesser la poursuite.

Drizzt fut soulagé quand il retrouva le fauve. Guenhwyvar était tranquillement assise dans une clairière, une patte clouant nonchalamment le petit garçon au sol, visage contre terre. Le petit poussait encore des cris – des appels au secours, estima Drizzt – mais il semblait indemne.

— Viens, Guenhwyvar, dit Drizzt avec calme et douceur. Laisse l'enfant tranquille.

Guenhwyvar bâilla paresseusement et s'exécuta, trottinant à travers la clairière pour rejoindre son maître.

L'enfant resta à terre un bon moment. Puis, rassemblant tout son courage, il s'agita d'un coup et sauta sur ses pieds, faisant demi-tour pour faire face à l'elfe noir et à la panthère. Néanmoins, ses yeux semblaient encore plus grands qu'avant, exprimant une terreur presque caricaturale, immenses dans son visage maintenant tout crotté.

— Qu'est-ce que tu es ? demanda le petit garçon dans le langage ordinaire des humains.

Drizzt garda les bras collés au corps pour signifier qu'il ne le comprenait pas. Sur une impulsion, il désigna sa poitrine du doigt et répondit :

— Drizzt Do'Urden.

Il remarqua que l'enfant reculait lentement, déplaçant furtivement son pied en arrière avant de déplacer l'autre sur le côté. Drizzt ne fut pas surpris – il s'assura même que Guenhwyvar soit bien sous son contrôle attentif cette fois-ci – quand le petit garçon tourna les talons et s'enfuit en criant « Au secours ! C'est un drizzit ! » à chaque enjambée.

Drizzt regarda Guenhwyvar et haussa les épaules. Le fauve sembla lui retourner le geste.

3

Les jeunes barghests

Nathak, un gobelin aux longs bras maigres, gravissait lentement la pente escarpée et rocailleuse, chacun de ses pas alourdis par l'effroi. Le gobelin devait signaler sa découverte – la mort de cinq gnolls ne pouvait être ignorée –, mais l'infortunée créature doutait sérieusement que la nouvelle soit bien accueillie, que ce soit par Ulgulu ou par Kempfana. Cela dit, quel choix avait-il ? Il pouvait s'enfuir, partir de l'autre côté de la montagne, et disparaître dans les contrées sauvages. Mais cela lui semblait une voie encore plus désespérée, car le gobelin connaissait bien le goût d'Ulgulu pour la vengeance. L'énorme maître à la peau violette pouvait arracher un arbre du sol à mains nues ou des poignées de roches des parois de la grotte, et pouvait tout aussi aisément arracher la gorge d'un gobelin déserteur.

Un frisson ponctuait chacun de ses pas tandis que Nathak dépassait les broussailles qui dissimulaient une petite pièce : l'entrée du réseau de grottes de son maître.

— L'était temps qu't'y rentru, grogna l'un des deux gobelins présents dans la pièce. T'y étais partu d'puis deux jours !

Nathak se contenta de hocher la tête et inspira profondément.

— Qu'est-ce t'y as ? demanda l'autre gobelin. T'y as trouvu les gnolls ?

Nathak pâlit, et aucune inspiration, si profonde soit-elle, ne put le soulager du sentiment de panique qui s'empara alors de lui.

— Ulgulu ici dedans ? demanda-t-il d'un ton misérable.

Les deux gardes échangèrent un regard curieux, avant de reporter leur attention sur Nathak.

— Il a trouvu les gnolls, remarqua l'un d'entre eux et devinant le problème. Gnolls mortus.

— Ulgulu sera pas être content, ajouta l'autre.

Ils s'écartèrent pour le laisser entrer, l'un d'eux relevant l'épais rideau qui séparait l'entrée de la salle d'audience.

Nathak hésita et se mit à regarder en arrière, comme s'il reconsidérait la décision qu'il avait prise. Peut-être la fuite était-elle préférable, pensa-t-il. Les gardes empoignèrent leur compagnon filiforme et le poussèrent brutalement dans la salle d'audience, croisant leurs lances derrière lui pour empêcher toute retraite.

Nathak réussit à recouvrer un certain calme quand il vit que c'était Kempfana, et non Ulgulu, qui siégeait dans l'immense fauteuil au milieu de la salle. Au sein des rangs des gobelins, Kempfana avait acquis la réputation d'être le plus calme des deux frères au pouvoir, bien qu'il ait lui aussi impulsivement dévoré suffisamment de ses hommes de main pour gagner leur profond respect. En pleine discussion avec Fondebière, le gros géant des collines qui était le précédent occupant du réseau de grottes, Kempfana remarqua à peine l'entrée du gobelin.

Nathak traversa la salle d'une démarche traînante, attirant le regard du géant des collines tout comme celui de l'énorme créature gobelinoïde à la peau écarlate, presque aussi corpulente que le géant.

— Oui, Nathak, l'encouragea Kempfana, réduisant au

silence le géant des collines d'un simple geste de la main. Qu'as-tu à nous apprendre ?

— Moi… Moi, bégaya Nathak.

Les grands yeux de Kempfana brillèrent soudain d'une lueur orangée, un signe clair d'une dangereuse excitation.

— Moi a trouvu les gnolls ! lâcha enfin Nathak. Mortus. Assassinus.

Fondebière émit un long grondement menaçant, mais Kempfana serra fortement le bras du géant, lui rappelant qui menait la danse.

— Morts ? demanda calmement le gobelin à la peau écarlate.

Nathak hocha la tête.

Kempfana déplorait la perte d'esclaves aussi fiables, mais les pensées du jeune barghest à ce moment précis se tournaient plutôt vers la réaction violente que son frère ne manquerait pas d'avoir en apprenant la nouvelle. Réaction qu'il n'eut pas à attendre longtemps.

Un grognement qui manqua de fendre la pierre retentit.

— MORTS !

Les trois créatures présentes dans la salle se baissèrent instinctivement et se tournèrent sur le côté, juste à temps pour apercevoir l'énorme rocher qui constituait la porte sommaire d'une autre pièce voler en éclats et s'effondrer sur le côté.

— ULGULU ! cria Nathak d'une voix perçante, et le petit gobelin tomba face contre terre, n'osant pas le regarder.

L'énorme créature, semblable à un gobelin à peau violette, se rua dans la salle d'audience, ses yeux rouge orangé bouillonnant de colère. En trois enjambées, Ulgulu avait rejoint le géant des collines et Fondebière, en comparaison, eut l'air soudain minuscule et vulnérable.

— MORTS ! gronda encore Ulgulu dans sa rage.

Étant donné que le nombre de gobelins de la tribu diminuait, ceux-ci étant tués soit par les humains du village, soit par d'autres monstres, voire dévorés par Ulgulu durant ses habituelles crises de colère, la petite bande de gnolls était devenue la principale force de chasse du repaire.

Kempfana leva un regard mauvais vers son frère. Ils étaient parvenus ensemble jusqu'au plan Matériel, deux jeunes barghests, pour se nourrir et grandir. Ulgulu avait rapidement pris le dessus, dévorant les victimes les plus puissantes, gagnant par là en taille et en force. À la simple vue de la couleur de sa peau, de sa taille et de sa puissance, il était évident que le jeune barghest serait bientôt capable de rejoindre les rifts méphitiques de la vallée de Géhenne.

Kempfana espérait que ce jour était proche. Quand Ulgulu serait parti, il accéderait au pouvoir ; il mangerait et gagnerait en force. Alors, lui aussi pourrait échapper à cette interminable période de sevrage sur ce plan maudit, il pourrait repartir pour se mesurer aux autres barghests dans son plan d'existence légitime.

— MORTS, grogna encore Ulgulu. Lève-toi, misérable gobelin, et dis-moi comment ! Qu'est-ce qui a fait ça à mes gnolls ?

Nathak resta à terre encore une minute, puis réussit à se mettre à genoux.

— Moi pas savoir, gémit le gobelin. Gnolls mortus, tailladus et déchiquetus.

Ulgulu se balança sur les talons de ses grands pieds flasques. Les gnolls étaient partis faire une descente sur une ferme, avec l'ordre de revenir avec le fermier et son fils aîné. Ces deux repas humains auraient considérablement renforcé la puissance du grand barghest, lui auraient peut-être même permis d'attendre le niveau de maturation requis pour retourner à Géhenne.

Maintenant, à la lumière du rapport de Nathak, Ulgulu était contraint d'envoyer Fondebière, ou peut-être même de s'y rendre en personne, et la vue d'un géant ou de la monstruosité à peau violette qu'il était pouvait pousser le hameau humain à une dangereuse action organisée.

— Tephanis ! rugit brusquement Ulgulu.

Sur le mur opposé à l'endroit où le jeune barghest avait fait son entrée fracassante, un petit caillou se détacha. Il ne tomba que de quelques mètres mais, le temps qu'il touche le sol, un esprit follet menu s'était extrait du petit réduit qu'il utilisait comme chambre, avait traversé les six mètres de la salle d'audience et escaladé le flanc d'Ulgulu, pour s'asseoir confortablement sur l'immense épaule du jeune barghest.

— Vous-m'avez-appelé, oui-vous-l'avez-fait, mon-maître, bourdonna Tephanis, trop rapidement.

Les autres n'avaient même pas pris conscience que l'esprit follet de six centimètres de haut était entré dans la pièce. Kempfana se retourna en secouant la tête, stupéfait.

Ulgulu se mit à rire à gorge déployée ; il aimait profondément être le témoin du spectacle qu'offrait Tephanis, son serviteur le plus précieux. Tephanis était un esprit follet, une créature minuscule qui se déplaçait dans une dimension transcendant le cours normal du temps. Possédant une énergie sans limites et une agilité qui rendrait jaloux le plus efficace des voleurs halfelins, les esprits follets pouvaient accomplir de nombreuses tâches qui n'étaient à la portée d'aucune autre race. Ulgulu s'était lié d'amitié avec Tephanis dès le début de son séjour forcé sur le plan matériel – de tous les habitants de la tanière, Tephanis était le seul auquel le jeune barghest n'imposait pas sa loi – et ce lien avait donné au jeune barghest un net avantage sur son frère. Avec Tephanis qui repérait les victimes potentielles, Ulgulu savait exactement lesquelles dévorer et lesquelles laisser à Kempfana, et il savait tout aussi exactement comment vaincre ces aventuriers bien plus puissants que lui.

— Cher Tephanis, dit Ulgulu d'une voix grinçante. Nathak, le pauvre Nathak – le gobelin ne manqua pas de remarquer les implications néfastes de cette allusion – m'a informé que mes gnolls ont connu un sort funeste.

— Et-vous-voulez-que-j'aille-voir-ce-qui-leur-est-arrivé, mon-maître, répondit Tephanis. (Ulgulu mit un moment à comprendre la suite presque inintelligible de mots, puis hocha la tête avec impatience.) Tout-de-suite, mon-maître. Je-reviendrai-vite.

Ulgulu sentit un léger frisson sur son épaule, mais le temps que lui-même ou l'un des autres occupants de la pièce ait compris ce que Tephanis avait dit, l'épais rideau séparant la salle de l'entrée revenait déjà dans sa position initiale. Un des gardes, de l'autre côté, jeta un œil dans la salle d'audience, pour voir si Kempfana ou Ulgulu les avait appelés, puis il retourna à son poste, pensant que le mouvement du rideau n'était rien d'autre qu'un tour joué par le vent.

Ulgulu rit encore ; Kempfana lui jeta un regard dégoûté. Lui-même détestait l'esprit follet et l'aurait déjà tué depuis longtemps, mais il ne pouvait ignorer les bénéfices substantiels qu'il pensait pouvoir en tirer si Tephanis travaillait pour lui une fois qu'Ulgulu serait reparti à Géhenne.

Nathak glissa un de ses pieds derrière l'autre, dans une tentative de retraite silencieuse. Ulgulu stoppa le gobelin d'un seul regard.

— Ton rapport m'a été utile, commença le jeune barghest. (Nathak se détendit, mais seulement durant la seconde qu'il fallut à l'énorme main d'Ulgulu pour jaillir, attraper le gobelin par la gorge et le soulever du sol.) Mais il m'aurait été plus utile si tu avais pris le temps de découvrir ce qui est arrivé à mes gnolls !

Nathak se sentit défaillir et faillit s'évanouir ; quand son corps fut à moitié englouti par l'avide Ulgulu, il regretta de ne pas l'avoir fait.

— Masse le postérieur, calme la douleur. La baguette le fouette, et elle réapparaît. Masse le postérieur, calme la douleur. La baguette le fouette, et elle réapparaît, répétait inlassablement Liam Poildechardon.

Cette litanie avait pour but de le détourner de la sensation brûlante sous son pantalon, c'était une litanie que l'espiègle Liam ne connaissait que trop bien. Mais cette fois-ci était différente. Certes, le petit garçon devait bien admettre en lui-même, au bout d'un moment, qu'il avait bel et bien laissé ses corvées en plan…

— … Mais le drizzit, c'était pour de vrai ! grogna Liam d'un ton de défi.

Comme en réponse à cette affirmation, la porte de la remise s'entrouvrit et Shawno, le quatrième de la famille, et Eleni, leur unique sœur, se glissèrent à l'intérieur.

— Tu t'es pas raté, cette fois-ci ! le sermonna Eleni de son ton de grande sœur le plus accompli. C'est déjà du joli de t'éclipser alors que tu as du travail à faire, mais revenir à la maison en racontant des fariboles pareilles !

— Le drizzit, c'était pour de vrai !

Liam n'appréciait pas le prétendu maternage d'Eleni. C'était déjà assez pénible d'être sermonné par ses parents, il n'avait pas besoin que sa sœur en rajoute.

— Il était aussi noir que l'enclume de Connor, et il avait un lion tout aussi noir !

— Silence, vous deux, les avertit Shawno. Si papa découvre que nous sommes ici et que nous parlons de ça, il nous fouettera tous.

— Mais oui, « le drizzit », souffla Eleni, sceptique.

— C'est pour de vrai !

Liam avait parlé trop fort, s'attirant une gifle de la part de Shawno. Les trois enfants, blêmes, se tournèrent vers la porte de la remise, qui venait de s'ouvrir brusquement. C'était Flanny, le troisième de la famille, un peu plus âgé que Shawno, mais de trois ans plus jeune que sa sœur.

— Rentre vite ! murmura sévèrement Eleni en l'attrapant par le col.

Elle le tira vers eux, dans la remise. Shawno, toujours le plus inquiet du groupe, passa rapidement la tête au-dehors pour vérifier que personne ne les avait vus, puis referma doucement la porte.

— Tu ne devrais pas nous espionner ! protesta Eleni.

— Et comment je pouvais savoir que vous étiez ici ? rétorqua Flanny. Je voulais juste taquiner le petit.

Il regarda Liam, tordit la bouche et agita un doigt menaçant.

— Attention, attention ! Je suis le drizzit, venu pour manger les petits garçons !

Liam se détourna, mais Shawno ne fut pas plus impressionné que ça.

— Oh, la ferme ! grogna-t-il à Flanny en lui administrant une claque sur la nuque pour ponctuer son propos.

Flanny se retourna pour riposter, mais Eleni s'interposa entre eux.

— ÇA SUFFIT ! cria-t-elle, si fort que ses frères mirent leur doigt sur la bouche en disant : « chut ! »

— Le drizzit, c'était pour de vrai, protesta encore Liam. Je peux le prouver – si vous êtes pas trop trouillards pour ça !

Les trois frères et sœur de Liam le regardèrent avec curiosité. Tous savaient que le petit était un menteur notoire, mais pour quelle raison s'acharnerait-il à présent ? Leur père n'avait pas cru Liam, c'était tout ce qui importait en matière de punition. Et pourtant, Liam restait inflexible, et son ton indiquait qu'il devait y avoir du vrai dans ses dires.

— Et comment peux-tu nous prouver l'existence du drizzit ? demanda Flanny.

— Nous n'avons pas de corvées demain, répondit Liam. Nous irons cueillir des myrtilles dans la montagne.

— M'man et p'pa ne nous laisseront jamais y aller, intervint Eleni.

— Sauf si nous arrivons à convaincre Connor de se joindre à nous, dit Liam, faisant allusion à l'aîné des frères.

— Connor ne te croira pas, argumenta Eleni.

— Mais toi, il te croira ! répliqua sèchement Liam, provoquant un autre « chut » collectif.

— Mais moi, je ne te crois pas, rétorqua calmement Eleni. Tu inventes toujours des histoires, tu causes toujours des problèmes et tu mens pour t'en sortir !

Liam croisa ses petits bras sur sa poitrine et tapa impatiemment du pied pour mettre fin à l'argumentation de sa sœur.

— Mais tu me croiras, grommela le petit garçon, si tu persuades Connor de venir.

— Allez, dis oui, demanda Flanny à Eleni, tandis que Shawno, réfléchissant aux possibles conséquences, secouait la tête.

— Donc, nous allons dans la montagne, et après ? dit Eleni à Liam, révélant ainsi qu'elle était d'accord.

Liam eut un large sourire et, à genoux, rassembla un tas de sciure dans lequel il dessina une carte grossière de la zone où il avait rencontré le drizzit. Son plan était simple : il s'agissait d'utiliser Eleni, elle cueillerait « négligemment » des myrtilles et servirait d'appât. Les quatre frères la suivraient discrètement et épieraient les alentours tandis qu'elle feindrait une cheville foulée ou une autre blessure. La détresse de Liam avait fait apparaître le drizzit auparavant ; avec une jolie jeune fille comme appât, elle provoquerait sûrement de nouveau sa venue.

Eleni regimba à cette idée, n'étant pas enthousiasmée à l'idée de jouer le rôle du vers sur l'hameçon.

— Mais de toute façon, tu ne me crois pas, lui fit vivement remarquer Liam.

L'inévitable sourire du petit garçon, avec un trou béant à l'endroit où il avait perdu une dent, était parlant : l'entêtement de la jeune fille venait de la piéger.

— Eh bien, si c'est comme ça, d'accord ! s'exclama Eleni, vexée. Et je ne crois pas à ton drizzit, Liam Poildechardon ! Mais si le lion est réel, et que je me fais croquer, je te ferai rougir la peau pour un moment !

Sur ces mots, Eleni fit demi-tour et sortit en trombe de la remise.

Liam et Flanny crachèrent dans leurs mains, avant de lancer des regards de défi à Shawno jusqu'à ce que celui-ci surmonte ses peurs et les imite. Les trois frères joignirent alors leurs mains dans un claquement humide et triomphant. Quels que soient leurs différends, ils semblaient toujours s'évanouir quand l'un d'entre eux trouvait un moyen de taquiner Eleni.

Aucun d'eux ne parla à Connor de la traque planifiée du drizzit. Au contraire, Eleni rappela à leur grand frère les nombreuses faveurs qu'il lui devait et – s'étant assurée au préalable que Liam accepte de prendre sur lui la dette en question s'ils ne trouvaient pas le drizzit – lui promit qu'elle considérerait sa dette comme entièrement honorée si seulement Connor voulait bien l'emmener avec leurs petits frères dans la montagne pour cueillir des myrtilles.

Connor grommela et regimba, se plaignant que l'une des juments avait besoin d'être ferrée, mais il n'avait jamais pu résister aux yeux bleus papillonnants de sa petite sœur, pas plus qu'à son grand sourire lumineux, et la promesse d'Eleni d'effacer sa dette considérable scella son destin. Avec la bénédiction de leurs parents, Connor emmena les enfants Poildechardon haut dans la montagne. Les petites portaient des paniers et lui une épée rudimentaire ceinturée à sa hanche.

Drizzt vit venir la ruse bien avant que la jeune fille du fermier s'aventure seule dans le carré de myrtilles. Il vit également les quatre garçons Poildechardon, tapis dans l'ombre d'un bosquet d'érables voisin, Connor brandissant l'épée grossière d'une manière plus que malhabile.

Le plus jeune des enfants les avait conduits ici, Drizzt l'avait compris. La veille, le drow avait été le témoin de la punition du petit garçon dans la remise. Le cri « drizzit » avait ponctué chaque coup de baguette, du moins au début. Maintenant le petit garçon entêté voulait prouver son histoire grotesque.

La cueilleuse de myrtilles eut un mouvement brusque, puis elle tomba sur le sol et appela à l'aide. Drizzt reconnut les mots « Au secours » étant donné que c'étaient les mêmes qu'avait prononcés le petit garçon aux cheveux blond-roux, et un sourire s'élargit sur son visage noir. À en juger par la façon caricaturale dont elle s'était effondrée, Drizzt savait à quoi s'en tenir. La jeune fille n'était pas blessée ; ses appels à l'aide avaient pour seul et unique but de faire venir le drizzit.

Secouant la tête, incrédule, Drizzt allait s'éloigner, mais un réflexe le retint. Il considéra de nouveau le carré de myrtilles, où la jeune fille était assise, massant sa cheville, ne cessant de lancer des regards nerveux autour d'elle ou dans la direction de ses frères dissimulés. Quelque chose fit vibrer la corde sensible de Drizzt à cet instant, une envie irrépressible. Depuis combien de temps était-il solitaire, errant sans aucune compagnie ? Belwar lui manquait terriblement à présent, ce petit svirfnebelin qui était resté à ses côtés durant de nombreuses épreuves dans les contrées sauvages de l'Outreterre. Zaknafein, son père et ami, lui manquait tout autant. Voir ces frères et sœurs attentionnés les uns envers les autres était plus que Drizzt en pouvait supporter. Le temps était venu pour lui de faire la connaissance de ses voisins.

Drizzt rabattit le capuchon de la cape démesurée du gnoll sur sa tête, bien que le vêtement en lambeaux ne cache pas grand-chose de ses origines, et il s'élança à travers le champ. Il espérait pouvoir détourner l'attention de la jeune fille de la réaction initiale qu'elle ne manquerait pas d'avoir à sa vue, et peut-être trouver alors un moyen de communiquer avec elle. Cet espoir restait, dans le meilleur des cas, extrêmement improbable.

— Le drizzit, souffla Eleni quand elle le vit arriver.

Elle voulut crier très fort mais elle avait le souffle coupé ; elle voulut courir, mais sa terreur la paralysait. Du bosquet, s'éleva la voix de Liam qui parla pour elle :

— Le drizzit ! J'vous l'avais dit ! J'vous l'avais bien dit !

Il se tourna vers ses frères : Flanny et Shawno eurent la réaction excitée qu'il avait espérée. Le visage de Connor, cependant, exprimait un effroi si profond qu'un seul regard sur lui suffit à dissiper toute la joie du jeune Liam.

— Par tous les dieux, murmura l'aîné des fils Poildechardon.

Connor avait déjà vécu des situations dangereuses avec son père, il était entraîné à repérer les ennemis. Il baissa les yeux vers ses trois petits frères et murmura un mot qui n'évoquait rien aux jeunes garçons inexpérimentés :

— Un drow.

Drizzt s'arrêta à une douzaine de pas de la jeune fille effrayée, la première femme humaine qu'il voyait de près, et il l'examina. Eleni était jolie selon les critères de n'importe quelle race, avec de grands yeux au regard doux, des fossettes et une peau lisse et dorée. Drizzt savait qu'aucun combat n'aurait lieu entre eux. Il sourit à Eleni et croisa doucement ses bras sur sa poitrine.

— Drizzt, corrigea-t-il, le doigt pointé vers sa poitrine.

Un mouvement sur le côté le fit se détourner de la jeune fille.

— Cours, Eleni ! criait Connor Poildechardon en agitant son épée, se ruant sur l'elfe noir. C'est un elfe noir ! Un drow ! Sauve-toi !

De tout ce que Connor avait crié, Drizzt n'avait compris que le mot « drow ». Mais l'attitude et les intentions du jeune homme ne laissaient pas de place au doute. Connor s'interposa directement entre Eleni et Drizzt, la pointe de son épée tournée vers celui-ci. Eleni réussit à se relever derrière son frère, mais elle ne s'enfuit pas. Elle aussi avait entendu parler des elfes noirs, et elle ne laisserait pas Connor seul face à l'un d'entre eux.

— Va-t'en, elfe noir, grogna Connor. Je suis un escrimeur émérite et je suis beaucoup plus fort que toi. (Drizzt ouvrit les bras sans savoir que faire, ne comprenant pas un traître mot.) VA-T'EN ! cria Connor.

Sur une impulsion, Drizzt essaya de répondre en utilisant le code silencieux des drows, un langage complexe basé sur des gestes et des expressions du visage.

— Il nous jette un sort ! cria Eleni, et elle plongea dans les myrtilles.

Connor poussa un cri perçant et chargea. Avant que Connor ait vu venir la parade, Drizzt l'attrapa par l'avant-bras, utilisant son autre main pour tordre le poignet du jeune homme et lui prendre son épée. Il fit tournoyer trois fois l'arme grossière au-dessus de la tête de Connor, la fit sauter dans sa main gracieuse puis la retourna, la garde vers le jeune garçon, et la lui rendit.

Drizzt ouvrit grand les bras et sourit. Selon les usages des drows, une démonstration de supériorité ne provoquant aucune blessure signalait des intentions amicales. Mais chez le fils aîné du fermier Bartholomée Poildechardon, la démonstration éblouissante du drow ne provoqua qu'une terreur sans nom.

Connor resta debout, bouche bée, pendant un bon moment. Son épée tomba de sa main mais il ne s'en aperçut pas. Son pantalon, souillé, collait à ses cuisses, mais il ne le remarqua pas.

Un hurlement jaillit du plus profond de lui-même. Il attrapa Eleni, qui joignit son hurlement au sien, et ils s'enfuirent dans la direction du bosquet pour aller chercher les autres, puis encore plus loin, courant jusqu'à ce qu'ils aient passé le seuil de leur maison.

Drizzt se retrouva seul, son sourire vite évanoui et ses bras toujours grands ouverts, au milieu du carré de myrtilles.

Deux yeux qui bougeaient à une vitesse vertigineuse avaient observé l'échange dans ce même carré de myrtilles avec un intérêt plus que soutenu. L'apparition inattendue d'un elfe noir, et surtout d'un elfe noir portant la cape d'un des gnolls, avait répondu à bien des questions de Tephanis. L'esprit follet, fin limier, avait déjà examiné les cadavres des gnolls, mais il n'avait pas encore réussi à faire le lien entre les blessures mortelles des créatures et les armes grossières généralement utilisées par les simples fermiers du village. En voyant les magnifiques cimeterres jumeaux attachés avec désinvolture sur les hanches de l'elfe noir et la facilité avec laquelle celui-ci avait désarmé le jeune fermier, Tephanis comprit tout.

La traînée de poussière laissée par l'esprit follet aurait déconcerté les meilleurs rôdeurs des royaumes. Tephanis, qui n'avait pas pour habitude de filer droit, zigzaguait dans les hautes pistes de la montagne, tournait en rond autour des arbres, courait de leur base à leur sommet et de leur sommet à leur base. Il doublait, voire triplait généralement les distances à parcourir. Les distances ne posaient aucun problème à Tephanis ; il fut face au jeune barghest à la peau violette avant même que Drizzt, qui réfléchissait aux implications de sa désastreuse rencontre, ait quitté le carré de myrtilles.

4

Inquiétudes

Le point de vue de Bartholomée Poildechardon évolua considérablement quand Connor, son fils aîné, identifia le « drizzit » de Liam comme étant un elfe noir. Le fermier avait passé l'intégralité des quarante-cinq années de son existence dans le village de Maldobar, à quatre-vingts kilomètres en amont de la rivière de l'Orque défunt, au nord de Sundabar. Le père de Bartholomée y vivait aussi, et le père de son père y avait vécu avant lui. Durant toutes ces années, Poildechardon n'avait entendu parler d'elfes noirs qu'une seule fois, dans le récit d'un raid attribué aux drows sur un petit campement d'elfes sauvages à quelque cent soixante kilomètres au nord, à Bois Froid. Ce raid, qu'il ait été perpétré par le drow ou non, s'était déroulé une décennie plus tôt.

Le manque d'expérience personnelle du fermier en matière de drows ne diminua en rien sa frayeur à l'écoute du récit de la rencontre faite par ses enfants dans le carré de myrtilles. Connor et Eleni, deux sources fiables suffisamment âgées pour garder la tête froide, avaient distinctement vu l'elfe en question, et ils n'avaient aucun doute quant à la couleur de sa peau.

—La seule chose que je n'arrive pas vraiment à comprendre, dit Bartholomée à Benson Delmo et aux autres fermiers qui s'étaient rassemblés dans sa maison cette nuit-là, c'est la raison pour laquelle le drow a laissé les enfants s'enfuir. Je ne suis pas un expert pour ce qui est des usages des elfes noirs, mais j'en ai suffisamment entendu parler pour m'attendre à une réaction bien différente.

—Peut-être Connor s'en est-il mieux tiré dans son attaque que ce qu'il croit, glissa avec tact Delmo, le maire jovial et grassouillet de Maldobar.

Ils avaient tous entendu comment le jeune Connor avait été désarmé ; Liam et les autres enfants Poildechardon, à l'exception bien naturelle de ce pauvre Connor, éprouvaient un plaisir tout particulier à répéter le récit de cet épisode.

Même s'il apprécia vraiment la marque de confiance du maire, Connor secoua catégoriquement la tête devant sa suggestion.

—Il m'a eu, admit le jeune homme. Peut-être parce que j'étais trop surpris en le voyant, mais il m'a eu. Sans contestation possible.

—Et ce n'était pas un petit exploit, ajouta vivement Bartholomée, pour décourager toute tentative de raillerie de la part de la foule bourrue. Nous avons tous vu Connor se battre. L'hiver dernier, il a exterminé trois gobelins et les loups qui leur tenaient lieu de montures !

—Calme-toi, mon bon Poildechardon, approuva le maire. Personne ici ne met en doute les prouesses de ton fils.

—Mais moi, j'mets en doute la véritable identité d'l'agresseur ! intervint Férul McCartilage.

Férul, dont la stature et la pilosité avaient tout de celles d'un ours, était celui qui de toute l'assemblée avait le plus d'expérience en matière de combat. Il passait plus de temps à parcourir les montagnes qu'à s'occuper de sa ferme, un passe-temps récent qu'il n'appréciait pas particulièrement, et chaque fois que quelqu'un offrait une prime pour des oreilles d'orques, Férul raflait invariablement la plus grosse part de la mise, souvent plus que tout le reste de la ville.

— R'pose tes fesses sur cette chaise, dit Férul à Connor alors que le jeune homme commençait à se lever, manifestement pour protester vivement. J'sais c'que tu dis avoir vu, et j'crois qu't'as vu c'que t'as dit. Mais t'as app'lé ça un « drow », et c'mot signifie plus que c'que tu commences tout juste à connaître. Si ç'avait été un drow qu't'avais trouvé, j'crois bien qu'là maint'nant, toi, tes frères et ta sœur vous s'riez étendus morts dans ce carré d'myrtilles. Non, c'était pas un drow, ça, j'crois pas, mais y a d'autres choses dans ces montagnes qu'ont pu faire c'que tu dis qu'cette chose a fait.

— Dis-nous lesquelles, alors, répliqua avec humeur le père Poildechardon, n'appréciant pas le doute que Férul jetait sur l'histoire de son fils.

Bartholomée n'aimait pas beaucoup Férul de toute façon. Le fermier Poildechardon était à la tête d'une famille respectable, et chaque fois que le grossier et bruyant Férul McCartilage lui rendait visite, il fallait plusieurs jours à Bartholomée et à sa femme pour rappeler à leurs enfants les règles de politesses, particulièrement à Liam.

Férul haussa les épaules, sans s'offusquer du ton du fermier.

— Un gob'lin, un troll… Ptêt' même un elfe des bois qu'aurait trop pris l'soleil !

Son rire, qui ponctua sa dernière phrase, déferla sur les fermiers, comme pour se moquer de leur sérieux.

— Comment peut-on être sûr de ce que c'était, alors ? demanda Delmo.

— On peut l'savoir en l'retrouvant, proposa Férul. D'main matin (il pointa du doigt chacun des hommes qui était assis autour de la table de Bartholomée) on ira faire un tour dans l'coin et on verra bien c'qu'on verra.

Considérant comme terminée cette réunion au pied levé, Férul claqua ses mains sur la table, y prenant appui pour se relever. Il se retourna pourtant une fois à la porte de la maison, leur adressant un clin d'œil exagéré et un sourire presque édenté.

— Et les gars, ajouta-t-il, oubliez pas vos armes !

Le gloussement de Férul résonna aux oreilles du groupe longtemps après que le montagnard mal dégrossi fut parti.

— Nous pourrions faire appel à un rôdeur, proposa l'un des fermiers plein d'espoir tandis que le groupe, découragé, se préparait au départ. J'ai entendu dire qu'il y en avait une à Sundabar, l'une des sœurs de la Dame Alustriel.

— Il est un peu trop tôt pour ça, répondit le maire Delmo, coupant court à tout sourire optimiste.

— Quand il s'agit de drow, peut-il être trop tôt ? glissa rapidement Bartholomée.

Le maire haussa les épaules.

— Nous suivrons McCartilage, répliqua-t-il. Si quelqu'un peut découvrir la vérité sur ce qui se passe dans les hauteurs des montagnes, c'est bien lui. (Il se tourna avec tact vers Connor.) Je crois ton histoire, Connor. Vraiment, j'y crois. Mais nous devons être certains de nos dires avant de requérir l'assistance d'une personne aussi distinguée que l'une des sœurs de la Dame de Lunargent.

Le maire et le reste des fermiers présents partirent, laissant Bartholomée et son père, Markhe, seuls avec le jeune Connor dans la cuisine des Poildechardon.

— C'était pas un gobelin ni un elfe des bois, dit Connor d'une voix basse, dans laquelle on décelait à la fois colère et embarras.

Bartholomée tapota le dos de son fils, n'ayant jamais eu aucun doute sur ses dires.

Dans une des grottes de la montagne, Ulgulu et Kempfana, eux aussi, passèrent la nuit à s'inquiéter de l'apparition d'un elfe noir.

— Si c'est un drow, alors c'est un combattant expérimenté, remarqua Kempfana à l'attention de son frère plus puissant. Assez expérimenté, peut-être, pour permettre à Ulgulu d'atteindre sa maturité.

— Et de retourner à Géhenne ! termina Ulgulu pour son intrigant de frère. Tu as vraiment hâte que je parte.

— Toi aussi, tu as hâte de retourner dans les rifts enfumés, lui rappela Kempfana.

Ulgulu grogna férocement et ne répondit pas. L'apparition d'un elfe noir provoquait de nombreux questionnements et de nombreuses craintes bien au-delà de la simple affirmation logique de Kempfana. Les barghests, comme toutes les créatures dotées d'intelligence d'à peu près n'importe quel plan d'existence, connaissaient les drows et entretenaient un solide respect pour leur race. Si un drow isolé n'était pas un problème, Ulgulu savait qu'un petit groupe d'elfes noirs guerriers, peut-être même une armée, pouvait semer la désolation. Les jeunes barghests n'étaient pas invulnérables. Le village humain leur avait fourni des prises faciles et pourrait continuer à le faire si Ulgulu et Kempfana faisaient preuve de prudence durant leurs attaques. Mais si une bande d'elfes noirs faisait son apparition, ces proies faciles risquaient de disparaître en un rien de temps.

— Il faut s'occuper du cas de ce drow, constata Kempfana. Si c'est un éclaireur, il ne doit pas pouvoir faire son rapport.

Ulgulu glissa un froid regard noir vers son frère, puis il appela son esprit follet. Avant même qu'il ait fini de prononcer « Tephanis ! », l'esprit follet avait pris place sur son épaule.

— Vous-avez-besoin-que-j'aille-tuer-le-drow, mon-maître, répondit l'esprit follet. Je-comprends-ce-que-vous-attendez-de-moi.

— Non ! cria immédiatement Ulgulu, sentant que l'esprit follet s'apprêtait à partir à l'instant. (Le temps que la syllabe franchisse les lèvres d'Ulgulu, Tephanis était déjà à mi-chemin de la porte, mais l'esprit follet était de retour sur l'épaule du jeune barghest avant que l'écho s'éteigne.) Non, répéta Ulgulu, plus calmement. Nous pourrions peut-être tirer avantage de l'apparition de ce drow.

Kempfana comprit les intentions de son frère en lisant son large et mauvais sourire.

— Un nouvel ennemi pour les habitants de la ville, raisonna le plus petit des jeunes barghests, un nouvel ennemi pour couvrir tes meurtres ?

— De toute chose, on peut tirer avantage, répliqua avec malice le grand barghest à peau violette, même de l'apparition d'un elfe noir.

Ulgulu tourna la tête vers Tephanis.

— Vous-voulez-en-savoir-plus-sur-le-drow, mon-maître, débita Tephanis avec excitation.

— Est-il seul ? demanda Ulgulu. Est-il l'éclaireur d'une bande plus importante, comme nous le craignons, ou bien s'agit-il d'un guerrier solitaire ? Quelles sont ses intentions vis-à-vis des gens de la ville ?

— Il-aurait-pu-tuer-les-enfants, répéta Tephanis. Mon-opinion-est-qu'il-cherche-à-se-faire-des-amis.

— Je sais, grogna férocement Ulgulu. Tu m'as déjà exposé ton point de vue. Vas-y, maintenant, et apprends-en plus ! J'ai besoin de plus que ton point de vue, Tephanis, et dans tous les cas, les actions d'un drow renseignent rarement sur ses intentions véritables ! (Tephanis sauta de l'épaule d'Ulgulu et s'arrêta, attendant davantage d'instructions.) C'est bien, Tephanis, ronronna Ulgulu. Vois si tu peux subtiliser l'une des armes du drow pour moi. Cela pourrait se révéler très ut…

Ulgulu s'interrompit quand il remarqua le battement de l'épais rideau qui bloquait l'entrée de la salle.

—Un petit esprit follet bien nerveux, remarqua Kempfana.

—Mais très utile, répondit Ulgulu, et Kempfana ne put que hocher la tête en signe d'assentiment.

Drizzt les vit arriver à un mille de distance. Dix fermiers armés suivaient le jeune homme qu'il avait rencontré la veille dans le carré de myrtilles. Bien qu'ils soient en train de discuter et de plaisanter, le rythme de leurs pas était déterminé et leurs armes bien en évidence, visiblement prêtes à être utilisées. De façon plus insidieuse, marchant à côté du groupe, se trouvait un homme à large poitrine, la mine lugubre, emmitouflé dans des peaux épaisses, brandissant une hache finement ouvragée et menant par de lourdes chaînes deux gros chiens jaunes qui grognaient.

Drizzt voulait établir de nouveau le contact avec les villageois, il désirait véritablement poursuivre la démarche qu'il avait entamée la veille, pour savoir s'il lui était possible de trouver, après des années d'errance, un endroit qu'il pourrait considérer comme son foyer, mais la rencontre qui s'annonçait, comprit-il, ne correspondait en rien à ce qu'il recherchait. Si les fermiers le trouvaient, il y aurait sûrement du grabuge. Drizzt ne craignait pas vraiment pour sa propre sécurité face à cette petite bande mal organisée, malgré la présence du sinistre guerrier ; en revanche, il craignait que l'un des fermiers soit blessé dans la bataille.

Drizzt décida que sa mission du jour serait d'éviter le groupe et de détourner leur curiosité. Le drow connaissait la diversion parfaite pour parvenir à ses fins. Il disposa la figurine d'onyx sur le sol devant lui et appela Guenhwyvar.

Un bourdonnement à ses côtés, suivi d'un soudain bruissement qui le frôla, attira l'attention du drow l'espace d'un instant, alors que la brume familière tourbillonnait autour de la figurine. Mais ne percevant aucune menace apparente, Drizzt se détourna rapidement de cette préoccupation. Il avait des problèmes plus urgents à régler, pensa-t-il.

Dès l'apparition de Guenhwyvar, Drizzt et le fauve descendirent le sentier qui menait au-delà du carré de myrtilles, où Drizzt pensait que les chasseurs commenceraient leur traque. Son plan était simple : il laisserait les fermiers errer un moment dans le coin, laissant le temps au fils du fermier de refaire le récit de la rencontre. Guenhwyvar ferait alors son apparition sur le bord du champ et entraînerait les hommes dans une traque inutile. La panthère noire pourrait provoquer le doute quant à l'histoire du jeune homme ; peut-être que les fermiers en déduiraient que les enfants n'avaient rencontré que le fauve, et non un elfe noir, et que les autres détails de son histoire provenaient de leur imagination. C'était un pari osé, Drizzt le savait, mais Guenhwyvar provoquerait au moins le doute quant à la véracité de l'existence du drow, et elle éloignerait les chasseurs de Drizzt pour un moment.

Les fermiers arrivèrent au carré de myrtilles à l'heure prévue, quelques-uns arborant des mines patibulaires, prêts pour la bataille, mais la plupart d'entre eux absorbés dans des conversations entrecoupées de rires. Ils trouvèrent l'épée abandonnée, et Drizzt les observa, hochant la tête tandis que le fils du fermier rejouait la scène qui s'était déroulée la veille. Drizzt remarqua également que le grand porteur de hache, qui écoutait le récit sans enthousiasme, faisait le tour du groupe avec ses chiens, leur indiquant de nombreux endroits du champ, qu'il leur faisait renifler. Drizzt n'avait aucune expérience pratique en matière de chiens, mais il savait que de nombreuses créatures possédaient des sens surdéveloppés et pouvaient être utilisées pour la traque.

— Vas-y, Guenhwyvar, murmura le drow sans laisser le temps aux chiens de trouver une piste claire.

L'énorme panthère descendit la piste à grandes foulées souples et silencieuses et prit position dans l'un des arbres du bosquet, celui-là même où les enfants s'étaient cachés la veille. Son rugissement fit cesser les conversations animées du groupe et, en un instant, toutes les têtes se tournèrent vers les arbres.

La panthère sauta droit dans le carré de myrtilles, passa en un éclair juste derrière les humains abasourdis, et fila comme une flèche entre les rochers acérés du versant de la montagne. Les fermiers la poursuivirent en poussant des cris, demandant à l'homme aux chiens de prendre leur tête. Très vite, le groupe entier s'était éloigné, les chiens aboyant furieusement, et Drizzt descendit dans le bosquet proche du carré de myrtilles pour réfléchir aux événements de la journée et aux actions à entreprendre.

Il lui sembla qu'un bourdonnement le suivait, mais il ne s'en préoccupa guère, attribuant celui-ci à un quelconque insecte.

D'après le comportement confus de ses chiens, il ne fallut pas longtemps à Férul McCartilage pour comprendre que la panthère n'était pas la créature qui avait laissé son odeur dans le carré de myrtilles. En outre, Férul comprit que ses compagnons déguenillés, en particulier ce maire obèse, n'avaient que peu de chances d'attraper le fauve, même avec son aide ; la panthère pouvait bondir au-dessus de ravins si larges qu'il faudrait plusieurs minutes aux fermiers pour les contourner.

— Continuez ! dit Férul au reste du groupe. Chassez c'te bête sur ce ch'min. Avec mes chiens, j'vais prendre la transversale, pour lui couper la route et la renvoyer vers vous.

Les fermiers claironnèrent leur accord et continuèrent la poursuite, tandis que Férul tirait sur ses chaînes pour que ses chiens fassent demi-tour.

Les chiens, entraînés pour la chasse, voulaient continuer, mais leur maître avait un autre itinéraire en tête. Il y avait plusieurs choses qui tracassaient Férul à ce moment-là. Il parcourait ces montagnes depuis trente ans, et il n'avait jamais vu, ni même entendu parler d'un fauve pareil. En outre, bien que la panthère soit parfaitement capable de semer ses poursuivants sans difficulté, elle semblait toujours réapparaître en zone dégagée à courte distance, comme si elle baladait les fermiers. Férul savait reconnaître une diversion quand il en voyait une, et il avait bon espoir de connaître également la localisation de son instigateur. Il musela ses chiens pour que ceux-ci restent silencieux et repartit d'où il venait, vers le carré de myrtilles.

Drizzt se reposait à l'ombre d'un arbre, dans l'obscurité de l'épais bosquet, se demandant quelles suites il pouvait bien donner à son apparition parmi les fermiers, sans pour autant provoquer la panique chez eux. Quand il avait passé des jours entiers à observer cette famille, Drizzt s'était convaincu qu'il pouvait trouver une place au sein des humains, dans ce hameau ou dans un autre, si seulement il parvenait à les convaincre qu'il n'avait pas de mauvaises intentions.

Un bourdonnement sur la gauche de Drizzt le sortit brusquement de sa méditation. Il leva rapidement ses cimeterres, quand quelque chose apparut en un éclair, trop vite pour qu'il puisse réagir. Il cria en ressentant une vive douleur au poignet, et son cimeterre lui échappa des mains.

Perplexe, Drizzt baissa les yeux sur sa blessure, s'attendant à voir une flèche ou un autre projectile profondément enfoncé dans son bras.

La blessure était nette et vide. Un rire haut perché relança Drizzt dans la bataille. Devant lui se tenait un esprit follet, debout, le cimeterre de Drizzt négligemment posé sur l'une de ses épaules, l'arme touchant presque le sol derrière la minuscule créature. Dans son autre main, il tenait une dague ruisselante de sang.

Drizzt resta immobile, essayant de deviner la prochaine action de la petite chose. Il n'avait jamais vu d'esprit follet, ni même entendu parler d'une créature aussi peu commune, mais il se faisait déjà une bonne idée de l'avantage de son adversaire ultrarapide. Avant que le drow ait pu élaborer un quelconque plan pour venir à bout de l'esprit follet, un autre adversaire apparut.

Drizzt sut dès qu'il entendit les aboiements que son cri de douleur l'avait trahi. Le premier des chiens grondants de Férul McCartilage se jeta dans le bosquet, chargeant le drow à ras de terre. Le second, à quelques enjambées derrière son congénère, bondit pour attaquer par les airs, visant la gorge de l'elfe.

Cette fois, pourtant, Drizzt fut le plus rapide. Il abaissa vivement le seul cimeterre qui lui restait, blessant le premier chien à la tête et l'assommant dans la foulée. Sans hésitation, Drizzt se jeta en arrière, renversant sa prise sur le cimeterre et le plaçant devant son visage, face au chien bondissant. La garde du cimeterre prenait appui contre le tronc de l'arbre et le chien, incapable de ralentir son élan, s'empala violemment la gorge et la poitrine sur la lame de l'arme ainsi positionnée. L'impact brutal arracha le cimeterre de la main de Drizzt, et le chien et l'arme atterrirent dans les broussailles.

Drizzt s'était à peine remis de l'assaut quand Férul McCartilage apparut.

— T'as tué mes chiens ! gronda l'énorme homme des montagnes, dirigeant Saigneuse, sa grande hache de bataille, vers la tête du drow.

La hache était étonnamment rapide compte tenu de sa taille, mais Drizzt réussit à l'esquiver en se jetant sur le côté. Le drow ne comprenait rien au flot continu d'imprécations de McCartilage, et il savait que l'homme à la carrure imposante ne comprendrait rien non plus aux explications que l'elfe pourrait tenter de lui donner.

Blessé et désarmé, Drizzt avait pour seule défense la feinte et l'esquive. Un autre moulinet de l'arme faillit le toucher, tranchant la cape du gnoll, mais il retint son souffle et la hache ne fit que frôler sa fine cotte de mailles. Drizzt se glissa sur le côté, à travers un petit groupe d'arbres serrés, où il pensait que sa plus grande agilité pouvait lui donner un avantage. Il fallait qu'il essaie de fatiguer l'humain enragé, ou au moins de le pousser à reconsidérer son attaque brutale. Mais la colère de McCartilage ne s'atténua pas. Il chargea droit sur Drizzt, grognant et faisant des moulinets avec sa hache à chaque pas.

Drizzt voyait maintenant les failles de son plan. Certes, il pouvait garder une certaine distance avec le puissant et corpulent corps de l'humain dans l'enchevêtrement des arbres, mais rien n'empêchait la hache de McCartilage d'y plonger.

La méchante lame apparut sur le côté à hauteur d'épaule – Drizzt s'aplatit par terre dans un mouvement désespéré, évitant la mort de peu. McCartilage fut incapable de ralentir son mouvement à temps, et la lourde hache – puissamment ensorcelée – s'enfonça de dix centimètres dans le tronc d'un jeune érable, le fendant en deux.

L'angle de la frappe sur le tronc noueux retenait solidement la hache de Férul. Celui-ci poussa un grognement et essaya de libérer son arme, ne comprenant qu'à la dernière minute que l'arbre était sur le point de s'abattre. Il réussit à s'éloigner de la masse du tronc mais fut enseveli sous les branchages de l'érable. Les branches s'enchevêtrèrent autour de lui, formant une structure qui, en l'entourant, le plaquait fermement au sol.

— Sois maudit, drow ! grogna furieusement McCartilage, se débattant sans résultat dans cette cage naturelle.

Drizzt s'éloigna en rampant, serrant toujours son poignet blessé. Il retrouva son unique cimeterre, enfoncé jusqu'à la garde dans l'infortuné chien. Cette vue peina Drizzt ; il savait l'importance qu'on attachait aux animaux de compagnie. Il lui fallut plusieurs minutes très pénibles pour en retirer sa lame, des instants rendus encore plus dramatiques par l'autre chien qui, presque totalement assommé, se remettait lentement à bouger.

— Sois maudit, drow ! grogna de nouveau McCartilage.

Drizzt comprenait le mot qu'il avait utilisé pour désigner son engeance, et pouvait deviner le reste. Il voulait aider l'homme à terre, ce qui aurait peut-être pu mener à une discussion plus civilisée, mais il ne pensait pas que le chien qui était en train de se réveiller soit prêt à lui tendre une patte amicale. Après avoir jeté un dernier regard à la recherche de l'esprit follet qui avait ouvert les hostilités, Drizzt s'extirpa du bosquet et s'enfuit dans les montagnes.

— Nous aurions dû l'attraper, c'te bête ! grommelait Bartholomée Poildechardon tandis que le groupe de chasseurs revenait au carré de myrtilles. Si McCartilage avait bien été là où il l'avait dit, nous aurions pu attraper c'fauve, c'est sûr ! Quoi qu'il en soit, où qu'ils sont donc passés, lui et sa meute ?

Une suite de hurlements – « Drow ! Drow ! » – en provenance du bosquet d'érables répondit à la question de

Bartholomée. Les fermiers s'y ruèrent pour y trouver Férul toujours emprisonné, impuissant, sous l'érable fendu.

— L'maudit drow! brailla Férul. L'a tué mon chien! L'maudit drow! (Il tendit la main vers son oreille gauche quand son bras fut libéré et prit conscience que celle-ci n'était plus là.) L'maudit drow! grogna-t-il encore.

Connor Poildechardon ne cacha pas sa satisfaction et sa fierté quand il eut confirmation de son histoire souvent mise en doute, mais l'aîné des enfants Poildechardon était bien le seul à s'en réjouir. Les autres fermiers étaient plus âgés que Connor; ils comprenaient les sombres implications de la présence d'un elfe noir rôdant dans la région.

Benson Delmo, essuyant la sueur de son front, ne fit pas mystère de la façon dont il prenait la nouvelle. Il se tourna immédiatement vers le jeune fermier qui se tenait à ses côtés, un jeune homme réputé pour ses prouesses en matière d'élevage et d'équitation.

— Va à Sundabar, lui ordonna le maire. Trouve-nous un rôdeur, tout de suite!

En quelques minutes, Férul fut libéré. Son chien blessé l'avait rejoint entre-temps, mais de savoir que l'un de ses chers compagnons avait survécu n'avait que peu atténué la colère de l'homme fruste.

— L'maudit drow! hurla Férul, peut-être pour la centième fois, tout en essuyant le sang sur sa joue. J'vais me l'faire, c'maudit drow!

Il ponctua ses propos en balançant Saigneuse d'une seule main dans le tronc d'un autre érable, manquant le fendre en deux lui aussi.

5

Le poids de la fatalité

Les gobelins de garde plongèrent sur le côté quand le terrible Ulgulu déchira le rideau et jaillit du réseau de grottes. L'air libre et frais de la montagne glaciale fit du bien au jeune barghest ; il se sentit encore mieux à l'idée de la tâche qui l'attendait. Il regarda le cimeterre que Tephanis lui avait livré : l'arme ensorcelée semblait minuscule dans l'immense main sombre d'Ulgulu.

Ulgulu laissa inconsciemment tomber l'arme sur le sol. Il ne voulait pas l'utiliser cette nuit ; le jeune barghest préférait se servir de ses propres armes mortelles – ses crocs et ses griffes – pour goûter ses victimes, dévorer leur essence vitale et devenir plus puissant. Mais Ulgulu était une créature intelligente, et sa raison prit rapidement le pas sur ses instincts primaires, qui réclamaient du sang. Il y avait un objectif derrière la tâche de ce soir, un plan qui promettait de lui apporter des bénéfices immenses et l'élimination de la très sérieuse menace que représentait l'apparition inattendue du drow.

Ulgulu émit un grognement guttural, signe que ses instincts primaires étaient à peine jugulés, puis il reprit le cimeterre et descendit à pas lourds le flanc de la montagne, couvrant de larges distances à chaque enjambée. La bête s'arrêta au bord d'un ravin, où se déroulait un sentier unique et étroit, qui suivait la face abrupte de la falaise. Il lui faudrait plusieurs minutes pour descendre le long du dangereux itinéraire.

Mais Ulgulu avait faim.

La conscience d'Ulgulu se replia au fond de son être, se concentrant sur la partie qui vibrait d'énergie magique. Il n'était pas une créature du plan Matériel, et les créatures extra-planaires amenaient inévitablement avec elles des pouvoirs qui semblaient magiques aux créatures de leur plan d'accueil. Les yeux orange d'Ulgulu brillèrent d'une lueur excitée quand il émergea de sa transe à peine quelques instants plus tard. Il scruta le bas de la falaise et visualisa un emplacement plat sur le sol en contrebas, peut-être à quatre cents mètres de là où il se trouvait.

Une porte multicolore et miroitante apparut devant Ulgulu, suspendue dans les airs au bord de la falaise. Riant d'un rire qui ressemblait plus à un rugissement, Ulgulu ouvrit la porte et vit apparaître derrière elle l'endroit qu'il avait visualisé. Il en passa le seuil, contournant la distance matérielle qui le séparait du bas du ravin d'un seul pas extra-dimensionnel.

Ulgulu poursuivit sa course vers le village des humains, il courut avec rage, impatient d'enclencher l'engrenage du plan cruel qu'il préparait.

Tandis que le jeune barghest approchait de la montagne, il se concentra de nouveau sur la partie magique de son être. Ses pas ralentirent, puis la créature s'arrêta d'un coup, agitée de spasmes et gargouillant des syllabes incompréhensibles. Ses os s'amalgamèrent avec des bruits secs, sa peau se déchira et se reforma, s'assombrissant jusqu'à devenir presque noire.

Quand Ulgulu recommença à avancer, ses enjambées – les enjambées d'un elfe noir – n'étaient plus aussi larges.

Ce soir-là, Bartholomée Poildechardon était assis avec son père, Markhe, et avec son fils aîné dans la cuisine de la ferme isolée en périphérie de Maldobar, à l'ouest. La femme de Bartholomée et sa mère étaient parties dans la grange installer les animaux pour la nuit, et les quatre plus jeunes enfants étaient en sécurité, couchés dans la petite chambre attenante à la cuisine.

Lors d'une nuit normale, les trois générations de la famille Poildechardon seraient déjà tous en train de ronfler bien au chaud dans leurs lits, mais Bartholomée craignait que de nombreuses autres nuits soient nécessaires avant qu'un semblant de normalité revienne sur la ferme habituellement tranquille. Un elfe noir avait été repéré dans les environs et, si Bartholomée n'était pas convaincu que cet étranger représente une menace – le drow aurait facilement pu tuer Connor et les autres enfants –, il savait que son apparition causerait beaucoup d'agitation à Maldobar, et ce pour un bon moment.

— Peut-être pourrions-nous retourner en ville ? proposa Connor. Ils nous trouveraient une demeure où loger, et tout Maldobar nous soutiendrait alors.

— Nous soutiendrait ? répondit Bartholomée d'un ton sarcastique. Et laisseraient-ils tous les jours leurs fermes pour venir ici nous aider à faire avancer le travail ? Lesquels d'entre eux, à ton avis, chevaucheraient chaque nuit jusqu'ici pour s'occuper des animaux ?

Connor baissa la tête devant la réprimande de son père. Il glissa la main sur la garde de son épée, se remémorant par ce geste qu'il n'était plus un enfant. Ce qui ne l'empêcha pas de ressentir une vague de gratitude quand il sentit le poids de la main que son grand-père posa négligemment sur son épaule.

— Faut réfléchir, mon garçon, avant de dire des choses comme ça, continua Bartholomée. (Son ton s'adoucit quand il comprit le profond impact que ses dures paroles avaient eu sur son fils.) La ferme, c'est la prunelle de tes yeux, la seule chose qui compte.

— Peut-être pourrait-on y envoyer les petits, intervint Markhe. Ce garçon a des raisons de s'inquiéter, avec un elfe noir dans le coin et tout ça.

Bartholomée se détourna et appuya son menton contre sa paume avec résignation. L'idée même de séparer la famille lui déplaisait. La famille était toute la force des Poildechardon, et ce depuis plus de cinq générations. Pourtant, Bartholomée avait réprimandé Connor alors que le jeune homme n'avait parlé qu'au nom du bien-être de la famille.

— J'aurais dû mieux y réfléchir, papa. Je suis désolé, murmura Connor.

Bartholomée sut que sa propre fierté ne tiendrait pas face à la peine que ressentait son fils.

— Tu d'vrais pas l'être, répondit Bartholomée, se tournant vers les autres. C'est moi qui devrais m'excuser. Nous avons tous les nerfs à vif avec cette histoire d'elfe noir. T'as raison dans c'que tu dis, Connor. Nous sommes trop loin de tout ici pour être en sécurité.

Comme en réponse, un lourd craquement de bois et un cri assourdi s'élevèrent à l'extérieur, en provenance de la grange. L'espace d'un horrible instant, Bartholomée Poildechardon prit conscience qu'il aurait dû prendre cette décision plus tôt, quand la clarté du jour offrait encore à sa famille un minimum de protection.

Connor réagit le premier, courant à la porte et l'ouvrant violemment. La cour de la ferme était silencieuse comme une tombe ; pas même la stridulation d'un criquet pour troubler l'aspect irréel de la scène. Une lune silencieuse se dessina bas dans le ciel, allongeant les ombres derrière chaque barrière et chaque arbre. Connor observa les alentours, sans oser respirer, durant une seconde qui lui parut durer une heure.

La porte de la grange grinça et sortit de ses gonds. Un elfe noir s'avança dans la cour de la ferme.

Connor referma la porte et s'y adossa brutalement, pour bénéficier d'un appui solide.

— M'man…, souffla-t-il à son père et à son grand-père saisis d'effroi. Le drow…

Les deux adultes hésitèrent, mille visions d'horreur envahissant leur esprit. Ils se levèrent de leurs sièges en même temps, Bartholomée allant chercher une arme et Markhe rejoignant Connor à la porte.

Leur mouvement soudain libéra Connor de sa paralysie. Il dégaina l'épée accrochée à sa ceinture et ouvrit la porte d'un grand geste, pour se ruer dehors et faire face à l'intrus.

Un seul bond de ses jambes puissantes avait suffi à Ulgulu pour l'amener juste devant la porte de la maison. Connor, qui s'était précipité à l'aveugle, percuta la créature – qui avait l'apparence d'un svelte drow – et fut rejeté en arrière, sidéré, dans la cuisine. Avant qu'un des hommes ait pu réagir, le cimeterre s'abattit sur le crâne de Connor de toute la force du jeune barghest, coupant presque le jeune homme en deux.

Ulgulu avança sans encombre dans la cuisine. Il vit le vieil homme – le moins dangereux des deux ennemis restants – qui tentait de le frapper, et il fit appel à sa nature magique pour faire échouer l'attaque. Une vague d'émotions violentes balaya Markhe Poildechardon, un désespoir et une terreur si forts qu'il ne pouvait pas les combattre. Sa bouche ridée s'ouvrit dans un cri silencieux et il s'écroula en arrière, heurtant brutalement le mur, ses mains pressant sa poitrine, impuissant.

La charge de Bartholomée Poildechardon portait le poids de sa rage débridée. Le fermier grognait et haletait des sons inintelligibles quand il abaissa sa fourche et se rua sur l'intrus qui avait assassiné son fils.

L'apparence de svelte elfe noir qui dissimulait le jeune barghest ne diminuait en rien sa force gigantesque. Comme les pointes de la fourche parcouraient les derniers centimètres qui les séparaient de la poitrine de la créature, Ulgulu bloqua le manche de l'outil d'une seule main. Bartholomée fut coupé net dans son élan. Le manche de l'arme s'enfonça violemment dans son ventre, lui coupant le souffle.

Ulgulu leva vivement le bras, soulevant Bartholomée bien au-dessus du sol et cognant sa tête contre l'une des poutres du plafond, suffisamment fort pour lui briser le cou. Le jeune barghest jeta nonchalamment Bartholomée et son arme pitoyable à travers la cuisine et s'avança vers le vieil homme.

Peut-être Markhe le vit-il arriver ; peut-être le vieil homme était-il trop déchiré par la douleur et l'angoisse pour suivre ce qui se passait dans la pièce. Ulgulu s'approcha de lui et ouvrit grand la bouche. Il voulait dévorer le vieil homme, faire un festin de sa force de vie comme il l'avait fait avec la plus jeune des femmes de la grange. Ulgulu avait regretté ce qu'il avait alors fait à la seconde où l'extase de la tuerie s'était évanouie. Une fois de plus, la raison du jeune barghest fut plus forte que ses instincts primaires. En poussant un grognement de frustration, Ulgulu transperça la poitrine de Markhe avec le cimeterre, mettant un terme à la douleur du vieil homme.

Ulgulu contempla à la ronde l'épouvantable résultat de ses agissements, regrettant de ne pas avoir fait un festin de ces jeunes et forts fermiers, mais il se rappela les bénéfices qu'il allait tirer des actes de ce soir. Un cri étouffé le mena à la chambre attenante, où dormaient les enfants.

Drizzt descendit des montagnes avec circonspection le jour suivant. Son poignet poignardé par l'esprit follet le lançait, mais la blessure était nette et Drizzt ne se faisait pas de souci quant à sa guérison. Il s'accroupit dans les broussailles côté colline, derrière la ferme des Poildechardon, prêt à tenter une autre rencontre avec les enfants. Drizzt avait trop observé la communauté humaine et passé trop de temps en solitaire pour laisser tomber. C'était ici qu'il comptait établir son foyer s'il parvenait à faire tomber les plus préjudiciables des barrières qui le séparaient des humains, personnifiées en particulier par le grand homme aux chiens féroces.

De là où il était, Drizzt ne pouvait pas voir la porte de la grange en morceaux, et tout semblait normal à la ferme dans la faible lueur qui précédait l'aube.

Mais les fermiers ne sortirent pas avec le soleil, alors qu'ils n'avaient jamais attendu qu'il soit levé pour aller travailler depuis que Drizzt les observait. Un coq chanta et plusieurs animaux remuèrent çà et là dans la basse-cour, mais la maison resta silencieuse. Drizzt savait que c'était inhabituel, mais il se dit que les fermiers se cachaient dans les montagnes à cause de la rencontre de la veille. Peut-être toute la famille avait-elle quitté la ferme, cherchant un abri au sein du nombre plus important de maisons de la ville proprement dite. Ces pensées peinaient profondément Drizzt ; de nouveau, il avait perturbé la vie de ceux qui l'entouraient simplement en montrant son visage. Il se souvint de Blingdenpierre, la ville des gnomes svirfnebelins, du tumulte et des possibles dangers que son apparition avait amenés sur eux.

Le jour ensoleillé s'éclaircit, mais une brise glaciale soufflait en provenance des montagnes. Pour ce que Drizzt pouvait en dire, personne n'avait bougé, que ce soit dans la cour de la ferme ou dans la maison. Le drow observait attentivement, de plus en plus inquiet au fur et à mesure que les secondes s'égrenaient.

Un bourdonnement familier fit sortir Drizzt de sa méditation. Il dégaina son unique cimeterre et jeta des coups d'œil à la ronde. Il aurait aimé pouvoir appeler Guenhwyvar, mais il ne s'était pas écoulé un délai suffisant depuis la dernière visite du fauve. La panthère avait besoin de se reposer dans sa demeure astrale encore une journée avant d'être suffisamment forte pour marcher aux côtés de Drizzt. Ne voyant rien dans les parages immédiats, Drizzt se plaça entre les troncs de deux grands arbres, une position plus facile à défendre face à la vitesse aveuglante de l'esprit follet.

Le bourdonnement avait disparu un instant plus tard, et l'esprit follet restait invisible. Drizzt passa le reste de la journée à arranger les broussailles environnantes, retirant ce qui pouvait le faire trébucher et comblant les trous du sol. S'il devait de nouveau combattre l'esprit follet, le drow était déterminé à changer l'issue de la bataille.

Les ombres qui s'allongeaient et le ciel occidental qui s'empourprait ramenèrent l'attention de Drizzt vers la ferme des Poildechardon. Aucune bougie n'était allumée où que ce soit dans la maison pour combattre l'obscurité qui s'épaississait.

Drizzt se sentit encore plus inquiet. Le retour de l'affreux esprit follet lui avait rappelé de manière très émouvante les dangers de la région, et la cour de la ferme restait déserte ; une peur naquit en lui, s'enracina et se transforma rapidement en épouvante.

Le crépuscule s'assombrit, devenant la nuit. La lune se leva et commença à s'élever dans le ciel oriental avec régularité.

Il n'y avait toujours aucune bougie d'allumée dans la maison, et pas un son en provenance des fenêtres sombres.

Drizzt se glissa hors des broussailles et fila comme une flèche vers le petit champ derrière la maison. Il n'avait pas l'intention de s'en approcher ; il voulait juste en apprendre un peu plus. Peut-être les chevaux et le petit chariot du fermier auraient-ils disparu, confirmant la théorie de Drizzt qui voulait que les fermiers se soient réfugiés dans le village.

Quand il arriva sur le côté de la grange et qu'il vit la porte en morceaux, Drizzt sut instinctivement que ce n'était pas le cas. Sa peur grandissait à chacun de ses pas. Il jeta un coup d'œil à travers l'embrasure de la porte et ne fut pas surpris de voir le chariot au beau milieu de la grange et les étables occupées par leurs chevaux.

Mais à côté du chariot était allongée une vieille femme, déchiquetée et couverte de son propre sang. Drizzt s'approcha d'elle et comprit tout de suite qu'elle était morte, et qu'elle avait été tuée par une arme tranchante. Immédiatement, il pensa à l'esprit follet diabolique et au cimeterre qu'il lui avait pris. Quand il trouva le deuxième cadavre, derrière le chariot, il sut qu'un autre monstre, plus vicieux et plus puissant, était également impliqué. Drizzt ne put identifier ce corps à moitié dévoré.

Drizzt courut de la grange jusqu'à la maison, oubliant toute prudence. Il trouva les corps des hommes Poildechardon dans la cuisine et, à son horreur ultime, les enfants allongés trop calmement dans leur lit. Des vagues de nausée et de culpabilité s'abattirent sur le drow quand il contempla les petits cadavres. Le mot « drizzit » carillonna douloureusement dans son esprit à la vue du petit garçon aux cheveux blond-roux.

Le tumulte des émotions de Drizzt était plus qu'il en pouvait supporter. Il se couvrit les oreilles pour étouffer ce maudit mot, « drizzit ! », mais celui-ci faisait interminablement écho dans sa tête, le hantant, ravivant ses souvenirs.

Incapable de reprendre son souffle, Drizzt s'enfuit en courant de la maison. S'il avait fouillé la pièce avec plus d'attention, il aurait trouvé, caché sous le lit, son autre cimeterre, cassé en deux et laissé là à l'attention des villageois.

Deuxième partie

La rôdeuse

Y a-t-il quoi que ce soit au monde qui ait plus de poids que la culpabilité ? J'en ai bien souvent ressenti la morsure, j'en ai porté la charge sur bien des distances, le long de bien des routes.

La culpabilité est comme une épée à double tranchant. D'un côté, elle s'abat pour la justice, imposant concrètement la vertu à ceux qui la craignent. La culpabilité, conséquence de la conscience, est ce qui garde les personnes bienfaisantes à distance du maléfique. Mis dans une situation dont ils peuvent tirer bénéfice, la plupart des drows peuvent tuer sans état d'âme, que ce soit un congénère ou une créature d'une autre race, et n'y plus penser par la suite. L'assassin drow peut craindre un châtiment mais ne versera aucune larme pour ses victimes.

Pour les hommes – et pour les elfes de la surface, et pour toutes les races bienfaisantes –, la souffrance imposée par la conscience est normalement bien plus puissante que toute menace extérieure. Certains pourraient en conclure que la culpabilité – la conscience – est la différence essentielle entre les différentes races des Royaumes. Dans cette optique, la culpabilité doit être considérée comme une force positive.

Mais il y a une autre face à cette émotion accablante. La conscience ne relève pas toujours d'un jugement rationnel. La culpabilité est toujours une charge auto-infligée, sans pour autant l'être toujours à bon escient. Tel fut mon cas quand je suivais la route qui menait de Menzoberranzan au Valbise. J'ai emmené de Menzoberranzan la culpabilité que je ressentais pour Zaknafein, mon père, sacrifié en mon nom. J'ai porté à travers Blingdenpierre la culpabilité pour Belwar Dissengulp, le svirfnebelin que mon frère avait mutilé. Sur chacune des nombreuses routes que j'ai empruntées, suivirent d'autres fardeaux : Caqueteur, tué par le monstre qui me pourchassait ; les gnolls, mis à mort de ma propre main ; et les fermiers – le plus douloureux –, cette simple famille de fermiers assassinée par le barghest.

En y réfléchissant, je savais que ce n'était pas ma faute, que je n'avais aucune influence sur ces événements, ou dans certains cas, comme dans celui des gnolls, que j'avais agi judicieusement. Mais la raison est une faible défense contre le poids de la culpabilité.

Plus tard, soutenu par la confiance d'amis fidèles, j'ai fini par me débarrasser de la plupart de ces fardeaux. D'autres sont restés, et resteront toujours. J'accepte le caractère inévitable de cette charge, dont je me sers pour guider mes pas.

C'est, je crois, la véritable finalité de la conscience.

Drizzt Do'Urden

6

Sundabar

— Oh, ça suffit, Tracasse, dit la grande femme, repoussant les mains du nain à la tunique aussi claire que sa barbe.

Elle passa les doigts dans ses cheveux bruns et épais, les emmêlant considérablement.

— Tss, tss, répondit le nain, retournant immédiatement à la tache qui déparait la cape de la femme.

Il la brossait frénétiquement, mais les mouvements continuels de la rôdeuse rendaient ses efforts quasiment inutiles.

— Vous savez, maîtresse Fauconnier, je crois que vous feriez bien de consulter quelques livres sur les bonnes manières.

— J'arrive tout juste de Lunargent à cheval ! répliqua avec indignation Colombe Fauconnier. (Elle adressa un clin d'œil à Gabriel, un de ses compagnons de combat qui se trouvait dans la pièce, un grand homme au visage sévère.) Il est normal de se tacher sur la route.

— Vous êtes arrivée il y a presque une dizaine ! protesta le nain. Vous avez assisté au banquet d'hier soir en portant cette même cape !

Le nain remarqua alors que, en s'agitant autour de la cape de Colombe, il avait souillé sa propre tunique argentée, et cette catastrophe détourna son attention de la rôdeuse.

— Cher Tracasse, poursuivit Colombe, frottant la tache sur sa cape d'un doigt humecté de salive, tu es un serviteur bien étonnant.

Le visage du nain tourna au rouge betterave, et il tapota le sol carrelé d'un chausson étincelant.

— Serviteur ? renâcla-t-il. Je dirais plutôt…

— Vas-y, dis ! dit Colombe en riant.

— Je suis le sage – l'un des sages – les plus érudits du Nord ! Ma thèse à propos de l'étiquette appropriée à appliquer lors de banquets mêlant plusieurs races…

— Ou plutôt à propos de l'absence d'étiquette appropriée, ne put s'empêcher d'interrompre Gabriel. (Le nain se tourna vers lui avec un air acerbe.) Du moins quand les nains sont concernés, conclut le grand combattant avec un haussement d'épaules innocent.

Le nain trembla visiblement et ses chaussons piétinèrent le sol à un rythme soutenu.

— Oh, cher Tracasse, intervint Colombe, posant une main réconfortante sur l'épaule du nain et la glissant sur toute la longueur de sa barbe blonde parfaitement taillée.

— Trekass ! rétorqua le nain vertement, repoussant la main de la rôdeuse. Trekassgar !

Colombe et Gabriel échangèrent un bref regard de connivence, puis hurlèrent le nom de famille du nain en éclatant de rire.

— Trekassgar Broyeurdepierre !

— Trekassgar Trempeurdeplume serait plus approprié ! ajouta Gabriel.

Un regard au nain furieux lui suffit pour comprendre qu'il était temps de s'éclipser ; il ramassa donc son paquetage et sortit de la pièce, ne s'arrêtant que pour glisser un dernier clin d'œil à Colombe.

— Mon seul souhait est de pouvoir vous être utile, dit le nain, tête basse, en glissant les mains dans ses poches d'une profondeur invraisemblable.

— Mais tu m'es utile, lui assura Colombe pour le réconforter.

— Je veux dire que vous avez quand même une audience avec Helm Ami-des-Nains, poursuivit Tracasse, retrouvant sa fierté. Il est important d'être bien mis quand on rencontre le maître de Sundabar.

— C'est tout à fait vrai, acquiesça volontiers Colombe. Mais je n'ai à me mettre que ce que vous voyez devant vous, cher Tracasse, des habits salis et tachés par la route. J'ai peur de faire bien pauvre figure aux yeux du maître de Sundabar. Lui et ma sœur sont devenus si bons amis.

C'était au tour de Colombe de feindre une moue vulnérable, et bien que son épée ait transformé de nombreux géants en pâture pour vautours, la puissante rôdeuse maîtrisait cet art bien mieux que la moyenne.

— Que pourrais-je bien faire ?

Elle pencha curieusement la tête tandis qu'elle jetait un coup d'œil au nain, puis continua d'un ton enjôleur :

— Peut-être… Si seulement…

Le visage de Tracasse s'éclaira à cette allusion.

— Non, dit Colombe avec un long soupir. Je ne pourrais certainement pas t'imposer cela.

Tracasse, véritablement transporté de joie, applaudit de ses mains épaisses.

— Mais si, vous pouvez, maîtresse Fauconnier ! Vous pouvez !

Colombe se mordit la lèvre pour étouffer dans l'œuf tout nouvel accès de rire, tandis que le nain tout excité sortait en sautillant de la chambre. Même si elle le taquinait souvent,

Colombe se devait d'admettre qu'elle aimait bien Tracasse. Celui-ci avait passé de nombreuses années à Lunargent, où régnait la sœur de Colombe, et il avait apporté de nombreuses contributions à la fameuse bibliothèque qui s'y trouvait. Tracasse était vraiment un érudit réputé, connu pour ses recherches approfondies quant aux usages des différentes races, qu'elles soient bienfaisantes ou maléfiques, et il était un expert en matière de demi-humains. C'était également un bon compositeur. Combien de fois, se demanda Colombe avec une humilité sincère, avait-elle chevauché le long d'un chemin de montagne en sifflotant une joyeuse mélodie composée par le nain ?

— Cher Tracasse, murmura la rôdeuse.

Le nain revenait, une robe argentée drapée sur un bras – mais pliée avec précaution pour ne pas qu'elle traîne par terre ! –, tenant de l'autre main un assortiment de bijoux et une paire d'élégantes chaussures, une douzaine d'épingles dépassant de ses lèvres et un ruban à mesurer enroulé autour de l'oreille. Colombe cacha son sourire et décida de lui concéder cette bataille. Elle pénétrerait dans la salle d'audience de Helm Ami-des-Nains sur la pointe des pieds, dans une robe de soie, l'image même de la féminité, le minuscule sage se rengorgeant de fierté à ses côtés.

Durant tout ce temps, Colombe le savait, ses pieds seraient bridés et meurtris par ces chaussures, et la robe trouverait le moyen de la gratter à un endroit qu'elle ne pourrait pas atteindre. *Les devoirs de ma condition, hélas*, se dit Colombe tandis qu'elle fixait la robe et les accessoires. Elle regarda le visage radieux de Tracasse et se rendit compte que cela en valait la peine.

Les devoirs de l'amitié, hélas, songea-t-elle.

Le fermier avait chevauché sans arrêt pendant plus d'une journée ; la vision d'un elfe noir avait souvent ce type d'effets sur les simples villageois. Il était parti de Maldobar avec deux chevaux ; il avait laissé l'un d'entre eux quelque trente kilomètres derrière lui, à mi-chemin entre les deux villes. S'il avait de la chance, il retrouverait l'animal indemne sur le chemin du retour. Le second cheval, le précieux étalon du fermier, commençait à fatiguer. Mais le fermier se pencha sur la selle, éperonnant le coursier. Placées en haut des épaisses murailles de pierre de la cité, les torches de la garde de nuit de Sundabar étaient en vue.

Le cri coutumier du capitaine des gardes résonna quand le cavalier arriva en vue de la porte, une demi-heure plus tard :

— Halte-là, donne-nous ton nom !

Colombe prit appui sur Tracasse tandis qu'ils suivaient le serviteur de Helm à travers le long couloir décoré menant à la salle d'audience. La rôdeuse pouvait traverser un pont de cordes sans la moindre rampe, décocher des traits d'une précision mortelle à la vitesse de l'éclair avec son arc, escalader un arbre en portant son armure complète, l'épée et le bouclier à la main. Mais, malgré toute son expérience et son agilité, elle ne pouvait décidément pas se faire aux chaussures sophistiquées dans lesquelles Tracasse avait compressé ses pieds.

— Et cette robe, murmura Colombe avec exaspération, sachant que le vêtement peu pratique se déchirerait en six ou sept parties si l'occasion se présentait de manier l'épée, à moins qu'il suffise de respirer trop fort.

Tracasse leva les yeux vers elle, blessé.

— Cette robe est sûrement la plus belle…, bégaya Colombe, attentive à ne pas provoquer de crise de colère chez le nain coquet. En vérité, je ne peux pas trouver de mots pour exprimer ma gratitude, cher Tracasse.

Un éclat lumineux envahit les yeux gris du nain, même s'il n'était pas persuadé de la bonne foi de ces paroles. Quoi qu'il en soit, Tracasse supposa que Colombe tenait suffisamment à lui pour suivre ses suggestions, et ce simple fait était tout ce qui lui importait vraiment.

—Je vous demande mille fois pardon, ma dame, fit une voix derrière eux.

Ils se retournèrent pour faire face au capitaine de la garde de nuit et au fermier à ses côtés, qui arrivaient au pas de course dans le sombre couloir.

—Mon bon capitaine! protesta Tracasse devant cette violation du protocole. Si vous désirez une audience avec la Dame, vous devez être introduit dans la salle d'audience. Alors, et seulement alors, et seulement si le maître le permet, vous pourrez...

Colombe posa sa main sur l'épaule du nain pour le faire taire. Elle avait reconnu l'urgence gravée sur le visage des deux hommes, une expression à laquelle elle avait souvent été confrontée dans sa vie héroïque et aventureuse.

—Continuez donc, capitaine. Nous avons quelques instants avant que l'audience commence, ajouta-t-elle pour apaiser Tracasse. Nous ne ferons pas attendre maître Helm.

Le fermier s'avança hardiment vers elle.

—Je vous demande mille fois pardon, ma dame, commença-t-il, triturant nerveusement son chapeau dans ses mains. Je suis un fermier de Maldobar, un petit village au nord de...

—Je connais Maldobar, lui assura Colombe. Je l'ai souvent contemplé du sommet des montagnes. Une communauté vertueuse et vigoureuse. (Le fermier s'illumina à cette description.) J'ose espérer qu'aucun mal ne s'est abattu sur Maldobar?

— Pas encore, ma dame, répondit le fermier, mais ça ne saurait tarder, on en est certains. (Il s'arrêta et se tourna vers le capitaine, cherchant son soutien du regard.) C'est une histoire de drow.

Les yeux de Colombe s'élargirent à cette nouvelle. Même Tracasse, qui tapait impatiemment du pied depuis le début de la conversation, s'arrêta pour y prêter toute son attention.

— Combien ? demanda Colombe

— Un seul, à ce qu'il semble. Nous craignons qu'il soit un éclaireur ou un espion, prêt à faire des dégâts.

Colombe acquiesça de la tête.

— Qui a vu le drow ?

— D'abord des enfants, répondit le fermier, provoquant le soupir de Tracasse qui recommença à battre impatiemment du pied.

— Des enfants ? pouffa le nain avec mépris.

La détermination du fermier ne diminua pas d'un pouce.

— Ensuite McCartilage l'a vu, dit-il, regardant Colombe dans les yeux, et McCartilage a beaucoup d'expérience pour ce qui est d'ces choses !

— C'est quoi, McCartilage ? souffla encore Tracasse avec dédain.

— Férul McCartilage, répondit Colombe d'un ton plutôt acerbe, avant que le fermier puisse répondre. Un chasseur de primes et un trappeur réputé.

— Le drow a tué l'un des chiens de Férul, ajouta le fermier avec agitation, et il a failli le trancher en deux ! Il a fait tomber un arbre sur lui ! Férul a perdu une oreille, avec tout ça !

Colombe ne saisissait pas tout le récit du fermier, mais elle n'en avait pas vraiment besoin. La présence d'un elfe noir dans la région avait été présumée puis confirmée, et ce simple fait suffit à mettre la rôdeuse en action. Elle fit voltiger ses élégantes chaussures et les tendit à Tracasse, puis dit à l'un des serviteurs d'aller tout droit trouver ses compagnons de voyage et à l'autre d'aller transmettre ses regrets au maître de Sundabar.

—Mais, dame Fauconnier ! cria Tracasse.

—Je n'ai plus de temps à accorder aux mondanités.

À l'excitation évidente de la rôdeuse, Tracasse pouvait dire qu'elle n'était pas trop déçue à l'idée d'annuler son audience avec Helm. Déjà, elle se tortillait en essayant de dégrafer le dos de sa robe magnifique.

—Votre sœur ne sera pas contente, ronchonna Tracasse haut et fort par-dessus le martèlement de son pied.

—Ma sœur a posé son sac de voyage il y a déjà longtemps, rétorqua Colombe, alors que le mien est encore couvert de la poussière récente des sentiers !

—C'est le cas de le dire, marmonna le nain, son ton laissant entendre que ce n'était en rien un compliment.

—Vous allez v'nir, alors ? demanda le fermier avec espoir.

—Bien sûr, répondit la rôdeuse. Aucun rôdeur digne de ce nom ne peut ignorer la présence d'un elfe noir ! Je partirai avec mes trois compagnons pour Maldobar cette nuit même, bien que je vous prie de rester ici, gentil fermier. Votre chevauchée a été rude – cela se voit – et vous avez besoin de sommeil.

Colombe scruta les alentours pendant un moment, avant de poser un doigt sur ses lèvres pincées.

—Quoi ? lui demanda le nain, ennuyé.

Le visage de Colombe s'éclaira tandis qu'elle baissa les yeux vers Tracasse.

—J'ai peu d'expérience en matière d'elfes noirs, commença-t-elle, et mes compagnons, à ma connaissance, n'en ont jamais rencontré.

Son sourire qui s'élargissait remonta le moral du nain.

— Viens, cher Tracasse, lui dit-elle d'un ton enjôleur.

Ses pieds ostensiblement nus foulant le sol carrelé, elle conduisit Tracasse, le capitaine et le fermier de Maldobar au bout du couloir, jusqu'à la salle d'audience de Helm.

Tracasse fut confus – et plein d'espoir – devant le revirement de Colombe. Il commença à comprendre ce qu'il en était dès que la rôdeuse adressa la parole à Helm, le maître du nain, s'excusant de cette perturbation inattendue, et lui demandant de lui fournir une aide qui l'accompagnerait dans sa mission à Maldobar.

Le temps que le soleil apparaisse au-dessus de l'horizon oriental, le matin suivant, la petite troupe de Colombe, qui incluait un archer elfe et deux puissants combattants humains, avait parcouru plus de seize kilomètres depuis la lourde porte de Sundabar.

Tracasse montait un robuste poney adbar aux côtés de Colombe.

— Beurk ! grogna-t-il quand la lumière s'amplifia. Voyez comme la boue a souillé mes beaux habits ! Ce sera sûrement notre dernier voyage ! Nous allons mourir couverts de crasse sur une route oubliée des dieux !

— Écris une chanson sur le sujet, lui suggéra Colombe tout en échangeant de grands sourires avec ses trois autres compagnons. On l'appellera *La Ballade des cinq aventuriers crasseux.*

Le regard furieux de Tracasse ne dura que le temps qu'il fallut à Colombe pour lui rappeler que c'était Helm Ami-des-Nains, le maître de Sundabar en personne, qui lui avait assigné la mission de les accompagner.

7

Une rage bouillonnante

Ce même matin, tandis que Colombe et son escouade prenaient la route de Maldobar, Drizzt entama de son côté son propre périple. Son dégoût devant l'horrible découverte de la nuit ne s'était en rien atténué, et le drow craignait qu'il ne s'atténue jamais, mais une autre émotion s'était invitée dans l'esprit de Drizzt. Il ne pouvait plus rien pour les fermiers et leurs enfants innocents, plus rien, à part venger leur mort. Cette pensée était loin d'être plaisante à l'esprit de Drizzt ; il avait laissé derrière lui l'Outreterre et sa sauvagerie, du moins, c'est ce qu'il avait espéré. Devant les images du massacre si terriblement claires dans sa pensée, solitaire comme il l'était, Drizzt ne pouvait que se tourner vers son cimeterre dans sa quête de justice.

L'elfe prit deux précautions avant de se lancer sur la piste du meurtrier. D'abord, il retourna discrètement dans la cour de la ferme, derrière la maison, où les fermiers avaient laissé traîner un soc brisé. La lame de métal était lourde, mais le drow déterminé la souleva et l'emporta, sans accorder une seule pensée à la gêne occasionnée.

Il appela ensuite Guenhwyvar. Dès son arrivée, la panthère remarqua la mine renfrognée de Drizzt et elle s'accroupit alertement à l'atterrissage, prête à bondir. Guenhwyvar avait passé suffisamment de temps avec Drizzt pour reconnaître cette expression et s'attendre à du grabuge avant son retour dans le plan astral.

Ils partirent avant l'aube, Guenhwyvar suivant sans difficulté la piste facilement discernable du jeune barghest, comme Ulgulu l'escomptait. Leurs pas étaient lents, Drizzt étant ralenti par le soc, mais ils étaient réguliers, et à l'instant où l'elfe perçut le son d'un lointain bourdonnement, il sut qu'il avait bien fait de se munir de l'encombrant objet.

Mais le reste de la matinée se déroula sans incidents. La piste mena les deux compagnons jusqu'à un ravin rocheux, au pied d'une haute falaise irrégulière. Drizzt craignait d'avoir à escalader la paroi de la falaise – et donc d'être contraint de laisser le soc derrière lui – mais il repéra vite un sentier étroit et isolé qui serpentait le long de la paroi, lisse et raide, avec des virages à pic le long du flanc de la falaise, des tournants aveugles et dangereux. Désireux d'utiliser le terrain à son avantage, Drizzt envoya Guenhwyvar loin devant et entreprit l'ascension par ses propres moyens, traînant le soc derrière lui et se sentant vulnérable, à découvert sur la falaise.

Ce sentiment n'atténua en rien les feux bouillonnants dans les yeux couleur lavande du drow : ils étincelaient sous le capuchon rabattu de la cape du gnoll, trop grande pour lui. Quand la vue du ravin le troublait, il suffisait à Drizzt de penser aux fermiers. Peu de temps après, quand Drizzt entendit le bourdonnement qu'il escomptait, en provenance du contrebas de la piste étroite, cela ne déclencha que son sourire.

Le bruit se rapprocha rapidement derrière lui. Drizzt se plaqua à la paroi de la falaise et dégaina son cimeterre, évaluant calmement le temps qu'il faudrait à l'esprit follet pour être suffisamment proche.

Tephanis fonça sur le drow, sa petite dague s'agitant en tous sens pour le poignarder, à la recherche d'une brèche dans la parade défensive du cimeterre en mouvement. L'esprit follet s'évapora en une seconde, s'élevant au-dessus de Drizzt, mais il avait atteint sa cible, entaillant l'épaule de l'elfe noir.

Drizzt inspecta la blessure et hocha gravement la tête, l'acceptant comme un inconvénient mineur. Il savait qu'il ne pouvait pas éviter ces attaques foudroyantes, et il savait également qu'accorder cette première manche avait été nécessaire pour sa victoire définitive. Un feulement, plus haut sur le chemin, le fit brusquement sortir de ses réflexions. Guenhwyvar avait déjà rencontré l'esprit follet, et la panthère, avec ses pattes véloces dont la vivacité pouvait concurrencer celle de l'esprit follet, avait sans nul doute renvoyé celui-ci sur ses pas.

De nouveau, Drizzt se colla à la paroi, à l'écoute du bourdonnement en approche. À l'instant où l'esprit follet apparut au coin du sentier, Drizzt bondit sur la piste étroite, son cimeterre prêt à l'action. L'autre main du drow, dissimulée, tenait fermement l'objet de métal, prête à s'en servir pour lui barrer la route.

Le petit esprit follet prit un raccourci, s'élançant à pleine vitesse le long de la paroi, n'ayant aucune difficulté à éviter le cimeterre, comme Drizzt s'en aperçut. Mais dans sa concentration, il ne vint pas à l'esprit de l'esprit follet de se préoccuper de l'autre main de l'elfe noir.

Drizzt avait à peine perçu les mouvements de l'esprit follet, mais le « bang ! » qui résonna soudain et les vibrations dans sa main quand la créature percuta le soc amenèrent un rictus satisfait sur ses lèvres. Il laissa tomber l'outil et ramassa l'esprit follet inconscient, le tenant par le col, à bonne distance du sol. Guenhwyvar revint en bondissant à peu près au moment où l'esprit follet à tête triangulaire sortait de sa torpeur, ses longues oreilles en pointes balayant presque l'arrière de son crâne à chacun de ses mouvements.

— Quelle sorte de créature es-tu ? demanda Drizzt dans la langue des gobelins, le langage qu'il avait utilisé avec succès pour communiquer avec les gnolls.

À sa grande surprise, il s'aperçut que le petit esprit follet le comprenait, bien que sa réponse, d'une voix confuse et haut perchée, soit bien trop rapide pour que Drizzt puisse en comprendre un mot. Il secoua brièvement l'esprit follet pour le ramener au silence, puis grommela :

— Un seul mot à la fois ! Quel est ton nom ?

— Tephanis, répondit l'esprit follet avec indignation.

Tephanis pouvait bouger ses jambes cent fois par seconde, mais cela ne lui était pas d'une grande utilité une fois suspendu dans les airs. L'esprit follet jeta un coup d'œil à la corniche étroite et vit sa petite dague, par terre, à côté du soc cabossé.

Le cimeterre de Drizzt se rapprocha dangereusement de lui.

— Est-ce toi qui as tué les fermiers ? lui demanda-t-il sans ménagement.

Quand l'esprit follet lui répondit d'un gloussement, l'elfe dut se retenir pour ne pas le frapper.

— Non, répondit alors vivement Tephanis.

— Qui, alors ?

— Ulgulu ! proclama l'esprit follet.

Tephanis montra le sentier du doigt et balbutia un flot de paroles excitées. Drizzt réussit à saisir quelques mots, « Ulgulu… Attend… Dîner… » étant les plus inquiétants d'entre eux.

Drizzt ne savait vraiment pas quoi faire de l'esprit follet qu'il avait capturé. Tephanis était tout simplement trop rapide pour que Drizzt puisse le gérer sans problème. Il regarda Guenhwyvar, tranquillement assise quelques mètres plus haut sur le chemin, mais la panthère ne fit que bâiller et s'étirer.

Drizzt était sur le point de poser une autre question, pour essayer d'appréhender le rôle exact de Tephanis dans toute cette histoire, mais l'esprit follet hardi décida que cette comédie avait assez duré. Ses mains bougeant trop vite pour que Drizzt puisse réagir, Tephanis sortit un couteau de sa botte et entailla le poignet déjà blessé de Drizzt.

Cette fois-ci, l'intrépide esprit follet avait sous-estimé son adversaire. Drizzt ne pouvait certes pas soutenir la comparaison avec l'esprit follet au niveau de la vitesse : il ne parvenait même pas à suivre des yeux la petite dague l'assaillant de toutes parts. Il se contenta de resserrer sa prise sur le col de la petite créature et donna un coup de cimeterre en avant. Mais même avec sa mobilité ainsi réduite, Tephanis était suffisamment rapide et agile pour éviter sa lame, sans cesser de rire frénétiquement.

L'esprit follet riposta, entaillant d'une coupure profonde l'avant-bras de Drizzt. Finalement, Drizzt opta pour une tactique que Tephanis ne pouvait pas contrer, une qui réduisait sa supériorité à néant. Il cogna Tephanis contre le mur, avant de jeter la créature au bas de la falaise.

Un peu plus tard, Drizzt et Guenhwyvar étaient tapis dans des broussailles au pied d'un versant rocheux abrupt. Tout en haut, dissimulée derrière des buissons et des branches soigneusement disposés, se trouvait l'entrée d'une grotte, d'où s'élevaient à intervalles réguliers des voix de gobelins.

Le versant qui menait à la grotte était une pente raide. Au-delà de la grotte, la montagne s'élevait dans une pente encore plus escarpée. Les traces qu'ils avaient suivies les avaient menés jusqu'ici, bien qu'elles se soient parfois faites rares sur la pierre nue ; il ne faisait aucun doute que le monstre qui avait massacré les fermiers se trouvait dans cette grotte.

Drizzt remit en cause encore une fois sa décision de venger la mort des fermiers. Il aurait volontiers opté pour une justice plus civilisée, un procès en règle, mais que pouvait-il y faire ? Il ne pouvait certainement pas retourner au village faire part de ses soupçons, et il n'avait personne vers qui se tourner. Accroupi dans les buissons, Drizzt repensa aux fermiers, au petit garçon aux cheveux blond vénitien, à la jolie fille, qui n'était encore qu'une toute jeune femme, et au jeune homme qu'il avait désarmé dans le carré de myrtilles. Drizzt dut fournir un gros effort pour garder le contrôle de sa respiration. Dans l'Outreterre sauvage, il s'était parfois abandonné à ses instincts primaires, à la face noire de sa personnalité, celle qui combattait avec une efficacité violente et mortelle, et Drizzt pouvait sentir cet alter ego l'envahir de nouveau. Il commença par essayer de sublimer sa colère, puis il se souvint des leçons qu'il avait apprises. Ce côté obscur était une partie de lui-même, un moyen de survie, et n'était pas en tout point malfaisant.

Il était aussi nécessaire.

Drizzt voyait pourtant clairement son désavantage dans cette situation. Il n'avait aucune idée du nombre d'ennemis auquel il allait être confronté, ni même de quel type de monstres il pouvait bien s'agir. Il avait entendu des voix de gobelins, mais le massacre de la ferme indiquait que quelque chose de bien plus puissant était impliqué. La perspicacité de Drizzt lui soufflait de s'asseoir et d'observer, d'en apprendre plus sur ses ennemis.

Une autre réminiscence vive de la scène de la ferme lui fit oublier tout bon sens. Un cimeterre dans une main, la dague de l'esprit follet dans l'autre, Drizzt escalada la colline pierreuse d'un pas décidé. Il ne ralentit pas à l'approche de la grotte, arrachant simplement le buisson qui se trouvait à l'entrée avant d'y pénétrer d'un pas décidé.

Guenhwyvar hésita et le regarda faire, déconcertée par la tactique frontale du drow.

Tephanis sentit l'air froid effleurer son visage et pensa un moment se trouver dans un rêve agréable. L'esprit follet sortit vite de son illusion, cela dit, et vit qu'il s'approchait du sol à grande vitesse. Heureusement, Tephanis n'était pas loin de la falaise. Ses mains et ses pieds commencèrent à tournoyer tellement vite qu'ils produisaient un bourdonnement incessant, tandis qu'il griffait et martelait la paroi de ses pieds afin de freiner sa descente. Simultanément, il entama les incantations d'un sort de lévitation, sans doute la seule chose qui pouvait encore le sauver.

Quelques secondes atrocement longues s'égrenèrent avant que l'esprit follet sente son corps soulevé par le sort. Sa chute fut néanmoins brutale, mais il se rendit vite compte que les blessures qui en résultaient étaient mineures.

Tephanis se releva avec une relative lenteur et se dépoussiéra. Sa première idée fut de courir prévenir Ulgulu de l'arrivée imminente du drow, mais il changea d'avis dans l'instant. Il ne pouvait pas léviter jusqu'à la haute grotte assez vite pour avertir le jeune barghest à temps, et il n'y avait qu'un seul chemin qui menait au sommet de la falaise – celui sur lequel se trouvait le drow.

Tephanis n'avait aucune envie de lui faire face de nouveau.

Ulgulu n'avait aucunement tenté de dissimuler ses traces. L'elfe noir avait servi les desseins d'Ulgulu ; il était temps maintenant d'en faire son repas, peut-être bien celui qui lui permettrait d'atteindre sa maturité et de retourner à Géhenne.

Les deux gardes gobelins ne furent pas très surpris en voyant apparaître le drow. Ulgulu les avait prévenus de son arrivée imminente et leur avait simplement demandé de le retenir à l'entrée le temps que le jeune barghest arrive pour s'en occuper. Les gobelins interrompirent leur conversation brusquement, croisant leurs lances pour défendre l'accès au rideau tout en gonflant leurs torses émaciés, suivant les instructions de leur maître tandis que Drizzt s'approchait d'eux.

— Nul pouvoir entrer…, commença l'un d'entre eux.

Mais à cet instant, d'un seul mouvement de cimeterre, les deux gobelins s'écroulèrent, se cramponnant à leurs gorges tranchées. La barrière formée par les deux lances tomba par terre et Drizzt ne ralentit pas une seule seconde en traversant le rideau.

À l'intérieur, au milieu de la salle, le drow aperçut son ennemi. Le jeune barghest, de la taille d'un géant, la peau écarlate, l'attendait les bras croisés, un sourire confiant et diabolique sur les lèvres.

Drizzt lui lança la dague et chargea à sa suite. Ce jet sauva la vie du drow, car la dague, en traversant sans dommages le corps de son ennemi, lui révéla le piège. Il poursuivit quand même son mouvement, incapable de briser son élan, et son cimeterre pénétra le mirage sans rencontrer quoi que ce soit de tangible à trancher.

Le jeune barghest se trouvait en réalité derrière le trône de pierre, à l'arrière de la salle. Utilisant un des pouvoirs de son répertoire magique considérablement étendu, Kempfana avait projeté une image de lui-même au milieu de la pièce pour diriger le drow là où il le voulait.

Immédiatement, l'instinct de Drizzt lui souffla qu'il avait été piégé. Ce n'était pas un véritable monstre qu'il combattait, mais une apparition dont la fonction était de le pousser à rester à découvert, vulnérable. La salle était chichement meublée ; rien à proximité ne pouvait lui permettre de se mettre à couvert.

Ulgulu, qui lévitait au-dessus du drow, descendit rapidement, se posant avec légèreté derrière lui. Son plan était parfait et sa cible bien en place.

Drizzt, dont les réflexes et les muscles de combattant étaient bien entraînés, affûtés jusqu'à la perfection, sentit la présence derrière lui et plongea à travers l'illusion alors qu'Ulgulu lui portait un coup violent. La main immense du jeune barghest n'atteignit que les cheveux flottants de Drizzt, mais cela suffit à projeter sa tête sur le côté si violemment qu'elle en fut presque arrachée.

Drizzt pivota dans sa chute et atterrit sur ses pieds après une roulade, face à son ennemi. Devant lui se tenait un monstre encore plus immense que l'illusion géante, mais cela n'atténua en rien la rage du drow. Les muscles bandés, Drizzt riposta vivement à l'attaque du jeune barghest. Avant qu'Ulgulu ait le temps de se remettre de cette parade inattendue, le cimeterre du drow l'avait atteint par trois fois au ventre et avait creusé un petit orifice net sous son menton.

Le jeune barghest rugit de rage, mais il n'était pas pour autant gravement blessé : l'arme de Drizzt, ensorcelée par les drows, avait quasiment perdu toute sa magie depuis qu'il avait rejoint le monde de la surface, et pour véritablement blesser une créature des rifts de Géhenne, il fallait une arme magique – comme les griffes et les crocs de Guenhwyvar.

L'énorme panthère s'écrasa sur l'arrière du crâne d'Ulgulu avec une puissance telle que le jeune barghest tomba face contre terre. La douleur des griffes de Guenhwyvar lui ratissant le dos était la pire qu'Ulgulu ait jamais ressentie.

Drizzt allait les rejoindre quand il entendit un bruit en provenance du fond de la salle. Kempfana jaillit de derrière le trône et l'attaqua en hurlant.

C'était au tour de Drizzt de se servir de la magie. Il projeta une sphère de ténèbres sur la trajectoire du jeune barghest à la peau écarlate, puis y plongea lui-même, roulé en boule. Incapable de freiner son élan, Kempfana se rua à l'intérieur de la sphère insondable en rugissant, trébuchant sur le drow arc-bouté – le frappant si fort au passage qu'il vida l'air de ses poumons – et chutant lourdement de l'autre côté du charme.

Kempfana secoua la tête pour reprendre ses esprits et prit appui sur ses énormes mains pour se relever. En un rien de temps, Drizzt était sur son dos, le tailladant frénétiquement de son cimeterre.

Le sang maculait les cheveux de Kempfana quand il réussit finalement à se redresser. Il se remit sur pied malgré ses vertiges et se tourna pour faire face au drow.

À l'autre bout de la pièce, Ulgulu rampait et culbutait, roulait et se tortillait. La panthère était trop rapide et trop furtive pour les manœuvres grossières du géant. Une douzaine d'entailles scarifiaient le visage d'Ulgulu et, à présent, Guenhwyvar enfonçait ses crocs dans la nuque de la créature tandis que ses quatre pattes lui labouraient le dos.

Mais Ulgulu avait une autre option. Ses os craquèrent et se transformèrent. La figure balafrée du jeune barghest se transforma en long museau, se terminant par de méchants crocs canins. Une fourrure épaisse poussa sur tout le corps du géant, repoussant l'attaque des griffes de Guenhwyvar. Ses bras qui battaient l'air devinrent des pattes qui la frappaient.

Guenhwyvar se battait maintenant contre un loup gigantesque, contre lequel son avantage était bien éphémère.

Kempfana s'approcha d'un pas raide, accordant à Drizzt un respect nouveau.

— Vous les avez tous tués, dit l'elfe dans la langue des gobelins, sa voix d'une froideur si prononcée qu'elle stoppa l'avancée du jeune barghest à la peau écarlate.

Kempfana n'était pas une créature stupide. Le jeune barghest discernait la rage explosive qui habitait le drow et il avait ressenti la morsure cruelle de son cimeterre. Kempfana n'était pas du genre à se jeter dans la gueule du loup, alors il fit de nouveau appel à ses talents de l'autre monde. En un clin d'œil orange, le jeune barghest à la peau écarlate s'était évaporé, pénétrant dans une porte extra-dimensionnelle et réapparaissant juste derrière Drizzt.

Dès que Kempfana avait disparu, Drizzt s'était instinctivement jeté sur le côté. Le coup qui lui fut porté violemment dans le dos fut cependant assez vif pour l'envoyer voltiger dans la pièce. Drizzt s'écrasa au pied d'un des murs de la grotte et s'agenouilla, le souffle coupé.

Cette fois-ci, Kempfana chargea droit sur lui ; Drizzt avait laissé tomber son cimeterre à mi-chemin et celui-ci se trouvait désormais hors de sa portée.

L'immense loup-barghest, qui faisait presque le double de la taille de Guenhwyvar, enfourcha la panthère en se retournant. Ses mâchoires énormes claquèrent près de la gorge et de la tête de celle-ci, qui le repoussait frénétiquement pour les maintenir à distance. Guenhwyvar n'avait aucun espoir de remporter un combat à la loyale contre ce loup. Le seul avantage qui lui restait était sa mobilité. Telle une flèche couleur de jais, Guenhwyvar se dégagea de l'étreinte de la bête monstrueuse et fila vers la sortie.

Ulgulu poussa un hurlement et la prit en chasse, mettant le rideau en pièces en se ruant dans sa direction, vers la lumière du jour qui diminuait petit à petit.

Guenhwyvar sortit de la grotte à l'instant même où Ulgulu franchissait le rideau. Elle fit aussitôt demi-tour et sauta sur les hauteurs de la pente qui surplombait l'entrée de la grotte. Quand le loup immense sortit à son tour, la panthère bondit de nouveau sur son dos et reprit le ballet de ses griffes et ses crocs.

—C'est Ulgulu qui a tué les fermiers, pas moi, grogna Kempfana tandis qu'il s'approchait.

D'un coup de pied, il envoya le cimeterre de Drizzt à l'autre bout de la pièce.

—Ulgulu te veut – toi qui as tué ses gnolls. Mais c'est moi qui vais te tuer, guerrier drow. Je me nourrirai de ta force de vie pour gagner en puissance !

Drizzt, toujours à bout de souffle, perçut à peine ces paroles. La seule chose qui occupait son esprit était les images des fermiers morts, une pensée qui lui redonna du courage. Le jeune barghest s'approcha de lui et Drizzt lui lança un regard sinistre, un regard furieux et déterminé, en rien affaibli par sa situation apparemment désespérée.

Kempfana hésita devant ces yeux plissés et étincelants, et cette hésitation fournit à Drizzt tout le temps dont il avait besoin. Il avait combattu des monstres géants auparavant, en particulier des porte-crocs. Les cimeterres de Drizzt avaient toujours eu le dernier mot dans ces batailles, mais il débutait toujours l'assaut en utilisant uniquement son propre corps. La douleur qu'il ressentait dans son dos n'était rien comparée à sa rage grandissante. Il se propulsa loin du mur tout en restant accroupi, et plongea sur les jambes de

Kempfana, pivotant pour attraper l'arrière des genoux du jeune barghest.

Kempfana, n'y prêtant pas attention, se baissa pour attraper le drow en mouvement. Drizzt évita les tentatives du géant suffisamment longtemps pour trouver une position où il pouvait avoir un effet de levier. Mais Kempfana semblait toujours considérer son attaque comme un inconvénient mineur. Quand Drizzt déséquilibra le jeune barghest, celui-ci se laissa tomber volontairement, pensant écraser le frêle petit elfe. De nouveau, Drizzt fut trop rapide pour lui. Il roula sur le côté pour éviter le géant, se remit sur ses pieds et se précipita à l'autre bout de la pièce.

— Alors ça, c'est hors de question ! brailla Kempfana, rampant puis courant à sa poursuite.

À l'instant où Drizzt atteignit son cimeterre, des bras géants l'entourèrent et le soulevèrent du sol sans effort.

— Je vais t'écraser et te manger ! rugit Kempfana.

Drizzt entendit en effet l'une de ses côtes craquer. Il se tortilla en tous sens pour faire face à son ennemi, puis abandonna cette idée, préférant se concentrer sur la libération de son bras armé.

Une autre de ses côtes craqua ; les énormes bras de Kempfana resserrèrent leur étreinte. Le but du jeune barghest n'était pas de simplement tuer le drow, mais bien de tirer les bénéfices de la maturité qu'il pourrait obtenir en dévorant un ennemi aussi puissant, en se nourrissant de la force de vie de Drizzt.

— Je vais te manger, le drow, dit le géant en riant. Ce sera un vrai festin !

Drizzt agrippa son cimeterre des deux mains, avec une force insufflée par le souvenir du spectacle des fermiers massacrés. Il arracha son arme de l'étreinte du monstre et l'assena sur la tête du jeune barghest. La lame pénétra la large bouche vorace et plongea dans la gorge du monstre.

Drizzt la tourna et la retourna en tous sens.

Kempfana se débattit sauvagement et les muscles et articulations de Drizzt se déchirèrent sous la pression. Mais le drow avait trouvé à quoi se raccrocher : la garde de son cimeterre, qu'il continuait à tourner et retourner.

Kempfana chuta lourdement en gargouillant, roulant pour essayer de prendre la vie de Drizzt en l'écrasant. La douleur commençait à s'infiltrer dans la conscience de l'elfe noir.

— Non ! cria-t-il, se raccrochant à l'image du petit garçon aux cheveux blond vénitien, tué dans son lit.

Drizzt n'avait pas cessé de tourner et retourner la lame. Le gargouillement du jeune barghest s'intensifiait, un bruit de respiration devenue difficile, obstruée par le sang. Drizzt sut qu'il avait remporté cette bataille quand la créature qui se trouvait sur lui cessa tout mouvement.

L'elfe n'avait qu'une envie, se mettre en boule dans un coin et reprendre son souffle, mais il se dit qu'il n'en avait pas fini. Il se dégagea de sous Kempfana, essuya le sang – son propre sang – de ses lèvres, arracha sans cérémonie son cimeterre de la bouche de la créature et récupéra sa dague.

Il savait que ses blessures étaient sérieuses, qu'elles pouvaient se révéler fatales s'il ne s'en occupait pas immédiatement. Il respirait avec difficulté, haletant et crachant du sang. Mais il ne s'en préoccupait pas, car Ulgulu, le monstre qui avait tué les fermiers, était encore en vie.

Guenhwyvar sauta du dos du loup géant, se réfugiant de nouveau en équilibre précaire sur la pente abrupte qui surplombait la grotte. Ulgulu se retourna en grondant et sauta vers la panthère, griffant et ratissant la pierre dans son effort pour escalader la paroi.

Guenhwyvar sauta par-dessus le loup-barghest, faisant demi-tour dans son envol et entaillant le dos d'Ulgulu. Le loup se retourna mais Guenhwyvar bondit de nouveau en hauteur, se réfugiant encore sur le versant.

Ce jeu de course-poursuite dura longtemps, la panthère alternant attaque et prompte retraite. Mais, finalement, le loup anticipa la manœuvre de la panthère. Ulgulu l'attrapa dans ses mâchoires immenses et la mit à terre. Guenhwyvar se tortilla et se libéra, mais elle se retrouva face à une gorge à pic. Ulgulu s'avança vers le fauve, ne lui laissant aucune issue.

Drizzt sortit de la grotte alors que le loup immense pesait de tout son poids sur Guenhwyvar. De petits cailloux roulaient et dégringolaient dans la gorge ; les pattes arrière de la panthère glissaient et agrippaient la paroi de leurs griffes, essayant d'y trouver une prise. Mais même la puissante Guenhwyvar ne pouvait faire face au poids et à la force du loup-barghest, et Drizzt le savait.

Il vit immédiatement qu'il ne pourrait libérer sa panthère à temps du monstre. Il sortit la figurine d'onyx de sa poche et la jeta entre les combattants.

— Disparais, Guenhwyvar ! ordonna-t-il.

En temps normal, la panthère n'aurait pas abandonné son maître dans un si grand péril, mais l'animal comprit ce que celui-ci avait en tête. Ulgulu pesa sur elle avec encore plus de force, poussant Guenhwyvar au-delà du rebord de la corniche.

Puis le monstre ne pesa plus que sur des vapeurs intangibles. Ulgulu tituba en avant dans une lutte frénétique, projetant d'autres pierres ainsi que la figurine d'onyx au fond de la gorge. Déséquilibré, le loup ne parvint pas à trouver une prise, et Ulgulu tomba.

Ses os craquèrent de nouveau et la fourrure canine se raréfia ; Ulgulu ne pouvait pas jeter de sort de lévitation sous sa forme de loup. Désespéré, le jeune barghest se concentra pour reprendre sa forme gobelinoïde. La gueule du loup s'aplatit en une figure plate ; ses pattes s'épaissirent et redevinrent des bras.

La créature à demi transformée n'atteignit pas son but, s'écrasant au contraire sur le sol rocailleux.

Drizzt descendit doucement de la corniche en utilisant un sort de lévitation, restant proche de la paroi rocheuse. Comme la dernière fois qu'il l'avait utilisé, le sort se dissipa en quelques instants. Drizzt se raccrocha comme il le put avec ses pieds et ses ongles sur les derniers mètres du mur, s'écrasant lui aussi sur le sol rocheux. Il vit le jeune barghest étendu à peine à quelques mètres de lui et tenta de se relever pour être prêt à se défendre, mais il sombra alors dans les ténèbres.

Drizzt n'avait aucun moyen de savoir combien d'heures s'étaient écoulées quand un grognement assourdissant le réveilla quelque temps plus tard. Lentement, les souvenirs du combat revinrent à la mémoire du drow hagard et blessé. À son grand soulagement, il vit qu'Ulgulu était toujours étendu, immobile, sur le sol pierreux non loin de lui, moitié gobelin et moitié loup, apparemment tout à fait mort.

Un second grognement, en provenance de la grotte, fit se retourner le drow vers la corniche qui le surplombait. Là se tenait Fondebière, le géant des collines, parti en chasse et rendu furieux par le carnage qu'il avait trouvé en rentrant.

Drizzt sut à la seconde où il parvint péniblement à se remettre sur ses pieds qu'il n'était pas en état de livrer une autre bataille aujourd'hui. Il chercha autour de lui pendant un moment, retrouva la figurine d'onyx et la glissa dans sa poche. Il avait vu la panthère survivre à des calamités bien pires – comme à l'explosion d'une baguette magique introduite dans le plan de la Terre par un élémentaire enragé, ou à une immersion dans un lac grésillant d'acide. La figurine semblait intacte, et Drizzt était certain que Guenhwyvar était maintenant au repos, confortablement installée dans sa demeure astrale.

Mais Drizzt ne pouvait se permettre un pareil répit. Déjà, le géant avait commencé à chercher son chemin pour descendre la pente rocheuse. Après un dernier regard vers Ulgulu, Drizzt eut le sentiment d'avoir accompli sa vengeance, ce qui n'atténua pas vraiment les souvenirs atroces et amers des fermiers massacrés. Il partit, s'enfonçant au cœur des montagnes sauvages, s'enfuyant loin du géant comme de sa culpabilité.

8

Indices et énigmes

Il s'était écoulé plus d'un jour depuis le massacre de la famille Poildechardon quand le premier de leurs voisins s'aventura vers leur ferme isolée. La puanteur du charnier alerta le fermier en visite avant même qu'il regarde dans la maison ou dans la grange.

Il revint une heure plus tard avec Delmo, le maire, et plusieurs autres fermiers à leurs côtés. Ils parcoururent lentement la maison des Poildechardon ainsi que leurs terres, avec précaution, un chiffon sur le visage pour atténuer la terrible puanteur des chairs en décomposition.

— Qui a bien pu faire ça ? demanda le maire. Quel est ce monstre ?

Comme en réponse, un des fermiers sortit de la chambre et entra dans la cuisine, un cimeterre brisé à la main.

— Une arme de drow ? demanda le fermier. Nous ferions mieux d'aller chercher McCartilage.

Delmo hésita. Il pensait que les secours de Sundabar étaient sur le point d'arriver et il lui semblait que la célèbre rôdeuse Colombe Fauconnier serait plus à même d'appréhender la situation que le serait le montagnard incontrôlable et imprévisible.

Mais ce débat n'eut pas lieu, car l'aboiement féroce d'un chien avertit les occupants de la maison que McCartilage était déjà là. L'homme sale et à forte carrure entra dans la cuisine d'un pas décidé, une horrible cicatrice maculée de brun sang séché barrant l'un des côtés de son visage.

— Une arme de drow ! cracha-t-il, reconnaissant trop bien le cimeterre. C'est la même qu'celle qu'il a utilisée cont'moi !

— La rôdeuse sera bientôt là, commença Delmo.

Mais McCartilage l'écoutait à peine. Il arpentait la pièce et la chambre attenante, tâtant les corps du pied sans vergogne et se penchant exagérément pour inspecter des détails mineurs.

— J'ai vu les traces, dehors, déclara soudain McCartilage. Deux pistes, j'vous l'assure.

— Le drow a un allié, raisonna le maire. Raison de plus pour nous d'attendre les renforts de Sundabar.

— Bah, vous êtes même pas sûrs qu'y viennent vraiment ! grogna McCartilage. C'est maint'nant qu'il faut suivre l'drow, quand la piste est encore assez fraîche pour l'nez d'mon chien !

Plusieurs des fermiers présents acquiescèrent de la tête – jusqu'à ce que Delmo leur rappelle prudemment ce à quoi ils risquaient d'avoir affaire.

— Un seul drow a suffi pour te mettre à terre, McCartilage, dit le maire. Maintenant, tu nous dis qu'il y en a deux, peut-être plus, et tu voudrais qu'on les prenne en chasse ?

— C'est la malchance, et rien qu'la malchance, qui m'a mis à terre ! rétorqua Férul. (Il regarda autour de lui, s'adressant aux fermiers dont l'ardeur avait décru.) J'l'avais, ce drow, j'l'avais à ma merci !

Les fermiers s'agitèrent nerveusement et murmurèrent entre eux, tandis que le maire attrapait Férul par le bras, le prenant à part dans un coin de la pièce.

— Attends une journée, lui demanda Delmo. Nos chances seront bien meilleures si la rôdeuse nous accompagne.

Férul n'eut pas l'air convaincu.

— C'est ma bataille et j'compte bien la mener au bout, grogna-t-il férocement. Il a tué mon chien et m'a défiguré.

— Tu veux ce drow, et tu l'auras, promit le maire, mais il y a peut-être plus en jeu ici que ton chien et ta fierté.

Le visage de Férul se crispa, ce qui ne présageait rien de bon, mais le maire était résolu. Si une bande de guerriers drows opérait effectivement dans la région, tous les habitants de Maldobar étaient en grand danger. La meilleure façon dont la petite communauté pouvait se défendre avant l'arrivée des renforts était de rester unie, et cela ne pouvait se faire si Férul menait un groupe d'hommes – de guerriers, qui étaient déjà assez rares comme ça – dans une traque au cœur des montagnes. Benson Delmo était cependant assez astucieux pour savoir qu'il ne pourrait convaincre Férul avec ces arguments. Bien que le montagnard soit installé à Maldobar depuis maintenant environ deux ans, il était un vagabond par essence, et ne se sentait aucune obligation envers la ville.

Férul se détourna, décidant que le rassemblement avait assez duré, mais le maire lui agrippa le bras et le força à faire demi-tour. Le chien de Férul montra les dents en grognant, mais cette menace n'était rien en comparaison du regard noir que le montagnard lança au petit homme replet.

— Le drow sera pour toi, dit rapidement le maire, mais attends l'aide de Sundabar, je t'en prie. (Il passa à des arguments à même d'être appréciés par Férul.) Je ne suis pas un homme dans le besoin, McCartilage ; tu étais chasseur de primes avant de t'installer ici et j'espère que tu l'es toujours.

L'air indigné de Férul se transforma rapidement en une expression pleine de curiosité.

—Attends que les renforts arrivent, puis va chercher le drow.

Le maire fit une pause, soupesant l'offre qu'il s'apprêtait à faire. Il n'avait vraiment aucune expérience de ce genre de chose et s'il ne voulait pas offrir trop peu et gâcher l'intérêt qu'il venait de faire naître, il ne désirait pas plus desserrer les cordons de sa bourse plus que nécessaire.

—Mille pièces d'or pour la tête du drow.

Férul avait pratiqué ce jeu d'enchères plus d'une fois. Il dissimula bien sa jubilation ; l'offre du maire quintuplait sa prime habituelle et il serait parti en chasse du drow dans tous les cas, qu'il soit payé ou non.

—Deux mille ! grommela le montagnard sans relâcher son attention, suspectant que ses péripéties pouvaient lui rapporter plus encore.

Le maire manqua en tomber à la renverse, mais se répéta plusieurs fois que l'existence même de la ville était peut-être en jeu.

—Et pas un sou de moins ! ajouta Férul, croisant ses bras musculeux sur sa poitrine.

—Attends maîtresse Fauconnier, dit Delmo d'une voix humble, et tu auras tes deux mille pièces.

Fondebière suivit la piste du drow blessé toute la nuit. L'énorme géant des collines éprouvait des sentiments mitigés quant à la mort d'Ulgulu et de Kempfana, les maîtres qu'il n'avait pas choisis mais qui avaient envahi et son antre et sa vie. Même si Fondebière craignait tout ennemi capable de vaincre ces deux monstres, le géant savait que le drow était sévèrement blessé.

Drizzt s'était aperçu qu'il était suivi mais ne pouvait pas faire grand-chose pour cacher ses traces. Une de ses jambes, blessée au cours de sa descente acrobatique dans le ravin, se traînait péniblement et Drizzt ne pouvait guère faire plus que de maintenir une certaine distance entre lui et le géant. Quand l'aube parut, claire et brillante, Drizzt sut que son désavantage s'était accru. Il ne pouvait espérer échapper au géant des collines toute une journée sous cette lumière révélatrice.

La piste descendait jusqu'à un petit groupe d'arbres de toutes tailles, poussant partout où ils pouvaient trouver des fissures parmi les nombreux gros rochers. Drizzt voulut d'abord le traverser – il ne voyait pas d'autre option que de continuer sa fuite – mais, tandis qu'il s'appuyait sur l'un des arbres les plus imposants pour reprendre son souffle, une autre idée lui vint. Les branches de l'arbre retombaient mollement, souples, telles des cordes.

Drizzt reporta son regard sur la piste qu'il avait suivie. Plus haut, traversant une étendue rocheuse nue, le géant des collines implacable avançait lourdement. Drizzt leva son cimeterre avec le seul bras qui semblait encore bien vouloir fonctionner et trancha la plus longue branche qu'il put trouver. Il chercha ensuite un rocher qui pourrait faire l'affaire.

Le géant fit irruption dans le taillis à peu près une demi-heure plus tard, son énorme massue se balançant au bout de son bras massif. Fondebière s'arrêta brusquement quand le drow apparut en travers de sa route, sortant de derrière un arbre.

Drizzt soupira presque de soulagement quand le géant s'arrêta exactement là où il l'avait prévu. Il avait craint que le monstre énorme continue son chemin et l'assomme de coups, car, blessé comme il l'était, Drizzt n'aurait pas pu lui opposer une bien grande résistance. Profitant de l'instant d'hésitation du monstre, Drizzt cria : « Halte ! » dans le langage des gobelins et jeta un simple sort, qui encercla le géant de flammes bleues inoffensives.

Fondebière, mal à l'aise, se tortilla sur place mais ne fit pas un pas de plus vers cet étrange et dangereux ennemi. Drizzt observa les pieds mouvants du géant avec un intérêt non dissimulé.

—Pourquoi me suis-tu ? demanda l'elfe. Tu veux rejoindre tes camarades dans un sommeil éternel ?

Fondebière passa sa langue charnue sur ses lèvres sèches. Jusque-là, cette rencontre ne se passait pas comme prévu. Maintenant, le géant réfléchissait, dépassant les instincts primaires qui l'avaient amené jusqu'ici et envisageant les possibilités qui s'offraient à lui. Ulgulu et Kempfana étaient morts ; Fondebière pouvait récupérer sa grotte. Mais les gnolls et les gobelins étaient morts eux aussi, et ce minuscule casse-pieds d'esprit follet n'avait pas été vu dans les parages depuis un moment. Une pensée soudaine traversa l'esprit du géant.

—Amis ? demanda Fondebière avec espoir.

Bien que soulagé de pouvoir éviter le combat, Drizzt était plus que sceptique quant à cette proposition. La bande de gnolls lui avait fait la même, ce qui avait mené à un véritable désastre, et ce géant était visiblement en relation avec les autres monstres que Drizzt venait de tuer, ceux qui avaient massacré la famille de fermiers.

—Amis pour quoi faire ? demanda Drizzt avec circonspection, espérant contre toute raison que cette créature soit guidée par des principes et pas simplement par la soif de sang.

—Pour tuer, répliqua Fondebière, comme si c'était l'évidence même.

Drizzt grogna et secoua rageusement la tête, faisant voler son abondante chevelure blanche. Il dégaina son cimeterre sans même s'assurer au préalable que le pied du géant était bien pris dans son piège.

—Alors tuer toi ! cria Fondebière, voyant la situation tourner à son désavantage.

Le géant leva sa massue en faisant un gigantesque pas en avant, un pas entravé par la branche souple qui s'enroula fermement autour de sa cheville.

Drizzt maîtrisa son désir de se ruer sur lui, se rappelant que le piège avait été enclenché et que dans sa situation actuelle il lui serait difficile de survivre au formidable géant.

Fondebière baissa les yeux vers le nœud coulant et grogna d'indignation. La branche ne valait pas une véritable corde et le nœud n'était pas si serré. Si le géant s'était simplement baissé, il lui aurait été facile de dégager son pied du nœud coulant. Mais les géants des collines n'étaient pas réputés pour leur intelligence.

— Tuer toi ! cria de nouveau le géant, et il donna un grand coup de pied contre l'entrave de la branche.

Par la force considérable du coup, le gros rocher relié à l'autre bout de la branche, derrière le géant, fut propulsé vers l'avant à travers les broussailles pour finir dans le dos de Fondebière.

Celui-ci allait crier pour la troisième fois, mais la menace qu'il s'apprêtait à lancer s'évanouit dans un « woush ! » d'expulsion d'air forcée. Son énorme massue chuta sur le sol et ses genoux plièrent : il tomba lourdement sur l'un d'entre eux.

Drizzt hésita un moment, ne sachant pas s'il devait s'enfuir ou tuer le géant. Il ne le craignait pas pour son propre compte : le géant n'était pas prêt de le reprendre en chasse, mais il ne pouvait oublier l'expression sur le visage du monstre quand celui-ci lui avait dit qu'ils pourraient tuer ensemble.

— Combien d'autres familles comptes-tu massacrer ? lui demanda Drizzt dans la langue des drows, une langue que Fondebière n'avait aucun moyen de comprendre. (Le géant se contenta de grogner férocement, ressentant une douleur cuisante.) Combien ? redemanda Drizzt, sa main se resserrant sur le pommeau du cimeterre et ses yeux se plissant de façon menaçante.

Il exécuta sa basse besogne promptement et violemment.

Au grand soulagement de Benson Delmo, l'escouade de Sundabar – Colombe Fauconnier, ses trois compagnons guerriers et l'érudit nain – arriva le jour suivant. Le maire leur offrit repos et victuailles, mais dès que Colombe eut entendu parler du massacre de la ferme des Poildechardon, ses compagnons et elle s'y rendirent immédiatement, suivis de près par le maire, Férul McCartilage et plusieurs fermiers curieux.

Colombe fut visiblement dépitée quand ils arrivèrent à la ferme isolée. Des centaines de traces avaient recouvert des indices cruciaux, et de nombreuses choses dans la maison avaient été déplacées, y compris les corps. Néanmoins, Colombe et ses compagnons expérimentés procédèrent avec méthode, essayant de déchiffrer tous les indices qu'ils pouvaient encore découvrir dans cette abominable scène.

— Espèce d'inconscients ! dit Tracasse, grondant les fermiers quand le reste de l'équipe eut terminé ses investigations. Vous avez rendu service à nos ennemis !

Mal à l'aise, plusieurs des fermiers, y compris le maire, détournèrent le regard, mais Férul grogna furieusement en toisant le nain impeccable. Colombe intervint prestement.

— Votre présence ici a troublé certains des indices, expliqua-t-elle calmement au maire, de sa façon désarmante, en se glissant subrepticement entre Tracasse et le robuste montagnard.

Elle avait entendu de nombreux récits sur le compte de McCartilage, et sa réputation ne faisait état ni de prévisibilité, ni de calme.

— On n'en savait rien, expliqua le maire pour se justifier.

—Bien sûr que non, répondit Colombe. Vous avez réagi comme tout un chacun.

—Comme des débutants, remarqua Tracasse.

—Ferm'la! grogna McCartilage, accompagné par les grognements de son chien.

—Ne vous énervez pas, mon bon monsieur, le pria Colombe. Nous avons trop d'ennemis autour de nous pour nous monter les uns contre les autres.

—Des débutants? lui répondit Férul en lui aboyant après. J'ai chassé une bonne centaine de proies et j'en sais assez sur ce maudit drow pour le retrouver.

—Sommes-nous vraiment sûrs que tout ceci est bien l'œuvre d'un drow? demanda Colombe, exprimant un doute sincère.

Sur un signe de tête de Férul, un fermier qui se trouvait dans la pièce brandit le cimeterre brisé.

—Une arme de drow, dit sèchement Férul, montrant sa figure balafrée du doigt. Une arme que j'ai vue de près!

Un coup d'œil à la blessure irrégulière du montagnard permit à Colombe de comprendre que le cimeterre tranchant ne pouvait être à l'origine de sa blessure, mais la rôdeuse ne le lui fit pas remarquer, ne voyant pas l'intérêt de se lancer dans un débat acharné.

—Et des traces de drow, insista Férul. Les empreintes de bottes sont les mêmes que celles qu'on a trouvées près du carré d'myrtilles, celui où qu'on a vu l'drow!

L'assistance suivit le regard insistant de Colombe vers la grange.

—Quelque chose d'extrêmement puissant a brisé cette porte, raisonna-t-elle, et la jeune femme qui se trouvait là-bas n'a pas été tuée par un elfe noir.

Férul resta inébranlable.

—L'drow a un animal de compagnie, insista-t-il encore. Une énorme panthère noire. Sal'té d'chat géant!

Colombe avait toujours des soupçons. Elle n'avait vu aucune empreinte qui pourrait correspondre à celles d'une panthère, et la façon dont une partie de la jeune femme avait été entièrement dévorée, les os y compris, ne correspondait en rien aux connaissances qu'elle pouvait avoir en matière de fauves. Mais elle garda ses pensées pour elle, comprenant que le montagnard bourru ne tolérerait pas que l'on remette le moins du monde en question les conclusions hâtives qu'il avait tirées une bonne fois pour toutes.

— Maintenant, si vous en avez fini avec c't'endroit, commençons la traque ! tonna Férul. Mon chien a trouvé une piste et l'drow a déjà assez d'avance comme ça !

Colombe lança un long regard inquiet au maire qui se détourna, mal à l'aise devant ses yeux perçants.

— Férul McCartilage va vous accompagner, expliqua Delmo, à peine capable d'articuler ces mots, regrettant d'avoir impulsivement fait affaire avec le montagnard.

En voyant le sang-froid de la rôdeuse et de son escouade, si rigoureusement opposé au tempérament violent de Férul, le maire pensait maintenant que Colombe et ses compagnons s'en tireraient mieux en faisant les choses à leur façon. Mais ce qui était fait était fait.

— Ce sera le représentant de Maldobar pour votre escouade, poursuivit Delmo. C'est un chasseur expérimenté et il connaît la région mieux que personne.

Au grand mécontentement de Tracasse, Colombe concéda également ce point.

— Le jour décline vite. Nous partirons à l'aube, ajouta-t-elle d'un ton tranchant à l'intention de McCartilage.

— L'drow a déjà trop d'avance ! protesta Férul. C'est maint'nant qu'il faut commencer la traque.

— Vous supposez que le drow est en fuite, répondit Colombe, d'un ton toujours aussi calme mais aux accents teintés d'une nuance sévère. Combien de trépassés ont fait la même supposition au sujet de leurs ennemis ?

Cette fois-ci, Férul, perplexe, ne répondit pas.

— Le drow, ou la bande de drows, pourrait être terré tout près d'ici, poursuivit Colombe. Voudriez-vous tomber sur eux inopinément, McCartilage ? Cela vous plairait-il, de combattre des elfes noirs dans l'obscurité de la nuit ?

Férul se contenta de lever les mains dans un geste d'énervement, grogna et s'en alla d'un pas vif, son chien sur ses talons.

Le maire offrit l'hospitalité à Colombe et à sa troupe au sein de sa propre maison, mais la rôdeuse et ses compagnons préférèrent établir leur campement derrière la ferme des Poildechardon. Colombe sourit aux fermiers qui partaient, et Férul monta son camp à proximité, manifestement pour garder un œil sur elle. Elle se demanda ce qui était en jeu pour McCartilage dans toute cette histoire et suspecta qu'il n'était pas seulement question d'une balafre et d'une oreille perdue.

— Est-ce que vous allez vraiment laisser cet homme bestial venir avec nous ? lui demanda Tracasse un peu plus tard.

Le nain, Colombe et Gabriel étaient assis dans la cour de la ferme, autour d'un feu ardent. L'elfe, archer confirmé, et l'autre humain de la troupe se trouvaient un peu plus loin, montant la garde.

— Il s'agit de leur ville, cher Tracasse, lui expliqua Colombe. Et je ne peux pas ignorer la connaissance que McCartilage a de la région.

— Mais il est si sale ! maugréa le nain.

Colombe et Gabriel échangèrent des sourires et Tracasse, comprenant qu'il n'irait nulle part avec cet argument, retourna à son sac de couchage et se glissa dedans, tournant volontairement le dos aux deux autres.

— Cher vieux Trempeurdeplume, marmonna Gabriel.

Mais il remarqua que le sourire que Colombe lui adressa en réponse n'atténuait pas vraiment l'inquiétude sincère qu'on pouvait lire sur son visage.

— Quelque chose ne va pas, dame Fauconnier ?

Colombe haussa les épaules.

— Il y a trop d'éléments qui ne concordent pas, dans cette histoire.

— C'tait pas une panthère qu'a tué la femme dans la grange, remarqua Gabriel qui avait lui aussi remarqué certaines incohérences.

— Et ce n'était pas un drow qui a tué le fermier dans la cuisine, celui qu'ils ont appelé Bartholomée, continua Colombe. La poutre qui lui a cassé le cou était presque brisée elle aussi. Seul un géant possède une telle force.

— De la magie ? demanda Gabriel.

Colombe haussa de nouveau les épaules.

— La magie des drows est en général plus subtile, d'après notre érudit, ajouta-t-elle en regardant Tracasse, qui produisait déjà des ronflements sonores. Et plus aboutie. Tracasse ne croit pas que ce soit la magie des drows qui ait pu tuer Bartholomée ou sa femme, ou détruire la porte de la grange. Et il y a une autre énigme en ce qui concerne les traces.

— Deux jeux d'empreintes, dit Gabriel, faites à presque un jour d'intervalle.

— Et pas de la même profondeur, ajouta Colombe. Le second jeu d'empreintes pourrait en effet être celui d'un elfe noir, mais les premières traces, celles du meurtrier, sont bien trop profondes pour le pas d'un elfe.

— Un agent du drow ? proposa Gabriel. Un habitant des plans inférieurs conjuré, peut-être ? Se pourrait-il que l'elfe noir soit venu le lendemain pour inspecter la tâche confiée à son monstre ?

Cette fois-ci, Gabriel haussa les épaules en même temps que Colombe.

— C'est ce que nous allons découvrir, dit Colombe.

Gabriel alluma ensuite sa pipe, et Colombe plongea dans un profond sommeil.

— Oh-maître, oh-mon-maître, répétait telle une litanie Tephanis, devant la forme grotesque du cadavre du jeune barghest à moitié transformé.

L'esprit follet se fichait pas mal d'Ulgulu ou de ses pairs, mais leurs morts impliquaient de lourdes conséquences pour son propre futur immédiat. Tephanis s'était allié à Ulgulu dans un esprit de gain mutuel. Avant que les jeunes barghests apparaissent, le petit esprit follet passait ses journées dans l'isolement le plus total, volant chaque fois qu'il le pouvait dans les villages à proximité. Il s'en était bien tiré, mais sa vie n'avait été qu'une existence ennuyeuse et solitaire.

Ulgulu avait changé tout cela. L'armée des jeunes barghests offrait une protection et de la compagnie, et Ulgulu, ourdissant des plans de mises à mort de plus en plus sophistiqués, avait fourni à Tephanis un nombre interminable d'importantes missions.

Maintenant, c'en était fini de tout cela, car Ulgulu était mort et Kempfana également, et il n'y avait rien que Tephanis puisse faire pour changer ces réalités.

— Fondebière ? se demanda soudain l'esprit follet.

Il se dit que le géant des montagnes, le seul membre du clan absent de la tanière, pouvait peut-être se révéler être un compagnon agréable. Tephanis n'eut pas grand mal à distinguer les traces du géant, qui partaient du seuil de la grotte et s'enfonçaient au cœur des montagnes. Il tapa dans ses mains avec excitation, peut-être une centaine de fois dans la seconde qui suivit, puis il partit, filant au loin à la recherche de son nouvel ami.

Dans les hauteurs des montagnes, Drizzt Do'Urden contemplait les lueurs lointaines de Maldobar pour la dernière fois. Depuis qu'il était descendu des crêtes élevées, après sa rencontre désagréable avec la mouffette, le drow s'était retrouvé dans un monde dont la sauvagerie égalait presque celle du royaume obscur qu'il avait laissé derrière lui. Quels que soient les espoirs auxquels Drizzt s'était abandonné pendant ces quelques journées durant lesquelles il observait la famille de fermiers, ce sentiment avait bel et bien disparu maintenant, enterré sous le poids de sa culpabilité et des visions atroces du massacre qui le hanteraient à vie, il le savait.

La douleur physique du drow s'était un peu atténuée ; il pouvait respirer à pleins poumons maintenant, bien que l'effort lui en coûte, et les coupures sur ses bras et ses jambes s'étaient refermées. Il survivrait.

Baissant les yeux sur Maldobar, un autre endroit qu'il ne pourrait jamais considérer comme un foyer, Drizzt se demanda si cela n'était pas une bonne chose en fin de compte.

9

La traque

— Qu'est-ce que c'est ? demanda Tracasse, se reculant prudemment derrière les plis de la cape de Colombe, du même vert que la forêt.

La rôdeuse s'approcha avec précaution, tout comme Férul, car, même si la créature semblait morte, ils n'avaient jamais rien vu de pareil. Elle ressemblait à une sorte d'étrange compromis gigantesque entre le gobelin et le loup.

Le courage leur revint à l'approche du corps, car ils se rendirent compte qu'il s'agissait effectivement d'un cadavre.

— Il est mort depuis plusieurs jours, d'après moi, annonça Colombe.

— Mais qu'est-ce que c'est ? redemanda Tracasse.

— Un mutant, murmura Férul.

Colombe inspecta rigoureusement les étranges articulations de la créature. Elle nota, également, les nombreuses blessures qui lui avaient été infligées – de grandes déchirures, qui ressemblaient à celles provoquées par les griffes d'un fauve.

— Un métamorphe, estima Gabriel, surveillant les alentours du secteur rocailleux.

Colombe acquiesça de la tête.

— Tué au beau milieu de son changement de forme.

— Je n'ai jamais entendu parler de sorciers parmi les gobelins, protesta Férul.

— Oh si, commença Tracasse, il y a eu, bien sûr, Crasseux Sanscervelle, qui se prétendait Archimage et qui…

Un sifflement provenant de bien plus haut fit taire le nain. Sur le bord de la corniche se tenait l'elfe Kellindil, l'archer, qui leur faisait de grands signes du bras.

— Il y en a d'autres là-haut, leur cria-t-il quand il eut attiré leur attention. Deux gobelins et un géant à la peau rouge, qui ne ressemble à rien que j'aie jamais vu !

Colombe observa la falaise. Elle pensait pouvoir l'escalader, mais un coup d'œil au pauvre Tracasse lui suffit pour réaliser qu'il leur faudrait suivre le sentier pour la gravir, un itinéraire de plus d'un kilomètre et demi.

— Reste ici, dit-elle à Gabriel.

L'homme au visage sévère acquiesça et se plaça en position défensive parmi les plateaux rocheux, tandis que Colombe, Férul et Tracasse repartaient le long du ravin.

À mi-chemin du sentier unique qui parcourait la falaise, ils rencontrèrent Darda, le dernier guerrier de la troupe. C'était un homme petit et très musclé, qui pour l'instant grattait sa barbe couleur de chaume, examinant ce qui ressemblait à un soc.

— C'est celui des Poildechardon ! cria Férul. Il était devant leur ferme, prêt à être réparé !

— Que peut-il bien faire ici ? demanda Colombe.

— Et pourquoi semble-t-il couvert de sang ? ajouta Darda, leur montrant les taches sur la face concave de l'outil.

Le guerrier examina le ravin qui plongeait derrière la corniche avant de reporter les yeux sur le soc.

— Une infortunée créature est violemment entrée en contact avec ceci, poursuivit-il, et elle a probablement fini dans le ravin.

Tous les yeux se fixèrent sur Colombe tandis que la rôdeuse dégageait ses épais cheveux de sa figure, mettant son menton dans sa main calleuse mais délicate et essayant d'ordonner les pièces de ce nouveau puzzle. Mais les indices étaient minces et, quelques instants plus tard, Colombe leva nerveusement les bras au ciel pour exprimer son exaspération et repartit le long de la piste. Le chemin changeait de direction et quittait la falaise tandis qu'il s'élevait vers les sommets, mais Colombe revint sur ses pas jusqu'au rebord, juste au-dessus de l'endroit où ils avaient laissé Gabriel. Le guerrier la repéra immédiatement, et son signe de la main informa la rôdeuse que tout était calme en bas.

— Venez, les pria Kellindil, et il mena le petit groupe à l'intérieur de la grotte.

Le spectacle que découvrit Colombe répondit clairement à plusieurs de ses questions du premier coup d'œil.

— Un barghest ! s'exclama Tracasse, regardant le cadavre géant à la peau écarlate.

— Un barghesquoi ? demanda Férul, perplexe.

— Bien sûr, continua Tracasse. Voilà qui explique le loup-géant de la gorge.

— Pris au beau milieu de sa transformation, raisonna Darda. Ses nombreuses blessures et le sol de pierre ont eu raison de lui avant qu'il ait terminé sa métamorphose.

— Un barghesquoi ? redemanda Férul, cette fois avec colère, n'appréciant guère d'être laissé à l'écart d'une conversation à laquelle il ne comprenait rien.

— Une créature provenant d'un autre plan d'existence, expliqua Tracasse. Celui-ci est connu sous le nom de plan de Géhenne. Les barghests qui y vivent envoient leurs jeunes dans d'autres plans, parfois dans le nôtre, pour s'y nourrir et y grandir. (Il se tut un moment, réfléchissant.) Pour se nourrir, répéta-t-il, haussant la voix à l'attention des autres.

— La femme de la grange ! dit Colombe en retour.

Les membres de son escouade acquiescèrent devant cette révélation soudaine, mais McCartilage, la mine sinistre, s'en tenait obstinément à sa théorie originale.

— C'est le drow qui les a tués ! grogna-t-il.

— Avez-vous le cimeterre brisé ? demanda Colombe.

Férul plongea la main sous l'une de ses nombreuses couches de vêtements et en sortit l'arme.

Colombe prit le cimeterre et se pencha sur le jeune barghest mort pour l'examiner. La lame correspondait sans la moindre marge d'erreur possible aux blessures de la bête, en particulier à la blessure mortelle de sa gorge.

— Vous avez dit que le drow avait utilisé deux de ces armes, observa Colombe à l'attention de Férul, soulevant le cimeterre.

— C'est le maire qui a dit cela, rectifia Férul, d'après l'histoire racontée par le fils Poildechardon. Quand j'ai vu le drow – il reprit l'arme des mains de la rôdeuse –, il n'en avait qu'une, celle-là même qu'il a utilisée pour supprimer le clan Poildechardon !

Férul se garda bien de révéler que le drow, s'il n'utilisait qu'une seule arme, portait bel et bien deux fourreaux à sa ceinture, ce qui suggérait deux cimeterres.

Colombe secoua la tête, doutant de sa théorie.

— Le drow a tué ce jeune barghest, dit-elle. Les blessures correspondent à cette lame, provoquées, je pense, par la lame jumelle de celle que vous tenez. Et si vous examinez les gobelins dans la pièce du devant, vous verrez que leurs gorges ont été tranchées par un cimeterre à la courbe identique.

— Comme pour les blessures des Poildechardon ! grogna furieusement Férul.

Colombe pensait qu'il était préférable de garder son hypothèse encore embryonnaire sous silence, mais Tracasse, qui détestait le grand homme, se fit l'écho des pensées partagées par tous excepté McCartilage.

—Cette famille a été tuée par un jeune barghest, proclama le nain, se remémorant les deux jeux d'empreintes dans la cour de la ferme. Sous la forme d'un drow!

Férul lui jeta un regard mauvais tandis que Colombe lui en lançait un d'avertissement, pour le faire taire. Mais Tracasse interpréta mal le regard de la rôdeuse, pensant qu'il exprimait l'éblouissement de celle-ci devant ses puissantes facultés de raisonnement et il continua fièrement :

—Ceci explique les deux jeux d'empreintes, la scène apocalyptique de la grang...

—Mais en ce qui concerne la créature de la gorge ? demanda Darda à Colombe, comprenant le besoin qu'avait la rôdeuse de faire taire le nain. Est-ce que ces blessures, elles aussi, pourraient avoir été causées par cette lame courbe ?

Colombe réfléchit un moment, s'arrangeant pour notifier subtilement ses remerciements à Darda par un mouvement de tête.

—Certaines d'entre elles, peut-être, répondit-elle. Il est plus probable que ce jeune barghest ait été tué par la panthère – elle regarda Férul droit dans les yeux –, le fauve que vous clamez avoir vu avec le drow.

Férul donna un coup de pied dans le jeune barghest mort.

—C'est le drow qui a massacré le clan des Poildechardon, grogna-t-il.

Férul avait perdu un chien et une oreille à cause de l'elfe noir et il n'accepterait aucune conclusion qui diminuerait ses chances d'obtenir la prime de deux mille pièces d'or que le maire avait mise en jeu.

Un appel provenant de l'extérieur interrompit le débat – au soulagement partagé de Colombe et de Férul. Après avoir mené leur groupe dans la tanière, Kellindil était reparti au-dehors, pour suivre la piste d'autres indices qu'il avait découverts précédemment.

— Une empreinte de botte, commenta l'elfe à leur intention quand ils sortirent, pointant dans la direction d'une petite parcelle herbeuse. Et là, regardez.

Il leur désigna des éraflures dans la pierre, un signe clair d'échauffourée.

— Je pense que le drow est allé sur la corniche, expliqua Kellindil. Et encore au-delà, peut-être à la poursuite du jeune barghest et de la panthère, mais sur ce point, je ne peux guère que faire des suppositions.

Après avoir suivi un moment la piste que Kellindil avait reconstituée, Colombe, Darda et même Férul en arrivèrent aux mêmes conclusions.

— Nous devrions retourner dans le ravin, suggéra Colombe. Peut-être trouverons-nous une piste au-delà de cette gorge rocailleuse qui nous mènera vers de plus clairs indices.

Férul gratta les cicatrices qu'il avait sur la figure et jeta à Colombe un regard dédaigneux qui ne faisait pas grand mystère de ses sentiments. Férul se moquait éperdument des « plus clairs indices » de la rôdeuse, ayant pour son compte déjà tiré toutes les conclusions qui s'imposaient depuis un bon moment. Férul était déterminé – plus que tout au monde, savait Colombe – à revenir au village avec la tête de l'elfe.

Colombe Fauconnier n'était pas aussi catégorique sur l'identité du meurtrier. Beaucoup d'énigmes restaient sans réponse pour la rôdeuse et le reste de son escouade. Pourquoi le drow n'avait-il pas tué les enfants Poildechardon lors de leur première rencontre, dans les montagnes ? Si le récit que Connor avait fait au maire était véridique, pourquoi le drow avait-il donc rendu son arme au jeune homme ? Colombe était fermement convaincue que c'était le jeune barghest, et non le drow, qui avait massacré la famille Poildechardon, mais pourquoi le drow était-il allé s'en prendre au jeune barghest dans sa propre tanière ?

Le drow était-il de mèche avec les jeunes barghests, une alliance qui avait vite tourné court ? Encore plus intrigante pour la rôdeuse – dont la raison de vivre était de protéger les civils dans la guerre sans fin qui opposaient les races bienfaisantes aux races maléfiques – était la possibilité que le drow s'en soit pris aux jeunes barghests pour venger le massacre de la ferme. Colombe penchait en faveur de cette dernière supposition, mais elle ne comprenait pas les motivations du drow. Est-ce que le jeune barghest avait ruiné la préparation d'un raid planifié par le drow en supprimant la famille de fermiers, mettant par là même les autres fermiers de Maldobar en alerte ?

De nouveau, les éléments ne concordaient pas. Si les elfes noirs avaient planifié un raid sur Maldobar, il était certain qu'aucun d'entre eux ne se serait laissé repérer avant l'assaut. Une voix intérieure lui disait que ce drow unique avait agi en solitaire et qu'il était venu jusqu'ici pour venger la mort des fermiers assassinés. Elle se détourna de cette idée dans un haussement d'épaules, la considérant comme un tour que lui jouait son optimisme et se remémorant que les elfes noirs étaient rarement les auteurs de tels actes, qu'on attendait plutôt de la part de rôdeurs.

Le temps que les cinq membres de la petite escouade descendent le long du sentier étroit et soient revenus en vue du plus gros des cadavres, Gabriel avait trouvé la piste, qui se perdait au loin dans les montagnes. Il y avait deux jeux d'empreintes, facilement identifiables, les unes étant sans nul doute celles du drow et les autres celles d'une créature bipède géante, peut-être un troisième jeune barghest.

— Qu'est-il arrivé à la panthère ? demanda Tracasse, qui commençait à être un peu dépassé par cette expédition sur le terrain, sa première depuis de nombreuses années.

Colombe éclata de rire et secoua la tête, en désespoir de cause. Chaque indice semblait amener son cortège de nouvelles énigmes.

Drizzt continua à avancer pendant la nuit, en fuite, comme il l'avait été durant tant d'années, loin d'une réalité une fois encore sinistre. Il n'avait pas tué les fermiers – en fait, il les avait même sauvés de la bande de gnolls –, mais ils étaient morts quand même. Drizzt ne pouvait échapper à cette vérité. Il avait pris l'initiative d'entrer dans leur vie, et maintenant ils étaient morts.

La deuxième nuit qui suivit sa rencontre avec le géant des collines, Drizzt aperçut un feu de camp distant, loin en contrebas sur l'un des sentiers sinueux de la montagne, sur la route venant de la tanière du jeune barghest. Sachant que cette apparition n'avait rien d'une coïncidence, le drow invoqua Guenhwyvar à son côté, puis il envoya la panthère en reconnaissance pour en savoir plus.

Infatigable, le fauve partit en courant, forme noire et invisible dans les ombres du soir tandis qu'elle couvrait rapidement la distance qui la séparait du camp.

Colombe et Gabriel se reposaient tranquillement près de leur feu de camp, amusés par les singeries continuelles de Tracasse, qui nettoyait activement son gilet de cuir tendre avec une brosse raide, maugréant tout du long.

Férul, qui était resté à l'écart sur la route, se glissa entre un arbre tombé et un large rocher, son chien en boule à ses pieds.

— Oh, que d'ennui à cause de toute cette saleté ! gémit Tracasse. Jamais, jamais, je n'arriverai à nettoyer cet habit ! il faudra que j'en achète un autre. (Il regarda Colombe, qui tentait sans grand succès de se composer une mine sérieuse.) Riez si ça vous chante, maîtresse Fauconnier.

C'est de votre bourse que sortiront les deniers nécessaires, cela, n'en doutez pas !

— Dans quel monde vivons-nous, maintenant, qu'il faille offrir des parures à un nain ! intervint Gabriel, et ces paroles provoquèrent les éclats de rire de Colombe.

— Riez si ça vous chante ! répéta Tracasse, frottant plus fort avec la brosse, créant un trou au beau milieu du vêtement. Coquin de sort ! maudit-il encore, avant de jeter la brosse sur le sol.

— Mais fermez-la ! râla Férul à leur attention, dissipant leur gaieté. Voulez-vous attirer le drow jusqu'à nous ?

Le regard que Gabriel lui lança en retour exprimait clairement ses sentiments, mais Colombe se rendit compte que le conseil du montagnard était pertinent, bien que sa formulation laisse à désirer.

— Reposons-nous, Gabriel, dit la rôdeuse à son compagnon guerrier. Darda et Kellindil reviendront bientôt et ce sera notre tour de monter la garde. J'imagine que la route de demain ne sera en rien moins éreintante – elle regarda Tracasse et lui fit un clin d'œil – et moins salissante qu'aujourd'hui.

Gabriel haussa les épaules, mit sa pipe dans sa bouche, et croisa les mains derrière sa tête. C'était la vie que ses compagnons d'aventure et lui-même appréciaient, campant sous les étoiles avec la musique du vent des montagnes dans les oreilles.

Tracasse, au contraire, se tortillait et se retournait sur le sol dur, maugréant et grommelant tandis qu'il passait d'une position inconfortable à une autre.

Gabriel n'avait pas besoin de regarder Colombe pour savoir qu'elle partageait son sourire. Il n'avait pas non plus besoin de lancer un regard à Férul pour savoir que le montagnard était exaspéré par ce vacarme incessant. Le bruit qu'il dégageait semblait certainement négligeable aux oreilles citadines du nain, mais il retentissait clairement aux alentours pour les autres membres de l'escouade, plus habitués à la route.

Un sifflement se fit alors entendre dans l'obscurité, exactement au moment où le chien de Férul hérissa sa fourrure en grognant.

Colombe et Gabriel se levèrent et traversèrent le camp en une seconde, quittant le périmètre éclairé par le feu et se dirigeant dans la direction de l'appel de Darda. De même, Férul se glissa hors de son trou, contournant le large rocher pour cacher la lumière du feu et laisser ses yeux s'habituer à l'obscurité ambiante.

Tracasse, trop préoccupé par son propre inconfort, finit par remarquer l'agitation autour de lui.

— Qu'est-ce qu'il y a ? demanda le nain avec curiosité. Qu'est-ce qui se passe ?

Après une brève conversation chuchotée avec Darda, Colombe et Gabriel se séparèrent, faisant le tour du camp chacun de leur côté pour s'assurer de l'intégrité du périmètre.

— Dans l'arbre, murmura une voix.

Colombe s'accroupit immédiatement. En un instant, elle repéra Férul, habilement dissimulé entre la roche et les buissons. Le grand homme avait également son arme à la main, prête à l'usage, tandis que son autre main muselait fermement le museau de son chien, le réduisant au silence. Colombe suivit le regard de Férul vers les branches étendues d'un orme solitaire. Au début, la rôdeuse ne discerna rien de suspect parmi les branches feuillues, mais soudain elle aperçut l'éclair jaune des yeux félins.

— La panthère du drow, chuchota Colombe.

Férul acquiesça en réponse. Ils s'assirent tout doucement et l'observèrent, sachant que le plus petit de leurs mouvements pouvait alerter le fauve. Quelques secondes plus tard, ils furent rejoints par Gabriel, qui prit silencieusement position et suivit leur regard sur l'orme, vers l'emplacement sombre. Tous les trois savaient que le temps était leur allié : à l'instant présent, Darda et Kellindil étaient sans nul doute en train de prendre position.

Leur piège leur aurait sûrement permis de capturer Guenhwyvar, mais un instant plus tard, le nain déboucha du campement droit dans la direction de Férul et lui rentra dedans. Le montagnard faillit tomber par terre et, quand il lança ses mains en avant pour se rattraper par réflexe, son chien se libéra en aboyant frénétiquement.

Telle une sombre flèche, la panthère bondit loin de l'arbre et s'enfuit dans la nuit. La chance n'était cependant pas avec Guenhwyvar, car elle passa juste devant l'elfe Kellindil, qui la distingua facilement grâce à sa vision exceptionnelle.

Kellindil entendit les aboiements et les cris distants en provenance du camp, mais il n'avait aucun moyen de savoir ce qui les avait provoqués. Cependant, quelles que soient les hésitations qu'il pouvait bien avoir, celles-ci furent rapidement balayées par une voix dont l'appel était clair :

— Tuez cette chose meurtrière ! cria Férul.

Pensant alors que la panthère – ou son complice drow – avait attaqué le campement, Kellindil décocha son trait. La partie ensorcelée de sa flèche se planta profondément dans le flanc de Guenhwyvar tandis que la panthère s'enfuyait.

Puis vint l'appel de Colombe, réprimandant Férul.

— Ne la tuez pas ! cria la rôdeuse. La panthère n'a rien fait pour mériter notre colère !

Kellindil se rua sur les traces de la panthère. Avec ses yeux ultrasensibles d'elfe, qui scrutaient les alentours dans le spectre infrarouge, il vit clairement la traînée de chaleur sanglante marquant l'endroit où la bête avait été touchée et la piste qui s'éloignait du camp.

Colombe et les autres le rejoignirent quelques instants plus tard, les traits fins, osseux et harmonieux de l'elfe

Kellindil maintenant altérés par le regard furieux qu'il lança à Férul.

— Vous m'avez conduit à tirer à tort, McCartilage, dit-il avec colère. À cause de vous, j'ai tiré sur une créature qui ne méritait pas ma flèche ! Je vous préviens pour la première et dernière fois que cela ne devra jamais se reproduire.

Après un dernier regard furieux au montagnard pour appuyer ses paroles, Kellindil s'éloigna, suivant la piste sanglante.

Les feux de la colère couvaient à l'intérieur de Férul, mais il se maîtrisa, comprenant qu'il était seul face aux quatre formidables guerriers et au nain impeccablement mis. Le montagnard laissa son regard s'attarder sur Tracasse, sachant qu'aucun des autres ne pouvait réfuter l'avis qu'il allait exprimer.

— Garde ta langue dans ta bouche quand l'danger approche ! grogna Férul. Et garde tes bottes puantes loin d'moi !

Tracasse regarda autour de lui avec incrédulité tandis que le groupe partait à la suite de Kellindil.

— Puantes ? demanda le nain à haute voix. (Il baissa les yeux, vexé, sur ses bottes finement cirées.) Puantes, dit-il à l'attention de Colombe, qui s'arrêta pour lui adresser un sourire réconfortant. Empuanties par ce gars-là, oui, plutôt !

Guenhwyvar boita jusqu'à Drizzt, le rejoignant juste après que les premiers rayons du soleil eurent commencé à percer au-dessus des montagnes situées à l'est. Drizzt secoua la tête avec découragement, à peine surpris en voyant la flèche qui dépassait du flanc de Guenhwyvar. À contrecœur, mais sachant que c'était plus sage, Drizzt sortit le poignard qu'il avait pris à l'esprit follet et s'en servit pour dégager la flèche.

Guenhwyvar feula doucement tout au long de l'opération mais resta tranquillement allongée, n'offrant aucune résistance. Ensuite, même si Drizzt aurait préféré garder la panthère à ses côtés, il l'autorisa à regagner sa demeure astrale, où la blessure guérirait plus vite. La flèche avait informé le drow de tout ce qu'il avait besoin de savoir sur ses poursuivants, et Drizzt pensait qu'il aurait encore besoin de la panthère dans un délai très bref – trop bref. Il se tint debout sur une excroissance rocheuse et scruta à travers la luminosité grandissante le sentier qu'il avait emprunté, à la recherche d'un autre ennemi en approche.

Il ne vit rien, bien évidemment ; même blessée, Guenhwyvar avait facilement distancé ses poursuivants et, pour un homme ou pour tout être similaire, le feu de camp se trouvait à plusieurs heures de voyage.

Mais ils viendraient, Drizzt en était sûr, pour le contraindre à livrer une bataille de plus dont il ne voulait pas. Drizzt regarda autour de lui, se demandant quels pièges il pourrait dissimuler à leur attention, quels avantages il pourrait tirer de la situation quand l'inévitable confrontation dégénérerait, comme semblait le faire chacune de ses confrontations.

Les souvenirs de sa dernière rencontre avec des humains, de l'homme avec ses chiens et des autres fermiers, détournèrent brutalement le cours des pensées de Drizzt. À cette occasion, la bataille avait été provoquée par un malentendu, une barrière que l'elfe noir doutait de pouvoir jamais franchir. Drizzt n'avait ressenti aucun désir de se battre contre les humains à ce moment-là et n'en ressentait pas plus l'envie à présent, malgré la blessure de Guenhwyvar.

La luminosité augmentait et le drow encore blessé, bien qu'il se soit reposé pendant la nuit, voulait se trouver un refuge sombre et confortable. Mais Drizzt ne pouvait s'accorder aucun répit, pas s'il voulait mettre de la distance entre lui et le combat qui s'annonçait.

— Jusqu'où me suivrez-vous ? chuchota Drizzt dans la brise du matin, avant d'ajouter d'une voix sombre et déterminée : Nous le verrons bien.

10

Une question d'honneur

— La panthère a retrouvé le drow, conclut Colombe après avoir inspecté quelque temps la zone autour de l'excroissance rocheuse avec ses compagnons.

La flèche de Kellindil gisait sur le sol, brisée, à peu près à l'endroit où finissaient les traces de la panthère.

— Et la panthère a disparu.

— C'est ce qu'il semblerait, confirma Gabriel, se grattant la tête et baissant les yeux sur les empreintes déconcertantes.

— Un fauve de l'enfer, grogna Férul McCartilage. Qu'a dû regagner ses pénates puants !

Tracasse voulait lui demander : *« Donc vos pénates, j'imagine ? »* mais il garda sagement sa pensée sarcastique pour lui-même.

Les autres membres de l'escouade ne réagirent pas à la déclaration du montagnard. Ils n'avaient pas de réponses à apporter à cette énigme, et la supposition de Férul valait bien les leurs. La panthère blessée avait disparu, tout comme la traînée de sang frais qu'elle laissait derrière elle, mais le chien de Férul retrouva vite la piste de Drizzt. Aboyant avec excitation, le chien les entraîna, et Colombe et Kellindil, fins pisteurs tous les deux, découvrirent au passage maints indices qui confirmaient la direction à suivre.

Le sentier suivait le flanc de la montagne, plongeant au travers d'arbres serrés les uns contre les autres en épais bosquets, et se continuait sur une étendue nue et rocailleuse, se terminant brutalement par un nouveau ravin. Le chien de Férul se dirigea droit vers le rebord et descendit même d'un pas sur la pente traîtresse et rocheuse.

— Maudite magie des drows ! maugréa Férul.

Il regarda autour de lui et se donna un coup de poing sur la cuisse, devinant qu'il leur faudrait plusieurs heures pour contourner l'abrupte paroi.

— Le jour baisse. Établissons notre campement ici, proposa Colombe, nous reprendrons la route demain matin.

Gabriel et Tracasse acquiescèrent, mais Férul n'était pas d'accord.

— C'est maint'nant qu'la piste est fraîche ! argumenta le montagnard. On d'vrait au moins descendre avec le chien et r'trouver où elle s'continue avant d'nous mettre au lit !

— Cela pourrait prendre des heures, commença à protester Tracasse, mais Colombe fit taire le nain apprêté.

— Venez, les pria la rôdeuse, et elle s'éloigna vers l'ouest, où le terrain s'inclinait dans une pente abrupte mais praticable.

Colombe n'était pas d'accord avec le raisonnement de Férul, mais elle ne voulait pas d'autre controverse avec le représentant que Maldobar leur avait assigné.

Au fond du ravin, ils ne trouvèrent que d'autres énigmes. Férul mena son chien dans toutes les directions mais celui-ci ne réussit pas à retrouver la piste de l'insaisissable drow. Après plusieurs minutes d'observation, la vérité se fit jour dans l'esprit de Colombe, et son sourire suffit à ses compagnons expérimentés pour comprendre.

— Il nous a eus ! dit Gabriel en riant, devinant ce qui causait la mine espiègle de Colombe. Il nous a menés droit vers la falaise, sachant que nous supposerions qu'il se servirait de la magie pour y descendre !

— D'quoi qu'vous parlez ? demanda Férul avec colère, bien que le chasseur de primes expérimenté ait déjà parfaitement compris ce qui s'était passé.

— Vous voulez dire qu'il nous faut remonter tout là-haut ? demanda Tracasse en pleurnichant.

L'hilarité de Colombe la reprit, mais elle retrouva rapidement son sérieux tandis qu'elle regardait Férul en disant :

— Demain matin.

Cette fois-ci le montagnard n'émit aucune objection.

Le temps que l'aube suivante apparaisse, le petit groupe s'était hissé jusqu'en haut du ravin et Férul avait relancé son chien sur la piste de Drizzt, reprenant celle-ci un peu plus en amont, dans la direction de l'excroissance rocheuse où ils avaient commencé à la suivre. Le tour que le drow leur avait joué était assez simple, mais la même question harcelait l'esprit des traqueurs expérimentés : comment avait-il pu couper sa piste aussi nettement, dupant totalement le chien ? Une fois qu'ils furent revenus à l'épais bosquet d'arbres serrés les uns contre les autres, Colombe trouva la réponse à cette question.

Elle fit un signe de tête à Kellindil, qui était déjà en train de se débarrasser de son lourd paquetage. L'elfe agile escalada une branche basse et se balança jusqu'en haut des arbres, cherchant quels chemins avait bien pu emprunter le drow adroit dans son escalade. Les branches de plusieurs arbres se croisaient, ce qui rendait les possibilités multiples et la tâche difficile, mais après un moment, Kellindil guida correctement Férul et son chien sur la nouvelle piste, qui s'échappait sur le flanc du taillis et repartait dans une courbe basse qui suivait le flanc de la montagne, retournant vers Maldobar.

— Il va vers la ville ! cria Tracasse avec affolement, mais les autres ne semblèrent pas s'en préoccuper.

— Il va pas vers la ville, lui répondit Férul, tellement intrigué qu'il en oubliait sa colère. (En tant que chasseur de primes, Férul appréciait toujours un ennemi à sa mesure, du moins pendant la traque.) Le ruisseau, expliqua-t-il, pensant maintenant se figurer clairement ce que le drow avait en tête. Le drow va vers l'ruisseau, pour suivre son cours, c'qui effacera ses traces et lui permettra d'regagner tranquillement les contrées plus sauvages.

— Ce drow est un adversaire astucieux, remarqua Darda, approuvant pleinement les conclusions de Férul.

— Et à présent, il a au moins un jour d'avance sur nous, constata Gabriel.

Juste après que le long soupir écœuré de Tracasse se fut évanoui, Colombe donna une lueur d'espoir au nain.

— Ne crains rien. Nous ne manquons pas de provisions, mais ce n'est pas le cas du drow. Il devra bien s'arrêter pour chasser ou chercher de la nourriture : nous pourrons alors réduire son avance.

— Nous n'dormirons que quand ça s'ra absolument nécessaire ! intervint Férul, déterminé à ne pas se laisser ralentir par les autres membres du groupe. Et pas pendant des plombes !

Tracasse poussa un autre soupir.

— Et nous commençons à rationner nos vivres immédiatement, ajouta Colombe, à la fois pour couper le sifflet à Férul et parce qu'elle jugeait que c'était plus prudent. Il nous faudra bien des efforts, ne serait-ce que pour nous rapprocher du drow. Il est hors de question de nous laisser retarder.

— Du rationnement, marmonna Tracasse dans un souffle.

Il soupira pour la troisième fois et pressa une main réconfortante sur son ventre. Le nain apprêté aurait tellement aimé pouvoir se retrouver dans sa petite chambre proprette, dans le château de Helm, à Sundabar !

Drizzt avait bien l'intention de prolonger sa fuite au plus profond des montagnes, jusqu'à ce que ses poursuivants se découragent et abandonnent la traque. Il ne cessait de mettre en œuvre diverses tactiques pour leur faire perdre sa piste, revenant souvent sur ses pas pour continuer son chemin dans les arbres, créant une seconde piste qui s'éloignait dans une tout autre direction. Plusieurs ruisseaux de montagne lui fournirent des barrières naturelles qui diluaient sa piste, mais les poursuivants de l'elfe noir n'étaient pas des novices et le chien de Férul était l'un des meilleurs limiers jamais formés. Non seulement l'escouade ne perdit pas la trace de Drizzt, mais ils réduisirent l'écart qui les séparait au cours des jours suivants.

Drizzt pensait toujours pouvoir les semer, mais leur proximité tenace avait fait germer d'autres questions, plus subtiles, dans l'esprit du drow. Il n'avait rien fait pour mériter une traque aussi acharnée ; il avait même vengé la mort de la famille de fermiers. Et malgré l'amer serment qu'il s'était fait de rester désormais seul, pour ne plus jamais mettre personne en danger, il n'avait eu que la solitude comme seul et unique compagnon pendant trop d'années. Il ne pouvait pas s'empêcher de jeter des regards par-dessus son épaule, non par peur mais par curiosité, et son désir ardent de compagnie ne s'atténuait pas.

Finalement, Drizzt ne put plus lutter contre la curiosité qu'il ressentait envers ses poursuivants. Par une nuit noire, alors qu'il observait les ombres qui se déplaçaient autour du feu de camp, il comprit que sa curiosité causerait peut-être sa perte. Mais l'éclair de conscience qui le poussait à revoir sa position fut trop tardif pour que le drow puisse en tirer parti. Son instinct l'avait poussé à revenir sur ses pas, et le campement de ses poursuivants n'était plus guère distant que d'une vingtaine de mètres à présent.

Les badineries qu'échangeaient Colombe, Tracasse et Gabriel firent vibrer la corde sensible de Drizzt, bien que celui-ci ne puisse comprendre le sens de leurs mots. Le drow avait beau avoir envie de rejoindre le campement, ce désir se trouvait tempéré à chaque apparition dans la lumière de Férul et de son chien hargneux. Ces deux-là ne lui laisseraient pas le temps de s'expliquer, Drizzt en était conscient.

Deux des membres de l'escouade montaient la garde, un elfe et un homme de haute taille. Drizzt s'était furtivement glissé devant l'être humain, devinant à bon escient que celui-ci serait désavantagé dans le noir par rapport à son compagnon. Mais ensuite, le drow, faisant de nouveau fi des précautions les plus élémentaires, dirigea ses pas vers l'autre côté du camp, vers l'elfe qui montait la garde.

Drizzt n'avait rencontré ses cousins de la surface qu'à une seule occasion. Celle-ci avait été désastreuse. L'escouade de pilleurs drows dont Drizzt était l'éclaireur avait massacré un rassemblement d'elfes de la surface, excepté une unique fillette, celle que Drizzt était parvenu à dissimuler. Entraîné par ces souvenirs obsédants, Drizzt ressentait le besoin de voir de nouveau un elfe, un elfe bel et bien vivant.

Le premier indice qu'eut Kellindil d'une autre présence dans les environs fut une dague minuscule qui siffla près de sa poitrine, sectionnant proprement la corde de son arc. L'elfe se tourna immédiatement vers la provenance de l'impact et se retrouva face aux yeux couleur lavande du drow. Drizzt ne se tenait qu'à quelques pas de lui.

La lueur rouge qu'émettaient les yeux de Kellindil montrait qu'il était en train d'utiliser sa vision infrarouge. Le drow croisa les bras sur sa poitrine dans le signe de paix en vigueur dans l'Outreterre.

—Nous nous rencontrons enfin, mon noir cousin, chuchota durement Kellindil dans la langue des drows, des éclats de colère dans la voix et ses yeux étincelants se plissant dangereusement. Vif comme un chat, Kellindil tira une fine épée ouvragée de sa ceinture, les flammes ardentes faisant rougeoyer sa lame.

Drizzt fut stupéfait et plein d'espoir quand il découvrit que l'elfe connaissait sa langue. Il le fut aussi par le simple fait que celui-ci n'avait pas parlé assez fort pour alerter le reste du camp. Cet elfe de surface était à peu près de la même taille que lui, et de même corpulence ; mais ses yeux étaient plus étroits, et ses cheveux dorés n'étaient ni aussi longs, ni aussi épais que la crinière blanche de Drizzt.

—Je suis Drizzt Do'Urden, commença timidement Drizzt.

—Je me moque bien du nom que l'on te donne ! rétorqua Kellindil. Tu es un drow, c'est tout ce que j'ai besoin de savoir ! Viens donc, drow. Viens que l'on sache lequel de nous deux est le plus fort !

Drizzt n'avait pas toujours pas dégainé son épée et ne comptait pas le faire.

—Je n'ai aucune envie de me battre contre toi…, poursuivit Drizzt, sa voix s'affaiblissant, comme il s'apercevait de la futilité de ses mots face à la haine intense que l'elfe de la surface éprouvait pour lui.

Drizzt voulait tout expliquer à l'elfe, lui faire un récit complet, espérant être défendu par une autre voix que la sienne. Si seulement un autre être vivant – en particulier un elfe de la surface – pouvait écouter le récit de ses épreuves et approuver ses décisions, convenir qu'il avait bien agi au cours de sa vie, face à de telles horreurs, alors la culpabilité s'envolerait des épaules de Drizzt. Si seulement il pouvait être accepté parmi ceux qui détestaient au plus haut point les pratiques de ses noirs congénères – comme il les détestait lui-même –, alors Drizzt Do'Urden trouverait la paix.

Mais l'épée de l'elfe ne baissa pas d'un pouce, pas plus que ne s'atténua la grimace qui déparait son beau visage, plus coutumier des sourires.

Drizzt ne trouverait pas un accueil favorable ici, ni maintenant, ni probablement jamais. Serait-il éternellement mal jugé ? se demanda-t-il. Où était-ce lui, peut-être, qui jugeait mal les autres, accordant plus de crédit aux êtres humains et aux elfes que ce qu'ils méritaient vraiment ?

Ces deux réflexions étaient perturbantes, mais Drizzt dut remettre leur examen à plus tard : la patience de Kellindil était arrivée à son terme. L'elfe fonça sur le drow, la pointe de son épée en avant.

Drizzt n'en fut pas surpris – comment aurait-il pu l'être ? Il sauta en arrière, hors de portée, et fit appel à sa magie innée, lançant une sphère de ténèbres impénétrables sur l'elfe qui chargeait.

N'étant pas un novice en matière de magie, Kellindil reconnut le charme du drow. L'elfe fit demi-tour et jaillit de l'arrière de la sphère, émergeant l'épée à la main.

Les yeux couleur lavande avaient disparu.

— Drow ! cria Kellindil à voix haute, ce qui provoqua une agitation frénétique chez tous les occupants du campement.

Le chien de Férul commença à hurler, et ses aboiements excités et menaçants poursuivirent Drizzt alors qu'il retournait dans les montagnes, le condamnant à poursuivre son exil.

Kellindil s'appuya contre un arbre, en alerte mais peu convaincu que le drow soit encore dans les parages. Drizzt n'en pouvait rien savoir à cet instant, mais les mots qu'il avait prononcés et les actes qui les avaient suivis – sa fuite devant le combat – avaient bel et bien introduit le doute dans l'esprit pas si obtus de l'elfe bienveillant.

—Il va perdre son avantage dans la lumière de l'aube, dit Colombe avec optimisme après plusieurs heures de traque infructueuse. Ils étaient maintenant dans une vallée rocailleuse en forme de cuvette. La piste du drow menait vers son bord le plus éloigné, vers une pente haute et escarpée.

Tracasse, trébuchant presque d'épuisement à son côté, répondit prestement :

—Avantage ? grogna le nain. (Il regarda le versant montagneux qui s'étendait au-devant lui et secoua la tête.) Nous tomberons tous d'épuisement avant de pouvoir mettre la main sur ce drow infernal !

—Si t'arrives pas à suivre, t'as qu'à t'écrouler par terre et y rester ! gronda furieusement Férul. On va pas laisser c'foutu drow s'en tirer cette fois-ci !

Ce ne fut pas Tracasse, mais un autre membre de leur escouade qui s'écroula contre toute attente. Un énorme rocher s'abattit brusquement sur le petit groupe, heurtant l'épaule de Darda avec suffisamment de force pour soulever l'homme du sol et l'envoyer tournoyer dans les airs. Il n'eut même pas le temps de pousser un cri de douleur avant de s'écraser face contre terre dans la poussière.

Colombe agrippa Tracasse et roula à l'abri d'un rocher voisin, Férul et Gabriel imitant son exemple. Un gros rocher, suivi de plusieurs autres, s'abattit sur le secteur.

—Un éboulement ? demanda le nain abasourdi quand il se fut remis du choc.

Colombe, trop préoccupée par Darda, ne prit pas la peine de répondre, bien qu'elle sache exactement ce qu'il leur arrivait – et que cela n'avait rien à voir avec un éboulement.

—Il est vivant! cria Gabriel derrière son rocher protecteur, à quelques mètres de celui de Colombe.

Un autre roc s'abattit sur eux, manquant de peu la tête de Darda.

—Zut, marmonna Colombe.

Elle jeta un coup d'œil par-dessus le rebord du rocher qui la protégeait, balayant du regard aussi bien les flancs de la montagne que les zones rocheuses en contrebas.

—Maintenant, Kellindil, se murmura-t-elle. Fais-nous gagner du temps.

Comme en réponse leur parvint le son vibrant de l'arc réparé de l'elfe, suivi d'un hurlement colérique. Colombe et Gabriel se regardèrent, échangeant un sourire amer.

—Des géants des pierres! cria Férul, reconnaissant le timbre profond et grinçant du hurlement.

Colombe s'accroupit et attendit, dos au rocher, son sac ouvert en main. Plus aucune pierre ne rebondissait dans le secteur, mais des bruits assourdissants les remplacèrent, en provenance d'un peu plus haut, non loin de Kellindil. Colombe se précipita vers Darda et le retourna avec précaution.

—Ça fait un peu mal, murmura Darda, se forçant à sourire devant l'évidence de l'euphémisme.

—Ne parle pas, lui répondit Colombe, fouillant dans son sac à la recherche d'une potion.

Mais la rôdeuse n'en eut pas le temps. Les géants, l'apercevant à découvert, reprirent leur attaque sur la zone en contrebas.

—Retournez derrière le rocher! cria Gabriel.

Colombe glissa son bras sous l'épaule de l'homme à

terre pour le soutenir tandis qu'il se traînait vers le rocher, trébuchant à chaque mouvement.

— Dépêchez-vous, dépêchez-vous, criait Tracasse, les observant avec anxiété, son dos collé au large rocher.

Colombe se pencha soudainement au-dessus de Darda, le plaquant au sol tandis qu'un autre roc les effleurait, passant juste au-dessus de leur tête.

Tracasse commença à se ronger les ongles, avant de se rendre compte de ce qu'il était en train de faire et de s'arrêter, une mine écœurée sur le visage.

— Allez, dépêchez-vous ! cria-t-il de nouveau à ses amis.

Un autre rocher rebondit près d'eux, bien trop près.

Colombe et Darda allaient rejoindre Tracasse quand un roc atterrit juste derrière le rocher qui dissimulait celui-ci. Tracasse, dont le dos était collé à la paroi rocheuse, fut projeté dans les airs par le choc, battant frénétiquement des bras, libérant la place pour ses compagnons qui arrivaient en rampant. Colombe installa Darda par terre derrière le rocher, se disant qu'elle devait retourner à découvert pour aller chercher le nain.

Mais Tracasse était déjà debout, maugréant et grommelant des imprécations, plus préoccupé par l'apparition d'un nouveau trou dans son vêtement délicat que par une quelconque blessure.

— Reviens ici ! lui hurla Colombe.

— Maudits soient ces stupides géants ! fut tout ce que répliqua Tracasse, rejoignant le rocher en trépignant, ses poings serrés sur les hanches.

Le feu nourri de projectiles continua à s'abattre sur les compagnons pris au piège, venant aussi bien des hauteurs que des alentours. Puis Kellindil s'éloigna en rampant, se glissant jusqu'au rocher où se trouvaient Férul et son chien.

— Des géants des pierres, expliqua l'elfe. Au moins une douzaine. Il pointa du doigt vers une arête à mi-chemin du flanc de la montagne.

— Le drow nous a piégés, grogna Férul, frappant la pierre du poing.

Kellindil n'en était pas convaincu, mais il tint sa langue.

Haut sur la crête rocheuse, Drizzt observait le déroulement de la bataille. Il avait laissé derrière lui les sentiers du pied de la montagne une heure plus tôt, avant l'aurore. Dans l'obscurité, les géants à l'affût n'avaient pas été un bien grand obstacle pour le drow furtif; Drizzt avait traversé leurs rangs sans trop de difficultés.

Maintenant, plissant les yeux dans la lumière matinale, Drizzt s'interrogeait quant à sa ligne de conduite. Quand il avait dépassé les géants, il avait réellement espéré que ses poursuivants se retrouveraient en difficulté. Aurait-il dû trouver un moyen de les avertir ? se demanda-t-il. Où aurait-il dû quitter le secteur, entraînant les humains et l'elfe loin de la position des géants ?

De nouveau, Drizzt ne comprenait pas le rôle qu'il avait à jouer dans ce monde étrange et brutal.

— Laissons-les se battre entre eux, dit-il durement, comme s'il essayait de se convaincre lui-même.

Drizzt se remémora à dessein sa rencontre de la nuit dernière. L'elfe l'avait attaqué en dépit de sa déclaration de paix. Il se rappela, également, de la flèche qu'il avait extraite du flanc de Guenhwyvar.

— Laissons-les s'entre-tuer, dit Drizzt, se détournant pour partir.

Il jeta un dernier regard par-dessus son épaule et remarqua que certains géants changeaient de position. Un groupe resta en place sur la corniche, arrosant la vallée d'une réserve apparemment inépuisable de rochers, tandis que deux autres groupes, l'un sur la gauche et l'autre sur la droite, se déplaçaient pour encercler l'escouade prise au piège.

Drizzt sut alors que ses poursuivants n'en réchapperaient pas. Une fois que les géants les auraient attaqués sur leur flanc, il ne leur resterait plus aucune protection contre le feu croisé de projectiles.

Quelque chose s'éveilla à l'intérieur du drow à cet instant, la même émotion qui l'avait poussé à agir contre la bande de gnolls. Il ne pouvait en être sûr, mais tout comme pour les gnolls et leurs plans pour attaquer la ferme, Drizzt pressentait que c'étaient les géants qui étaient du mauvais côté dans cette bataille.

D'autres pensées adoucirent la grimace déterminée du drow, des souvenirs des enfants humains qui jouaient à la ferme, du petit garçon aux cheveux blond vénitien plongé dans l'auge aux cochons.

Drizzt déposa la figurine d'onyx sur le sol.

— Viens, Guenhwyvar. On a besoin de nous.

— Nous sommes encerclés ! grogna furieusement Férul McCartilage, voyant les deux bandes de géants qui arrivaient des hauts sentiers.

Colombe, Gabriel et Kellindil jetèrent des coups d'œil aux alentours à la recherche d'une issue, avant de reporter leurs regards les uns sur les autres. Ils avaient combattu des géants à de nombreuses reprises lors de leurs expéditions, que ce soit ensemble ou au sein d'autres équipes. Chaque fois, auparavant, ils s'étaient rués dans la bataille avec ardeur, heureux de débarrasser le monde de quelques monstres fauteurs de troubles. Mais ils sentaient que, cette fois-ci, l'issue du combat risquait d'être différente. Les géants des pierres étaient réputés être les meilleurs lanceurs de rocs de tous les Royaumes et un seul de leur jet pouvait tuer le plus robuste des hommes. De plus, Darda, bien qu'en vie, n'était pas en état de s'enfuir et aucun de ses compagnons n'avait l'intention de le laisser derrière eux.

— Fuis, montagnard, dit Kellindil à Férul. Tu ne nous dois rien.

Férul regarda l'archer avec incrédulité.

— J'm'enfuis pas, l'elfe, grogna-t-il, d'vant rien ni personne!

Kellindil hocha la tête et encocha une flèche à son arc.

— S'ils arrivent jusqu'à notre flanc, nous sommes faits, expliqua Colombe au petit nain. J'implore ton pardon, mon cher Tracasse. Je n'aurais jamais dû te faire quitter ta demeure.

Tracasse haussa les épaules à cette idée. Il fouilla sous sa tunique d'où il sortit un petit mais robuste marteau argenté. Colombe sourit à cette vue, pensant que le marteau semblait vraiment déplacé dans les douces mains du nain, plus habituées à brandir une plume.

Sur la corniche la plus élevée, Drizzt et Guenhwyvar suivaient les mouvements du groupe de géants de pierres qui encerclait l'escouade sur son flanc gauche. Drizzt était déterminé à aider les humains, mais il n'était pas certain de l'efficacité dont il pourrait faire preuve contre quatre géants armés ou plus. Cependant, il se dit que, avec Guenhwyvar à ses côtés, il pourrait trouver le moyen de perturber le groupe de géants suffisamment longtemps pour que l'escouade prise au piège puisse prendre la fuite.

La vallée s'élargissait tout le long du chemin et Drizzt se rendit compte que la bande de géants qui encerclait l'escouade de l'autre côté, sur son flanc droit, n'avait probablement plus de rochers à lancer.

— Viens, mon amie, murmura Drizzt à la panthère.

Il dégaina son cimeterre et entama la descente sur une pente de pierres déchiquetées et tranchantes. Mais un moment plus tard, quand il remarqua le terrain vers lequel s'avançait la bande de géants, Drizzt saisit Guenhwyvar par la nuque et la ramena jusqu'à la corniche la plus élevée.

Le sol y était fissuré et craquelé, mais indéniablement stable. Juste en dessous, en revanche, de gros rochers et des centaines de pierres branlantes plus petites jonchaient la pente abrupte. Drizzt n'était pas un spécialiste en dynamique des flancs de montagne, mais même lui pouvait voir que le paysage escarpé et en équilibre précaire était sur le point de s'effondrer.

Le drow et le fauve se ruèrent en avant, se retrouvant de nouveau au-dessus de la bande de géants. Ceux-ci avaient presque rejoint leur position ; quelques-uns avaient même déjà commencé à lancer des rochers sur l'escouade encerclée. Drizzt rampa vers un large rocher et le poussa pour le faire rouler. La tactique de Guenhwyvar fut bien moins subtile. La panthère chargea le long du flanc de la montagne, délogeant des pierres à chacune de ses grandes enjambées, sautant sur les rochers, en bondissant dès qu'ils commençaient à chuter.

Les rochers roulèrent et rebondirent. De petits cailloux se détachèrent au passage, provoquant un éboulement généralisé. Drizzt, emporté par le mouvement, dévala la pente au beau milieu de la chute de pierres en formation, jetant des cailloux, en poussant d'autres – faisant tout ce qu'il pouvait pour accélérer le phénomène. Bientôt le sol commença à glisser sous les pieds du drow tandis qu'un pan entier du flanc de la montagne sembla se détacher.

Guenhwyvar courait devant l'éboulement comme l'émissaire annonciateur d'un funeste destin. La panthère bondit au-dessus des géants surpris, mais ceux-ci eurent à peine le temps de la remarquer alors que des tonnes de rochers les percutaient.

Drizzt se savait en difficulté ; sa vitesse et son agilité n'étaient en rien comparables à celles de Guenhwyvar et il ne pouvait espérer aller plus vite que l'éboulement. Il sauta haut dans les airs, prenant appui sur la crête d'une petite arête tout en lançant un sort de lévitation.

Drizzt lutta pour rester concentré dans cet effort. Ce sort lui avait déjà fait défaut par deux fois et s'il ne fonctionnait pas à présent, si l'elfe noir retombait dans le déferlement de rochers, il savait qu'il en mourrait probablement.

Malgré sa détermination, Drizzt se sentait de plus en plus lourd dans les airs. Il agita les bras dans un effort désespéré, cherchant son énergie magique au fin fond de son corps de drow – mais il ne pouvait s'empêcher de descendre.

— Les seuls qui peuvent nous avoir sont ceux de d'vant ! cria Férul tandis qu'un jet de rocher trop court rebondissait, inoffensif, sur leur flanc droit. Ceusse qui sont sur la droite sont trop loin pour lancer et ceusse sur la gauche…

Colombe suivit le raisonnement de Férul et porta elle aussi le regard vers le nuage de poussière qui s'élevait sur leur flanc gauche. Elle regarda longtemps et avec toute son attention la cascade de pierres, apercevant quelque chose qui ressemblait à la silhouette d'un elfe dans une cape sombre. Quand elle tourna les yeux vers Gabriel, elle sut que lui aussi avait aperçu le drow.

— Il faut y aller, maintenant, dit Colombe en s'adressant à l'elfe.

Kellindil acquiesça, se rapprochant du bord du rocher protecteur, son arc tendu.

— Vite, ajouta Gabriel, avant que le groupe de droite nous ait rejoints.

L'arc de Kellindil vibra encore et encore. Devant eux, un des géants hurla de douleur.

— Reste ici avec Darda, demanda Colombe à Tracasse.

Puis, accompagnée de Gabriel et Férul – qui tenait son chien bien en main –, elle surgit de la cachette et chargea droit sur les géants. Ils roulèrent de roc en roc, émaillant leur course de zigzags embrouillés pour empêcher les géants de prévoir leurs trajectoires. Tout du long, les flèches de Kellindil leur sifflaient aux oreilles, obligeant les géants à se baisser pour les éviter et les empêchant de tirer.

Les pentes inférieures du flanc de la montagne étaient parsemées de hauts rochers, des abris qui permirent aux trois combattants de se mettre à couvert, mais qui les séparèrent. Aucun d'entre eux ne pouvait voir les géants, mais ils connaissaient à peu près leurs positions et se dirigèrent du mieux qu'ils purent, chacun de leur côté. Contournant un virage étroit entre deux parois rocheuses, Férul se jeta sur l'un des géants. Le montagnard libéra immédiatement son chien, et l'animal vicieux chargea sans peur d'un bond en hauteur, atteignant à peine la taille du béhémoth qui s'élevait à quelque six mètres du sol.

Surpris par cette attaque inattendue, le géant laissa tomber son énorme massue et attrapa le chien au vol. Il aurait écrasé le fauteur de troubles dans l'instant si Saigneuse, la méchante hache de Férul, n'avait entaillé sa cuisse avec toute la force que le robuste montagnard pouvait rassembler. Le géant vacilla et le chien de Férul se tortilla pour se libérer, escaladant le cou et le visage du géant, le griffant et le mordant. Au sol, Férul continuait à donner de grands coups de hache, tranchant la jambe du monstre comme il l'aurait fait d'un tronc.

Flottant et dansant à moitié au-dessus des pierres en mouvement, Drizzt survolait l'éboulement. Il vit un géant émerger, trébuchant, de ce tumulte, pour se retrouver face à Guenhwyvar. Blessé et assommé, le géant s'effondra comme une masse.

Drizzt n'eut pas le temps de savourer le succès de son plan insensé. Son sort de lévitation fonctionnait en partie, le maintenant tout juste assez haut pour qu'il puisse survoler l'avalanche. Mais bien qu'il soit en hauteur, des rochers rebondissaient violemment sur lui et la poussière l'étouffait, brûlant ses yeux sensibles. Presque aveuglé, il réussit à repérer une corniche qui pourrait peut-être lui offrir un abri, mais la seule façon d'y accéder était d'interrompre son sort de lévitation pour y atterrir.

Un autre rocher heurta Drizzt, l'envoyant presque tournoyer dans les airs. Il pouvait sentir son sort s'affaiblir et savait qu'il n'aurait pas de seconde chance. Il retrouva son équilibre, interrompit le sort et se mit à courir tandis qu'il rentrait en contact avec le sol. Il roula par terre, se ramassa sur lui-même et escalada la pente à toute vitesse. Un rocher entailla le genou de sa jambe déjà blessée, ce qui le fit tomber. Drizzt roulait de nouveau, tentant désespérément d'atteindre la sécurité de la corniche.

Il arrivait au bout de son élan et se remit sur pied, pensant pouvoir se propulser vers son but, mais sa jambe n'avait plus de force et se déroba sous lui, le laissant étendu à découvert.

Il sentit un impact dans son dos et pensa que c'en était fini de lui. Un instant plus tard, Drizzt s'aperçut qu'il avait atterri de l'autre côté de la corniche d'une façon ou d'une autre et qu'il était enterré sous quelque chose, mais pas sous des pierres ni sous la poussière.

Guenhwyvar recouvrait son maître de son corps, lui servant de bouclier jusqu'à ce que les derniers rochers aient fini de rouler.

Tandis que les rochers escarpés laissaient place à un terrain plus découvert, Colombe et Gabriel se retrouvèrent en vue l'un de l'autre. Ils notèrent un mouvement droit devant eux, derrière un mur branlant de rochers empilés qui faisait bien quinze mètres de large sur près de quatre mètres de haut.

Un géant apparut derrière la muraille, criant sa fureur, brandissant un rocher au-dessus de sa tête, prêt à le lancer. Le monstre avait plusieurs flèches enfoncées dans le cou et dans la poitrine, mais ne semblait pas s'en soucier.

Le tir suivant de Kellindil attira pourtant son attention, l'elfe lui décochant une flèche au beau milieu du coude. Le géant hurla et saisit son bras, oubliant visiblement la pierre qu'il tenait, qui lui tomba alors sur la tête avec un bruit mat. Le géant resta immobile, stupéfait, et deux nouvelles flèches se plantèrent dans son crâne. Il chancela encore un moment, puis s'écroula dans la poussière.

Colombe et Gabriel échangèrent de rapides sourires, partageant leur admiration pour les talents d'archer de l'elfe, puis ils continuèrent leur charge vers la muraille, chacun d'un côté.

Colombe surprit l'un des géants juste au coin de la muraille. Le monstre chercha à brandir sa massue, mais l'épée de Colombe le prit de vitesse et lui trancha proprement la main. Les géants des pierres étaient de formidables adversaires, avec des poings qui pouvaient enfoncer une personne droit dans le sol et une peau presque aussi dure que la pierre, d'où leur nom. Mais blessé, surpris et privé de son gourdin, le géant n'était pas de taille à affronter la talentueuse rôdeuse. Elle bondit jusqu'en haut du mur, ce qui la plaça en face du visage du géant, et employa son arme avec méthode.

En deux coups, le géant fut aveuglé. Le troisième, un coup transversal adroit, découpa un sourire dans la gorge du monstre. Puis Colombe adopta une position défensive, esquivant et parant les dernières tentatives désespérées du monstre avec une technique impeccable.

Gabriel n'eut pas la chance de sa compagne. Le dernier géant était plus éloigné de la muraille de pierres empilées ; bien que Gabriel ait surpris le monstre en déboulant de derrière le mur, celui-ci avait assez de temps pour réagir – et un rocher dans la main.

Gabriel leva son épée pour faire dévier le projectile et ce geste lui sauva la vie. La pierre arracha l'épée de ses mains, avec suffisamment de force pour précipiter le guerrier à terre. Gabriel était un vétéran expérimenté, et la raison principale pour laquelle il était toujours en vie après de si nombreuses batailles était qu'il savait quand sonnait l'heure de la retraite. Il prit sur lui en cet instant de douleur aveuglante et commença à courir, filant derrière la muraille comme une flèche.

Le géant le suivit de près, sa lourde massue à la main. Une flèche accueillit le monstre tandis qu'il atteignait l'espace découvert, mais il balaya le pénible petit dard au loin comme si de rien n'était et se rua droit sur le guerrier.

Gabriel perdit vite son avance. Il tenta de repartir par les chemins saccagés, mais le géant interrompit sa fuite, le coinçant dans un petit canyon constitué de grands rochers. Gabriel dégaina sa dague en maudissant son manque de chance.

Colombe en avait fini avec son géant à ce moment-là ; elle sortit en courant de derrière la muraille et vit immédiatement Gabriel et le géant.

Gabriel vit également arriver la rôdeuse, mais il se contenta de hausser les épaules, comme pour s'excuser, conscient que Colombe ne pourrait jamais arriver à temps pour le sauver.

Le géant, grondant furieusement, fit un pas en avant pour achever le faible être humain, quand il s'arrêta brusquement dans un «crac!» assourdissant. Ses yeux scrutèrent les environs de façon étrange pendant une ou deux secondes, puis il s'écroula aux pieds de Gabriel, aussi mort qu'on peut l'être.

Gabriel tourna la tête vers le sommet de la muraille de pierres empilées et faillit éclater d'un rire bruyant.

Le marteau de Tracasse n'était pas une arme bien imposante – la longueur de sa tête n'excédait pas cinq centimètres – mais c'était un outil solide, et d'un seul coup, le nain avait fracassé l'épais crâne du géant.

Colombe s'approcha, rengainant son épée, elle aussi médusée.

Leurs expressions ébahies énervèrent Tracasse.

—Je suis un nain, après tout! laissa-t-il échapper en croisant les bras avec indignation.

Ce mouvement mit le marteau couvert de sang en contact avec la tunique de Tracasse, et le nain perdit de sa superbe dans le vent de panique qui s'ensuivit. Il lécha ses doigts épais pour essuyer l'horrible tache, puis regarda le sang sur ses mains avec une horreur encore plus grande.

Colombe et Gabriel ne purent s'empêcher de rire.

—Sachez que vous paierez pour cette tunique! s'emporta Tracasse à l'attention de Colombe. Ah ça oui, vous allez la payer!

Un cri qui s'éleva dans les environs leur fit oublier leur soulagement momentané. Les quatre géants restants, après avoir vu une partie de leurs compagnons ensevelis sous un éboulement et les autres découpés en tranches avec une belle efficacité, avaient perdu tout intérêt pour le guet-apens et avaient pris la fuite.

Ils étaient poursuivis par Férul McCartilage et son chien hurlant à la mort.

Un seul des géants du groupe de gauche avait échappé et au tonnerre de l'éboulement, et aux griffes de la panthère. Il courait maintenant frénétiquement le long du flanc de la montagne, cherchant à atteindre sa plus haute corniche.

Drizzt envoya Guenhwyvar à sa suite, puis trouva un bâton qu'il utilisa comme une canne et avec l'aide duquel il parvint à se remettre debout. Meurtri, poussiéreux et encore couvert des nombreuses blessures qu'il devait au combat contre les jeunes barghests – auxquelles s'ajoutaient maintenant une douzaine d'autres dues à sa chevauchée de l'éboulement –, Drizzt se remit en route. Mais un mouvement qu'il discerna au bas de la pente attira son attention et l'interrompit. Il se tourna pour faire face à l'elfe de la surface, ou plus précisément, pour faire face à la flèche encochée dans l'arc tendu de l'elfe de la surface.

Drizzt jeta un coup d'œil aux alentours mais il n'avait nulle part où se cacher. Il aurait probablement pu lancer une sphère de ténèbres quelque part entre l'elfe et lui-même, mais il prit conscience que l'archer talentueux, maintenant qu'il l'avait mis en joue, ne saurait le manquer malgré cet obstacle. Drizzt redressa les épaules et se tourna lentement vers l'elfe, lui faisant face sans détour et avec fierté.

Kellindil détendit la corde de son arc et abaissa sa flèche. Lui aussi avait aperçu la silhouette dans sa sombre cape, flottant au-dessus du déferlement de rochers.

— Les autres sont revenus auprès de Darda, dit Colombe, arrivant à ce moment précis, et McCartilage chasse le…

Kellindil ne répondit rien et ne se tourna pas vers la rôdeuse. Il fit un signe sec de la tête, menant le regard de Colombe vers la pente où une noire silhouette remontait le long du flanc de la montagne.

— Laisse-le partir, le pria Colombe, celui-ci n'a jamais été notre ennemi.

— J'ai mauvaise conscience de laisser un drow en liberté, répondit Kellindil.

— Tout comme moi, riposta Colombe, mais j'aurais encore plus mauvaise conscience si je laissais McCartilage mettre la main sur lui.

— Nous allons retourner à Maldobar et nous débarrasser de cet homme, proposa Kellindil, ensuite vous et les autres pourrez retourner à Sundabar pour votre rendez-vous. J'ai de la famille dans ces montagnes. Ensemble, nous surveillerons notre ami à peau sombre et veillerons à ce qu'il ne cause pas le moindre mal.

— Adjugé, dit Colombe.

Elle fit demi tour et s'éloigna de Kellindil qui, n'ayant nul besoin d'encouragements supplémentaires, s'apprêta à la suivre. L'elfe s'arrêta pourtant et regarda par-dessus son épaule une dernière fois. Il fouilla dans son sac à dos et en sortit une flasque, qu'il laissa bien en vue sur le sol. Comme si l'idée lui était venue après coup, Kellindil sortit un deuxième objet, de sa ceinture celui-là, et le déposa à terre à côté de la flasque. Satisfait, il se détourna et suivit la rôdeuse.

Le temps que Férul McCartilage soit revenu de sa traque sauvage et stérile, Colombe et ses compagnons avaient empaqueté toutes leurs possessions et se préparaient au départ.

— Repartons en chasse, proclama Férul. L'drow a pris un peu d'avance, mais nous l'rattraperons vite.

— Le drow est parti, dit sèchement Colombe. Il est temps de cesser cette poursuite.

La figure de Férul se chiffonna dans une mine incrédule alors qu'il semblait sur le point d'exploser.

— Darda a un besoin impérieux de repos ! gronda Colombe à son attention, ne se laissant pas intimider. Kellindil est presque à court de flèches et nous allons bientôt manquer de vivres.

— J'oublierai pas la famille Poildechardon comme ça ! déclara Férul.

— Le drow non plus ne les a pas oubliés, intervint Kellindil.

— La famille Poildechardon a déjà été vengée, ajouta Colombe, et vous savez que c'est vrai, McCartilage. Le drow ne les a pas tués, mais il a définitivement supprimé leurs meurtriers !

Férul grogna furieusement et se détourna. C'était un chasseur de primes expérimenté, y compris en matière d'investigations. Il avait compris la vérité depuis longtemps, mais il ne pouvait ignorer la cicatrice sur son visage ou l'oreille qu'il avait perdue – sans oublier l'importante prime sur la tête du drow.

Colombe anticipa sa réponse, suivant son raisonnement silencieux.

— Les gens de Maldobar ne tiendront pas vraiment à voir le drow capturé quand ils apprendront la vérité sur ce massacre, dit-elle. Et ils n'auront pas non plus grand désir de vous payer, j'imagine.

Férul lança un regard plein de colère dans sa direction, mais il n'avait pas d'argument pour contester son raisonnement. Quand l'escouade de Colombe prit la route pour retourner à Maldobar, Férul McCartilage se joignit au cortège.

Un peu plus tard dans la journée, Drizzt redescendit le long du flanc de la montagne, cherchant un indice qui lui permettrait d'en savoir plus sur la direction que ses poursuivants avaient prise. Il trouva la flasque de Kellindil et s'en approcha avec circonspection, mais il se détendit quand il aperçut l'objet qui se trouvait à côté, la petite dague qu'il avait prise à l'esprit follet, celle-là même qu'il avait utilisée pour trancher la corde de l'arc de l'elfe lors de leur première rencontre.

Le liquide qui se trouvait dans la flasque dégageait une odeur agréable, et le drow, dont la gorge était encore desséchée par la poussière de rocaille, en avala volontiers une gorgée. Des frissons et des picotements se répandirent dans le corps de Drizzt, le rafraîchissant et le revitalisant. Cela faisait plusieurs jours qu'il mangeait à peine, mais la force qui s'était évaporée de son corps devenu frêle revint d'un coup avec vigueur. Sa jambe lacérée s'engourdit un moment, et Drizzt sentit qu'elle aussi se régénérait.

Un puissant vertige s'abattit alors sur l'elfe noir. Il se dirigea vers l'ombre d'un rocher voisin en traînant les pieds et s'assit pour se reposer.

Quand il se réveilla, le ciel était sombre et constellé d'étoiles, et il se sentait beaucoup mieux. Même sa jambe, pourtant blessée dans l'avalanche, pouvait de nouveau supporter son poids. Drizzt savait qui avait laissé la flasque et la dague à son attention, et maintenant qu'il comprenait que ce liquide était une potion de guérison, son trouble et ses hésitations ne s'en trouvaient que renforcés.

Troisième partie

Montolio

Parmi tous les peuples divers que compte le monde, rien n'est aussi intangible et pourtant profondément intime et déterminant que le concept de dieu. Mon expérience dans mon monde natal ne m'avait appris que peu de chose sur ces êtres surnaturels, au-delà de l'influence de l'abominable déité des drows, Lolth, la Reine Araignée.

Après avoir été le témoin du carnage qui était son œuvre, je devins peu enclin à accepter le concept de dieu, d'aucun être qui pouvait dicter son code de conduite et ses préceptes à une société entière. La moralité n'est-elle pas une force intérieure, et si c'est le cas, les principes doivent-ils être imposés ou ressentis ?

Suit la question des dieux eux-mêmes : ces entités au nom bien déterminé sont-elles vraiment des êtres réels ou bien les manifestations d'une croyance collective ? Les elfes noirs sont-ils maléfiques parce qu'ils suivent les préceptes de la Reine Araignée ou Lolth est-elle l'incarnation de la conduite naturellement maléfique des drows ?

De même, quand les barbares de Valbise se ruent vers la guerre à travers la toundra, hurlant le nom de Tempus, le Seigneur des Batailles, sont-ils en train de suivre les préceptes de leur Dieu ou bien Tempus est-il en fait simplement le nom mythifié qu'ils donnent à leurs actions ?

Je n'ai pas la réponse à ces questions et j'ai fini par comprendre que personne ne les possède, quelle que soit la force avec laquelle certains – en particulier certains prêtres de certains dieux – pourraient me contredire. Finalement, à la grande douleur des prêtres, le choix d'un dieu est un choix personnel et la reconnaissance de cet être se fait en accord avec le code de conduite propre à chaque personne. Un missionnaire peut contraindre et tromper ses disciples potentiels, mais aucun être rationnel ne pourra véritablement suivre les ordres déterminés par une déité quelconque si ces mêmes ordres sont en contradiction avec ses propres principes. Ni moi, Drizzt Do'Urden, ni mon père, Zaknafein, n'aurions pu devenir des disciples de la Reine Araignée. Et Wulfgar de Valbise, mon ami de ces dernières années, peut toujours implorer à l'envi le dieu de la Bataille, mais il ne peut satisfaire cette entité appelée Tempus que dans les occasions où il emploie son puissant marteau de guerre.

Les dieux des Royaumes sont nombreux et divers – ou ils sont les nombreux et divers noms et identités d'un seul et même être.

Je ne sais pas – et me moque bien de savoir – de qui il s'agit.

Drizzt Do'Urden

11

L'hiver

Drizzt s'enfonça au cœur des montagnes rocheuses et imposantes pendant plusieurs jours, s'éloignant autant que possible du village de fermiers – et des souvenirs atroces qu'il en avait. Sa décision de fuir avait été inconsciente ; si Drizzt avait été en possession de ses moyens, il aurait pu voir les cadeaux charitables de l'elfe, que ce soit la potion de guérison ou la dague qu'il lui avait rendue, comme un possible point de départ vers une relation future.

Mais les souvenirs de Maldobar et la culpabilité qui courbait les épaules du drow ne seraient pas si faciles à écarter. Le village de fermiers n'avait été qu'une étape dans sa quête pour trouver un foyer, une quête qui lui paraissait de plus en plus futile. Drizzt se demanda comment il pourrait ne serait-ce que s'approcher du prochain village qui se présenterait à lui. Il était clair à ses yeux, à présent, que cela ne pouvait se terminer que de façon tragique. Il ne lui vint même pas à l'idée que la présence des jeunes barghests était peut-être une circonstance exceptionnelle, sans laquelle sa rencontre avec les humains aurait pu avoir des conséquences différentes.

Durant cette période difficile de sa vie, toutes les pensées de Drizzt se concentrèrent autour d'un seul mot, qui faisait interminablement écho dans sa tête, lui transperçant le cœur : « drizzit ».

Le sentier que suivait Drizzt finit par le mener vers une large percée au creux des montagnes et à une gorge rocailleuse et abrupte, envahie par la brume provenant d'une rivière lointaine grondant en contrebas. L'air s'était refroidi, ce qui échappait à la compréhension de Drizzt, et la vapeur humide fut agréable au drow. Il orienta ses pas vers le pied de la falaise rocheuse, un trajet qui lui prit la plus grande partie de la journée, et il finit par atteindre le lit de la rivière qui dévalait la pente en cascades.

Drizzt avait déjà vu des rivières en Outreterre, mais aucune n'était comparable à celle-ci. La Rauvin jaillissait par-dessus les pierres, projetant de fines gouttelettes, haut dans les airs. Elle déferlait autour de gros blocs de rochers, poussant l'écume au-dessus des bassins de gravillons, puis plongeant soudain dans des chutes qui faisaient bien trois fois la taille du drow. Ce spectacle ravit Drizzt mais, au-delà de ça, il songea à la possibilité de faire de cet endroit son sanctuaire. De nombreux trous d'eau bordaient la rivière, des retenues tranquilles dans lesquelles l'eau avait dévié du courant principal. C'était là, également, que se rassemblaient les poissons, se reposant de leur lutte contre le courant puissant.

À cette vue, le ventre de Drizzt gronda. Il s'agenouilla près de l'une des retenues d'eau, sa main prête à frapper. Il fit plusieurs essais avant de comprendre le phénomène de réfraction de la lumière du soleil dans l'eau, mais le drow était suffisamment malin et rapide pour prendre le coup de main en un rien de temps. Sa main plongea tout à coup, ressortant de l'onde en tenant fermement une truite de trente centimètres de long.

Drizzt jeta le poisson hors de l'eau, le laissant se tortiller sur les pierres, et en attrapa bientôt un autre. Il mangerait bien ce soir-là, pour la première fois depuis qu'il avait fui le secteur du village des fermiers, et il avait de l'eau pure et fraîche en abondance pour étancher sa soif.

Cet endroit avait été baptisé le col de l'Orque défunt par ceux qui connaissaient la région. Mais ce nom était des plus inappropriés, car si des centaines d'orques étaient bel et bien morts dans cette vallée rocheuse au cours d'innombrables batailles les opposant aux humains, des milliers d'entre eux vivaient encore là, se terrant dans les nombreuses grottes de la montagne, à l'affût des intrus. Peu de gens s'aventuraient dans les environs, et ceux qui le faisaient manquaient de prudence.

Aux yeux du drow naïf, cette gorge était l'abri parfait, avec des réserves d'eau et de nourriture facilement accessibles et une brume agréable qui atténuait l'étonnante fraîcheur de l'air.

Le drow passait ses journées blotti à l'abri des ombres protectrices des nombreux rochers et petites cavités, préférant pêcher et chercher des végétaux comestibles pendant l'obscurité des heures nocturnes. Il ne considérait pas ce style de vie noctambule comme un retour vers ce qu'il avait pu être. Quand il était sorti de l'Outreterre pour la première fois, il avait décidé de vivre parmi les habitants du monde de la surface, comme l'un d'entre d'eux, ce pour quoi il s'était infligé des douleurs aussi intenses pour s'acclimater à la lumière du jour. Drizzt ne se faisait plus ce genre d'illusion à présent. Il préférait mener ses activités de nuit, ce qui était moins pénible pour ses yeux ultrasensibles et parce qu'il savait que moins son cimeterre serait exposé au soleil, plus longtemps il conserverait l'once de magie qui y restait.

Il ne fallut pas longtemps à Drizzt pour comprendre pourquoi les habitants de la surface préféraient la lumière du jour. Sous les chauds rayons du soleil, la température de l'air restait tolérable, quoiqu'un peu fraîche. Pendant la nuit, Drizzt s'aperçut qu'il devait souvent s'abriter de la bise mordante qui fouettait les contours escarpés de la gorge pleine de brume. L'hiver approchait des terres du nord à grands pas, mais le drow, élevé dans l'Outreterre, où les saisons n'existaient pas, n'avait aucun moyen de comprendre ce qui se passait.

Une de ces nuits, tandis que le vent du nord rugissait en rafales qui engourdissaient ses mains, Drizzt en vint à prendre conscience de quelque chose d'essentiel. Même sous l'abri d'un surplomb bas, avec Guenhwyvar à ses côtés, il sentait une douleur intense irradier des extrémités de ses membres. L'aube ne poindrait pas avant plusieurs heures et Drizzt se demanda sérieusement s'il vivrait assez longtemps pour voir la prochaine aurore.

— Il fait trop froid, Guenhwyvar, bégaya-t-il, ses dents s'entrechoquant. Trop froid.

Il fléchit ses muscles et les étira vigoureusement, essayant de restaurer sa circulation interrompue. Puis il se concentra sur ses pensées, se remémorant des temps plus chauds, tentant de vaincre le désespoir en leurrant son propre corps pour qu'il oublie le froid. Une seule pensée se dessina clairement dans son esprit, le souvenir des cuisines de l'Académie de Menzoberranzan. En Outreterre, où il faisait toujours chaud, Drizzt n'avait jamais considéré le feu comme une source de chaleur. Jusqu'ici, il ne le voyait que comme un simple accessoire servant à cuisiner, à produire de la lumière et éventuellement à utiliser en tant qu'arme offensive. Maintenant, il y voyait une nouvelle dimension, cruciale pour le drow. Tandis que le vent continuait à souffler un air de plus en plus glacial, Drizzt se rendit compte, à sa grande horreur, que sa seule chance de rester en vie était la chaleur des flammes.

Il regarda autour de lui, cherchant du combustible. En Outreterre, il aurait brûlé des pieds de champignons, mais aucun champignon n'était assez grand dans le monde de la surface. Néanmoins, il y avait des plantes, des arbres qui étaient même plus imposants que les champignons de l'Outreterre.

—Amène-moi… des tiges, balbutia Drizzt à Guenhwyvar, ne connaissant aucun mot pour désigner le bois ou bien les arbres.

La panthère le regarda avec curiosité.

—Du feu, supplia le drow.

Il tenta de se lever mais ses jambes et ses pieds étaient trop engourdis.

La panthère comprit alors ce qu'il voulait. Elle poussa un feulement et fila dans la nuit à toute vitesse. Le fauve trébucha presque sur un tas de branches et de brindilles qui avait été déposé juste devant l'entrée de leur grotte – Guenhwyvar ignorait par qui. Trop préoccupé par sa survie, Drizzt ne s'étonna même pas du retour quasi immédiat du fauve.

Il essaya de faire partir le feu en frappant sa dague contre une pierre pendant plusieurs minutes, sans succès. Finalement, il comprit que le vent empêchait les étincelles de s'embraser. Il déplaça donc l'installation dans un endroit plus abrité. Ses jambes lui faisaient mal, maintenant, et sa propre salive gelait sur ses lèvres et sur son menton.

Puis une étincelle embrasa la pile de bois sec. Drizzt attisa la petite flamme avec précaution, la protégeant de ses mains en coupe pour l'isoler des bourrasques violentes du vent.

—Le feu a pris, dit l'elfe à son compagnon.

Kellindil acquiesça gravement, ne sachant toujours pas si lui et ses congénères avaient pris la bonne décision en aidant le drow. Kellindil était revenu tout droit de Maldobar, tandis que Colombe et les autres membres de son escouade repartaient pour Sundabar. Il s'était alors rendu chez une petite famille d'elfes à laquelle il était apparenté, qui vivaient dans des montagnes voisines du col de l'Orque défunt. Grâce à leur expérience, l'elfe n'avait eu aucun mal à localiser le drow, que lui-même et sa famille avait observé, de leur œil curieux, tout au long de la dernière dizaine.

Le mode de vie innocent de Drizzt n'avait pourtant pas dissipé tous les doutes de l'elfe circonspect. Il s'agissait d'un drow, après tout, à la peau noire et à la réputation encore plus sombre.

Mais Kellindil ne put s'empêcher de se sentir soulagé quand il perçut le léger rougeoiement distant. Le drow ne mourrait pas de froid ; Kellindil était persuadé qu'il ne méritait pas un tel destin.

Plus tard dans la nuit, après son repas, Drizzt se pelotonna contre Guenhwyvar – la panthère acceptant de bonne grâce de partager sa chaleur corporelle – et leva les yeux vers les étoiles, qui scintillaient avec éclat dans l'air froid.

— Te souviens-tu de Menzoberranzan ? demanda-t-il à la panthère. Te souviens-tu de notre première rencontre ?

Si Guenhwyvar le comprit, elle n'en laissa rien paraître. En bâillant, elle roula tout contre Drizzt et plongea sa tête entre ses deux pattes allongées.

Drizzt sourit et frotta vigoureusement l'oreille de la panthère. Il avait rencontré Guenhwyvar à Sorcere, l'école des sorciers de l'Académie alors que la panthère appartenait à Masoj Hun'ett, le seul drow que Drizzt ait jamais tué. Drizzt se força à ne pas penser à cet incident ; avec le feu qui brûlait allégrement, réchauffant ses orteils, ce n'était pas une nuit à consacrer à des souvenirs déplaisants. Malgré les nombreuses horreurs auxquelles il avait été confronté dans sa cité natale, Drizzt y avait parfois vécu des expériences plaisantes et en avait tiré beaucoup de leçons très utiles. Même ce que Masoj lui avait appris se révélait aujourd'hui plus précieux qu'il l'aurait pensé. Reportant son regard sur les flammes dansantes, Drizzt songea que sans ses corvées d'apprenti, qui consistaient entre autres à allumer les bougies, il n'aurait peut-être même pas su comment faire du feu. Cette connaissance, indéniablement, l'avait sauvé d'une mort à littéralement vous glacer le sang.

Le sourire de Drizzt s'évanouit vite tandis qu'il suivait le cours de ses pensées. À peine quelques mois après cette leçon particulièrement utile, il avait été obligé de tuer Masoj.

Drizzt s'allongea de nouveau et soupira. Il vivait sans doute les heures les plus simples de sa vie, ne craignant ni menace imminente ni compagnie perturbante, mais jamais auparavant il ne s'était senti aussi écrasé par la complexité de son existence.

Il fut tiré de sa tranquillité quelques instants plus tard, quand un grand oiseau, un hibou dont la tête arrondie était surmontée d'une touffe de plumes évoquant des cornes, passa brusquement au-dessus de sa tête. Drizzt rit de son incapacité à se détendre ; dans la seconde qu'il lui avait fallu pour s'apercevoir que l'oiseau ne représentait aucune menace, il avait sauté sur ses pieds et dégainé son cimeterre et sa dague. Guenhwyvar, elle aussi, avait réagi à l'apparition de l'oiseau, mais de façon tout à fait différente. Comme Drizzt s'était brusquement levé et éloigné, la panthère avait roulé plus près de la chaleur du feu, s'étirant langoureusement et bâillant de nouveau.

Le hibou dériva silencieusement sur des courants d'air invisibles, s'élevant hors de la vallée où coulait la rivière, au cœur de la brume, de l'autre côté du versant par lequel Drizzt était descendu en premier lieu. Le hibou se hâta dans la nuit jusqu'à un bosquet touffu de sempervirents sur le flanc de la montagne, s'arrêtant pour se reposer sur un pont de bois et de corde reliant les branches les plus hautes de trois des arbres du bosquet. Il se lissa les plumes pendant un moment, puis actionna une petite cloche d'argent accrochée au pont à cette intention.

Un moment plus tard, l'oiseau actionna la cloche pour la seconde fois.

— J'arrive, fit une voix provenant d'en bas. Patience, Ululant ! Laisse un pauvre aveugle se déplacer à la vitesse qui lui convient !

Comme s'il comprenait et appréciait la plaisanterie, le hibou actionna la cloche une troisième fois.

Un vieil homme avec une énorme moustache broussailleuse et des yeux laiteux apparut sur le pont. Il s'avança vers l'oiseau à petits bonds. Montolio était autrefois un rôdeur de grande renommée, qui vivait maintenant ses dernières années – c'était sa propre décision – reclus dans les montagnes et entouré par les créatures qu'il préférait (et ni les humains ni les elfes ni les nains ni aucune des autres races dites intelligentes n'en faisaient partie). Malgré son âge considérable, Montolio avait conservé sa grande taille et son port droit, mais les années avaient néanmoins marqué l'ermite de leur empreinte, sa main se recroquevillant au point qu'elle ressemblait maintenant à la serre de l'oiseau duquel il se rapprochait.

— Patience, Ululant, marmonna-t-il à plusieurs reprises.

Quiconque l'aurait alors observé se déplacer agilement sur le pont plutôt traître n'aurait jamais pu deviner qu'il était aveugle, et ceux qui connaissaient Montolio n'auraient certes pas choisi cet adjectif pour le décrire. Ils auraient pu mentionner que ses yeux ne fonctionnaient pas, mais auraient rapidement ajouté qu'il n'en avait nul besoin. Avec ses compétences, ses connaissances et l'assistance de ses nombreux amis du règne animal, le vieil homme voyait beaucoup plus du monde qui l'entourait que la plupart des gens doués d'une vue normale.

Montolio tendit le bras en avant, et le grand hibou se posa vivement dessus, prenant soigneusement appui sur son manchon de cuir épais.

— Tu as vu le drow ? demanda Montolio.

Le hibou répondit d'un « hou, hou » puis poursuivit son récit dans une série compliquée de ululements bavards. Montolio écouta le tout avec attention, pesant chaque détail. Avec l'aide de ses amis, en particulier celle de ce hibou plutôt volubile, le rôdeur surveillait le drow depuis plusieurs jours, curieux de savoir pourquoi un elfe noir s'était aventuré dans la vallée. Au départ, Montolio avait pensé que le drow était en relation avec Graugn, le chef des orques de la région, mais tandis que le temps passait, le rôdeur commençait à voir les choses différemment.

— C'est bon signe, remarqua Montolio quand le hibou lui assura que le drow n'était pas encore rentré en contact avec les tribus d'orques.

Graugn était assez malfaisant par lui-même sans qu'on lui adjoigne des alliés aussi puissants que les elfes noirs !

Toutefois, le rôdeur n'arrivait pas à comprendre pourquoi les orques ne s'étaient pas encore mis à la recherche du drow. Ils n'avaient peut-être pas remarqué sa présence : le drow faisait tout pour passer inaperçu, ne faisant pas de feu (avant cette nuit-là) et ne sortant qu'après le coucher du soleil. Il était plus probable, songea Montolio tandis qu'il réfléchissait à la question, que les orques aient repéré le drow mais n'aient pas encore trouvé le courage de l'approcher.

Quoi qu'il en soit, cette histoire était une diversion bienvenue dans la routine de la préparation de sa demeure pour l'hiver. Il ne craignait pas l'apparition du drow. Montolio ne craignait pas grand-chose – et si le drow et les orques n'étaient pas alliés, le conflit qui pourrait en résulter vaudrait sûrement le coup d'œil.

— Allez, va-t'en, dit le rôdeur pour apaiser les jérémiades de l'oiseau. Va chasser les souris !

L'oiseau décolla immédiatement, traçant un cercle en dessous du pont puis un autre au-dessus avant de disparaître dans la nuit.

— Fais juste attention de ne pas manger les souris que j'ai chargées de surveiller le drow ! cria Montolio à l'oiseau en riant sous cape, secouant ses mèches grises en bataille, et il repartit vers l'échelle qui se trouvait au bout du pont.

Il se fit la promesse, tandis qu'il descendait, qu'il ceindrait bientôt son épée pour découvrir les raisons qui avaient poussé cet elfe noir à s'aventurer dans la région.

Le vieux rôdeur s'était souvent fait de telles promesses.

Les bourrasques de l'automne annonçant l'hiver firent place sans tarder à l'assaut brutal de l'hiver. Il n'avait pas fallu longtemps à Drizzt pour comprendre la signification des nuages gris, mais quand la tempête se déchaîna cette fois-ci sous forme de neige et non plus de pluie, le drow en fut vraiment stupéfait. Il avait déjà remarqué le blanc manteau qui recouvrait le sommet des montagnes, mais n'était jamais monté assez haut pour le voir de plus près, et il avait simplement pensé qu'il s'agissait de la teinte des rochers qui s'y trouvaient. Maintenant, Drizzt contemplait les flocons blancs qui tombaient sur la vallée : ils disparaissaient dans le tourbillon de la rivière, mais s'accumulaient sur les rochers.

Quand la couche de neige commença à s'entasser et que les nuages se firent encore plus bas, Drizzt se fit soudain une réflexion terrible. Il invoqua immédiatement Guenhwyvar à ses côtés.

— Nous devons nous trouver un meilleur abri, expliqua-t-il à la panthère exténuée, qui n'avait regagné sa demeure astrale que la veille. Et nous devons y constituer une réserve de bois pour faire du feu.

De nombreuses grottes constellaient le versant de la vallée de ce côté-ci de la rivière. Drizzt en trouva une qui, en plus d'être sombre et profonde, était abritée du vent glacial par une haute arête de pierre. Il y entra, s'arrêtant dès l'entrée pour laisser ses yeux se réadapter à l'obscurité après avoir subi l'éclat aveuglant de la neige.

Le sol de la cave était inégal et son plafond assez bas. De grands rochers étaient dispersés un peu partout, et non loin de l'un d'eux, sur le côté, Drizzt remarqua que les ténèbres s'intensifiaient, ce qui indiquait la présence d'une seconde cavité. Il déposa la brassée de petit bois qu'il portait, se dirigea dans cette direction, puis s'arrêta brusquement, ayant tout comme Guenhwyvar senti une présence.

Drizzt dégaina son cimeterre, se glissa jusqu'au rocher et jeta un coup d'œil par-dessus. Avec son infravision, l'autre occupant de la grotte, une grosse boule de chaleur rayonnante bien plus massive que le drow, ne fut pas difficile à repérer. Drizzt sut tout de suite de quoi il s'agissait, bien qu'il n'ait pas de mot pour le nommer. Il avait observé cette créature à distance bien des fois, contemplant l'adresse – et malgré sa stature, l'incroyable vitesse – de l'animal quand il extrayait ses poissons de l'onde.

Quel que puisse être son nom, Drizzt n'avait pas l'intention de lui disputer la grotte ; il y en avait d'autres dans le secteur, plus accessibles.

Mais le grand ours brun ne sembla pas partager son opinion. La créature s'agita brusquement et se dressa sur ses pattes arrière, son grognement digne du vacarme d'une avalanche se répercutant à travers la grotte, révélant ses griffes et ses crocs menaçants.

Guenhwyvar, l'entité astrale de la panthère, reconnut l'ours comme étant l'un de ses antiques rivaux, un rival qu'elle se gardait bien d'approcher. Mais la courageuse panthère bondit néanmoins devant Drizzt, préférant affronter l'animal puissant pour permettre à son maître de s'enfuir.

— Non, Guenhwyvar ! ordonna Drizzt en agrippant le fauve, repassant devant lui.

L'ours, un autre des nombreux amis de Montolio, ne fit aucun mouvement belliqueux mais maintint fermement sa position, n'appréciant pas d'être dérangé pendant son hibernation attendue de longue date.

Drizzt ressentit alors quelque chose qu'il ne pouvait expliquer ; ce n'était pas vraiment un sentiment d'amitié envers l'ours, mais plutôt une étrange compréhension de ce que ressentait l'animal. Tout en se disant que c'était stupide, il rengaina son arme, mais il ne pouvait nier l'empathie qu'il ressentait pour la bête, comme s'il voyait la situation du point de vue de l'animal.

Avec précaution, Drizzt s'approcha, enveloppant l'ours du regard. L'animal en parut presque surpris, mais petit à petit il abaissa ses griffes et ses grimaces grondantes se muèrent en une expression que Drizzt interpréta comme de la curiosité.

Le drow glissa lentement la main dans sa besace et en sortit un poisson qu'il avait mis de côté pour son dîner. Il le jeta devant l'ours, qui commença par le renifler, puis l'avala presque sans le mâcher.

Un autre long échange de regards s'ensuivit, mais la tension était rompue. L'ours rota avant de se rouler en boule sur le sol et, très vite, il se mit à ronfler avec satisfaction.

Drizzt regarda Guenhwyvar et haussa les épaules pour exprimer son impuissance, n'ayant aucune idée de la manière dont il avait bien pu communiquer si intimement avec l'animal. La panthère avait apparemment suivi elle aussi la teneur de l'échange, car sa fourrure n'était plus ébouriffée.

Aussi longtemps qu'il vécut dans cette grotte, Drizzt prit soin de déposer un peu de la nourriture qu'il avait en trop devant l'ours hibernant. Parfois, en particulier si c'était du poisson qu'il avait déposé, l'ours reniflait et se réveillait juste le temps de gober son repas. Mais le plus souvent l'animal ignorait toute forme de nourriture, ronflant à un rythme régulier et rêvant de miel, de baies, et d'ourses, et de tout ce dont rêvent les ours endormis.

—Il s'est installé avec Fulmine ? s'étrangla Montolio quand Ululant lui apprit que le drow et l'ours ombrageux partageaient les deux cavités de la grotte.

Montolio faillit en tomber à la renverse – et c'est probablement ce qui serait arrivé s'il ne s'était trouvé à proximité du tronc d'arbre auquel était suspendu le pont. Le vieux rôdeur resta perché là, abasourdi, grattant sa barbe de plusieurs jours et tirant sur sa moustache. Il connaissait cet ours depuis de nombreuses années, et même lui n'était pas sûr de vouloir partager ses quartiers avec lui. Fulmine était une créature qui s'agaçait facilement, comme l'avaient appris beaucoup des orques stupides de Graugn au fil des années.

—J'imagine que Fulmine est trop somnolent pour se battre, raisonna Montolio.

Mais il savait que quelque chose d'autre couvait dans cette histoire. Si un ou des gobelins avaient pénétré dans sa grotte, l'ours les aurait déchiquetés sans arrière-pensée. Mais le drow et la panthère se trouvaient là-bas, jour après jour, faisant leur feu dans la grotte de devant tandis que Fulmine ronflait dans celle du fond.

En tant que rôdeur, et ayant connu nombre de rôdeurs, Montolio avait vu et entendu les choses les plus étranges. Jusqu'ici, cependant, il avait toujours considéré que son talent inné pour établir une connexion mentale avec les animaux sauvages était le domaine exclusif des elfes de la surface, des esprits follets, des halfelins, des gnomes et des humains auxquels on avait enseigné les voies de la forêt.

— Qu'est-ce qu'un elfe noir peut bien connaître aux ours ? se demanda Montolio à haute voix, grattant toujours sa barbe.

Le rôdeur avait deux hypothèses : la première était qu'il y avait des choses qu'il ignorait à propos des drows, la seconde que cet elfe en particulier n'était en rien semblable à ses congénères. En se basant sur le comportement déjà inhabituel de l'elfe noir, Montolio penchait plutôt pour la seconde possibilité, mais il avait grande envie de connaître la vérité. Son enquête devrait pourtant attendre. La première neige venait de tomber, et les prochaines suivraient de près. Dans les montagnes qui entouraient le col de l'Orque défunt, plus grand-chose ne bougeait après l'arrivée de la neige.

Guenhwyvar se révéla être la planche de salut de Drizzt au cours de la dizaine qui suivit. Quand la panthère apparaissait dans le plan Matériel, elle passait son temps dans la neige froide et épaisse, qui tombait sans discontinuer, chassant et – plus important – rapportant du bois pour le feu vital.

Pourtant, tout n'était pas si simple pour le drow déraciné. Tous les jours, Drizzt devait descendre à la rivière et briser la glace qui s'était formée sur les retenues d'eau, ses réserves de pêche, sur le bord de la rive qu'il occupait. Ce n'était pas une bien longue marche, mais la neige fut vite profonde et traîtresse, dévalant souvent la pente derrière Drizzt pour l'enterrer sous sa froide embrassade. Plusieurs fois, Drizzt remonta en trébuchant jusqu'à sa grotte, n'ayant plus aucune sensation ni dans les mains, ni dans les jambes. Il apprit vite à allumer son feu avant de s'aventurer au-dehors car, lorsqu'il revenait, il n'avait plus assez de force pour tenir la dague et la pierre qui produisaient la première étincelle.

Même quand son ventre était plein et qu'il était entouré par le rougeoiement du feu et la fourrure de Guenhwyvar, il avait froid et se sentait tout à fait malheureux. Pour la première fois en plusieurs dizaines, Drizzt se demanda s'il avait bien fait de quitter l'Outreterre et, son désespoir grandissant, il en vint à se demander si sa décision de quitter Menzoberranzan avait été la bonne.

— Je suis un misérable vagabond, c'est sûr, disait-il dans les moments – de moins en moins rares – qu'il passait à s'apitoyer sur son sort. Et je mourrai certainement ici, seul et gelé.

Drizzt n'avait pas la moindre idée de ce qui arrivait au monde étrange qui l'entourait. La chaleur qu'il avait connue lorsqu'il avait émergé pour la première fois à la surface de ce monde allait-elle revenir un jour ? Ou bien était-ce un sort maléfique, peut-être dirigé contre lui par ses puissants ennemis restés à Menzoberranzan ? Cette confusion mena Drizzt vers un dilemme troublant : devait-il rester dans la grotte et attendre que passe la tempête – comment aurait-il pu nommer autrement la saison hivernale ? Ou bien devait-il quitter la vallée et sa rivière à la recherche d'un climat plus tempéré ?

Il aurait sans doute suivi cette dernière possibilité et aurait assurément trouvé la mort dans sa traversée des montagnes, mais il remarqua qu'un autre élément coïncidait avec le rude climat. Les jours comptaient de moins en moins d'heures, et les nuits de plus en plus. Le soleil allait-il disparaître complètement, engloutissant le monde de la surface dans des ténèbres et un gel éternels ? Drizzt doutait de cette hypothèse, alors, à l'aide d'un peu de sable et de la flasque vide qu'il avait conservée, il commença à mesurer les temps de lumière et d'obscurité.

Ses espoirs s'effondraient chaque fois que ses calculs lui révélaient une aube plus matinale, et tandis que la saison se poursuivait, son moral sombra. Sa santé diminua du même coup. Il semblait vraiment misérable en effet, maigre et tremblant, quand il remarqua pour la première fois le pivot de la saison, le solstice d'hiver. Il eut du mal à croire à sa découverte – ses mesures n'étaient pas des plus précises – mais, après quelques jours, Drizzt ne put plus nier ce que lui révélait son sablier improvisé.

Les jours rallongeaient.

L'espoir de Drizzt s'éveilla. Il avait soupçonné une variation saisonnière depuis les premiers vents frais, des mois auparavant. Il avait observé l'ours pêchant avec une assiduité grandissante tandis que le climat se dégradait, et il pensait maintenant que l'animal avait anticipé le froid à venir et fait ses réserves de graisse, pour passer la saison à dormir.

Cette théorie et sa découverte quant à la longueur des jours convainquirent Drizzt que cette période de désolation glaciale ne durerait pas.

Mais le solstice ne fut en rien signe d'une amélioration immédiate. Le vent souffla avec encore plus de force et la neige continua à s'empiler. Mais Drizzt avait retrouvé sa détermination et il faudrait plus d'un hiver pour abattre le drow tenace.

Puis cela arriva – pratiquement du jour au lendemain, à ce qu'il semblait. Les chutes de neige se raréfièrent, la rivière se libéra de sa couche de glace et les vents commencèrent à charrier de l'air tiède. Drizzt ressentait comme une poussée de vitalité et d'espoir, qui le soulageait de sa peine et de sa culpabilité sans qu'il puisse se l'expliquer. Drizzt ne comprenait pas les forces qui le travaillaient, il n'avait ni nom ni concept pour les désigner, mais il était aussi influencé par l'éternel printemps que tous les habitants qui peuplaient naturellement le monde de la surface.

Un jour, alors que Drizzt avait fini son repas et se préparait à dormir, son compagnon de grotte au long sommeil sortit tranquillement de la grotte du fond, remarquablement amaigri mais toujours impressionnant. Drizzt, avec précaution, regarda l'ours se déplacer avec nonchalance, se demandant s'il devait invoquer Guenhwyvar ou dégainer son cimeterre. Mais l'ours ne tint aucun compte de sa présence. Il le frôla en traînant des pattes, s'arrêta pour renifler la pierre plate que Drizzt avait utilisée comme assiette avant de la lécher, et repartit du même pas léthargique vers la chaude lumière du soleil, s'arrêtant devant l'entrée pour bâiller et s'étirer, au point que Drizzt réalisa que la sieste hivernale de l'animal venait de prendre fin. Il comprit également que la grotte allait vite devenir très fréquentée par les dangereux animaux qui l'entouraient, et décida qu'elle ne valait peut-être pas la peine de se battre, à présent que le temps était plus clément.

Drizzt était parti avant que l'ours soit de retour, mais à la grande joie de l'animal, il lui avait laissé un dernier repas de poissons. Drizzt s'installa peu après dans une grotte moins profonde et moins abritée, en contrebas du versant de la vallée.

12

Connais ton ennemi

L'hiver disparut aussi vite qu'il était venu. Les chutes de neige se raréfièrent au jour le jour, et le vent du sud charriait un air qui n'avait plus rien de frais. Drizzt s'installa vite dans une routine confortable ; le pire problème auquel il devait faire face était la réverbération du soleil pendant la journée sur le sol encore couvert de neige. Le drow s'était plutôt bien adapté au soleil lors des premiers mois qu'il avait passés à la surface, se déplaçant – combattant, même – à la lueur du jour. Mais maintenant, la réverbération de la lumière était telle sur le manteau de neige immaculé que Drizzt ne pouvait plus guère s'aventurer à l'extérieur.

Il attendait la nuit pour sortir et laissait les journées aux ours et aux autres créatures diurnes. Drizzt ne s'en inquiétait guère ; la neige fondrait bientôt, croyait-il, et il pourrait revenir à la vie paisible qu'il avait menée durant les derniers jours précédant l'hiver.

Une nuit, sous la douce lumière de la lune brillante, fascinante, bien nourri et reposé, Drizzt porta son regard au-delà de la rivière, vers l'autre extrémité de la vallée.

— Qu'y a-t-il là-bas ? murmura le drow pour lui-même.

Bien que la rivière soit chargée de la fonte printanière, Drizzt avait trouvé la veille un passage pour la traverser, une série de larges pierres à fleur d'eau, peu espacées, qui émergeaient du flot bouillonnant.

La nuit était encore jeune; la lune n'était pas encore à mi-chemin de sa course dans le ciel. Ne tenant plus en place, état d'esprit typique de la saison, Drizzt décida d'aller jeter un coup d'œil. Il descendit sur la rive de la rivière et sauta légèrement, avec habileté, d'une pierre à l'autre. Pour un être humain ou un orque – ou pour toute autre race de ce monde – cette traversée sur des pierres humides, souvent rondes et inégalement espacées, aurait semblé trop périlleuse et difficile pour même en faire l'essai, mais le drow s'en acquitta plutôt aisément.

Il arriva sur l'autre rive au pas de course, bondissant de roche en rocher escarpé sans même y penser. Comme son attitude aurait été différente s'il avait su qu'il avait maintenant atteint la partie de la vallée qui se trouvait sous la tutelle de Graugn, le grand chef des orques!

Une patrouille de ces mêmes orques repéra le drow avant qu'il soit à mi-chemin du pan de la vallée. Ils l'avaient déjà vu auparavant, à l'occasion, quand Drizzt partait pêcher dans la rivière. Craignant les elfes noirs, Graugn avait ordonné à ses serviteurs de garder leurs distances, pensant que la neige se chargerait de les débarrasser de l'intrus. Mais l'hiver touchait à sa fin et le drow solitaire était encore là; maintenant, il avait traversé la rivière.

Graugn tordit les mains nerveusement à l'annonce de la nouvelle. Le grand orque fut quelque peu réconforté par la pensée que ce drow était isolé et non pas membre d'un plus grand groupe. Il pouvait être un éclaireur comme un renégat; Graugn n'avait aucun moyen d'en être sûr et les deux possibilités avaient des implications qui ne lui convenaient guère. Si le drow était un éclaireur, d'autres elfes noirs pourraient suivre et, si le drow était un renégat, il pourrait considérer les orques comme des alliés potentiels.

Graugn était le chef depuis de nombreuses années, une longévité exceptionnelle dans l'univers chaotique des orques. L'impressionnante créature avait survécu en ne prenant aucun risque et il n'entendait pas commencer aujourd'hui. Un elfe noir pourrait usurper le commandement de la tribu, une position chère au cœur de Graugn. Il ne permettrait pas cela. Deux patrouilles d'orques quittèrent bientôt leurs sombres repaires, ayant reçu l'ordre explicite de tuer le drow.

Un vent froid soufflait sur le versant de la vallée et la neige y était plus profonde, mais Drizzt ne s'en préoccupait pas. De grandes étendues de sempervirents s'étendaient devant lui, assombrissant les vallées montagneuses et l'invitant, après un hiver passé enfermé dans sa grotte, à venir les explorer.

Il avait presque parcouru un kilomètre et demi quand il s'aperçut qu'il était suivi. Il ne vit rien à proprement parler, à l'exception peut-être d'une ombre flottant à la limite de son champ de vision, mais son instinct immuable de guerrier savait sans aucun doute à quoi s'en tenir. Il grimpa sur le flanc d'une pente raide, escalada un bosquet d'arbres épais et courut vers la plus haute corniche. Quand il y fut parvenu, il se glissa derrière un rocher, se retourna et regarda derrière lui.

Sept formes sombres – six humanoïdes et un gros animal de type canin – suivaient sa piste avec méthode et efficacité. De là où il se trouvait, Drizzt ne pouvait déterminer leur race, mais il soupçonna qu'il s'agissait d'humains. Il regarda tout autour de lui, cherchant une possible retraite, ou le secteur qui se prêterait le mieux à sa défense, remarquant à peine que l'une de ses mains brandissait un cimeterre et l'autre sa dague. Quand il se rendit compte qu'il avait dégainé ses armes et que ses poursuivants étaient maintenant redoutablement proches, il s'arrêta pour réfléchir.

Il pouvait faire face à ses poursuivants ici même et les assaillir tandis qu'ils escaladeraient les quelques derniers pieds périlleux de la pente escarpée.

— Non, grogna Drizzt, écartant cette possibilité à la seconde où elle se présenta.

Il pourrait les attaquer, les vaincre probablement, mais quel nouveau fardeau lui faudrait-il encore porter ? Drizzt ne désirait pas se battre, ni même entrer en contact avec eux. Il était déjà porteur de toute la culpabilité qu'il pouvait endurer.

Il entendit les voix de ses poursuivants et leurs accents gutturaux, semblables à ceux de la langue des gobelins.

— Des orques, conclut silencieusement le drow de la taille des créatures et de la langue qu'ils parlaient.

Avoir identifié ses poursuivants ne modifia en rien l'attitude du drow. Drizzt n'aimait pas les orques – il avait suffisamment vu ces êtres puants quand il se trouvait à Menzoberranzan – mais il n'avait néanmoins aucune raison de combattre cette bande. Il se détourna, choisit un sentier et prit de la vitesse, s'enfuyant dans la nuit.

La poursuite était jouée d'avance ; les orques étaient déjà trop proches de Drizzt pour qu'il puisse les distancer. Il y vit un tracas supplémentaire car, si les orques lui étaient hostiles – et d'après leurs cris et leurs grognements, ils l'étaient –, Drizzt avait perdu une occasion de les combattre sur un terrain qui lui était favorable. La lune avait disparu depuis un bon moment et le ciel avait pris la teinte bleue qui précédait l'aube. Les orques n'appréciaient pas particulièrement la lumière du jour, mais avec la réverbération de la neige qui l'entourait de toutes parts, Drizzt en serait presque réduit à l'impuissance.

Avec entêtement, le drow refusa l'option de la bataille et essaya de semer ses poursuivants, repartant en sens inverse vers la vallée. C'est là que Drizzt commit sa deuxième erreur, car un autre groupe d'orque, accompagné pour sa part d'un loup et de l'immense silhouette d'un géant des pierres, était aux aguets.

Le chemin était presque plat, bordé par une pente abrupte à la gauche du drow et par une paroi tout aussi escarpée et rocailleuse sur sa droite. Drizzt savait que ses poursuivants n'auraient pas beaucoup de mal à le suivre sur une piste aussi évidente, mais il ne comptait que sur sa vitesse à présent, cherchant à regagner sa grotte abritée avant que l'aveuglant soleil s'élève.

Un grognement féroce l'avertit une seconde avant qu'un énorme loup à la fourrure hérissée, une créature appelée worg, bondisse sur les rochers qui le surplombaient et lui coupe la route. Le worg lui sauta dessus, ses crocs cherchant à atteindre la tête de Drizzt. Celui-ci se baissa, évitant l'attaque, et son cimeterre jaillit en un éclair, sa lame élargissant la gueule énorme de la bête. Le worg dégringola lourdement derrière le drow, sa langue léchant frénétiquement le sang qui jaillissait.

Drizzt s'était retourné et le frappait de nouveau violemment, le faisant tomber à terre, mais les six orques se précipitèrent sur lui, brandissant des lances et des massues. Drizzt se retourna pour fuir, mais se baissa juste à temps pour esquiver un rocher, qui passa au-dessus de lui en sifflant avant de dévaler la pente rocailleuse.

Aussitôt, Drizzt créa une sphère de ténèbres centrée autour de sa propre tête.

Les quatre orques de devant plongèrent dans la sphère sans s'en apercevoir. Leurs deux congénères restants interrompirent leur élan, brandissant leurs lances tout en jetant des regards nerveux à la ronde. Ils ne pouvaient rien voir au sein des ténèbres magiques, mais le bruit des lames et massues qui s'entrechoquaient et les cris sauvages qui s'en dégageaient donnaient l'impression qu'une armée entière se battait à l'intérieur. Puis, des ténèbres émergea un autre bruit, un feulement.

Les deux orques reculèrent, regardant derrière leur épaule, espérant que le géant des pierres allait se dépêcher de les rejoindre. Un de leurs camarades, puis un autre, émergèrent des ténèbres en hurlant de terreur. Le premier dépassa ses congénères abasourdis au pas de course, mais le deuxième n'eut pas cette chance.

Guenhwyvar se jeta sur l'orque infortuné et le traîna au sol, le déchiquetant à mort. La panthère ralentit à peine et bondit sur l'un des deux orques restants, au moment où il entamait une fuite frénétique. Les autres orques ayant échappé à la sphère de ténèbres s'enfuirent, grimpant et trébuchant sur les rochers tandis que Guenhwyvar, qui avait achevé sa deuxième victime, bondissait à leur poursuite.

Drizzt ressortit, indemne, de l'autre côté de la sphère, son cimeterre et sa dague dégoulinants du sang des orques. Le géant, immense, les épaules carrées et les jambes grosses comme des troncs d'arbre, s'avança pour lui faire face, et Drizzt n'hésita pas une seconde. Il sauta sur une grande pierre, puis bondit en avant, ouvrant sa route avec son cimeterre.

Son agilité et sa vitesse surprirent le géant des pierres : le monstre n'eut pas le temps d'attraper sa massue ou de lever sa main libre pour bloquer l'attaque. Mais la chance n'était pas avec le drow cette fois-ci. Son cimeterre, ensorcelé par la magie de l'Outreterre, avait été trop exposé à la lumière de la surface. La lame s'enfonça à peine dans la peau semblable à de la pierre du géant de quatre mètres cinquante, se plia presque en deux et finit par se briser à la garde.

Drizzt rebondit en arrière, trahi pour la première fois par sa fidèle arme.

Le géant hurla et leva sa massue, souriant avec malveillance jusqu'à ce qu'une forme noire s'élance au-dessus de sa victime présumée et s'écrase sur sa poitrine, la ratissant de ses griffes cruelles.

Guenhwyvar avait de nouveau sauvé la mise à Drizzt, mais le géant était loin d'être vaincu. Il donna des coups de poing et de massue jusqu'à se libérer de la panthère qui voltigea dans les airs. Guenhwyvar essaya de faire demi-tour et de reprendre immédiatement le combat, mais la panthère atterrit au beau milieu de la pente abrupte et son élan fut stoppé net par la couche de neige. Le fauve glissa et culbuta avant de réussir à maîtriser sa glissade, indemne, mais bien en contrebas de Drizzt et de la bataille qui se déroulait.

Le géant ne se fendit d'aucun sourire cette fois-ci. Du sang suintait d'une douzaine de profondes griffures situées sur sa poitrine et son visage. Derrière lui, descendant la piste, l'autre groupe d'orques, mené par un deuxième worg hurlant à la mort, se rapprochait rapidement.

Comme tout guerrier qui se respecte, quand il apparut clairement que ses adversaires étaient trop nombreux, Drizzt se détourna et s'enfuit.

Si les deux orques qui avaient fui Guenhwyvar étaient revenus sur leurs pas, ils lui auraient coupé la route. Mais les orques n'avaient jamais été réputés pour leur bravoure : ces deux-là avaient déjà escaladé la corniche et couraient encore, sans un regard en arrière.

Drizzt courait à toute vitesse le long du sentier, cherchant un moyen de descendre la pente pour rejoindre la panthère. Mais il ne trouvait aucun itinéraire engageant, car il aurait dû y tracer sa route lentement et avec précaution, au milieu de la pluie de rochers qui ne manquerait pas de s'abattre sur lui. Remonter la pente semblait tout aussi vain quand le monstre se trouvait à si courte distance, alors le drow continua à courir, espérant que son périple ne s'arrêterait pas ici et maintenant.

Le soleil perça au-delà de l'horizon oriental à cet instant, un problème de plus, encore un, pour le drow désespéré.

Comprenant que la chance l'avait abandonné, Drizzt savait d'une façon ou d'une autre, avant même d'avoir pris le dernier virage serré du chemin, qu'il était arrivé à la fin de la route. Un éboulement avait bloqué celle-ci depuis longtemps. Drizzt dérapa pour s'arrêter et se débarrassa de son paquetage, conscient que le temps jouait contre lui.

La bande d'orques menée par le worg rattrapa le géant et chacun se sentit encouragé par la présence de l'autre. Ils chargèrent ensemble, le loup cruel accélérant pour prendre la tête du groupe.

La créature accéléra encore sur un virage serré, trébuchant et tentant de briser son élan quand elle vit qu'elle était prise dans la boucle d'une corde emmêlée. Les worgs n'étaient pas des créatures stupides, mais celui-ci ne comprit pas les implications tragiques de sa situation quand il vit le drow pousser une pierre ronde par-dessus le rebord. Le worg ne fit pas le lien, jusqu'à ce que la corde se tende et que la pierre entraîne la bête, voltigeant dans les airs, droit dans le précipice.

Son simple piège avait fonctionné à la perfection, mais c'était le seul avantage dont Drizzt pouvait espérer profiter. Derrière lui, le sentier était complètement bouché et, sur les côtés, les parois étaient bien trop abruptes pour qu'il puisse s'enfuir. Quand les orques et le géant passèrent le coin du chemin avec circonspection, après avoir vu leur worg s'écraser dans une chute plutôt cahoteuse, Drizzt leur faisait face avec sa seule dague à la main.

Le drow essaya de parlementer dans la langue des gobelins, mais les orques ne l'écoutèrent pas. Avant que le premier mot ait dépassé les lèvres de Drizzt, l'un d'eux lui avait jeté sa lance.

L'arme arriva dans une sorte de brouillard pour le drow aveuglé par le soleil, mais sa trajectoire était courbe et son lanceur maladroit. Drizzt l'évita facilement et lui lança sa dague en retour. L'orque voyait mieux que le drow mais il n'était pas aussi rapide. La dague se planta proprement, droit dans sa gorge. En gargouillant, l'orque s'écroula sur le sol et son camarade le plus proche attrapa le poignard et l'arracha de son cou, non pour sauver son congénère, mais plutôt pour mettre la main sur l'arme magnifique.

Drizzt rafla la lance grossière et se tint ferme sur ses pieds tandis que le géant des pierres avançait sur lui.

Un hibou tomba brusquement en piqué au-dessus du géant, poussant un ululement, distrayant à peine le monstre déterminé. Un instant plus tard, le géant trébucha en avant, emporté par le poids d'une flèche qui s'enfonça dans son dos avec un bruit sourd.

Drizzt aperçut la flèche à plume noire, frémissante, quand le géant en colère se retourna dans la direction du tir. Le drow ne se posa pas la question de savoir qui était son allié inattendu. Il plongea sa lance avec toute la force dont il disposait droit dans le corps du géant.

Celui-ci allait se retourner pour répliquer, quand le hibou piqua vers lui en poussant un nouveau ululement ; à ce signal, une autre flèche siffla, plongeant pour sa part dans la poitrine du géant. Un autre ululement, et une autre flèche suivit.

Les orques abasourdis regardaient autour d'eux à la recherche de l'agresseur invisible, mais l'éblouissante réverbération du soleil du matin sur la neige était loin de faciliter les choses pour ces bêtes nocturnes. Le géant, frappé au cœur, restait debout, immobile, le regard vide, incapable de se rendre compte que sa vie touchait à sa fin. Le drow plongea de nouveau sa lance dans son corps, mais, de fait, cet acte ne servit qu'à faire dégringoler le monstre loin de Drizzt.

Les orques échangèrent des regards, puis observèrent les alentours, se demandant de quel côté s'enfuir.

L'étrange hibou plongea de nouveau, cette fois au-dessus d'un orque et il poussa un quatrième ululement. L'orque, en comprenant les conséquences, agita les bras en poussant un cri perçant, puis s'écroula en silence, une flèche enfoncée dans le crâne.

Les quatre orques qui restaient brisèrent les rangs et s'enfuirent, l'un remontant le versant, un autre redescendant sur ses pas, et deux poursuivant Drizzt.

Une rotation habile de la lance de l'elfe envoya le bout de sa hampe dans la figure de l'un d'entre eux, puis Drizzt termina son mouvement tournant pour dévier la pointe de la lance de l'autre vers le sol. L'orque laissa tomber son arme, prenant conscience qu'il ne pourrait pas la reprendre en main suffisamment vite pour stopper le drow dans sa course.

L'orque qui escaladait le versant comprit que son heure était venue quand le hibou qui semblait donner le signal des tirs se rapprocha de lui. La créature terrifiée plongea derrière un rocher quand il entendit son cri, mais s'il avait disposé de plus de jugeote, il aurait réalisé son erreur. D'après l'angle des tirs qui avaient abattu le géant, l'archer devait se trouver quelque part sur ce versant.

Une flèche se planta dans sa cuisse tandis qu'il s'accroupissait, le faisant tomber sur le dos, se tordant de douleur. Grâce à ses grognements et à ses mouvements, l'invisible archer aveugle eut à peine besoin du ululement suivant du hibou pour ajuster son second tir, atteignant l'orque en pleine poitrine et le réduisant au silence pour toujours.

Drizzt fit immédiatement demi-tour, frappant le second orque avec la hampe de la lance. En un clin d'œil, le drow renversa sa prise pour la troisième fois et enfonça la pointe de sa lance dans la gorge de la créature, la traversant jusqu'au cerveau. Le premier orque que Drizzt avait frappé secoua violemment la tête en chancelant, tentant de reprendre le combat. Il sentit les mains du drow agripper sa tunique crasseuse en peau d'ours, puis il sentit un courant d'air tandis qu'il s'envolait par-dessus la corniche, suivant la route qu'avait précédemment empruntée le worg victime du piège du drow.

Entendant les cris de ses compagnons mourants, l'orque qui fuyait sur le sentier baissa la tête et accéléra, se croyant plutôt malin d'avoir choisi cette route ; mais il changea d'avis l'instant suivant quand, après un virage, il se précipita entre les griffes d'une énorme panthère noire.

Drizzt prit appui sur la roche, épuisé, tenant sa lance prête pour un éventuel jet tandis que l'étrange hibou descendait en planant en bas du versant de la montagne. Mais celui-ci garda ses distances, se posant sur un surplomb qui contraignait le sentier à effectuer un virage serré à une douzaine de pas.

Un mouvement au-dessus de sa tête attira l'attention du drow. Il y voyait à peine dans la lumière aveuglante, mais il arriva à discerner une forme apparemment humaine descendant vers lui d'un pas précautionneux.

Le hibou décolla de nouveau, volant en cercles au-dessus du drow en ululant et Drizzt se tapit à terre, sur le qui-vive, tandis que l'homme se glissait derrière l'éperon rocheux qui le dissimulait à la vue. Mais aucune flèche ne siffla à l'appel du hibou. Au contraire, l'archer apparut.

Il était grand, droit et très vieux, avec une grosse moustache du même gris que ses cheveux en bataille. Le plus curieux de tout était ses yeux d'un blanc laiteux et sans pupilles. Si Drizzt n'avait pas été le témoin de la démonstration de tir à l'arc que celui-ci venait d'effectuer, il l'aurait cru aveugle. Les membres du vieil homme paraissaient plutôt frêles, mais Drizzt ne se fiait pas aux apparences, trop souvent trompeuses. L'archer expérimenté gardait son arc long et lourd tendu et prêt à tirer, une flèche fermement encochée, sans que cela semble lui demander d'efforts particuliers. Le drow n'avait pas besoin de chercher bien loin pour voir avec quelle efficacité mortelle l'humain pouvait se servir de cette arme puissante.

Le vieil homme dit quelque chose dans une langue que Drizzt ne comprenait pas, puis dans une deuxième et enfin en gobelin, ce qui permit à l'elfe de le comprendre.

— Qui es-tu ?

— Drizzt Do'Urden, articula le drow, prenant espoir à l'idée de pouvoir peut-être communiquer avec cet adversaire.

— C'est un nom, ça ? demanda le vieil homme, avant de ricaner et de hausser les épaules. Quoi qu'il en soit, qui que tu sois, et quelle que soit la raison pour laquelle tu es là, cela n'a pas vraiment d'importance.

Le hibou, repérant un mouvement, commença à ululer et à battre des ailes avec frénésie, mais il était trop tard pour le vieil homme. Derrière lui, Guenhwyvar surgit furtivement du virage aveugle et se rapprocha de lui d'un bond souple, les oreilles aplaties et les crocs découverts.

Apparemment inconscient du danger, le vieil homme termina sa réflexion :

— Tu es mon prisonnier, maintenant.

Guenhwyvar produisit un feulement bas, guttural, et le drow eut un large sourire.

— Je ne crois pas, non, répliqua Drizzt.

13

Montolio

— Une amie à toi ? demanda calmement le vieil homme. La panthère ?

— Guenhwyvar, expliqua Drizzt.

— Une bête sauvage ?

— Oh oui, répondit Drizzt.

Le vieil homme détendit son arc et laissa lentement glisser sa flèche, la pointe vers le bas. Il ferma les yeux, pencha la tête sur le côté et sembla plonger au fin fond de lui-même. Un instant plus tard, Drizzt remarqua que les oreilles de Guenhwyvar se relevaient subitement et le drow comprit que cet étrange humain avait réussi d'une façon ou d'une autre à établir une liaison télépathique avec la panthère.

— Et une bonne bête, dit le vieil homme un moment plus tard.

Guenhwyvar descendit du surplomb – provoquant la frénésie du hibou qui s'éleva en battant des ailes – et s'avança négligemment, passant à côté du vieil homme pour se positionner derrière Drizzt. Apparemment, la panthère avait définitivement écarté toute possibilité que le vieil homme soit un ennemi.

Drizzt considéra le comportement de Guenhwyvar avec curiosité, le mettant en parallèle avec l'expérience d'empathie qu'il avait lui-même vécue avec l'ours dans la grotte, la saison dernière.

—Bonne bête, répéta le vieil homme.

Drizzt s'adossa de nouveau contre la roche et relâcha sa prise sur la lance.

—Je suis Montolio, expliqua le vieil homme avec fierté, comme si son nom devait être des plus évocateurs pour le drow. Montolio DeBrouchee.

—Ravi de vous avoir rencontré et adieu, dit Drizzt d'un ton catégorique. Si nous en avons fini de cette entrevue, peut-être pourrions-nous chacun reprendre notre chemin.

—Nous le pourrions, consentit Montolio, si c'était notre choix à tous les deux.

—Suis-je de nouveau votre… prisonnier ? demanda Drizzt, un brin de sarcasme dans la voix.

La sincérité du rire de Montolio amena un sourire sur le visage du drow, malgré son cynisme.

—Mon prisonnier ? Non, non, je crois que nous avons réglé cette question. Mais vous avez tué certains des favoris de Graugn aujourd'hui, un acte que le roi des orques voudra voir puni. Laissez-moi vous offrir une chambre dans mon château. Les orques ne s'en approcheront pas.

Un sourire narquois apparut sur son visage tandis qu'il se penchait vers Drizzt en murmurant, comme pour garder pour eux les mots qu'il allait prononcer.

—Ils ne s'approcheront pas de moi, vous savez, dit Montolio en montrant ses yeux étranges. Ils craignent ma magie maléfique, à cause de mes…

Montolio lutta à la recherche d'un mot qui pourrait traduire sa pensée, mais le vocabulaire de la langue gutturale des gobelins était limité et il en fut vite frustré.

Drizzt se remémora en silence le déroulement de la bataille, puis sa mâchoire se décrocha de stupéfaction indéniable quand il comprit ce qui s'était passé. Le vieil homme était bel et bien aveugle ! Le hibou, par ses ululements et son vol en cercles au-dessus des ennemis, avait guidé ses tirs. Drizzt reporta son regard sur les cadavres aux alentours et sa mâchoire resta béante : le vieil homme n'en avait pas raté un seul.

— Voulez-vous bien venir ? demanda Montolio. Je voudrais saisir ce qui peut… (Il dut de nouveau s'interrompre à la recherche d'un terme approprié.) Pousser… un elfe noir à passer un hiver entier dans une grotte avec l'ours Fulmine.

Montolio était embarrassé par son incapacité à converser avec le drow, mais en se basant sur le contexte, Drizzt parvint à saisir ce que voulait dire le vieil homme, même devant des termes aussi peu familiers que « hiver » et « ours ».

— Le roi des orques, Graugn, a encore dix mille guerriers qu'il peut envoyer contre vous, fit remarquer Montolio, sentant que le drow avait du mal à se décider.

— Je n'irai pas avec vous, déclara lentement Drizzt.

Le drow avait vraiment envie de le suivre, pour en apprendre un peu plus sur cet homme remarquable, mais trop de tragédies s'étaient abattues sur ceux qui avaient croisé sa route.

Le feulement sourd de Guenhwyvar informa Drizzt que la panthère n'approuvait pas sa décision.

— J'attire les ennuis, essaya d'expliquer le drow au vieil homme, à la panthère et à lui-même. Il serait préférable pour vous, Montolio DeBrouchee, de vous tenir à distance.

— Est-ce que c'est une menace ?

— Un avertissement, répondit Drizzt. Si vous m'accueillez, ou si vous m'autorisez seulement à rester près de vous, vous serez condamné, comme l'ont été les fermiers du village.

Montolio tendit l'oreille à la mention du lointain village de fermiers. Il avait entendu dire qu'une famille de Maldobar avait été brutalement massacrée et qu'une rôdeuse, Colombe Fauconnier, avait été appelée à la rescousse.

—Je ne crains pas le mauvais sort, dit Montolio, arborant un sourire forcé. J'ai survécu à de nombreuses... batailles, Drizzt Do'Urden. J'ai combattu dans des dizaines de guerres sanglantes et j'ai passé un hiver entier piégé sur le versant d'une montagne avec une jambe cassée. J'ai tué un géant avec seulement une dague et... apprivoisé chaque animal à cent cinquante mètres à la ronde. Vous n'avez pas de craintes à avoir pour moi. (Son sourire narquois, entendu, refit surface.) Mais cela dit, dit lentement Montolio, ce n'est pas pour moi que vous avez des craintes.

Drizzt se sentit confus et un peu insulté.

—C'est pour vous-même, poursuivit Montolio, imperturbable. Pourquoi vous apitoyez-vous sur votre sort ? Cela ne s'accorde en rien avec vos prouesses. Cessez de geindre et accompagnez-moi.

Si Montolio avait pu voir le froncement de sourcils de Drizzt, il aurait deviné la réponse qu'il s'apprêtait à donner. Guenhwyvar, pour sa part, le remarqua, et la panthère heurta franchement la jambe de son maître. Devant la réaction de Guenhwyvar, le vieil homme comprit les intentions du drow.

—La panthère veut que vous m'accompagniez, fit-il remarquer. Ce sera plus agréable qu'une grotte et la nourriture sera meilleure que du poisson à moitié cuit.

Drizzt baissa les yeux sur Guenhwyvar et, de nouveau, la panthère le heurta, cette fois avec un grognement sonore et insistant.

Drizzt resta inflexible, se raccrochant à sa décision en se remémorant les visions du carnage de la ferme lointaine.

—Je ne viendrai pas, dit-il fermement.

— Alors je dois te donner le nom d'ennemi et de prisonnier ! s'exclama Montolio, relevant son arc tendu, prêt à tirer. Ton fauve ne te sera d'aucune aide, cette fois, Drizzt Do'Urden !

Montolio se pencha, adressant un rapide sourire au drow et lui murmura :

— La panthère est d'accord avec moi.

C'en était trop pour Drizzt. Il savait que le vieil homme ne tirerait pas sur lui, mais le charme insolite de Montolio abaissa bientôt les barrières mentales du drow, si considérables qu'elles puissent être.

Ce que Montolio avait présenté comme un château se révéla être une série de cavités en bois creusées entre les racines d'immenses sempervirents poussant en bosquets serrés. Des appentis de rondins complétaient la protection des grottes et les reliaient entre elles, et un petit muret de pierres empilées entourait le tout. Tandis que Drizzt s'en approchait, il remarqua plusieurs ponts de cordes et de bois entre les arbres à diverses hauteurs, reliés au sol par des échelles tressées, sur lesquels se trouvaient des arbalètes solidement accrochées à intervalles réguliers.

Le drow ne se plaignit pas que le château annoncé soit de terre et de bois. Drizzt avait passé trois décennies à Menzoberranzan, dans un château de pierre merveilleux et entouré par de nombreuses constructions belles à couper le souffle, mais aucune d'entre elles ne lui avait jamais paru aussi accueillante que la demeure de Montolio.

Des oiseaux pépièrent en signe de bienvenue à l'approche du vieux rôdeur. Des écureuils et même un raton laveur sautèrent avec agitation de branche en branche pour se rapprocher de lui – mais tout en gardant une certaine distance quand ils remarquèrent qu'une énorme panthère accompagnait Montolio.

— J'ai beaucoup de chambres, expliqua Montolio à Drizzt, beaucoup de couvertures et de nourriture.

Montolio détestait la langue des gobelins, si limitée. Il y avait tant de choses qu'il voulait dire au drow, tant de choses qu'il voulait apprendre de lui. Cela semblait impossible, pour ne pas dire fastidieux, dans une langue aussi basique et négative par nature, qui n'avait pas été conçue pour exprimer des pensées ou des notions. La langue des gobelins comptait plus de cent synonymes pour les mots « tuer » et « haine », mais pas un seul pour de plus louables émotions, comme la compassion. Le mot « amitié » en gobelin pouvait se traduire soit par une alliance militaire temporaire soit par une servitude envers un gobelin plus puissant, et aucune de ces deux définitions ne correspondait aux intentions de Montolio envers l'elfe noir solitaire.

La première chose à faire, décida le rôdeur, était d'apprendre la langue commune au drow.

— Nous ne pouvons pas parler… (Il n'y avait de mot pour dire « convenablement » en gobelin, alors Montolio dut improviser.) Heu… dans cette langue, expliqua-t-il à Drizzt, mais elle va nous servir pour que je vous apprenne la langue des humains – si vous le voulez bien.

Drizzt accepta avec hésitation. Quand il s'était éloigné du village de fermiers, il avait décidé que son lot dans la vie était d'être un ermite, et jusqu'ici il s'en était plutôt bien sorti – mieux qu'il l'avait espéré. Mais la proposition était tentante et, d'un point de vue pratique, Drizzt savait que le fait de connaître la langue du cru pourrait lui éviter bien des ennuis. Le sourire de Montolio atteignit presque ses oreilles quand le drow accepta sa proposition.

Ululant, le hibou, n'en fut pas aussi ravi. Avec le drow – et surtout, avec la panthère du drow – dans les parages, l'animal passerait moins de temps dans le confort des branches basses des sempervirents.

— Cousin, c'est Montolio DeBrouchee qui a recueilli le drow ! cria avec excitation un elfe à Kellindil.

Le groupe entier était à la recherche de la piste de Drizzt depuis la fin de l'hiver. Le drow ayant disparu du col de l'Orque défunt, les elfes, en particulier Kellindil, avaient craint des ennuis, redoutant que le drow puisse s'être installé chez l'orque Graugn et ses sujets.

Kellindil sauta sur ses pieds, peinant à assimiler l'ahurissante nouvelle. Il avait entendu parler de Montolio, le rôdeur légendaire bien qu'un brin excentrique, et savait également que cet homme, grâce au contact qu'il avait avec les animaux, pouvait juger les intrus avec clairvoyance.

— Quand ? Comment ? demanda Kellindil, ne sachant pas par où commencer.

Si le drow l'avait déjà rendu perplexe dans les mois précédents, l'elfe de la surface était maintenant véritablement troublé.

— Il y a une dizaine, répondit son congénère. Je ne sais pas comment cela s'est passé, mais maintenant le drow réside dans le bosquet de Montolio, au grand jour, et sa panthère également.

— Est-ce que Montolio…

L'elfe interrompit Kellindil, voyant ce qui le tracassait. :

— Montolio est indemne et en pleine possession de ses moyens. Il a pris la décision d'amener le drow chez lui, à ce qu'il paraît, et il semble maintenant que le vieux rôdeur soit en train d'apprendre à l'elfe noir la langue commune.

— Incroyable, fut tout ce que put répondre Kellindil.

— Nous pourrions mettre en place un tour de garde pour surveiller le bois de Montolio, continua l'autre elfe. Si tu crains pour la sécurité du vieux rôdeur…

— Non, répondit Kellindil. Non, le drow n'a jamais agi comme un ennemi. J'ai soupçonné ses intentions amicales depuis que je l'ai rencontré près de Maldobar. Maintenant, je suis satisfait. Occupons-nous de nos affaires et laissons le drow et le rôdeur s'occuper des leurs.

Son compagnon opina de la tête, mais une minuscule créature qui les écoutait de l'extérieur de la tente de Kellindil ne partageait pas cette opinion.

Tephanis s'était introduit de nuit dans le campement des elfes, pour voler de la nourriture et d'autres choses qui pourraient améliorer son confort. Le petit esprit follet avait entendu parler de l'elfe noir quelques jours plus tôt, quand les elfes avaient repris leurs recherches et il s'était donné beaucoup de mal depuis pour épier toutes leurs conversations, aussi curieux que chacun d'entre eux quant aux pérégrinations de celui qui avait détruit Ulgulu et Kempfana.

Tephanis secoua violemment sa tête aux oreilles tombantes.

— Maudit-soit-le-jour-où-celui-là-a-réapparu ! murmura-t-il, dans un son qui ressemblait à celui d'un bourdon excité.

Puis il partit en courant, ses petits pieds touchant à peine le sol. Tephanis avait fait une nouvelle rencontre dans les mois qui avaient suivi la disparition d'Ulgulu, un nouvel allié puissant qu'il ne souhaitait pas perdre.

En quelques minutes, il avait retrouvé Caroak, le loup arctique à la fourrure argentée, sur le haut pic qu'ils s'étaient choisi comme demeure.

— Le-drow-est-avec-le-rôdeur, débita Tephanis, et le monstre canin sembla le comprendre. Faites-attention-à-celui-là-je-vous-le-dis ! C'est-lui-qui-a-tué-mes-anciens-maitres. Morts !

Caroak contempla la vaste étendue montagneuse qui abritait le bosquet de Montolio. Le loup arctique connaissait bien cet endroit, suffisamment pour éviter de s'en approcher. Montolio DeBrouchee était l'ami de toutes sortes d'animaux, mais les loups arctiques étaient plus des monstres que des animaux, et en aucun cas les amis des rôdeurs.

Tephanis, lui aussi, regarda dans la direction de la demeure de Montolio, inquiet à l'idée de faire de nouveau face au drow sournois. À la seule idée de recroiser sa route, la tête du petit esprit follet lui faisait mal – et la blessure qu'il devait au soc ne s'était jamais totalement cicatrisée.

Dans les quelques dizaines qui suivirent, comme l'hiver faisait place au printemps, les réticences de Drizzt et de Montolio laissèrent place à l'amitié. La langue commune n'était pas très différente de la langue des gobelins, divergeant plus dans les inflexions que dans le vocabulaire, et Drizzt s'y fit rapidement, apprenant même à lire et à écrire. Montolio se révéla être un excellent professeur et, à partir de la troisième dizaine, il ne parla plus à Drizzt que dans la langue commune, fronçant les sourcils impatiemment chaque fois que Drizzt recourait à la langue des gobelins pour se faire comprendre.

Pour Drizzt, c'était une période agréable, de vie facile et de plaisirs partagés. La collection de livres de Montolio était vaste et le drow se retrouva absorbé dans des aventures imaginaires et dans des récits des plus variés, des traditions des dragons aux chroniques de batailles épiques. Tous les doutes que Drizzt avait pu avoir avaient disparu depuis longtemps, tout comme ses hésitations envers Montolio. Le refuge au sein des sempervirents était de fait un château et le vieil homme l'hôte le plus appréciable que Drizzt ait jamais connu.

Drizzt apprit beaucoup d'autres choses de Montolio durant ces premières dizaines, des leçons pratiques qui lui seraient utiles pour le reste de sa vie. Montolio confirma les soupçons de Drizzt quant aux changements de climat saisonniers, et il lui apprit même comment les anticiper au jour le jour en observant les animaux, le ciel et le vent.

Là aussi, Drizzt apprit rapidement, comme Montolio pensait qu'il le ferait. Le rôdeur n'aurait jamais pu le croire s'il n'en avait été le témoin en personne, mais ce drow inhabituel avait l'attitude d'un elfe de la surface, peut-être même le cœur d'un rôdeur.

— Comment as-tu calmé l'ours ? lui demanda un jour Montolio, posant la question qui le tarabustait depuis le tout premier jour où il avait appris que Drizzt et Fulmine partageaient une grotte.

En toute honnêteté, Drizzt ne savait que répondre, car il ne comprenait pas lui-même ce qui s'était passé durant cette rencontre.

— De la même façon que tu as calmé Guenhwyvar la première fois que nous nous sommes rencontrés, finit-il par avouer lentement.

Le sourire que Montolio adressa à Drizzt en réponse lui indiqua que le vieil homme comprenait mieux que lui.

— Le cœur d'un rôdeur, murmura Montolio en se détournant.

Avec son ouïe exceptionnelle, Drizzt entendit son commentaire mais n'en comprit pas la teneur.

Les leçons s'accélérèrent tandis que les jours passaient. Maintenant, Montolio se concentrait sur la vie qui les entourait, les animaux et les plantes. Il montra à Drizzt quelle nourriture cueillir et comment appréhender les émotions d'un animal simplement à partir de ses mouvements. Le premier test véritable se déroula peu après, quand le drow, dérangeant les branches d'un buisson de baies, découvrit l'entrée d'une petite tanière et fut brusquement confronté à un blaireau en colère.

Ululant, qui volait dans le ciel au-dessus de lui, poussa

une série de cris pour alerter Montolio et le premier réflexe du rôdeur fut de rejoindre son ami drow pour l'aider. Les blaireaux étaient probablement les plus mauvaises créatures de la région, pires encore que les orques, plus prompts à se mettre en colère que l'ours Fulmine et toujours volontaires pour le combat, quel que soit leur adversaire et quelle que soit sa taille. Mais Montolio resta en arrière, écoutant la description détaillée de la scène que lui faisait Ululant.

Le premier réflexe de Drizzt fut d'attraper sa dague en un éclair. Le blaireau se dressa en montrant ses griffes et ses méchantes dents, sifflant et crachant mille menaces.

Drizzt se détendit alors, rengainant même sa dague. Soudain, il vit la rencontre du point de vue du blaireau et sut que l'animal se sentait excessivement menacé. Drizzt comprit ensuite que le blaireau était une blairelle qui avait choisi cette tanière pour mettre bas.

La blairelle sembla déconcertée par les mouvements circonspects du drow. Proche de son terme, la femelle pleine ne désirait pas se battre et, tandis que Drizzt replaçait avec précaution le buisson de baies bien en place pour dissimuler sa tanière, elle se calma complètement, flairant l'air pour pouvoir se souvenir de l'odeur de l'elfe noir, et redescendit dans son nid.

Quand Drizzt se retourna, il se retrouva face à Montolio qui souriait en l'applaudissant.

— Même pour un rôdeur, il serait difficile de calmer un blaireau en colère.

— C'était une femelle qui attendait des petits, répondit Drizzt. Elle avait encore moins envie de se battre que moi.

— Et comment le sais-tu ? demanda Montolio, bien qu'il ne mette pas en doute la perception du drow.

Drizzt ouvrit la bouche pour répondre, puis s'aperçut qu'il ne le pouvait pas. Il reporta les yeux sur le buisson de baies, puis sur Montolio, désemparé.

Montolio éclata d'un rire sonore et repartit à ses travaux. Lui qui avait suivi la voie de la déesse Mailikki pendant tant d'années savait bien ce qui se passait, même si Drizzt n'en savait rien.

— La blairelle aurait pu te mettre en pièces, tu sais, dit le rôdeur quand Drizzt le rejoignit.

— Elle attendait des petits, lui rappela Drizzt, et elle n'était pas bien grande.

Le rire de Montolio prit un ton railleur.

— Pas bien grande? répéta le rôdeur. Fais-moi confiance, Drizzt, mieux vaudrait te frotter à Fulmine qu'à une blairelle pleine!

Drizzt se contenta de hausser les épaules, n'ayant pas d'arguments à opposer à la plus grande expérience de l'homme.

— Crois-tu vraiment que ce couteau chétif t'aurait été d'un quelconque secours contre elle? demanda Montolio pour changer de sujet de conversation.

Drizzt regarda sa dague, celle qu'il avait prise à l'esprit follet. Là encore il n'avait rien à rétorquer: le poignard était bel et bien une piètre défense. Il rit sous cape de lui-même.

— J'ai bien peur que ce soit tout ce que j'ai, répondit-il.

— Nous allons nous en occuper, promit le rôdeur, mettant ainsi fin à la conversation.

Montolio, malgré son calme et son assurance, connaissait bien les dangers de cette région montagneuse et sauvage.

Le rôdeur en était venu à faire confiance à Drizzt sans réserves.

Montolio réveilla Drizzt peu avant le lever du soleil et conduisit le drow à un arbre au tronc large, à l'extrémité nord du bosquet. Une grande cavité, presque une grotte, était astucieusement dissimulée à la base de l'arbre par des arbustes et une couverture colorée de façon à se fondre avec son tronc. Dès que Montolio eut poussé celle-ci sur le côté, Drizzt comprit ce qui s'y dissimulait.

— Un arsenal ? demanda le drow avec stupéfaction.

— Tu aimes manier le cimeterre, répondit Montolio, se rappelant l'arme que Drizzt avait brisée sur le géant des pierres. J'en ai un excellent, moi aussi.

Il rampa à l'intérieur et fouilla pendant un moment, puis revint avec une arme à la lame fine et incurvée. Drizzt se glissa dans la cavité pour examiner le formidable étalage quand le rôdeur en fut sorti. Montolio possédait une immense variété d'armes de toutes sortes, des dagues ornementales aux grandes bardiches en passant par des arcs, des armes légères comme des armes lourdes, toutes polies et méticuleusement entretenues. Adossées au fond de l'intérieur du tronc, piquées dans celui-ci, se trouvaient de nombreuses lances, y compris une corsèque au manche de métal, un épieu long et pointu de trois mètres de long, surmonté de deux pointes latérales plus courtes qui s'élançaient sur les côtés.

— Préfères-tu un bouclier, ou peut-être une dague, pour ton autre main ? demanda Montolio quand le drow reparut, murmurant pour lui-même, indubitablement admiratif. Tu peux prendre ce que tu veux, sauf les armes marquées de la serre du hibou. Ce bouclier, cette épée et ce casque sont les miens.

Drizzt hésita un moment, essayant d'imaginer le vieux rôdeur ainsi équipé pour le corps à corps.

— Une épée, dit-il enfin, ou un autre cimeterre si tu en as un.

Montolio le regarda avec curiosité.

— Deux longues lames pour combattre, remarqua-t-il. Tu prends le risque de t'embrouiller les pinceaux, à mon avis.

— Ce n'est pas un style de combat si inhabituel chez les drows, dit Drizzt.

Montolio haussa les épaules, n'en doutant point et retourna à l'intérieur.

— Celle-ci est plus pour le spectacle, je le crains, dit-il en revenant, portant une arme excessivement ornementée. Tu peux l'utiliser si elle te convient ou prendre une épée. J'en ai quelques-unes.

Drizzt prit le cimeterre pour évaluer son équilibre. Il était un brin trop léger et peut-être un peu trop fragile. Le drow décida de le garder quand même, pensant que sa lame incurvée s'accorderait mieux avec l'autre cimeterre qu'une épée droite et lourde.

— J'en prendrai soin tout autant que toi, promit Drizzt, mesurant pleinement la valeur du présent de l'humain. Et je ne les utiliserai, ajouta-t-il, sachant ce que Montolio désirait véritablement entendre, que lorsque j'y serai contraint.

— Alors prie pour n'avoir jamais à le faire, répondit Montolio. J'ai vu la paix et j'ai vu la guerre, et ce n'est rien de te dire que je préfère la première option ! Viens maintenant, mon ami. Il y a encore tant d'autres choses que je souhaite te montrer.

Drizzt jeta un dernier coup d'œil aux deux cimeterres, puis il les glissa dans ses fourreaux et suivit Montolio.

Avec l'été qui approchait à grands pas et leur camaraderie si agréable et excitante, le professeur ainsi que son élève insolite nageaient dans le bonheur, se réjouissant à l'avance de la saison de leçons précieuses et d'événements merveilleux qui s'annonçait.

Comme leurs sourires se seraient vite éteints s'ils avaient su qu'un certain roi des orques, furieux de la perte de nombre de ses soldats, de deux worgs et d'un géant, allié de valeur, scrutait maintenant la région de ses yeux jaunes injectés de sang à la recherche du drow. Le grand orque commençait à se demander si Drizzt était reparti en Outreterre ou s'il avait suivi un autre groupe, peut-être la petite bande d'elfes qu'on savait vivre dans la région ; peut-être avait-il rejoint ce maudit Montolio, le rôdeur aveugle. Si le drow était toujours dans les parages, Graugn entendait bien le retrouver. Le chef des orques ne prenait jamais aucun risque et la simple présence de ce drow en était un de taille.

14

Le test de Montolio

— Eh bien, j'ai attendu assez longtemps ! dit sévèrement Montolio un jour, en fin d'après-midi.

Il secoua le drow pour la deuxième fois.

— Attendu ? demanda Drizzt, se frottant les yeux pour sortir du sommeil.

— Es-tu un guerrier ou un sorcier ? poursuivit Montolio. Ou bien les deux ? Un de ceux qui ont plusieurs cordes à leur arc ? Les elfes de la surface sont réputés pour cela.

L'expression de Drizzt se déforma dans sa confusion.

— Je ne suis pas un sorcier, dit-il en riant.

— Tu gardes tes secrets pour toi ? gronda Montolio, bien que la persistance de son petit sourire satisfait contredise sa mine bourrue.

Il sortit de la cavité qui servait de chambre à Drizzt, se redressa et croisa ses bras sur sa poitrine.

— Cela ne me va pas. Je t'ai accueilli chez moi et si tu es un sorcier, tu dois me le dire !

— Pourquoi me dis-tu cela ? demanda le drow, perplexe. Qu'est-ce qui peut te faire pens…

— C'est Ululant qui me l'a dit ! laissa échapper Montolio.

Drizzt était vraiment confus à présent.

— Lors de la bataille, quand nous nous sommes rencontrés pour la première fois, expliqua Montolio, tu as plongé dans les ténèbres tout un périmètre autour de toi et de certains orques. Ne le nie pas, sorcier. Ululant me l'a dit !

— Ce n'était pas un sort de sorcier, protesta Drizzt avec impuissance, et je n'en suis pas un.

— Ce n'était pas un sort ? répéta Montolio. Un objet magique, alors ? Bien, laisse-moi le voir !

— Pas un objet, répondit Drizzt, une capacité. N'importe quel drow, même celui de plus bas étage, peut créer des sphères de ténèbres. Ce n'est pas si difficile.

Montolio réfléchit un moment devant cette révélation. Il n'avait jamais fréquenté d'elfes noirs avant que Drizzt entre dans sa vie.

— Quelles autres « capacités » possèdes-tu ?

— Le feu féerique, répondit Drizzt. C'est une sorte de...

— Je connais ce sort, lui dit Montolio. Il est souvent utilisé par les prêtres des contrées forestières. Est-ce que tous les drows peuvent également créer ces flammes ?

— Je ne sais pas, répondit honnêtement Drizzt. Je peux aussi – ou je pouvais – léviter. Seuls les drows nobles peuvent accomplir cet exploit. J'ai peur que ce pouvoir soit perdu pour moi, ou sur le point de l'être. Cette capacité a commencé à me laisser littéralement tomber depuis que je suis monté à la surface, tout comme ont disparu mon *piwafwi*, mes bottes et mes cimeterres ensorcelés par les drows.

— Essaie pour voir, proposa Montolio.

Drizzt se concentra pendant un long moment. Il se sentit de plus en plus léger, puis décolla du sol. À la seconde où il s'éleva, il sentit de nouveau son poids et retomba sur les pieds. Il ne s'était guère élevé que de cinq centimètres.

— Impressionnant, murmura Montolio.

Drizzt se contenta de rire en secouant sa crinière blanche.

— Je peux me rendormir, maintenant ? demanda-t-il, retournant à sa couche.

Montolio avait une autre idée en tête. Il était venu pour pousser Drizzt dans ses derniers retranchements, pour mettre ses capacités à l'épreuve, en matière de sorcellerie mais pas seulement. Un nouveau plan vint à l'esprit du rôdeur mais il devait le mettre en œuvre avant que le soleil se couche.

— Attends, lui enjoignit-il, tu pourras te reposer plus tard, après le coucher du soleil. J'ai besoin de toi maintenant, et de tes « capacités ». Peux-tu faire apparaître une sphère de ténèbres en un instant ou as-tu besoin de temps pour préparer ton sort ?

— Cela ne prend que quelques secondes, répondit Drizzt.

— Alors prends ton armure et tes armes, dit Montolio, et viens avec moi. Dépêche-toi. Je ne veux pas perdre l'avantage de la lumière du jour.

Drizzt haussa les épaules et s'habilla, avant de suivre le rôdeur jusqu'à l'extrémité nord du bosquet, dans une petite partie de la forêt où ils ne se rendaient guère.

Montolio s'agenouilla, entraînant Drizzt à ses côtés, montrant du doigt une petite cavité sur le flanc d'un monticule verdoyant.

— Un sanglier sauvage a décidé de prendre ses quartiers ici, expliqua le vieux rôdeur. Je ne veux pas lui faire de mal, mais je n'ose pas m'approcher suffisamment pour établir le contact. Les sangliers sont imprévisibles – au mieux.

Il y eut un long moment de silence. Drizzt se demandait si Montolio comptait simplement attendre que le sanglier surgisse.

— Vas-y maintenant, le pressa le rôdeur.

Drizzt se tourna vers lui, incrédule, pensant que Montolio s'attendait qu'il marche droit devant lui pour saluer leur hôte intrusif et imprévisible.

— Vas-y, continua le rôdeur. Fais apparaître ta sphère de ténèbres – juste devant sa tanière –, si tu le veux bien.

Drizzt comprit et son soupir de soulagement força Montolio à se mordre la lèvre pour dissimuler un gloussement révélateur. Un instant plus tard, la zone devant le monticule fut plongée dans l'obscurité. Montolio fit signe à Drizzt de rester en arrière et avança droit devant lui.

Drizzt se raidit, scrutant et écoutant intensément les alentours. Soudain, des couinements retentirent et Montolio poussa un cri de détresse. Drizzt sauta sur ses pieds et se rua en avant, manquant trébucher sur son ami prostré.

Le vieux rôdeur gémissait en se tordant au sol mais ne répondit à aucun des appels du drow. Ne percevant aucun bruit de sanglier, Drizzt se jeta au sol pour découvrir ce qui s'était passé et eut un mouvement de recul quand il trouva Montolio roulé en boule, ses mains étreignant sa poitrine.

— Montolio, dit Drizzt dans un souffle, pensant le vieil homme sérieusement blessé.

Il se pencha sur lui pour lui parler face à face, mais se redressa plus vite qu'il l'avait prévu quand le bouclier de Montolio le cogna au coin de la tête.

— C'est moi, Drizzt ! cria le drow, frottant la bosse en formation.

Il entendit Montolio bondir devant lui, puis l'épée du rôdeur sortir de son fourreau.

— Bien sûr que c'est toi ! gloussa Montolio.

— Mais le sanglier ?

— Le sanglier ? répéta Montolio. Il n'y a pas de sanglier, drow stupide. Il n'y en a jamais eu. C'est nous qui sommes les protagonistes de ce combat. Il est temps de s'amuser un peu !

Maintenant, Drizzt comprenait tout. Montolio l'avait tout simplement manipulé pour lui faire créer ces ténèbres, afin de rendre le drow aussi aveugle que lui. Montolio lui lançait un défi, d'égal à égal.

— Avec le plat de l'épée ! répondit Drizzt, tout à fait désireux d'entrer dans son jeu.

Comme il avait aimé ces tests de niveau avec Zaknafein, quand il se trouvait encore à Menzoberranzan !

— Mieux vaut pour toi ! rétorqua Montolio avec un rire qui monta droit de ses entrailles.

Le rôdeur décocha un coup d'épée circulaire, que le cimeterre de Drizzt neutralisa en le déviant au loin.

Drizzt riposta de deux coups rapides et courts visant la taille, qui auraient suffi à vaincre la plupart de ses adversaires, mais qui ne provoquèrent que deux tintements dissonants sur le bouclier bien positionné de Montolio. Certain de l'emplacement où se trouvait Drizzt, le rôdeur se rua droit devant lui, bouclier en avant.

Drizzt fut repoussé en arrière avant de pouvoir éviter la charge. De nouveau, l'épée de Montolio surgit sur le côté et Drizzt l'immobilisa. Le vieil homme projeta son bouclier en avant et l'elfe noir dévia sa trajectoire, ses talons s'enfonçant dans le sol avec ténacité.

Le vieux rôdeur astucieux releva brusquement son bouclier, faisant voler l'une des épées de Drizzt de ses mains et le déséquilibrant considérablement au passage, puis il dirigea sa lame sifflante en direction du tronc du drow.

Sans savoir comment, Drizzt pressentit l'attaque à venir. Il se remit sur ses pieds d'un bond, avala sa salive et s'accroupit vivement. À son grand désespoir, il sentit passer l'attaque comme la lame fouettait tout près de lui.

Drizzt passa à l'offensive, enchaînant des coups complexes et rusés qu'il pensait à même de mettre un terme à cette joute. Mais Montolio les anticipa un par un et les efforts de Drizzt n'étaient récompensés que par le son persistant de sa lame cognant contre le bouclier. Le rôdeur s'avança encore et Drizzt se retrouva coincé dans une position douloureuse. Le drow n'était pas un novice en matière de combat à l'aveugle, mais Montolio vivait chaque heure de chaque jour dans le noir le plus total et il y était aussi à l'aise et aussi efficace que l'étaient la plupart des gens munis d'une bonne vue en pleine lumière.

Bientôt, Drizzt se rendit compte qu'il ne pouvait sortir vainqueur de ce combat à l'intérieur de la sphère de ténèbres. Il songea à repousser le rôdeur hors de la zone d'influence du sort, mais la situation changea brusquement quand les ténèbres se dissipèrent. Pensant que l'exercice était terminé, Drizzt recula de plusieurs pas, tâtonnant avec ses pieds sur une racine d'arbre naissante pour trouver son chemin.

Montolio regarda son adversaire curieusement pendant un instant, remarquant son changement d'attitude dans le combat, puis il repartit dans une puissante attaque rasante.

Drizzt se crut très intelligent quand il plongea la tête la première vers le rôdeur : il avait dans l'idée de passer derrière lui d'une roulade, de se rétablir sur ses pieds et de l'attaquer d'un côté ou de l'autre tandis que l'humain désorienté se retournerait dans tous les sens.

Mais les choses ne se passèrent pas comme il l'avait prévu. Le bouclier de Montolio apparut devant son visage alors qu'il était encore à mi-chemin, et Drizzt gémit et tomba lourdement sur le sol. Le temps qu'il reprenne ses esprits, il se rendit compte que Montolio était confortablement assis sur son dos, son épée reposant en travers des épaules de l'elfe noir.

— Comment…, commença à demander Drizzt.

La voix de Montolio était plus tranchante que jamais.

— Tu m'as sous-estimé, drow. Tu m'as pris pour un pauvre aveugle sans défense. Ne refais jamais cette erreur !

Pendant une demi-seconde, Drizzt se demanda honnêtement si Montolio avait l'intention de le tuer, tant le rôdeur était en colère. Il savait que sa condescendance avait blessé le vieil homme et il comprit alors que Montolio DeBrouchee, si confiant et talentueux qu'il soit, portait ses propres fardeaux sur ses vieilles épaules. Pour la première fois depuis qu'il l'avait rencontré, Drizzt se rendit compte de la douleur que le rôdeur avait dû éprouver quand il avait perdu la vue. *Qu'avait-il bien pu perdre d'autre dans ces batailles?* se demanda l'elfe noir.

—C'était si évident, dit Montolio après une courte pause, sa voix s'étant radoucie. Une attaque rasante et frontale, comme je viens de le faire.

—Évident seulement si tu savais que le sort de ténèbres avait pris fin, répondit Drizzt, se demandant quel était vraiment le degré d'infirmité de Montolio. Je n'aurais jamais tenté la manœuvre du plongeon dans l'obscurité, sans mes yeux pour me guider, mais comment un aveugle pouvait-il savoir que le sort s'était dissipé?

—C'est toi-même qui me l'as dit! protesta Montolio, toujours installé sur le dos de Drizzt et ne faisant pas mine d'en descendre. Dans ton attitude! le bruit de tes pas – soudain trop légers pour être effectués dans le noir total – et ton soupir, le drow! Ce soupir a trahi ton soulagement, étant donné que tu savais déjà à cet instant ne pas pouvoir me vaincre sans visibilité.

Montolio descendit du dos de Drizzt et se releva, mais le drow resta prostré, digérant ces révélations. Il s'aperçut qu'il en savait vraiment très peu sur son compagnon, qu'il y avait beaucoup de choses le concernant qu'il avait considérées comme acquises.

—Allez, viens, dit Montolio. La première leçon de cette nuit est terminée. C'était une leçon importante, mais il reste d'autres tâches à accomplir.

—Tu as dit que je pourrais aller dormir, lui rappela Drizzt.

—Je te pensais plus habile, répondit immédiatement Montolio, lançant un petit sourire satisfait au drow.

Tandis que Drizzt s'imprégnait avec enthousiasme des nombreuses leçons que lui donna Montolio durant cette nuit-là et les jours qui suivirent, le vieux rôdeur recueillit ses propres informations sur le drow. Leur travail était plus axé vers le présent, Montolio expliquant à Drizzt le monde qui l'entourait et comment y survivre. Invariablement, l'un ou l'autre, généralement Drizzt, y glissait un commentaire lié à son passé. Cela devint presque un jeu entre eux deux, de relater ainsi un événement éloigné, plus pour apprécier l'expression de surprise de l'autre que pour l'aspect judicieux de la remarque. Montolio possédait un large éventail d'excellentes anecdotes sur les nombreuses années qu'il avait passées sur la route, des récits de batailles valeureuses contre des gobelins et de farces que les rôdeurs généralement sérieux ne manquaient pas de se faire à intervalles réguliers. Drizzt garda une certaine discrétion sur son propre passé, mais malgré tout, ses récits de Menzoberranzan, de l'Académie sinistre et sournoise qui s'y trouvait, des guerres sauvages qui opposaient les familles les unes aux autres, étaient bien au-delà de tout ce que Montolio avait jamais pu imaginer.

Si incroyables que soient les récits du drow, Montolio savait que Drizzt ne lui disait pas tout, qu'il avait encore un grand poids sur les épaules. Le rôdeur ne le pressa pas d'en parler au début. Il attendit patiemment, satisfait que Drizzt et lui-même partagent les mêmes principes et – comme il le découvrait au fur et à mesure des progrès significatifs et des talents de rôdeur du drow – une même vision du monde.

Une nuit, sous la lumière argentée de la lune, Drizzt et Montolio se reposaient dans des chaises en bois que le rôdeur avait construites haut dans les branches d'un grand sempervirent. La clarté de la lune déclinante, qui s'évanouissait puis réapparaissait entre les nuages rapides et dispersés, enchantait le drow.

Montolio ne pouvait pas voir la lune, évidemment, mais le vieux rôdeur, Guenhwyvar confortablement alanguie sur ses genoux, n'en appréciait pas moins la fraîcheur de la nuit. Sa main caressa distraitement la fourrure épaisse du cou musclé de Guenhwyvar, écoutant les nombreux sons que charriait la brise, le babillage d'un millier de créatures que Drizzt n'avait jamais remarqué, même si son ouïe était meilleure que celle de Montolio. Montolio riait sous cape de temps en temps, une fois en entendant un mulot pousser des couinements coléreux à l'attention d'un hibou – probablement Ululant – pour avoir interrompu son repas en le forçant à fuir dans son terrier.

En regardant le rôdeur et Guenhwyvar, tellement à l'aise ensemble, s'acceptant l'un l'autre, Drizzt se sentait tiraillé entre l'amitié et la culpabilité.

— Peut-être n'aurais-je jamais dû venir, chuchota-t-il, reportant son regard vers la lune.

— Pourquoi ? demanda tranquillement Montolio. Tu n'aimes pas ma cuisine ?

Son sourire désarçonna Drizzt au moment où celui-ci se tournait vers lui d'un air sinistre.

— Je veux dire à la surface, expliqua Drizzt, laissant échapper un petit rire malgré sa mélancolie. Parfois, je me dis que mon choix n'était qu'un acte égoïste.

— La survie l'est en général, répondit Montolio. J'ai déjà eu ce sentiment à quelques reprises. Une fois, j'ai été obligé de plonger mon épée dans le cœur d'un homme. La rudesse du monde cause bien des remords, qui heureusement n'ont qu'un temps et qui font de bien mauvais compagnons de bataille.

— Comme j'aimerais pouvoir me débarrasser d'eux, laissa échapper Drizzt, plus pour lui-même ou pour la lune que pour Montolio.

Mais la remarque heurta Montolio. Plus Drizzt et lui étaient proches l'un de l'autre, plus le rôdeur avait l'impression de partager la souffrance d'origine inconnue qui affligeait Drizzt. Le drow était jeune pour un elfe, mais il avait déjà l'expérience du monde et son art du combat surpassait celui de la plupart des soldats professionnels. Il était indéniable que certaines caractéristiques de ses origines obscures hérisseraient des barrières d'intolérance au sein du monde de la surface. Mais selon Montolio, Drizzt devait pouvoir faire fi de ces préjugés et vivre une vie longue et prospère, au regard de ses considérables talents. *Mais qu'est-ce qui pouvait bien avoir tant de poids sur les épaules de ce drow ?* se demanda Montolio. Drizzt souffrait plus qu'il souriait et se punissait plus que de raison.

— Tes remords sont-ils justifiés ? lui demanda Montolio. La plupart ne le sont pas, tu sais. La plupart des fardeaux que l'on s'inflige s'appuient sur des perceptions erronées. Nous autres – nous autres dont le cœur est sincère, du moins –, nous nous jugeons toujours à une aune plus sévère que ce que nous attendons des autres. C'est une malédiction, je suppose, ou une bénédiction, tout dépend de quel point de vue on se place. (Il fixa Drizzt de son regard aveugle.) Prends-le comme une bénédiction, mon ami, un appel intérieur qui te pousse à vouloir atteindre les hauteurs d'inaccessibles sommets.

— Une bénédiction frustrante, répondit négligemment Drizzt.

— Seulement si tu ne prends pas le temps de considérer les progrès que cette lutte a pu t'inspirer, répondit du tac au tac Montolio, comme s'il s'était attendu à la réaction du drow. Ceux qui aspirent à peu de chose n'accomplissent pas grand-chose. Cela n'est pas à remettre en question. Il est préférable, à mon sens, de tendre vers les étoiles plutôt que de rester assis et de s'agacer de les savoir hors d'atteinte.

(Il décocha à Drizzt un de ses typiques sourires narquois.) Au moins, ceux qui tentent de les atteindre y gagneront une bonne allonge, une jolie vue et peut-être même une pomme sur une branche basse pour récompenser leur effort !

— Et peut-être aussi une flèche rasante tirée par quelque assaillant invisible, remarqua Drizzt avec aigreur.

Montolio inclina la tête pour exprimer son impuissance devant le flot ininterrompu de pessimisme de Drizzt. Il lui était véritablement pénible de voir le drow au grand cœur aussi traumatisé.

— Cela se pourrait, en effet, dit Montolio, un peu plus sèchement qu'il l'aurait souhaité, mais perdre la vie n'a de sens que pour ceux qui prennent le risque de vivre ! Et si je décide que ta flèche rasante transperce plutôt celui qui est resté assis ? Sa mort ne serait pas si tragique !

Drizzt ne pouvait nier ni la logique du raisonnement, ni le réconfort que le rôdeur lui apportait. Ces dernières dizaines, la philosophie désinvolte de Montolio et sa façon de voir le monde – pragmatique bien que teintée d'exubérance juvénile – mettaient Drizzt bien plus à l'aise qu'il l'avait été depuis longtemps, depuis les premiers jours de son entraînement dans le gymnase de Zaknafein. Mais Drizzt ne pouvait pas non plus ignorer la courte durée de ces moments de réconfort. Les mots pouvaient le réconforter, mais ils ne pouvaient pas effacer les souvenirs tenaces de son passé, les voix lointaines de feu Zaknafein, de Caqueteur disparu, des fermiers massacrés. Un seul écho du mot « drizzit » dans son esprit réduisait à néant les heures que Montolio passait à lui donner ses bons conseils.

— Assez badiné, poursuivit Montolio, apparemment perturbé. Je te considère comme mon ami, Drizzt Do'Urden, et j'espère bien qu'il en est de même pour toi. Comment pourrais-je t'aider, en tant qu'ami, contre ce poids qui courbe tes épaules, si je n'en sais pas plus ? Je suis ton ami ou je ne le suis pas. Cette décision t'appartient, mais si je ne le suis pas, alors je ne vois pas l'intérêt de passer une nuit aussi merveilleuse que celle-ci à tes côtés. Dis-moi ce qui s'est passé, Drizzt, ou bien quitte ma demeure !

Drizzt avait peine à croire que Montolio, normalement si patient et détendu, le place devant un tel dilemme. La première réaction du drow fut de reculer, de se dissimuler derrière un masque de colère face aux présomptions du vieil homme, qui touchaient à des sujets qu'il considérait comme personnels. Comme les secondes s'écoulaient, Drizzt surmonta sa surprise initiale et prit le temps de reconsidérer la déclaration de Montolio, et il en vint à comprendre une vérité évidente qui excusait ces présomptions : Montolio et lui étaient bel et bien devenus des amis, principalement grâce aux efforts du rôdeur.

C'était pour mieux comprendre et mieux réconforter son nouvel ami que Montolio se montrait si curieux de son passé.

— Connais-tu Menzoberranzan, le lieu de ma naissance et la demeure de ma famille ? demanda doucement Drizzt. (Le seul fait de prononcer ce nom lui était pénible.) Connais-tu les usages de mon peuple ou les décrets de la Reine Araignée ?

— Parle-moi de tout cela, je t'en prie, répondit Montolio d'une voix sourde.

Drizzt acquiesça – Montolio sentit son mouvement de tête, bien qu'il ne puisse pas le voir – et l'elfe noir se laissa aller contre un arbre. Son regard était fixé sur la lune, mais en réalité ses yeux étaient perdus dans le vague. Son esprit revenait sur ses aventures passées, parcourant de nouveau la route qui menait à Menzoberranzan, à l'Académie et à la Maison Do'Urden. Ses pensées vagabondèrent un moment autour de ce souvenir, s'attardant sur la complexité de la vie de famille chez les drow et sur la simplicité bienvenue de ces moments passés dans la salle d'entraînement avec Zaknafein.

Montolio l'observait patiemment, devinant que Drizzt cherchait un point de départ pour son récit. De ce qu'il avait déduit des précédentes remarques de l'elfe noir, sa vie avait été remplie de péripéties et de turbulences, et Montolio savait que les relater toutes avec précision ne serait pas un petit exploit pour Drizzt, étant donné son usage encore limité de la langue commune. De plus, Montolio suspectait que le poids du fardeau, de la culpabilité et de la douleur écrasant visiblement le drow pouvait provoquer chez lui quelques hésitations.

— Je suis né à une date très importante dans l'histoire de ma famille, commença Drizzt. Ce jour-là, la Maison Do'Urden a éliminé la Maison DeVir.

— Éliminé ?

— Massacré, expliqua Drizzt.

Les yeux aveugles du rôdeur n'exprimaient aucune émotion, mais l'expression du rôdeur marqua clairement sa répulsion, comme s'y attendait le drow. Drizzt voulait que son compagnon appréhende clairement les horribles Abysses de la société des drows, alors il ajouta d'un ton plein de sous-entendus :

— Et c'est ce jour, également, que l'épée de mon frère Dinin a transpercé le cœur de notre autre frère, Nalfein.

Un frisson parcourut l'épine dorsale de Montolio et celui-ci secoua la tête. Il comprit qu'il commençait tout juste à découvrir la mesure du fardeau que portait l'elfe noir.

— C'est la façon de faire des drows, dit calmement Drizzt, essayant en fait de se calquer sur l'attitude nonchalante des elfes noirs face au meurtre. Il y a une hiérarchie très stricte à Menzoberranzan. Le seul moyen de s'y élever, de gravir les échelons, que l'on soit une famille ou une personne seule, c'est d'éliminer tous ceux qui occupent un rang supérieur.

Un tremblement léger dans sa voix informa le rôdeur des véritables émotions de l'elfe. Montolio comprit clairement que Drizzt n'acceptait pas ces pratiques maléfiques, qu'il ne les avait jamais acceptées.

Le drow continua son récit, narrant avec force détails l'intégralité des quelque quarante années qu'il avait passées en Outreterre. Il raconta la période qu'il avait passée sous la stricte tutelle de sa sœur Vierna, nettoyant en permanence la chapelle de la maison et apprenant à utiliser ses pouvoirs innés, et sa place dans la société des drows. Drizzt mit un moment à expliquer cette structure sociale très particulière à Montolio, sa hiérarchie basée sur un strict système de rang social et l'hypocrisie de la « loi » des drows, une féroce parodie de justice camouflant le chaos total qui régissait la ville. Le rôdeur eut un mouvement de recul devant le récit des guerres entre familles. Il s'agissait de conflits brutaux, qui n'admettaient aucun survivant, pas même parmi les enfants. Montolio fut encore plus écœuré quand Drizzt lui parla de la « justice » des drows, de la destruction ravageant immanquablement toute Maison qui avait échoué dans sa tentative d'éradiquer une autre famille.

Son récit devint moins sinistre quand Drizzt évoqua Zaknafein, son père et son ami le plus cher. Évidemment, les souvenirs heureux que Drizzt avait de son père ne représentaient qu'un court répit, le prélude à l'horreur de sa fin.

— Ma mère a tué mon père, expliqua sobrement Drizzt, dont la peine profonde était évidente. Elle l'a sacrifié à Lolth pour expier mes crimes, puis elle a animé son corps et elle l'a envoyé à ma recherche pour me tuer, me punir d'avoir trahi la famille et la Reine Araignée.

Il fallut un moment à Drizzt avant de pouvoir reprendre le cours de son récit et, quand il le fit, il parla de nouveau avec sincérité, révélant même ses propres échecs durant ces jours solitaires qu'il avait passés dans les contrées sauvages de l'Outreterre.

— J'ai craint m'être égaré, avoir perdu tous mes principes et être devenu un monstre sauvage, instinctif, dit Drizzt, frôlant le désespoir.

Mais la vague d'émotions qu'avait été son existence le submergea de nouveau et un sourire s'ébaucha sur son visage tandis qu'il racontait le temps passé avec Belwar, le gnome des profondeurs svirfnebelin, le plus estimé des rôdeurs de tanière, ou avec Caqueteur, le pech qui avait été transformé en porte-crocs. Mais ce sourire s'évanouit vite, car le récit de Drizzt l'avait finalement amené vers le moment où Caqueteur était tombé face au monstre mort-vivant de Matrone Malice. Un autre de ses amis était mort à cause de lui.

D'une façon très appropriée, quand Drizzt en vint à raconter le moment de sa sortie de l'Outreterre, l'aube perça au travers des montagnes orientales.

Maintenant Drizzt choisissait ses mots avec plus de précautions, n'étant encore pas prêt à divulguer la tragédie qui s'était abattue sur la famille de fermiers, de peur que Montolio le juge et le condamne et que ce récit marque la fin de leur lien naissant. En étant rationnel, Drizzt parvenait à se remémorer qu'il n'avait pas tué les fermiers en personne, qu'il avait même vengé leur mort, mais il ne parvenait pas à trouver les mots pour le dire… pas encore.

Montolio, âgé et sage comme il l'était, et grâce aux nombreuses sentinelles animales qu'il avait placées partout dans la région, savait que Drizzt lui cachait quelque chose. La première fois qu'ils s'étaient rencontrés, le drow avait mentionné le destin fatal d'une famille de fermiers, et Montolio avait entendu parler d'une famille qui avait été massacrée dans le village de Maldobar. Montolio ne crut pas une minute que Drizzt ait pu être l'auteur de ce crime; pourtant, il suspectait que le drow y avait été impliqué d'une façon ou d'une autre. Mais il ne le pressa pas d'en dire plus pour autant. Drizzt avait été plus honnête et plus exhaustif que s'y attendait Montolio et le rôdeur était certain que le drow comblerait les indéniables blancs de son récit en temps voulu.

— C'est un sacré récit, finit par dire Montolio. Tu as vécu plus de choses durant tes quelques décades que la plupart des elfes en trois cents ans. Mais tes cicatrices sont peu nombreuses et elles guériront.

Drizzt, qui n'en était pas si certain, soupira tristement et Montolio ne put répondre à cela que par une tape réconfortante sur l'épaule tandis qu'il se levait et se dirigeait vers son lit.

Drizzt était encore endormi quand Montolio réveilla Ululant et attacha un petit message à la patte du hibou. Ululant ne fut pas ravi des instructions du rôdeur; le voyage pouvait prendre une dizaine, alors que la saison, à cette altitude, était particulièrement agréable en cette période de reproduction des souris. Mais malgré ses ululements geignards, le hibou ne désobéirait pas.

Ululant ébouriffa ses plumes, s'élança sur la première bouffée de vent et monta en flèche au-dessus du manteau neigeux avec aisance, se dirigeant vers les cols qui le conduiraient à Maldobar – et jusqu'à la lointaine Sundabar, si besoin. Une rôdeuse de grande renommée, l'une des sœurs de la Dame de Lunargent, se trouvait encore dans la région, comme l'avait appris Montolio grâce à ses relations animales, et il avait chargé Ululant de la retrouver.

— Mais-c'est-pas-bientôt-fini ? pleurnicha l'esprit follet, observant l'homme robuste qui s'avançait sur le sentier. D'abord-ce-méchant-drow-et-maintenant-cette-brute ! Ne-serais-je- donc-jamais-débarrassé-de-ces-fauteurs-de-troubles ?

Tephanis se donna une tape sur la tête et martela rageusement le sol de ses pieds, avec une telle vitesse qu'il finit par y creuser une petite cavité. Plus bas, sur le sentier, le gros chien jaune et effrayant grogna en montrant les dents, et Tephanis, voyant que son indignation avait été trop bruyante, parcourut un large demi-cercle à la vitesse de l'éclair, traversant le sentier loin derrière le voyageur et revenant sur leur autre flanc. Le chien jaune, le regard toujours fixé dans la direction opposée, tourna la tête en gémissant de confusion.

15

Une ombre sur le sanctuaire

Drizzt et Montolio ne parlèrent pas du récit du drow pendant les deux jours qui suivirent. Drizzt se débattait avec des souvenirs péniblement ravivés et Montolio, avec tact, lui donnait l'espace dont il avait besoin. Ils suivaient leur routine quotidienne avec méthode, loin l'un de l'autre et avec moins d'enthousiasme, mais la distance qui les séparait ne devait durer qu'un temps, comme ils le découvrirent tous les deux.

Petit à petit, ils se rapprochèrent, laissant Drizzt caresser l'espoir d'avoir trouvé un ami aussi fidèle que Belwar ou peut-être même que Zaknafein. Mais un matin, le drow fut réveillé par une voix qu'il ne connaissait que trop bien, et Drizzt craignit à cet instant que sa route avec Montolio soit brusquement arrivée à son terme. Il rampa jusqu'à la paroi de bois qui protégeait sa chambre semi-enterrée et il observa la scène à petits coups d'œil prudents.

Férul McCartilage paraissait encore plus imposant sous les nombreuses couches de fourrures qui le recouvraient. Il était assis sur le dos d'un petit cheval râblé, juste devant le petit muret qui entourait le bosquet.

— Un elfe noir, un drow, Mooshie, disait-il en montrant un cimeterre brisé au vieux rôdeur. T'l'aurais pas vu ?

— Vu ? répéta Montolio d'un ton sarcastique, clignant de ses yeux d'un blanc laiteux avec exagération.

Cela n'amusa pas Férul.

— Tu sais bien c'que j'veux dire ! grogna-t-il. Tu vois plus de choses que l'reste de nous autres, alors joue pas les imbéciles !

Le chien de Férul, arborant une mauvaise cicatrice là où Drizzt l'avait frappé, perçut des effluves familiers et commença à flairer avec hésitation, parcourant d'un bout à l'autre les chemins du bosquet.

Drizzt s'accroupit prêt à bondir, un cimeterre dans une main, l'effroi et la confusion se lisant sur son visage. Il n'avait aucune envie de combattre – il ne voulait même pas frapper de nouveau le chien.

— Rappelez votre chien ! assena Montolio, exaspéré.

La curiosité de McCartilage était évidente.

— T'aurais pas vu l'elfe noir, Mooshie ? demanda-t-il encore, avec suspicion cette fois.

— Peut-être bien, répondit Montolio.

Il se tourna et émit un sifflement perçant, à peine audible. Immédiatement, le chien de Férul, percevant la colère manifeste du rôdeur, mit la queue entre ses pattes et rejoignit furtivement le flanc du cheval de son maître.

— J'abrite une couvée de renardeaux par ici, mentit le rôdeur avec colère. Si votre chien tombe dessus…

Montolio laissa la menace en suspens et apparemment cela suffit à impressionner Férul. Il fit passer la boucle d'une laisse autour du cou de son chien et le tira fermement vers lui.

— Un drow, probablement celui que tu cherches, est passé par ici avant les premières neiges, continua Montolio. Celui-là va te donner du fil à retordre, chasseur de primes. (Il fit entendre son rire.) Il a eu quelques problèmes avec Graugn, à ce que j'en sais, puis il est reparti vers les ténèbres de sa demeure, j'imagine. Comptes-tu suivre ce drow jusqu'en Outreterre ? J'imagine que ta réputation en sortirait considérablement grandie, mais ce serait peut-être bien au prix de ta propre vie !

Drizzt se détendit à ces paroles. Montolio avait menti pour le protéger ! Il pouvait voir que le rôdeur ne tenait pas McCartilage en haute estime, et ce fait contribua à le réconforter. Puis Férul se fit de nouveau entendre avec énergie, décrivant la tragédie qui s'était tenue à Maldobar d'une façon simplifiée et déformée, qui mit l'amitié de Drizzt et Montolio à rude épreuve.

— C'drow a tué la famille Poildechardon ! rugit Férul devant le sourire suffisant du rôdeur, qui s'évanouit en un clin d'œil. Il les a massacrés et sa panthère a mangé l'un d'entre eux. Tu connaissais Bartholomée Poildechardon, rôdeur. Honte à toi pour parler d'leur meurtrier avec une légèr'té pareille !

— Le drow les a tués ? demanda Montolio, l'air sombre.

Férul brandit de nouveau le cimeterre brisé.

— Il les a coupés en morceaux, grogna-t-il. Il y a deux mille pièces d'or sur la tête de c'drow – j't'en donne cinq cents si tu peux t'renseigner pour moi.

— Je n'ai nul besoin de ton or, répondit vivement Montolio.

— Mais ne souhaiterais-tu pas voir le meurtrier arrêté ? répliqua Férul. Tu n'déplores pas la mort du clan Poildechardon, de cette famille charmante entre toutes ?

Le silence de Montolio qui s'ensuivit conduisit Drizzt à penser que le rôdeur pourrait bien le dénoncer. Le drow décida qu'il ne s'enfuirait pas, quelle que soit la décision de Montolio. Il pouvait passer outre à la colère du chasseur de primes, mais pas à celle du rôdeur. Si celui-ci l'accusait, Drizzt devrait lui faire face, comme il devrait faire face à son jugement.

— Triste nouvelle, dit Montolio. Une famille charmante, en effet. Attrape ce drow, McCartilage. Ce sera la prime la plus méritée de ta carrière.

— Par où commencer ? demanda calmement Férul, pensant apparemment avoir mis Montolio de son côté.

Drizzt en vint à la même conclusion, particulièrement quand Montolio se retourna et regarda derrière lui, vers le bosquet.

— Tu as entendu parler de la grotte de Morueme ? demanda Montolio.

La mine de Férul se décomposa visiblement à cette question. La grotte de Morueme, bordée par le grand désert de l'Anauroch, avait été ainsi nommée d'après la famille de dragons bleus qui y vivait.

— À presque deux cent cinquante kilomètres d'ici, grogna McCartilage, dans les Terres Basses – une sacrée trotte.

— C'est là que le drow est parti, dans cette direction en tout cas, au début de l'hiver, mentit Montolio.

— L'drow est allé voir les dragons ? demanda Férul, surpris.

— Il est plus probable que le drow soit parti à la recherche d'une autre tanière dans la région, répondit Montolio, mais les dragons de Morueme en auront peut-être entendu parler. Tu devrais leur poser la question.

— Je suis pas si prompt à négocier avec des dragons, dit Férul sombrement. C'est trop risqué, et même quand ça s'passe bien, ça coûte bien trop cher !

— Eh bien, il semblerait que Férul McCartilage ait laissé filer sa proie pour la première fois, dit Montolio. Mais cela reste un bon résultat pour qui se mesure à un elfe noir.

Férul resserra sa prise sur les rênes de son cheval et lui fit faire demi-tour.

— Ne parie pas contre moi, Mooshie ! rugit-il par-dessus son épaule. J'le laisserai pas s'en tirer comme ça, même si j'dois fouiller en personne toutes les grottes des Terres Basses !

— Cela me semble beaucoup de tracas pour deux mille pièces d'or, remarqua Montolio, absolument pas impressionné.

— C'drow m'a coûté un d'mes chiens et il m'a laissé cette cicatrice ! répliqua Férul, montrant du doigt son visage balafré.

Le chasseur de primes prit alors conscience de l'absurdité de son acte – bien évidemment, le rôdeur aveugle ne pouvait pas la voir – et il se détourna, lançant son cheval au galop pour sortir du bosquet.

Montolio agita une main écœurée dans le dos de McCartilage, puis retourna trouver le drow. Drizzt l'attendait en bordure du bosquet, ne sachant comment le remercier.

— Je n'ai jamais aimé ce gars-là, expliqua Montolio.

— La famille Poildechardon a été assassinée, admit Drizzt de but en blanc.

Montolio acquiesça.

— Tu le savais ?

— Je l'ai su avant que tu arrives ici, répondit le rôdeur. Je t'avoue m'être demandé si tu étais l'auteur de cet acte, au début.

— Ce n'était pas moi, dit Drizzt.

Et Montolio acquiesça de nouveau.

Le temps était venu pour Drizzt de relater le détail des premiers mois qu'il avait passés à la surface. Toute sa culpabilité remonta avec force quand il raconta son combat avec le groupe de gnolls, et la douleur le ravagea, focalisée autour du mot « drizzit », quand il fit le récit de sa rencontre avec la famille Poildechardon et de la scène horrible qu'il avait découverte par la suite. Montolio identifia le petit esprit follet comme étant un esprit follet, mais fut bien en peine d'expliquer le loup-gobelin géant et l'autre créature que Drizzt avait combattue dans la grotte.

— Tu as bien fait de tuer les gnolls, dit Montolio quand Drizzt eut fini son récit. Libère-toi de cette culpabilité-là et laisse-la s'évanouir dans les limbes.

— Mais comment l'aurais-je su ? demanda Drizzt avec honnêteté. Tout ce que j'ai appris, je l'ai appris à Menzoberranzan et je n'ai toujours pas fait le tri entre vérités et mensonges.

— Ton périple a été parsemé de dilemmes, dit Montolio et son sourire sincère diminua considérablement la tension. Viens avec moi et laisse-moi te parler des races, et des raisons pour lesquelles tes cimeterres ont rendu la justice quand ils se sont abattus sur ces gnolls.

En tant que rôdeur, Montolio avait dédié sa vie à la lutte sans fin entre les races bienfaisantes – humains, elfes, nains, gnomes et halfelins en étant les membres les plus représentatifs – et le fléau qu'étaient les races maléfiques des géants ou des gobelins, qui ne vivaient que pour anéantir les innocents.

— Les orques sont les pires à mon sens, expliqua Montolio. Alors aujourd'hui, je me fais le plaisir de garder un œil – un œil de hibou, j'entends – sur Graugn et ses malodorants congénères.

Drizzt put alors mettre de nombreuses choses en perspective. Le réconfort envahit le drow, car ses instincts s'étaient révélés justes, et il pouvait maintenant, pour un moment et au moins dans une certaine mesure, se libérer de sa culpabilité.

— Mais qu'en est-il du chasseur de primes, et des autres comme lui ? demanda Drizzt. Ils ne semblent pas vraiment cadrer avec la description que tu m'as faite des différentes races

— Il y a du bon et du mauvais dans chaque race, expliqua Montolio. Je parle simplement de manière générale, et ne doute point que le comportement des races de géants et de gobelins soit en général malfaisant !

— Comment pouvons-nous en être sûrs ? demanda anxieusement Drizzt.

— En regardant les enfants, répondit Montolio.

Il continua en expliquant les différences pas si subtiles entre les enfants des races bienfaisantes de ceux des races malveillantes. Drizzt l'écoutait, mais avec distraction, n'ayant pas vraiment besoin d'éclaircissements. De nouveau, on en revenait aux enfants. Drizzt s'était senti mieux quant à ses actes envers les gnolls quand il avait observé les jeux des enfants Poildechardon. Et quand il se trouvait à Menzoberranzan, ce qui lui semblait être à la fois la veille et mille ans auparavant, le père de Drizzt avait exprimé des croyances similaires. *Les enfants drows sont-ils tous maléfiques ?* s'était-il demandé, et durant toute sa vie, qu'il avait vécue en état de siège, Zaknafein avait été hanté par les cris des enfants mourants, de la jeune noblesse drow emportée par le feu qui consumait les familles en guerre.

Un long silence suivit les paroles de Montolio, les deux amis prenant le temps de digérer les nombreuses révélations de la journée. Montolio sut que Drizzt se sentait mieux quand le drow se tourna vers lui tout à fait inopinément avec un large sourire, s'éloignant radicalement du sujet sinistre dont ils venaient de discuter.

— Mooshie ? demanda Drizzt, se remémorant le nom avec lequel McCartilage avait interpellé Montolio devant le petit muret.

— Montolio DeBrouchee, gloussa le vieux rôdeur, décochant un clin d'œil grotesque en direction de Drizzt. Mooshie pour mes amis et pour ceux qui, comme McCartilage, ont du mal avec les mots plus longs que « crache », « ours », ou « tue ».

— Mooshie, répéta Drizzt dans un murmure, se moquant gentiment de Montolio.

— N'as-tu pas de corvées à effectuer, Drizzit ? dit le vieux rôdeur d'un ton offensé.

Drizzt acquiesça et commença à s'éloigner à grand bruit. Cette fois-ci, le mot « drizzit » ne résonnait pas trop douloureusement à ses oreilles.

— La grotte de Morueme, se lamentait Férul. Maudite grotte de Morueme !

Un fragment de seconde plus tard, un petit esprit follet prenait place sur le cheval de Férul, s'asseyant devant le chasseur de primes abasourdi, le fixant droit dans les yeux. Tephanis avait observé l'échange qui s'était déroulé dans le bois de Montolio et avait béni sa bonne étoile quand le rôdeur avait envoyé le chasseur de primes au loin. Si Férul pouvait attraper Drizzt, pensait l'esprit follet, les deux disparaîtraient de sa vue, une situation qui siérait au plus haut point à Tephanis.

— Tu-n'es-sûrement-pas-stupide-au-point-de-croire-ce-vieux-filou ?

— Tiens ! cria Férul, essayant maladroitement d'attraper l'esprit follet, qui se jeta simplement en arrière, dépassant le chien surpris et remontant sur le cheval pour s'asseoir derrière Férul.

— Par les Neuf Enfers, t'es quoi comme genre de bestiole ? rugit le chasseur de primes. Et tiens-toi tranquille !

— Je - viens - en - ami, dit Tephanis aussi lentement que possible.

Férul l'observa avec précaution par-dessus son épaule.

— Si-c'est-le-drow-que-tu-cherches, tu-n'es-pas-sur-la-bonne-voie, dit l'esprit follet avec suffisance.

Peu de temps après, Férul était tapi sur les hauts promontoires au sud du bosquet de Montolio, et il observait le rôdeur et son hôte à la peau noire accomplir leurs corvées.

— Bonne-chasse ! lui souhaita Tephanis, avant de disparaître, retournant vers Caroak, le grand loup dont l'odeur était plus agréable que celle de cet humain-là.

Férul, les yeux fixés sur la scène lointaine, remarqua à peine le départ de l'esprit follet.

— Tu vas payer pour tes mensonges, rôdeur, murmura-t-il dans un souffle.

Un sourire mauvais envahit son visage tandis qu'il pensait à la meilleure façon de rendre la monnaie de leur pièce aux deux compagnons. Il serait délicat de réussir cet exploit. Mais de toute façon, traiter avec Graugn était toujours délicat.

Le messager de Montolio revint deux jours plus tard, porteur d'un mot de Colombe Fauconnier. Ululant essaya de relater la réponse de la rôdeuse, mais le hibou remuant était totalement incapable de retracer un récit aussi long et compliqué. Frustré et n'ayant aucune autre option, Montolio tendit la lettre à Drizzt en lui demandant de la lire à haute voix, et plus vite que ça. N'étant pas un lecteur expérimenté, il fallut à Drizzt le temps de parcourir plusieurs lignes avant de réaliser la teneur du papier froissé. Le mot détaillait le compte rendu de Colombe concernant ce qui s'était passé à Maldobar et durant la traque qui avait suivi. La version de Colombe était très proche de la vérité, louant Drizzt et désignant les jeunes barghests comme seuls et uniques coupables.

Le soulagement de Drizzt fut si grand qu'il put à peine bredouiller la suite de la lettre, qui se poursuivait avec l'expression du plaisir et de la gratitude de Colombe devant le fait que le « drow méritant » se soit installé avec le vieux rôdeur.

— On finit toujours par avoir ce qu'on mérite, fut tout ce que Montolio eut besoin de dire.

Quatrième partie

Résolutions

Je vois maintenant ma longue quête comme une recherche de la vérité – la vérité sur mon cœur, sur le monde qui m'entoure et sur la grande question des finalités de l'existence. Comment peut-on distinguer le bon du mauvais ?

J'ai emporté dans mes bagages un code éthique, mais que je sois né avec ou qu'il m'ait été transmis par Zaknafein – ou bien qu'il ait émergé de mes perceptions – je ne connaîtrai jamais son origine. Ce code m'a forcé à quitter Menzoberranzan, car même si je n'étais pas sûr de ce que pouvaient bien être ces vérités, je savais sans aucun doute que je ne les trouverais pas dans le royaume de Lolth.

Après avoir passé plusieurs années en Outreterre, hors de Menzoberranzan, et après mes atroces premières expériences à la surface, j'en suis venu à douter de l'existence d'une vérité universelle, j'en suis venu à me demander s'il y avait au bout du compte un quelconque but à mon existence. Dans le monde des drows, le seul objectif était l'ambition, la recherche de gains matériels qui s'accompagnaient d'un rang social plus élevé. Mais même à ce moment-là, cela me semblait dérisoire, à peine une raison de vivre.

Je te remercie, Montolio DeBrouchee, d'avoir confirmé mes soupçons. J'ai appris que l'ambition de ceux qui suivent des préceptes égoïstes n'est rien de plus qu'un gâchis chaotique, un gain limité qui sera suivi de pertes incommensurables. Car il y a en effet une harmonie dans l'univers, un chant collectif de bien-être. Pour se joindre à ce chant, il faut trouver sa propre harmonie intérieure, trouver les notes qui sonnent juste.

Il y a une autre conclusion à tirer de cette vérité : les créatures maléfiques ne savent pas chanter.

Drizzt Do'Urden

16

Des dieux et des desseins

Les leçons continuèrent à bien se passer. Le vieux rôdeur avait soulagé les blessures émotionnelles considérables du drow, et Drizzt comprenait le monde de la nature mieux que quiconque, à la connaissance de Montolio. Mais celui-ci sentait bien que quelque chose continuait à peser sur le drow, bien qu'il n'ait aucune idée de ce que cela pouvait bien être.

— Est-ce que tous les êtres humains possèdent une ouïe aussi fine ? lui demanda soudain Drizzt, tandis qu'ils traînaient une énorme branche morte à l'extérieur du bosquet. Ou bien est-ce que la tienne est un privilège, accordé peut-être pour compenser ta cécité ?

La brusquerie de la question prit Montolio par surprise, le temps de se rendre compte de la frustration du drow, le malaise provoqué par son incapacité à comprendre les capacités du vieil homme.

— Ou bien est-ce que ta cécité est une ruse, une tromperie que tu utilises pour prendre l'avantage ? le pressa implacablement Drizzt.

— Et si c'était le cas ? répliqua Montolio avec désinvolture.

— C'est une excellente ruse, Montolio DeBrouchee, lui répondit Drizzt. C'est sûrement très efficace contre tes ennemis… tout comme envers tes amis.

Les mots avaient un goût amer pour Drizzt et il s'aperçut qu'il laissait sa fierté prendre le pas sur le meilleur de sa personnalité.

— Tu n'as pas souvent été surpassé dans une bataille, répondit Montolio, attribuant la frustration de Drizzt à la joute d'entraînement qu'il avait perdue.

S'il avait pu voir l'expression révélatrice du drow à cet instant, il aurait su à quoi s'en tenir.

— Tu le prends trop mal, poursuivit Montolio après un silence gêné. Je ne t'ai pas vraiment vaincu.

— Tu m'as mis à terre, sans défense.

— C'est toi qui t'es mis à terre, expliqua Montolio. Je suis bel et bien aveugle, mais pas aussi démuni que tu veux bien le croire. Tu m'as sous-estimé. Je savais que tu le ferais, mais j'ai du mal à croire que tu aies pu être aussi aveugle toi-même.

Drizzt s'arrêta brusquement et Montolio également, sentant la branche plus lourde dans ses mains. Le vieux rôdeur secoua la tête et gloussa. Il saisit alors une dague, la fit tournoyer dans l'air, la rattrapa en criant : « Bouleau ! » et, d'un lancer déterminé, la planta dans l'un des quelques bouleaux qui parsemaient le bosquet de sempervirents.

— Un aveugle pourrait-il faire cela ? demanda pompeusement Montolio.

— Alors, tu peux voir, affirma Drizzt.

— Bien sûr que non, répliqua sèchement Montolio. Mes yeux ne fonctionnent plus depuis cinq ans. Mais je n'en suis pas pour autant aveugle, Drizzt, particulièrement au sein de cet endroit que je considère comme mon logis ! Pourtant, tu m'as pris pour un aveugle, poursuivit le rôdeur d'une voix redevenue calme. Lors de notre entraînement, quand les ténèbres créées par ton sort se sont dissipées, tu as cru que tu avais pris l'avantage. As-tu réfléchi au fait que chacune de mes actions – efficaces, je dois dire –, que ce soit au cours de notre combat contre les orques ou durant notre joute, a simplement été préparée et répétée ? Si j'étais aussi estropié que le pense Drizzt Do'Urden, comment pourrais-je survivre un jour de plus dans ces montagnes ?

—Je n'ai pas..., commença à dire Drizzt, mais son embarras le réduisit au silence.

Montolio avait dit la vérité, et Drizzt le savait. Il avait, au moins à un niveau inconscient, considéré le rôdeur comme diminué depuis leur toute première rencontre. Drizzt ne pensait pas manquer de respect envers son ami – il avait en effet une haute opinion de l'homme qu'il était – mais il avait pensé tout savoir de Montolio et s'était cru moins handicapé que lui.

—Tu l'as fait, rectifia Montolio, et je te pardonne. Tu m'as traité avec plus d'impartialité que tous ceux que j'ai rencontrés avant toi, y compris ceux qui ont voyagé à mes côtés lors de nos innombrables campagnes, et c'est tout à ton honneur. Assieds-toi maintenant, c'est à mon tour de te raconter mon histoire, comme tu m'as raconté la tienne.

Par où commencer ? songea Montolio, se grattant le menton. Tout cela lui semblait si lointain maintenant, une autre vie qu'il avait laissée derrière lui. Il avait conservé un lien avec son passé, cependant : son entraînement en tant que rôdeur de la déesse Mailikki. Drizzt, pareillement instruit par les soins de Montolio, ne manquerait pas de le comprendre.

—J'ai dédié ma vie à la forêt, à l'ordre naturel des choses, dès mon plus jeune âge, commença Montolio. J'ai appris, comme j'ai commencé à te l'enseigner, les voies du monde sauvage et j'ai décidé relativement tôt que je me consacrerais à la défense de cette perfection, de cette harmonie cyclique trop vaste et trop merveilleuse pour être comprise. C'est la raison pour laquelle j'apprécie tant de combattre les orques et leurs semblables. Comme je te l'ai dit plus tôt, ce sont des ennemis de l'ordre naturel, des ennemis des arbres et des animaux, aussi bien que des hommes et des races bienfaisantes. Des misérables, tous autant qu'ils sont, et je ne ressens aucune culpabilité à les tailler en pièces !

Montolio passa ensuite plusieurs heures à raconter certaines de ses campagnes, des expéditions qu'il avait menées en solitaire ou en tant qu'éclaireur pour de vastes armées. Il parla à Drizzt de son propre professeur, Dilamon, une rôdeuse si douée avec un arc qu'il ne l'avait jamais vu manquer sa cible, pas une seule fois en dix mille tirs.

—Elle est morte au combat, expliqua Montolio, en défendant une ferme contre un raid de géants. Mais il ne faut pas verser de larmes sur maîtresse Dilamon : pas un seul des fermiers qu'elle défendait n'a été blessé, et aucun des quelques géants rescapés n'a remontré sa face hideuse dans cette région !

La voix de Montolio s'affaiblit considérablement quand il en arriva à son passé récent. Il lui parla de la Guilde des rôdeurs, la dernière escouade de combat dont il avait fait partie, et de comment ils en étaient venus à combattre un dragon rouge en maraude qui avait pillé de nombreux villages. Le dragon avait été tué, tout comme trois des membres de la Guilde, et Montolio avait été brûlé au visage.

—Les prêtres m'ont bien soigné, dit sombrement Montolio. À peine une cicatrice pour montrer ma douleur. Mais ils n'ont rien pu faire pour mes yeux. Mes blessures dépassaient leurs capacités.

Il s'interrompit, et Drizzt remarqua, pour la première fois depuis qu'il avait rencontré le vieux rôdeur, une ombre de souffrance traverser le visage de Montolio.

—Tu es venu ici pour mourir, dit Drizzt, avec un ton plus accusateur qu'il l'avait escompté.

Montolio ne réfuta pas le reproche.

—J'ai enduré le souffle brûlant des dragons, les lances des orques, la colère d'hommes malfaisants et l'avidité de tous ceux qui violeraient la terre s'ils pouvaient en tirer profit, dit le rôdeur. Aucune de ces choses ne m'a blessé aussi profondément que la pitié. Même mes compagnons de la Guilde des rôdeurs, qui avaient combattu à mes côtés, ont eu pitié de moi. Même toi.

—Je n'ai pas..., tenta de répliquer Drizzt.

—Bien sûr que si, répliqua Montolio. Lors de notre bataille, tu t'es cru supérieur à moi. C'est la raison pour laquelle tu as perdu ! La force de tout rôdeur est sa sagesse, Drizzt. Un rôdeur se comprend lui-même, comprend ses ennemis et ses amis. Tu m'as cru handicapé, sans quoi tu n'aurais jamais tenté une manœuvre aussi intrépide que de sauter droit sur moi. Mais je t'ai vu venir et j'ai anticipé ton mouvement. (Un sourire narquois passa en un éclair sur son visage.) Est-ce que ta tête te fait toujours mal ?

—C'est le cas, admit Drizzt en frottant sa bosse, bien que mes pensées semblent s'être éclaircies au passage.

—Pour répondre à ta précédente question, dit Montolio, satisfait d'avoir réglé ce point, mon ouïe n'a rien d'exceptionnel, pas plus que mes autres sens. Je fais juste plus attention aux signaux qu'ils m'envoient que la plupart des gens, et ils s'avèrent être de bons guides, comme tu le comprends maintenant. En vérité, je n'étais pas conscient moi-même de leurs possibilités quand je suis arrivé ici, et ton hypothèse sur les raisons qui m'ont poussé à y venir est correcte. Privé de mes yeux, je me suis vu comme un homme déjà mort et j'ai voulu mourir ici, dans ce bosquet que j'avais découvert et appris à aimer lors de mes précédents voyages. Peut-être était-ce dû à Mailikki, la Dame de la Forêt – bien que ce soit plus probablement à mettre sur le compte de Graugn, un ennemi si proche –, mais il ne me fallut pas longtemps pour changer d'avis quant au cours de ma vie. Seul et handicapé – car j'étais bel et bien handicapé durant ces premiers jours –, j'ai trouvé ici un objectif à poursuivre.

Cet objectif a apporté un nouveau sens à ma vie, et cela, en retour, me permit de reprendre conscience de mes limites. Je suis vieux maintenant, las et aveugle. Si j'étais mort il y a des années, comme j'en avais l'intention, je serais mort en laissant ma vie inachevée. Je n'aurais jamais su jusqu'où je pouvais aller. Ce n'est que dans l'adversité, au-delà de tout ce que moi, Montolio DeBrouchee, j'avais pu imaginer, que je pouvais véritablement me connaître et, de même, connaître ma déesse.

Montolio s'arrêta pour observer Drizzt. Il avait entendu l'elfe remuer à la mention de la déesse et il pensait que ce mouvement exprimait un sentiment d'inconfort. Désireux d'aller plus loin dans l'analyse de cette information, Montolio glissa la main à l'intérieur de sa cotte de mailles et en extirpa un pendentif en forme de tête de licorne.

— N'est-il pas magnifique? demanda-t-il d'un ton tranchant.

Drizzt hésita. La licorne était parfaitement ouvragée et d'une forme parfaite, mais ce qu'impliquait un tel pendentif ne lui plaisait guère. Quand il se trouvait à Menzoberranzan, Drizzt avait été le témoin de la folie qu'entraînait le fait de suivre les ordres des déités, et ce qu'il avait vu ne lui avait pas du tout plu.

— Quel est ton dieu, le drow? demanda Montolio.

Pendant toutes les dizaines que Drizzt et lui-même avaient passées ensemble, ils n'avaient jamais véritablement discuté de religion.

— Je n'ai pas de dieu, répondit Drizzt avec assurance, et je n'en veux pas.

Ce fut au tour de Montolio de se taire.

Drizzt se leva et fit quelques pas.

— Mon peuple suit les préceptes de Lolth, commença-t-il. Si elle n'est pas la cause de leur cruauté, elle contribue sûrement à l'entretenir, comme le fait ce Gruumsh pour les orques et les autres dieux pour les autres peuples. Suivre la voie d'un dieu est de la folie. Je préfère suivre mon cœur.

Le gloussement léger de Montolio anéantit la solennité de Drizzt.

— Tu as un dieu, Drizzt Do'Urden, dit-il.

— Mon dieu, c'est mon cœur, déclara Drizzt, se retournant vers lui.

— Tout comme moi.

— Tu as appelé ton dieu du nom de Mailikki, protesta Drizzt.

— Et tu n'as pas encore trouvé de nom pour le tien, rétorqua Montolio, ce qui ne veut pas dire que tu n'en as pas. Ton dieu, c'est ton cœur, et que te dit-il, ton cœur ?

— Je n'en sais rien, admit Drizzt après avoir considéré cette question troublante.

— Réfléchis, alors ! cria Montolio. Que t'ont dit tes instincts de la bande de gnolls ou des fermiers de Maldobar ? Lolth n'est pas ta déité, c'est une certitude. Mais alors, quel est le dieu ou la déesse qui régit le cœur de Drizzt Do'Urden ?

Montolio pouvait presque entendre les haussements d'épaules incessants de l'elfe noir.

— Tu n'en sais rien ? demanda le vieux rôdeur. Moi je le sais.

— Je te trouve bien présomptueux, répondit Drizzt, loin d'être convaincu.

— J'observe beaucoup, dit Montolio dans un éclat de rire. Penses-tu que ton cœur suive la même voie que celui de Guenhwyvar ?

— Je n'en ai jamais douté, répondit sincèrement Drizzt.

— Guenhwyvar suit les préceptes de Mailikki.

— Qu'est-ce que tu en sais ? argumenta Drizzt, commençant à se sentir un peu perturbé.

Les présomptions que faisait Montolio sur son compte ne le dérangeaient pas, mais il considérait cette dernière affirmation péremptoire comme une attaque envers la panthère. D'une façon ou d'une autre, Guenhwyvar semblait être au-dessus de la question des dieux et de tout ce que pouvait impliquer de suivre l'un d'entre eux.

— Qu'est-ce que j'en sais ? répéta Montolio avec incrédulité. Mais c'est elle-même qui me l'a dit, évidemment ! Guenhwyvar est une entité féline, une créature du domaine de Mailikki.

— Guenhwyvar n'a pas besoin que tu l'étiquettes, rétorqua Drizzt avec colère, se déplaçant d'un mouvement vif pour se rasseoir à côté du rôdeur.

— Bien sûr que non, convint Montolio. Mais cela ne change pas le fait que ce soit la vérité. Tu ne comprends pas, Drizzt Do'Urden. Tu as été élevé sous l'égide d'une déité pervertie.

— Et la tienne est la seule véritable ? demanda Drizzt d'un ton sarcastique.

— Elles sont toutes véritables, je le crains, répondit Montolio.

Drizzt ne pouvait qu'être d'accord avec ce que Montolio avait dit plus tôt : il n'y comprenait effectivement rien.

— Tu vois les dieux comme des entités à part, tenta d'expliquer Montolio. Tu les vois comme des êtres tangibles essayant de contrôler nos actions pour leurs propres desseins et, obstiné dans ton esprit d'indépendance, tu les rejettes. Mais à mon sens, les dieux sont à l'intérieur de chacun de nous, qu'ils aient été nommés par celui qu'ils animent ou non. Tu as suivi les voies de Mailikki toute ta vie, Drizzt. Tu n'as simplement jamais eu de nom pour désigner ce qui guidait ton cœur.

Soudain Drizzt se sentait plus intrigué que sceptique.

— Qu'as-tu ressenti la première fois que tu es sorti de

l'Outreterre ? demanda Montolio. Que t'a dit ton cœur quand tu as levé les yeux vers le ciel et les étoiles, ou sur le vert de la forêt ?

Drizzt se remémora ce jour lointain, quand la patrouille de drows dont il faisait partie avait quitté l'Outreterre pour un raid sur un rassemblement d'elfes de la surface. C'étaient de douloureux souvenirs, mais qui charriaient également une sensation de bien-être, une réminiscence de la merveilleuse exaltation qu'il avait ressentie en sentant le souffle du vent et les parfums des fleurs tout juste écloses.

— Ce n'est pas un petit exploit que de partager la grotte d'un ours ! Admets-le ou non, mais tu as le cœur d'un rôdeur. Et le cœur d'un rôdeur est un cœur guidé par Mailikki.

Cette conclusion si formelle redonna du poids aux doutes de Drizzt.

— Et qu'est-ce que ta déesse exige ? demanda-t-il, sa voix ayant repris sa teinte coléreuse.

Il commença à se relever, mais Montolio posa fermement une main sur sa jambe pour le retenir.

— Ce qu'elle exige ? dit en riant le rôdeur. Je ne suis pas un missionnaire qui répand la bonne parole et impose un code de conduite ! Ne t'ai-je pas dit à l'instant que les dieux se trouvent à l'intérieur de chaque chose ? Tu connais les règles de Mailikki aussi bien que moi. Tu les as suivies tout au long de ta vie. Tout ce que je te propose, c'est un nom à mettre sur tout cela, mais c'est tout, le comportement idéal personnifié, un exemple que tu puisses suivre dans les moments où tu dévies de la route que tu sais être juste.

Sur ces mots, Montolio recommença à soulever la branche et Drizzt suivit le mouvement. Le drow considéra ces paroles pendant un long moment. Il ne dormit pas ce jour-là, bien qu'il soit resté dans son repaire, trop occupé à réfléchir.

— Je souhaite en savoir plus sur ta… notre… déesse, admit Drizzt le jour suivant, quand il trouva Montolio en train de préparer le souper.

— Et je souhaite t'en apprendre plus, répondit Montolio.

Une centaine de paires d'yeux jaunes et injectés de sang se posèrent fixement sur l'homme robuste qui traversait le campement, gardant fermement son chien en laisse près de lui. Férul n'appréciait pas de se rendre ici, au fort de Graugn, le roi des orques, mais il n'avait pas l'intention de laisser le drow s'en tirer cette fois-ci. Férul avait déjà traité avec Graugn à plusieurs reprises ces dernières années ; le roi des orques, avec de si nombreux yeux espionnant tous les recoins de ces montagnes sauvages s'était révélé être un allié inestimable, quoique coûteux, dans ses traques rémunératrices.

Plusieurs orques croisèrent délibérément le chemin de Férul, le bousculant à la grande irritation de son chien. Férul maîtrisa judicieusement son animal de compagnie, bien qu'il partage son envie d'attaquer ces orques malodorants. Ils lui jouaient ce petit jeu à chacune de ses visites, lui rentrant dedans, lui crachant dessus, faisant tout leur possible pour provoquer une bagarre. Les orques faisaient toujours preuve d'un grand courage quand ils se savaient cent fois plus nombreux que leur adversaire.

Tout le groupe emboîta le pas de McCartilage et ils le suivirent de près tandis qu'il couvrait les cent cinquante derniers mètres de pente rocailleuse qui le séparaient de l'entrée de la grotte de Graugn. Deux grands orques en sortirent, brandissant leurs lances, pour intercepter l'intrus.

— Pourquoi toi venu ? demanda l'un d'eux dans leur langue natale.

Le deuxième tendit la main comme s'il s'attendait à recevoir un paiement.

— Pas payer cette fois, répondit Férul, imitant leur dialecte à la perfection. Cette fois Graugn payer !

Les orques se regardèrent, incrédules, puis se tournèrent vers Férul en émettant des grognements féroces qui furent soudain interrompus par l'apparition d'un orque encore plus grand, sortant à son tour de la grotte.

Graugn se rua à l'extérieur, repoussant ses gardes sur le côté, marchant directement sur Férul à grands pas jusqu'à ce que son museau dégoulinant ne se trouve plus qu'à deux centimètres du visage du trappeur.

— Graugn payer ? grogna-t-il, son haleine manquant indisposer Férul.

Le gloussement que celui-ci émit en réponse était purement à l'attention de la soldatesque orque excitée qui le serrait de près. Il ne pouvait laisser transparaître aucune faiblesse ici ; comme des chiens vicieux, les orques étaient prompts à attaquer quiconque ne leur tenait pas tête avec fermeté.

— J'ai des informations, roi Graugn, dit fermement le chasseur de primes. Des informations que Graugn a envie de connaître.

— Parler, lui ordonna Graugn.

— Payer ? demanda Férul, bien qu'il se rendît compte qu'il poussait la chance.

— Parler ! grogna de nouveau Graugn. Si mots tiens avoir valeur, Graugn laissera toi vivre.

Férul déplora en silence que les choses se passent toujours de cette manière avec Graugn. Il était difficile de mener une négociation profitable avec le chef malodorant quand il était entouré d'une centaine de ses guerriers en armes. Férul resta pourtant imperturbable. Il n'était pas venu ici pour de l'argent – même s'il avait espéré pouvoir en obtenir un peu – mais par esprit de vengeance. Férul ne s'attaquerait pas au drow tant que celui-ci se trouverait en compagnie de Mooshie. Dans ces montagnes, entouré de ses amis du règne animal, Montolio représentait une puissance considérable, et même si Férul réussissait à le neutraliser pour atteindre le drow, les nombreux alliés de Mooshie, des vétérans comme Colombe Fauconnier, viendraient sûrement le punir de son acte.

— Il y a elfe noir dans domaine tien, puissant roi des orques ! proclama Férul.

Il n'obtint pas l'effet de surprise qu'il espérait.

— Renégat, précisa Graugn.

— Tu l'sais ?

Les yeux écarquillés de Férul trahissaient son incrédulité.

— Drow tuer guerriers de Graugn, dit le chef des orques d'un air mécontent.

Tous les orques rassemblés autour d'eux commencèrent à taper du pied et à cracher, maudissant l'elfe noir.

— Alors pourquoi l'drow est encore vivant ? demanda Férul avec brusquerie.

Les yeux du chasseur de primes s'étrécirent : il en vint à suspecter que Graugn ne savait peut-être pas où se terrait l'elfe noir. Peut-être y avait-il encore matière à négocier.

— Éclaireurs miens pas pouvoir trouvu lui ! grogna Graugn, ce qui était proche de la vérité.

Toute la frustration qu'exprimait le roi des orques n'était cependant qu'une composition soigneusement jouée. Graugn savait parfaitement où se trouvait Drizzt, même si ses éclaireurs l'ignoraient.

— Je l'ai trouvé ! rugit Férul et tous les orques bondirent et crièrent dans une jubilation avide.

Graugn leva les bras pour leur imposer le silence. C'était le moment critique, le roi des orques le savait bien.

Il parcourut l'assemblée du regard pour localiser le chaman de la tribu, son guide spirituel, et finit par trouver l'orque en tunique rouge observant et écoutant la scène avec intensité, comme Graugn l'avait espéré.

Sur le conseil de ce chaman, Graugn avait évité d'entreprendre toute action à l'encontre de Montolio durant toutes ces années. Le chaman pensait qu'une magie maléfique était à l'origine des prouesses que pouvait accomplir le vieil homme malgré son infirmité, et suivant les mises en garde de leurs guides religieux, tous les orques de la tribu se mettaient à couvert chaque fois que Montolio était dans les parages. Mais en s'alliant avec le drow et en l'aidant à gagner la bataille qui s'était tenue sur la haute corniche, si les soupçons de Graugn se confirmaient, Montolio était intervenu dans des affaires qui ne le regardaient pas, violant le domaine de Graugn aussi sûrement que l'avait fait le drow. Maintenant convaincu que le drow était bel et bien un renégat solitaire – puisque aucun autre elfe noir n'avait été aperçu dans la région –, le roi des orques n'attendait plus qu'une bonne excuse pour lancer ses sujets dans une bataille contre les occupants du bosquet. Férul, avait-on laissé entendre à Graugn, était peut-être à même de lui fournir ce prétexte.

— Parler ! hurla Graugn au visage de Férul pour empêcher toute autre tentative d'obtenir un paiement.

— Le drow se trouvu avec le rôdeur, répondit Férul. Il se terre dans le bosquet du rôdeur aveugle !

Si Férul avait espéré déclencher une autre éruption d'imprécations, de bonds et de crachats, il en fut pour ses frais. La mention du rôdeur aveugle jeta un froid pesant sur l'assemblée et maintenant tous les orques regardaient alternativement le chaman et Graugn, pour connaître la marche à suivre.

Il était temps pour Férul d'exposer sa thèse fantaisiste du complot ; on avait prévenu Graugn qu'il le ferait.

— Il faut aller les débusquer ! cria Férul. Ils ne sont pas très loin… !

Graugn leva les bras pour faire taire et Férul et les murmures qui s'élevaient.

— Rôdeur aveugle a assassinu géant ? demanda avec ruse le roi des orques à Férul. Et aidé drow tuer combattants miens ?

Bien sûr, Férul n'avait pas la moindre idée de ce dont pouvait bien parler Graugn, mais il fut assez futé pour saisir le dessein du roi.

— C'était bien lui ! déclara-t-il d'une voix de stentor. Et maintenant l'drow et l'rôdeur complotent contre chacun d'vous ! Vous d'vez fondre sur eux pour les frapper avant qu'ils vous frappent ! Le rôdeur fera appel à ses animaux, et aux elfeux – des tas et des tas d'elfeux – et à des avortons d'nains, aussi, tous contre Graugn !

La mention des amis de Montolio, particulièrement des elfes et des nains, que le peuple de Graugn haïssait par-dessus tout, amena une expression revêche sur les visages des orques, et en poussa plus d'un à lancer un clin d'œil nerveux par-dessus l'épaule, comme s'ils s'attendaient que l'armée du rôdeur soit déjà en train d'encercler le camp.

Graugn fixa le chaman droit dans les yeux.

— Celui-Qui-Observe doit bénir cette attaque, répondit le chaman à sa question silencieuse. À la nouvelle lune !

Graugn acquiesça et l'orque à la tunique rouge se retourna, rassemblant autour de lui une vingtaine d'orques pour entamer les préparatifs de la cérémonie.

Graugn mit la main dans sa poche et en sortit une poignée de pièces d'argent qu'il remit à Férul. Celui-ci n'avait fourni aucune véritable information que le roi ne connaisse déjà, mais les déclarations du chasseur de primes quant à un complot contre la tribu des orques lui avaient été d'une assistance considérable dans sa tentative de monter son chaman superstitieux contre le rôdeur aveugle.

Férul prit le paiement misérable sans se plaindre, déjà satisfait à l'idée d'avoir atteint son objectif, et il se retourna pour s'en aller.

— Toi devoir rester, dit soudain Graugn dans son dos.

Sur un signe de leur roi, plusieurs gardes se placèrent derrière le chasseur de primes. Férul regarda Graugn avec méfiance.

— Toi invité mien, expliqua calmement le roi des orques. Toi te battre avec nous.

Ce qui ne laissait pas vraiment le choix à Férul.

Graugn fit signe à ses gardes de se pousser et retourna seul dans la grotte. Les gardes se contentèrent de hausser les épaules et échangèrent un sourire ; ils ne tenaient pas particulièrement à retourner à l'intérieur et retrouver les invités du roi, en particulier à cet énorme loup à la fourrure argentée.

Quand Graugn fut revenu à l'intérieur de sa demeure, il se tourna vers son autre hôte pour lui parler.

— Toi avoir raison, dit Graugn à l'esprit follet minuscule.

— Je-suis-plutôt-bon-pour-dénicher-des-informations, bourdonna Tephanis, ajoutant mentalement : *Et-pour-faire-tourner-les-choses-en-ma-faveur !*

Tephanis se croyait très malin en cet instant : il ne s'était pas contenté d'informer Férul du fait que le drow se trouvait dans le bois de Montolio, il s'était aussi arrangé avec le roi des orques pour que Férul les aide tous les deux. Graugn ne portait pas le rôdeur aveugle dans son cœur, ce que savait Tephanis, et en utilisant la présence du drow comme un prétexte, Graugn avait enfin la possibilité de persuader son chaman de bénir l'attaque.

— Caroak aidera nous dans combat ? demanda Graugn, regardant avec méfiance l'immense et imprévisible loup argenté.

— Bien-sûr, dit immédiatement Tephanis. C'est-dans-notre-intérêt-à-tous-de-voir-ces-ennemis-détruits !

Caroak, qui avait compris chacune des paroles échangées, se releva et sortit de la grotte d'un pas nonchalant. Les gardes qui se trouvaient à l'entrée ne firent aucune tentative pour l'en empêcher.

— Caroak-rassemblera-les-worgs, expliqua Tephanis. Une-force-puissante-se-lèvera-contre-le-rôdeur-aveugle. Il-a-été-trop-longtemps-l'ennemi-de-Caroak.

Graugn acquiesça et songea en privé à la dizaine qui s'annonçait. S'il pouvait se débarrasser à la fois du rôdeur et du drow, sa vallée serait plus sûre qu'elle l'avait jamais été depuis bien des années – depuis l'arrivée de Montolio. Le rôdeur prenait rarement l'initiative d'engager le combat contre les orques, mais Graugn savait que c'étaient ses animaux espions qui donnaient systématiquement l'alerte aux caravanes de passage. Graugn ne se souvenait plus de la dernière fois que ses guerriers avaient pris une caravane au dépourvu, la tactique préférée des orques. Mais si le rôdeur n'était plus…

Avec l'été qui approchait à grands pas, le pic de la saison du commerce, les orques récolteraient un bon butin cette année.

Tout ce dont Graugn avait besoin à présent était la confirmation par son chaman que Celui-Qui-Observe, le dieu des orques, Gruumsh le Borgne, bénirait leur assaut.

La nouvelle lune, un temps sacré pour les orques et une période durant laquelle le chaman pensait pouvoir percevoir les désirs du dieu, n'arriverait pas avant deux bonnes dizaines. Impatient et pressé, Graugn émit un grognement devant ce délai forcé, mais il savait qu'il ne lui restait rien d'autre à faire qu'attendre. Graugn, beaucoup moins religieux que ce qu'il laissait entendre, entendait bien attaquer quelle que soit la décision du chaman, mais le roi rusé ne comptait pas défier ouvertement le guide spirituel de la tribu, à moins que cela se révèle absolument nécessaire.

La nouvelle lune n'est pas si lointaine, se dit Graugn. Et il serait alors débarrassé à la fois du rôdeur aveugle et de ce drow mystérieux.

17

Des ennemis en surnombre

— Tu as l'air troublé, dit Drizzt à Montolio quand il vit le rôdeur debout sur l'un des ponts de corde le matin suivant.

Ululant était assis sur une branche au-dessus de lui. Montolio, perdu dans ses pensées, ne répondit pas immédiatement. Drizzt ne sut quoi en penser. Il haussa les épaules et se détourna, respectant le désir de solitude du rôdeur. Il sortit la figurine d'onyx de sa poche.

— Guenhwyvar et moi partons pour une courte chasse, expliqua Drizzt par-dessus son épaule, avant que le soleil soit trop haut. Ensuite je me reposerai et la panthère passera la journée avec toi.

Montolio n'écoutait qu'à peine le drow, mais quand le rôdeur remarqua que Drizzt disposait la figurine d'onyx sur le pont de cordes, les mots qu'il avait prononcés devinrent clairs dans son esprit et il sortit de sa méditation.

— Attends, dit Montolio, en levant la main. Laisse la panthère se reposer.

Drizzt ne comprit pas pourquoi.

— Guenhwyvar est partie depuis plus d'un jour entier, dit-il.

— Nous pourrions, dans un délai très bref, avoir besoin de Guenhwyvar pour bien plus qu'une chasse, commença à expliquer Montolio. Laisse la panthère se reposer.

— Quel est le problème ? demanda Drizzt, soudain sérieux. Qu'est-ce que Ululant a vu ?

— La nuit dernière était celle de la pleine lune, dit Montolio.

Drizzt, riche de ses connaissances toutes neuves sur les cycles de la lune, acquiesça de la tête.

— Un jour sacré pour les orques, continua Montolio. Leur campement se trouve à des milles d'ici, mais j'ai entendu leurs cris la nuit dernière.

De nouveau, Drizzt hocha la tête pour exprimer son assentiment.

— J'ai entendu les accents de leurs chants, mais je me demande si ce n'était rien d'autre que la mélodie paisible du vent.

— C'étaient les hurlements des orques, lui assura Montolio. Tous les mois, ils se rassemblent, et grognent, et dansent avec sauvagerie dans leur état de stupeur habituel – ils n'ont pas besoin de potions magiques pour y parvenir, tu sais. Je n'y ai pas vraiment prêté attention, bien qu'ils m'aient semblé inhabituellement bruyants. Normalement, on ne peut pas les entendre d'ici. Un vent favorable – ou défavorable – a porté leur chant jusqu'ici, je suppose.

— Et tu as appris depuis que ce chant impliquait plus ? supposa Drizzt.

— Ululant l'a entendu lui aussi. Toujours en train d'observer pour mon compte, celui-là. (Il glissa un regard vers le hibou.) Il a volé jusque là-bas pour y jeter un coup d'œil.

Drizzt leva lui aussi les yeux vers l'oiseau merveilleux, gonflé de fierté comme s'il avait saisi le compliment de Montolio. Malgré les inquiétudes sérieuses du rôdeur,

Drizzt ne pouvait s'empêcher de se demander à quel point il pouvait comprendre le hibou, et à quel point Ululant pouvait comprendre les événements qui l'entouraient.

—Les orques ont rassemblé une force de guerre, dit Montolio, grattant sa barbe hérissée. Graugn s'est réveillé après une longue hibernation passée à ruminer sa vengeance, à ce que l'on dirait.

—Comment peux-tu le savoir ? demanda Drizzt. Est-ce que Ululant comprend ce qu'ils disent ?

—Non, non, bien sûr que non ! répondit Montolio, amusé par cette idée.

—Alors comment peux-tu le savoir ?

—Une meute de worgs est arrivée ici, c'est ce que m'a dit Ululant. Les orques et les worgs ne sont pas les meilleurs amis du monde, mais ils se réunissent quand les ennuis s'annoncent. La célébration des orques était des plus frénétiques la nuit dernière, et avec la présence des worgs, il reste peu de place pour le doute.

—Y a-t-il un village à proximité ?

—Aucun plus proche que Maldobar, répondit Montolio. Je doute que les orques s'aventurent aussi loin, mais la fonte des neiges est presque finie et les caravanes vont reprendre leurs traversées du col, généralement par la route qui relie Sundabar à la citadelle d'Adbar. Il doit y en avoir une qui arrivera bientôt de Sundabar, mais je ne crois pas que Graugn soit assez téméraire, ou assez stupide, pour attaquer une caravane de nains natifs d'Adbar lourdement armés.

—De combien de guerriers dispose le roi des orques ?

—Graugn pourrait en avoir des milliers s'il prenait le temps et la peine de les rassembler, dit Montolio, mais cela prendrait des dizaines, et il n'a jamais été réputé pour sa patience. De plus, il n'aurait pas fait venir les worgs aussi précipitamment s'il avait souhaité se consacrer au rassemblement de ses légions sans bouger pour l'instant.

Les orques ont une fâcheuse tendance à disparaître quand les worgs sont dans les parages, et les worgs ont tendance à devenir paresseux et gras quand il y a trop d'orques autour d'eux, si tu vois ce que je veux dire.

Le haussement d'épaules de Drizzt l'informa que le drow comprenait, en effet.

— Je dirais que Graugn doit disposer d'à peu près une centaine de combattants, continua Montolio, peut-être d'une douzaine ou d'une vingtaine de worgs, d'après le décompte de Ululant, et probablement d'un géant ou deux.

— Une force considérable pour frapper une caravane, dit Drizzt.

Mais le drow et le rôdeur avaient tous deux une autre hypothèse en tête. La première fois qu'ils s'étaient rencontrés, deux mois auparavant, cela avait été aux dépens de Graugn.

— Il lui faudra un ou deux jours pour se préparer, dit Montolio après un silence gêné. Ululant va les surveiller de plus près dès ce soir, et je devrais également faire appel à d'autres de mes espions.

— Je partirai en reconnaissance pour observer les orques, ajouta Drizzt. (Il vit les craintes de Montolio se refléter sur son visage, mais il les dissipa rapidement :) À Menzoberranzan, le rôle d'éclaireur m'a été confié à de nombreuses reprises, dit-il. C'est une tâche dont l'exécution m'est des plus faciles. Ne crains rien.

— C'était en Outreterre, lui rappela Montolio.

— Est-ce que la nuit est si différente ? répondit Drizzt d'un ton narquois. Nous avons besoin de réponses.

Drizzt lui souhaita alors une bonne journée avant de se diriger vers son lit pour se coucher. Montolio écouta le bruit des pas de son ami qui s'éloignaient, à peine un bruissement au milieu des arbres en bosquets serrés, ressentant une admiration sincère pour lui et pensant que son idée était bonne.

La journée se déroula lentement et sans incident pour le rôdeur. Il s'occupa à préparer le meilleur plan de défense possible pour le bosquet. Montolio n'avait jamais eu à défendre sa demeure auparavant, à part cette fois où une bande de stupides voleurs s'y était introduite, mais il avait passé des heures et des heures à imaginer et à tester de nouvelles stratégies, pensant qu'il était inévitable que Graugn se lasse un jour de l'interventionnisme du rôdeur et se décide à l'attaquer.

Si ce jour était venu, Montolio pensait en toute confiance être prêt.

Il ne pouvait pas faire grand-chose pour l'instant, cependant – ses défenses ne pouvaient être mises en place avant que Montolio soit certain des intentions de Graugn – et le rôdeur trouva cette attente interminable. Finalement, Ululant informa Montolio que le drow s'agitait.

—Je vais me mettre en route, observa Drizzt dès qu'il eut trouvé le rôdeur, remarquant que le soleil déclinait à l'ouest. Il est temps de découvrir les plans de nos si peu amicaux voisins.

—Fais attention, Drizzt, dit Montolio d'une voix sincèrement préoccupée, ce qui toucha le drow. Graugn est peut-être un orque, mais c'est un malin. Il pourrait bien s'attendre que l'un d'entre nous parte en reconnaissance.

Drizzt dégaina ses cimeterres encore peu familiers et les fit tournoyer pour puiser du réconfort dans le mouvement. Il les raccrocha à sa ceinture et mit la main dans sa poche, ressentant un réconfort encore plus grand au contact de la figurine d'onyx. Après une dernière tape dans le dos du rôdeur, le drow s'éloigna.

—Ululant ne sera pas loin ! lui cria Montolio. Ainsi que d'autres amis auxquels tu ne t'attendras pas forcément. Pousse un cri si tu rencontres plus de difficultés que tu peux en supporter !

Le campement des orques ne fut pas difficile à localiser, étant signalé par un grand feu de joie qui étincelait dans le ciel nocturne. Drizzt distinguait des silhouettes, incluant celle d'un géant, dansant autour des flammes, et il entendit les grognements féroces et les glapissements de loups énormes, des worgs, comme les avait appelés Montolio. Le campement se trouvait dans un petit vallon, dans une clairière encerclée d'immenses érables et de parois rocheuses. Drizzt percevait plutôt clairement les voix des orques dans la nuit silencieuse, et il décida donc de pas s'approcher de trop près. Il sélectionna un arbre massif et se concentra sur l'une de ses branches basses, en appelant à son don inné de lévitation pour s'élever jusqu'à elle.

Le sort échoua lamentablement ; Drizzt, à peine surpris, glissa ses cimeterres à sa ceinture et escalada l'arbre. Le tronc se divisait en plusieurs embranchements, certains descendant vers le sol, d'autres s'élevant à près de six mètres vers le ciel. Drizzt grimpa jusqu'au plus haut tronçon et il était sur le point de s'aventurer sur une longue branche sinueuse quand il perçut le bruit d'une respiration. Drizzt glissa précautionneusement sa tête sur le côté du large tronc.

De l'autre côté de l'arbre, confortablement installée dans un recoin formé par le tronc et une autre branche, se trouvait une sentinelle isolée, les bras croisés derrière la tête et arborant une mine vide et ennuyée. Apparemment, la créature était totalement inconsciente de la présence du silencieux elfe noir, perché à moins de soixante centimètres de là.

Drizzt agrippa la poignée d'un de ses cimeterres, puis estimant que la créature était trop confortablement installée pour se préoccuper de ce qui se passait autour d'elle, changea d'avis et préféra ignorer l'orque. Il estima plus judicieux de se concentrer sur les événements qui se déroulaient dans la clairière.

La langue des orques ressemblait à celle des gobelins, dans sa structure et dans ses inflexions, mais Drizzt, qui ne maîtrisait déjà pas très bien le gobelin, ne parvint à saisir que quelques mots. Les orques étaient une race des plus démonstratives, cela dit. Deux mannequins, l'un à l'effigie d'un elfe noir et l'autre représentant un mince humain moustachu, révélèrent les intentions du clan à Drizzt en un instant. Le plus grand des orques rassemblés devant lui, probablement le roi Graugn, frappait les effigies en les maudissant. Puis ce fut au tour de ses soldats et des worgs de les déchiqueter, à la jubilation des spectateurs frénétiques, jubilation qui se transforma en pure extase quand le géant des pierres s'avança parmi eux, et aplatit le faux elfe noir d'un coup sur le sol.

La scène se poursuivit pendant des heures, et Drizzt subodora qu'elle se continuerait bien après l'aurore. Graugn et plusieurs autres grands orques s'étaient éloignés de la foule et avaient commencé à dessiner dans la poussière, mettant apparemment leur plan de bataille au point. Drizzt n'avait aucune chance de se rapprocher suffisamment pour discerner leur conversation chaotique, et il n'avait pas l'intention de traîner plus longtemps dans l'arbre alors que l'aube révélatrice se rapprochait à grands pas.

Il observa la sentinelle qui se trouvait de l'autre côté du tronc, écoutant les grandes inspirations de la créature dans sa somnolence, avant de commencer à descendre. Les orques allaient attaquer la demeure de Montolio, et Drizzt le savait. Ne devrait-il pas, dès à présent, leur porter le premier coup ?

La conscience de Drizzt le trahit. Il descendit de l'immense érable et s'enfuit loin du campement, laissant l'orque ronfler dans son confortable assemblage de branches.

Montolio, Ululant sur son épaule, était assis sur l'un des ponts de cordes, attendant le retour de Drizzt.

— C'est pour nous qu'ils viennent, déclara le vieux rôdeur quand le drow finit par revenir. Graugn nous en veut, sans doute pour le petit incident du Promontoire de Rogee.

Le vieux rôdeur montra l'ouest du doigt, en direction de la haute falaise où Drizzt et lui-même s'étaient rencontrés.

— As-tu un refuge où te mettre en sécurité en de telles circonstances ? demanda Drizzt. Les orques vont attaquer cette nuit même, selon moi. Ils sont près d'une centaine, ils sont forts et leurs alliés sont puissants.

— M'enfuir ? cria Montolio.

Il saisit une corde voisine et se balança pour se retrouver devant le drow, Ululant se cramponnant à sa tunique, secoué en tous sens par le mouvement.

— M'enfuir devant des orques ? Ne t'ai-je pas dit que les orques sont le fléau à la disparition duquel je me suis voué ? Aucun bruit au monde ne résonne aussi doucement à mes oreilles que le bruit d'une lame ouvrant le ventre d'un orque !

— Dois-je prendre la peine de te rappeler nos chances ? dit Drizzt en souriant malgré son inquiétude.

— C'est à Graugn qu'il faudrait les rappeler ! rit Montolio. Le vieil orque a perdu l'esprit, ou il s'est au contraire élevé dans les hautes sphères du courage, pour venir nous attaquer alors qu'il est si manifestement surpassé en nombre !

La seule réponse que put apporter Drizzt, la seule réponse qu'il était possible d'apporter à une assertion aussi grotesque, fut un éclat de rire.

— Mais même alors, poursuivit Montolio sans ralentir le rythme, je parierais un chaudron de truites fraîchement pêchées et trois bons étalons que le vieux Graugn ne s'aventurera pas au cœur de la bataille. Il resta derrière, à l'abri des arbres, contemplant la scène en tordant ses mains grasses, et quand nous écraserons ses guerriers, il sera le premier à fuir. Il n'a jamais eu le cran nécessaire pour le combat véritable. Il est trop bien installé, j'imagine, avec bien trop à perdre. Eh bien, nous allons mettre un frein à ses fanfaronnades !

De nouveau, Drizzt ne trouva pas de mots pour répondre, mais de toute façon, il ne pouvait s'arrêter de rire devant tant d'absurdités. Drizzt devait l'admettre, le babillage de Montolio avait un effet enthousiasmant et réconfortant sur lui.

— Va te reposer, dit Montolio, grattant son menton mal rasé tout en tournant sur lui-même, considérant de nouveau les environs avec attention. Je vais commencer les préparatifs – tu en seras ébahi, je te le promets – et je te réveillerai dans quelques heures.

Les derniers marmonnements qu'entendit le drow alors qu'il regagnait la banquette où il dormait dans son antre obscur remirent les choses en perspective.

— Oui, Ululant, cela fait longtemps que j'attends ce jour, dit Montolio avec excitation, et Drizzt ne douta pas une seconde de la sincérité de ses dires.

Le printemps avait été paisible pour l'elfe Kellindil et sa famille. Ils formaient un groupe nomade, parcourant la région en s'abritant là où ils le désiraient, dans des arbres ou dans des grottes. Ils aimaient vivre au grand air, danser sous les étoiles, chanter en chœur avec les rivières montagneuses, et chasser le cerf et le sanglier sous les arbres touffus des versants des montagnes.

Kellindil reconnut l'effroi sur le visage de son cousin, une émotion rare au sein du groupe insouciant, dès lors que celui-ci pénétra tardivement dans le campement, un soir.

Tous les autres se rassemblèrent autour de lui.

— Les orques se déchaînent, expliqua l'elfe.

— Graugn a trouvé une caravane ? demanda Kellindil.

Son cousin secoua la tête, la mine confuse.

— Il est trop tôt dans la saison pour les commerçants, répondit-il. Graugn a une autre proie en tête.

— Le bosquet, dirent plusieurs elfes en chœur.

L'assemblée se tourna alors vers Kellindil, considérant apparemment que le drow relevait de sa responsabilité.

— Je ne crois pas que le drow soit de mèche avec Graugn, répondit Kellindil à la question qu'ils n'osaient formuler. Avec tous ses espions, Montolio l'aurait su. Si le drow est un ami du rôdeur, ce n'est certes pas l'un de nos ennemis.

— Le bois se trouve à plusieurs milles d'ici, constata un des elfes. Si nous voulons en apprendre plus sur l'agitation du roi des orques et arriver à temps pour aider le vieux rôdeur, il faut nous mettre en route immédiatement.

Sans émettre une seule objection, les elfes nomades réunirent les fournitures nécessaires, en particulier de grands arcs longs et des flèches supplémentaires. À peine quelques minutes plus tard, ils se mirent en route, courant à travers les bois et sur les sentiers de montagne, ne faisant pas plus de bruit qu'une brise légère.

Drizzt se réveilla tôt dans l'après-midi et assista à un spectacle étonnant. Le jour s'était obscurci de nuages gris mais paraissait encore assez clair au drow tandis qu'il s'extirpait hors de son antre et qu'il s'étirait. Bien au-dessus de lui, il pouvait voir le rôdeur en train d'escalader les branches supérieures d'un grand pin. La curiosité de Drizzt se transforma en horreur quand Montolio, hurlant comme un loup sauvage, se jeta du haut de l'arbre, les bras en croix.

Montolio portait un harnais de corde qu'il avait fixé au tronc mince du pin. Tandis qu'il tombait, son mouvement força l'arbre à se plier, et le rôdeur descendit doucement, courbant presque le pin en deux. Dès qu'il eut atteint le sol, il s'y cramponna et installa le harnais de cordes autour d'épaisses racines.

Tandis que la scène se déroulait devant Drizzt, il se rendit compte que plusieurs pins avaient été pliés de façon similaire, tous pointant vers l'ouest et tous accrochés à des racines enchevêtrées. Tandis qu'il se dirigeait précautionneusement vers Montolio, Drizzt dépassa un filet, plusieurs liens entrelacés, et une grille de corde particulièrement dangereuse garnie d'une douzaine ou plus de couteaux à double tranchant. Quand le piège serait activé et que les arbres reprendraient leur position naturelle, ils partiraient en avant en projetant ces filets, pour le malheur de toute créature se trouvant à proximité.

— Drizzt ? demanda Montolio, entendant des pas légers. Fais attention où tu marches, à présent. Je ne tiens pas à devoir de nouveau replier tous ces arbres, même si j'admets que c'était plutôt amusant à faire.

— Tu as l'air d'avoir bien avancé dans tes préparatifs, dit Drizzt alors qu'il s'avançait pour se tenir aux côtés du rôdeur.

— Cela fait longtemps que j'attends ce jour, répondit Montolio. J'ai répété cette bataille des centaines de fois dans ma tête et je sais déjà le cours qu'elle va prendre. Laisse-moi te montrer.

Il s'accroupit, dessina un ovale allongé sur le sol, qui avait à peu près la forme de la pinède, et ajouta le paysage aux alentours avec tant de détails et d'exactitude que Drizzt, secouant la tête, s'assura une nouvelle fois d'un regard que le rôdeur était bien aveugle.

Le bosquet se composait de plusieurs douzaines d'arbres, qui s'étalaient du nord au sud sur quarante-cinq mètres et sur moins de la moitié en largeur. Le sol descendait en pente douce mais décelable, le côté nord du bosquet se trouvant à une demi-hauteur d'arbre plus bas que sa partie sud. Plus loin vers le nord, le sol était accidenté et rocailleux, parsemé de carrés de verdure clairsemés et de soudaines déclivités, traversé par des sentiers abrupts et tortueux.

—Le plus gros de leur troupe arrivera par l'ouest, expliqua Montolio, montrant du doigt au-delà du petit muret et de la petite prairie deux taillis très denses, enserrés au milieu des saillies rocailleuses et des parois escarpées des falaises. C'est le seul chemin par lequel ils peuvent arriver tous ensemble.

Drizzt parcourut les environs du regard et fut du même avis. Vers l'est du bosquet, le sol était grossier et inégal. Une armée qui attaquerait par cette direction arriverait dans le champ d'herbes hautes presque en file indienne, entre deux hauts monticules rocheux, et serait alors une cible facile pour l'arc funeste de Montolio. Au sud, au-delà du bosquet, la pente se faisait abrupte, un positionnement parfait pour les tirs des archers et les jets de lance des orques, bien que, juste derrière la corniche la plus proche, se profile un ravin profond dont la paroi était presque impossible à escalader.

—Nous n'avons rien à craindre du côté sud, reprit Montolio, presque comme s'il avait entendu les pensées de Drizzt. Et s'ils viennent du nord, ils devront monter la colline en courant pour arriver jusqu'à nous. Je connais Graugn mieux que cela. Sous des auspices aussi favorables, il fondra droit sur nous avec le gros de ses forces de combat par le côté ouest, pour nous déborder.

— D'où les arbres, remarqua Drizzt avec admiration. Et le filet, et l'assemblage de cordes et de couteaux.

— Astucieux, hein ? se congratula Montolio. Mais rappelle-toi, j'ai eu cinq ans pour me préparer à cela. Les arbres ne sont que le début. J'ai du travail pour toi pendant que je finis de les piéger.

Montolio mena Drizzt jusqu'à une autre tanière secrète dissimulée derrière une couverture. À l'intérieur étaient alignées des rangées d'étranges objets métalliques, ressemblant à des mâchoires animales, avec une longue chaîne reliée à leur base.

— Des pièges à loup, expliqua Montolio. Des tas de chasseurs en déposent partout dans les montagnes. De vraies saletés. Je les retrouve – Ululant est particulièrement doué pour les repérer – et je les emporte. J'aimerais avoir des yeux pour voir le chasseur s'arracher les cheveux quand il revient une dizaine plus tard ! Celui-là appartenait à Férul McCartilage, continua Montolio, attrapant la chose la plus proche.

Le rôdeur le disposa sur le sol et avec précaution, il en manœuvra la base pour que ses mâchoires s'écartent jusqu'à ce qu'elles se bloquent.

— Voilà de quoi ralentir un orque, dit Montolio, saisissant un bâton se trouvant à proximité et tapotant avec jusqu'à ce qu'il entre en contact avec les mâchoires de fer.

Celles-ci se refermèrent, avec une force telle que le bâton fut proprement et simplement coupé en deux et arraché de la main de Montolio.

— J'en ai récolté plus d'une vingtaine, dit le rôdeur d'un ton sévère, tressaillant au son terrifiant des mâchoires de métal. Je n'aurais jamais cru m'en servir un jour – ce sont des choses diaboliques, vraiment –, mais les utiliser contre Graugn et son clan, c'est peut-être bien une façon de leur rendre la monnaie de leur pièce, vu les dégâts qu'ils ont causés.

Drizzt n'eut pas besoin de plus d'instructions. Il emporta les pièges jusqu'à la prairie qui se trouvait à l'ouest, les éparpillant en les dissimulant, disposant les chaînes à plusieurs mètres de distance. Il en installa également quelques-uns juste derrière le muret de pierre, pensant que la douleur qu'ils causeraient aux premiers arrivants ralentirait sûrement les orques qui suivraient.

Montolio en avait fini avec les arbres à ce moment-là ; il en avait plié plus d'une douzaine. Maintenant, le rôdeur se trouvait sur un pont qui allait du nord au sud, attachant une rangée d'arbalètes le long des rampes de corde, côté ouest. Une fois installées et chargées, tout ce que Drizzt ou Montolio auraient à faire serait simplement de se déplacer le long du pont, tirant de là où il se trouverait.

Drizzt avait l'intention d'aller l'aider, mais auparavant il avait une autre idée en tête. Il repartit vers la cache d'armes, et y prit la grande et lourde corsèque qu'il avait repérée au préalable. Il trouva une racine vigoureuse non loin de l'endroit où il pensait prendre position, et il creusa un petit trou derrière elle. Il coucha l'arme de fer forgé par terre, en travers de la racine, laissant sa hampe dépasser du trou d'une dizaine de centimètres, avant de recouvrir l'ensemble de brins d'herbe et de feuilles.

Il venait de finir quand le vieux rôdeur l'appela de nouveau.

— Le meilleur reste à venir, dit Montolio, lui décochant son habituel sourire rusé.

Il entraîna Drizzt jusqu'à un long rondin fendu en deux dans le sens de la longueur, évidé et légèrement brûlé, enduit de poix pour colmater toute fissure.

— Un bon bateau quand la rivière est haute et paresseuse. Et un bon contenant pour l'eau-de-vie d'Adbar, expliqua Montolio en souriant.

Drizzt, sans comprendre, le regarda avec curiosité.

Montolio lui avait montré ses tonnelets d'alcool fort un peu plus d'une dizaine auparavant, un cadeau que le rôdeur avait reçu pour avoir prévenu une caravane de Sundabar de l'embuscade programmée par Graugn, mais l'elfe noir ne comprenait pas l'intérêt de verser ladite boisson dans un demi-rondin évidé.

— L'eau-de-vie d'Adbar est une substance puissante, expliqua Montolio. Elle brûle mieux que n'importe quoi, la plus fine des huiles exceptée.

Drizzt saisissait l'idée à présent. Ensemble, le drow et Montolio portèrent le rondin à l'extérieur et le placèrent au bout du seul passage qui venait de l'est. Ils le remplirent d'eau-de-vie puis le recouvrirent de feuilles et de brins d'herbe.

Quand ils revinrent au pont de cordes, Drizzt s'aperçut que Montolio avait déjà équipé ce secteur. Une seule arbalète faisait face à l'est, son carreau prêt à partir, coiffé d'un chiffon imbibé d'huile, une pierre à silex et une pièce d'acier à proximité.

— Ce sera à toi de viser ce coup-là, expliqua Montolio. Sans Ululant, je ne suis pas sûr de le réussir, et même avec le hibou, il arrive que ma portée ne soit plus ce qu'elle était.

La lumière du jour avait presque disparu à présent et la vision nocturne aiguisée de Drizzt repéra rapidement la bûche. Montolio avait bien travaillé en installant des rampes de cordes sur le pont, et grâce à ce dispositif, après quelques ajustements mineurs, Drizzt avait mis l'arme en position, verrouillée sur sa cible.

Toutes leurs principales défenses étaient en place, et Drizzt et Montolio s'occupèrent de finaliser leur stratégie. Toutes les deux minutes, Ululant ou un autre hibou se précipitait dans la pièce, piaillant les dernières nouvelles. L'un d'entre eux finit par arriver avec la confirmation attendue : le roi Graugn et ses sbires s'étaient mis en marche.

— Tu peux appeler Guenhwyvar maintenant, dit Montolio. Ils viendront cette nuit.

— C'est stupide, dit Drizzt. La nuit nous avantage. Tu es aveugle quoi qu'il en soit et tu n'as aucun besoin de la lumière du jour, et il est évident que je préfère évoluer dans l'obscurité.

Le hibou ulula de nouveau.

— Le gros de sa force arrivera par l'ouest, dit Montolio d'un ton suffisant. Comme je l'avais prévu. Il y a de nombreux orques et un géant les accompagne ! Ululant voit un autre groupe, plus petit, qui s'est séparé du premier.

La mention du géant déclencha un frisson le long de l'échine de Drizzt, mais il comptait bien l'affronter, ayant déjà un plan.

— Je veux attirer le géant dans ma direction, dit-il.

Montolio se tourna vers lui avec curiosité.

— Voyons comment se déroulera la bataille, proposa-t-il. Il n'y a qu'un géant – il sera forcément pour l'un de nous deux.

— Je veux attirer le géant dans ma direction, répéta Drizzt, plus fermement.

Montolio ne pouvait voir la mâchoire crispée du drow ni les flammes qui s'allumaient dans ses yeux couleur lavande, mais le rôdeur ne pouvait ignorer la détermination de la voix de Drizzt.

— *Mangura bok woklok*, dit Montolio, et il sourit de nouveau, sachant que les sonorités étranges avaient pris le drow par surprise. *Mangura bok woklok*. Mot à mot, cela signifie : « imbécile heureux ». Les géants des pierres détestent cette phrase : elle provoque inévitablement leur charge.

— *Mangura bok woklok*, articula silencieusement Drizzt. Il fallait qu'il se souvienne de cette phrase.

18

La bataille du bosquet de Mooshie

Drizzt remarqua que Montolio semblait plus que troublé après que Ululant, de retour avec d'autres nouvelles, fut reparti.

— Les forces de Graugn se sont divisées ?

Montolio acquiesça de la tête, avec une mine sinistre.

— Des orques montés sur des worgs – juste une poignée – qui font le tour pour arriver par l'est.

Drizzt regarda au-delà du muret de pierres, vers le passage qu'ils avaient sécurisé avec le rondin rempli d'eau-de-vie.

— Nous avons les moyens de les arrêter, dit-il.

Mais l'expression du rôdeur était toujours de mauvais augure.

— Un autre groupe de worgs – une vingtaine sinon plus – arrive du sud. C'est Caroak qui les mène. Je n'aurais jamais cru que celui-là se retrouverait aux côtés de Graugn, ajouta Montolio, et Drizzt ne manqua pas de remarquer sa peur.

— Un géant ?

— Non, un loup arctique.

À ces mots, Guenhwyvar coucha les oreilles et grogna rageusement.

— La panthère connaît cette espèce, dit Montolio à Drizzt tandis que celui-ci la regardait avec stupéfaction. Un loup arctique est une perversion de la nature, une plaie pour les créatures qui suivent l'ordre naturel des choses ; c'est donc l'ennemi de Guenhwyvar.

La panthère noire émit un nouveau feulement.

— C'est une créature énorme, poursuivit Montolio, et bien trop intelligente pour un loup. À lui tout seul, il nous poserait de sacrées difficultés ! Avec les worgs qui l'entourent, et le combat contre les orques qui risque de nous occuper, il pourrait bien arriver à ses fins.

Guenhwyvar poussa un troisième grognement et laboura le sol de ses grandes griffes.

— Guenhwyvar s'occupera de Caroak, constata Drizzt.

Montolio s'avança vers elle et attrapa la panthère par les oreilles, croisant le regard de Guenhwyvar de ses yeux aveugles.

— Fais attention au souffle du loup, dit le rôdeur. C'est un bloc de glace, qui congèlerait et tes muscles et tes os. J'ai vu un géant abattu par ce simple souffle ! (Montolio se tourna vers Drizzt et sut que le drow arborait une expression inquiète.) Il faut que Guenhwyvar les maintienne à distance, le temps que nous nous débarrassions de Graugn et de son armée, dit le rôdeur, ensuite nous pourrons nous inquiéter de Caroak.

Il lâcha les oreilles de la panthère et caressa la nuque de Guenhwyvar avec fermeté. Celle-ci poussa un quatrième feulement et fila à toute vitesse à travers le bosquet, telle une flèche noire visant le cœur du mal.

Le plus gros des forces de Graugn arriva par l'ouest comme prévu, vociférant, criant et piétinant les broussailles sur son chemin. Les troupes approchèrent en deux groupes, se frayant un chemin dans chacun des deux taillis touffus.

— Vise le taillis qui se trouve le plus au sud! lança Montolio à Drizzt, qui se trouvait en position sur le pont de corde croulant sous les arbalètes. Il y a des amis à nous dans l'autre!

Comme pour confirmer les dires du rôdeur, le taillis le plus au nord se remplit soudain des cris des orques, ressemblant plus à des hurlements terrifiés qu'à des cris de guerre, accompagnés d'un chœur de grognements sourds. L'ours Fulmine avait répondu à l'appel de Montolio et, d'après les bruits qui émanaient du taillis, il avait amené des amis en nombre.

Drizzt ne comptait pas remettre en cause leur bonne fortune. Il se mit en position derrière l'arbalète la plus proche et décocha son premier carreau alors que les tout premiers orques émergeaient du taillis le plus au sud. Le drow parcourut tout le pont, décochant ses tirs en successions rapides. En contrebas, Montolio envoya quelques flèches en cloche par-dessus le mur.

Avec l'essaim d'orques qui leur faisait face, Drizzt ne pouvait dire combien de leurs tirs atteignaient leur cible, mais les projectiles vrombissants ralentissaient bel et bien l'assaut des créatures, et clairsemaient leurs rangs. Plusieurs orques tombèrent en avant; quelques-uns firent demi-tour et repartirent droit à l'abri des arbres. Mais la majeure partie du groupe continua à avancer, rejointe par les orques qui sortaient en courant de l'autre taillis.

Montolio décocha un dernier coup, puis revint à tâtons et en courant sur un chemin abrité pour atteindre l'arrière de son piège constitué d'arbres pliés, où il serait protégé sur trois côtés par un rempart de bois et d'arbres. Son arc dans une main, il saisit son épée de l'autre et étendit le bras pour toucher l'une des cordes.

Drizzt remarqua que le rôdeur avait pris position six mètres en contrebas et il se dit que c'était sans doute sa dernière occasion d'agir librement. Il repéra l'un des objets suspendus au-dessus de la tête de Montolio et lui lança un sort.

Leurs flèches n'avaient produit que des dommages limités sur l'ensemble des assaillants, mais les pièges à loup furent plus efficaces. Un premier orque marcha dessus, puis un deuxième, leurs cris perçant à travers le vacarme de l'assaut. Quand les orques virent la douleur qu'enduraient leurs compagnons et le danger que cela représentait, ils ralentirent considérablement leur charge ou s'arrêtèrent complètement.

Voyant le désordre se répandre dans leurs rangs, Drizzt s'arrêta et se concentra sur son dernier tir. Il remarqua un grand orque, remarquablement bien vêtu, qui les observait du haut des branches les plus proches, au nord du taillis. Drizzt sut alors qu'il s'agissait de Graugn, mais son attention se reporta immédiatement sur la silhouette qui se tenait à ses côtés.

— Enfer, murmura le drow, reconnaissant McCartilage.

Maintenant, il se trouvait face à un véritable dilemme, visant tour à tour l'un et l'autre de ses adversaires. Drizzt avait envie de diriger son tir sur Férul, il voulait mettre fin au supplice que celui-ci lui infligeait séance tenante. Mais Férul n'était pas un orque, et Drizzt s'aperçut que l'idée de tuer un être humain lui répugnait.

— Graugn est la cible la plus stratégique, se dit le drow, plus pour faire taire ses démons intérieurs que pour toute autre raison.

Précipitamment, avant de se laisser le temps de trouver d'autres arguments, il visa et décocha son tir. Le carreau siffla longtemps et sur une longue distance, se plantant dans le tronc d'un arbre à quelques centimètres à peine derrière la tête de Graugn. Férul attrapa promptement le roi des orques et l'entraîna en arrière, à l'abri de l'ombre. Surgit alors devant eux un géant des pierres, poussant des hurlements, un rocher à la main.

Le projectile détruisit les arbres autour de Drizzt, faisant trembler les branches tout autant que le pont. Un deuxième lancer suivit dans la foulée, celui-là emportant complètement l'un des points d'attache du pont, dont la partie avant s'effondra.

Drizzt l'avait vu venir, si stupéfié et horrifié qu'il soit par l'incroyable précision du géant à une distance pareille. Tandis que l'avant du pont s'effondrait sous ses pieds, il s'élança d'un bond vers le haut, se raccrochant à un enchevêtrement de branches. Quand il finit par retrouver ses esprits, un autre problème se présenta à lui. Les orques montés sur des worgs arrivaient de l'est, brandissant des torches.

Drizzt regarda la bûche piégée, puis l'arbalète. L'arme avait survécu à la fronde du rocher, tout comme l'emplacement qui l'abritait, mais le drow n'avait aucune chance de l'atteindre, ne pouvant plus traverser le pont chancelant.

Les meneurs du gros de la force d'attaque des orques se trouvaient désormais derrière Drizzt, ayant atteint le muret de pierres. Par chance, le premier orque qui bondit à l'intérieur du bosquet atterrit droit sur l'un des monstrueux pièges à loup, ce qui découragea un moment ses congénères de le suivre.

Guenhwyvar bondissait de part et d'autre des nombreux rocs escarpés qui parsemaient le chemin descendant vers le sud. La panthère percevait les cris distants de la bataille en provenance du bosquet, mais elle entendait avec encore plus d'intensité les grognements de la meute de loups en approche. La panthère sauta sur une corniche basse et les y attendit.

Caroak, l'immense bête canine à la fourrure argentée, menait l'assaut. Comme il était tout entier concentré sur le lointain bosquet, sa surprise fut totale quand Guenhwyvar lui tomba dessus, le labourant et le ratissant de ses griffes avec frénésie.

Des touffes de fourrure argentée volèrent en tous sens sous l'attaque. Poussant des gémissements, Caroak plongea et se roula par terre. Guenhwyvar se maintint sur le loup comme un bûcheron se maintenant sur un rondin tournoyant dans l'eau, le griffant et le frappant à chacune de ses roulades. Mais Caroak était un vieux de la vieille, un vétéran qui avait derrière lui une bonne centaine de batailles. Tandis que le monstre roulait sur le dos, il projeta son souffle gelé en direction de la panthère.

Guenhwyvar se jeta sur le côté, esquivant le souffle gelé ainsi que l'attaque de plusieurs worgs. Le souffle n'atteignit la panthère que sur l'un des côtés du museau, paralysant néanmoins sa mâchoire. Et le combat s'engagea, Guenhwyvar bondissant et s'abattant sur la meute de worgs, tandis que ceux-ci et Caroak tentaient de la mordre aux pattes.

Drizzt et Montolio commençaient à manquer de temps. Avant tout, Drizzt savait qu'ils devaient protéger leurs arrières. En un mouvement, il se débarrassa de ses bottes, attrapa le silex dans une main et plaça le bout d'acier dans sa bouche, puis il sauta vers une haute branche qui devait le mener jusqu'à l'arbalète solitaire.

Un instant plus tard, il se retrouva juste au-dessus de l'arme. Suspendu à une main, il frotta énergiquement le silex contre l'acier de l'autre. Des étincelles apparurent, tombant tout près du carreau à enflammer. Drizzt répéta ce mouvement un certain nombre de fois, et finalement, une des étincelles atteignit le chiffon imbibé d'huile, encore suffisamment vive pour enflammer le carreau ainsi préparé.

Mais la chance du drow s'arrêta là. Il se balança et se tortilla, mais il ne réussit pas à approcher suffisamment son pied de l'arme pour appuyer sur la détente.

Montolio ne pouvait rien en voir, évidemment, mais il en savait assez quant à leur situation en général. Il entendait les worgs qui approchaient à l'arrière du bosquet et savait que les orques qui les assaillaient de front s'étaient introduits dans l'enceinte du muret. Il banda son arc et décocha un nouveau tir à travers la voûte épaisse des arbres pliés en deux, juste pour faire bonne mesure, et il ulula trois fois d'une voix forte.

En réponse, un groupe de hiboux plongea du haut des pins, fondant sur les orques qui se trouvaient à proximité du muret de pierres. Comme les pièges, les hiboux ne pouvaient guère causer que des dégâts limités, mais la confusion qui suivit leur attaque permit aux défenseurs du bosquet de gagner un petit peu de temps.

À cet instant, le seul véritable avantage dont pouvaient encore se prévaloir les assiégés était la présence dans le taillis le plus au nord de l'ours Fulmine et de ses congénères encore plus imposants, qui avaient déjà mis à terre une douzaine d'orques et en avaient poussé encore une bonne vingtaine à courir en tous sens, à l'aveugle.

Un orque, propulsé dans les airs par un ours, atterrit dans un arbre, manquant s'écraser contre Fulmine. Il avait suffisamment gardé ses esprits pour tenter de plonger sa lance en avant, droit dans la direction de l'ours, mais la force de la créature n'était pas suffisante pour transpercer la peau épaisse.

Fulmine rétorqua par un coup violent qui envoya la tête de l'orque voler entre les arbres.

Un autre ours immense se dirigea vers lui à pas tranquilles sur ses deux pattes arrière, ses énormes pattes avant croisées devant lui. La seule chose qui permettait de deviner que l'ours tenait un orque dans son étreinte écrasante était les pieds qui en dépassaient, donnant des coups violents à la fourrure qui l'engloutissait.

Fulmine repéra un nouvel ennemi, plus petit et plus rapide que l'étaient les orques. L'ours grogna et chargea dans sa direction, mais la minuscule créature s'évapora bien avant qu'il s'en soit approché.

Tephanis n'avait aucune intention de se joindre à la bataille. Il avait choisi d'accompagner le groupe arrivant du taillis le plus au nord principalement pour rester hors de vue de Graugn, et comptait bien rester en haut des arbres du début à la fin du combat. Les arbres ne lui paraissaient plus si sûrs maintenant, alors l'esprit follet se volatilisa pour atteindre le taillis le plus au sud.

À peu près à mi-chemin de l'autre taillis, les plans de l'esprit follet furent de nouveau déjoués. Son exceptionnelle vélocité lui permit presque de dépasser le piège à loup dissimulé avant que les mâchoires d'acier se referment sur lui, mais les dents cruelles atteignirent la pointe de son pied. La secousse qui s'ensuivit lui coupa le souffle et le laissa inconscient, face contre terre.

Drizzt savait à quel point les petites flammes qui illuminaient le carreau pouvaient trahir leurs intentions ;

il ne fut donc pas vraiment surpris de voir arriver un autre rocher vrombissant, projeté par le géant. Il toucha la branche à laquelle se raccrochait Drizzt, et avec toute une série de craquements, celle-ci se décrocha et son extrémité plongea dans le vide.

Drizzt accrocha l'arbalète du pied alors qu'elle chutait et actionna immédiatement la détente, avant que l'arme soit trop déviée. Puis il resta accroché là où il était avec obstination, regardant ce qui se passait.

Le carreau, incandescent dans l'obscurité, dépassa le muret de pierres vers l'est. Il descendit en cloche, parsemant l'herbe haute d'étincelles, puis s'enfonça avec un bruit sourd dans le rondin contenant l'eau-de-vie, sur le bord externe.

La première moitié des orques montés sur des worgs parvinrent à traverser la zone infestée de pièges à loup, mais les trois derniers n'eurent pas cette chance, arrivant juste au moment où les flammes commençaient à lécher le flanc du rondin. L'eau-de-vie et le petit bois s'enflammèrent brusquement tandis que les cavaliers plongeaient malencontreusement au travers. Les worgs et les orques enflammés se retrouvèrent à terre, se débattant dans l'herbe haute, créant de nouveaux foyers.

Ceux qui avaient réussi à passer se retournèrent brusquement quand ils entendirent la déflagration soudaine. L'un des cavaliers fut projeté lourdement au sol, atterrissant sur sa propre torche, et les deux orques qui l'entouraient eurent du mal à rester en selle. Les orques détestaient le feu par-dessus tout, et la vue de trois de leurs congénères se roulant par terre telles des boules de flammes ne renforça en rien leur résolution dans cette bataille.

Guenhwyvar arriva sur une petite zone plate dominée par un érable unique. Quiconque aurait pu assister à la course de la panthère en aurait cligné des yeux avec incrédulité, se demandant si le tronc d'arbre était réellement à la verticale, étant donné la vitesse à laquelle Guenhwyvar le gravit.

La meute de worgs arriva peu après, reniflant et piétinant au pied de l'arbre, certains que le fauve se trouvait là-haut, mais bien incapables de discerner la forme noire de la panthère parmi les branches sombres.

Celle-ci se montra bien assez tôt, fondant une nouvelle fois sur le dos du loup arctique, et prenant garde cette fois-ci de bien planter ses crocs dans l'oreille de Caroak.

Caroak se débattit en gémissant sous l'action de la mâchoire de Guenhwyvar. Il réussit à se retourner et Guenhwyvar entendit une forte inspiration, la même qui avait précédé le souffle gelé la dernière fois.

Guenhwyvar tendit les muscles puissants de son cou, déviant la mâchoire ouverte de Caroak sur le côté. Le souffle gelé s'en échappa tout de même, atteignant trois worgs qui fondaient sur elle en plein museau.

Les muscles de Guenhwyvar se relâchèrent et se retendirent immédiatement, et la panthère entendit le cou de Caroak craquer. Le loup arctique s'effondra lourdement, Guenhwyvar toujours sur son dos.

Les trois worgs les plus proches de la panthère, ceux qui avaient été touchés par le souffle gelé de Caroak, n'étaient plus en rien une menace. L'un était étendu sur le flanc, haletant à la recherche d'une inspiration qui ne pouvait plus atteindre ses poumons gelés, un autre tournait en cercles serrés, complètement aveuglé, et l'autre restait parfaitement immobile, les yeux fixés sur ses pattes avant, qui pour une raison inconnue refusaient obstinément de répondre à son appel.

Mais le reste de la meute, forte de près de vingt membres, s'approcha avec méthode, entourant la panthère d'un cercle mortel. Guenhwyvar regarda de toutes parts à la recherche d'une issue, mais les worgs ne se précipitaient pas sur elle, ce qui lui aurait certainement laissé une ouverture.

Ils avançaient d'un seul et même pas, épaule contre épaule, resserrant le cercle.

Les orques qui avaient pris la tête de l'assaut s'affairaient à l'entrée de l'enchevêtrement d'arbres pliés en deux, à la recherche d'un passage. Certains avaient commencé à y pénétrer, mais la majeure partie du piège était constituée d'éléments communicants, et n'importe laquelle de la douzaine de cordes enchevêtrées projetterait en l'air l'ensemble des pins pliés.

C'est alors que l'un des orques découvrit le filet de Montolio de la pire façon possible. Il trébucha sur l'une des cordes, tombant la tête la première sur le filet, puis il s'envola dans les airs, entraînant à sa suite l'un de ses compagnons. Aucun d'entre eux n'aurait pu s'imaginer qu'ils étaient en fait favorisés par rapport aux nombreux congénères qu'ils avaient quittés, en particulier celui qui enjambait la corde garnie de couteaux sans se douter de rien. Quand les arbres se relevèrent brusquement, le piège diabolique en fit de même, éventrant la créature et le projetant dans les airs la tête en bas.

Même les orques qui avaient échappé au deuxième jeu de pièges ne s'en tirèrent pas sans dommages. Des branches enchevêtrées, hérissées d'aiguilles de pins acérées, les assaillirent de toutes parts, envoyant quelques-uns d'entre eux au loin dans le décor, écorchant et désorientant les autres.

Comme si cela ne suffisait pas, le bruit des arbres en mouvement fut le signal pour Montolio de se mettre à tirer. Flèche après flèche, les tirs sifflèrent sur le parcours abrité, atteignant leur cible plus souvent qu'elles la rataient. Un des orques leva sa lance pour la lui jeter, mais son élan fut stoppé d'une flèche au visage et d'une autre dans la poitrine. Une autre bête fit demi-tour et s'enfuit, en criant frénétiquement : « Magie maléfique ! »

Pour ceux qui se trouvaient au niveau du muret de pierre, l'orque qui poussait ces hurlements parut voler, ses pieds voltigeant au-dessus du sol. Ses compagnons abasourdis comprirent le pourquoi du comment quand l'orque s'écroula comme une masse à leurs pieds, une flèche à la hampe encore frémissante plantée dans le dos.

Drizzt, toujours suspendu à son perchoir précaire, n'eut pas le temps de s'émerveiller de l'efficacité du plan minutieux de Montolio. Le géant s'était mis en mouvement, arrivant de l'ouest, et de l'autre côté, les deux orques restants, montés sur des worgs, avaient suffisamment repris leurs esprits pour charger de nouveau, brandissant leurs torches.

Le cercle de worgs grognant avec férocité se resserra encore. Guenhwyvar pouvait sentir leur haleine fétide. La panthère ne pouvait pas espérer charger à travers leurs rangs serrés, pas plus qu'elle ne pouvait bondir par-dessus leur cercle avec suffisamment de vitesse pour s'enfuir.

Guenhwyvar trouva une solution. Ses pattes arrière prirent appui sur le corps encore tressautant de Caroak et la panthère se projeta droit en avant, à plus de six mètres de haut. Elle réussit à atteindre les branches basses de l'érable grâce aux longues griffes de ses pattes avant, s'y cramponna et s'éleva dans l'arbre. Puis la panthère disparut au sein des branches, laissant la meute frustrée à ses hurlements et à ses grognements.

Mais Guenhwyvar réapparut en un rien de temps, s'échappant sur le côté de l'arbre pour rejoindre le sol, et la meute entama sa poursuite. La panthère en était venue à bien connaître le terrain durant les dernières dizaines et maintenant Guenhwyvar savait exactement où mener les worgs.

Ils coururent le long d'une arête, bordée sur la gauche d'un vide noir et inquiétant. Guenhwyvar reconnut les rochers et les quelques arbres épars. La panthère ne pouvait discerner l'autre bord du gouffre et devait s'en remettre entièrement à sa mémoire. Avec une vélocité incroyable, Guenhwyvar changea brusquement de direction et bondit dans la nuit, atterrissant avec légèreté sur l'autre bord du large gouffre et accélérant dans la direction du bosquet. Les worgs devraient effectuer un interminable saut – trop long pour la plupart d'entre eux – ou faire un long détour en revenant sur leurs pas pour parvenir à la suivre.

Ils s'approchèrent du gouffre avec précaution, en poussant des grognements féroces et en grattant le sol. L'un d'entre eux s'avança sur le bord, voulant tenter le même saut, mais une flèche transperça soudain son flanc, anéantissant sa détermination.

Les worgs n'étaient pas des créatures stupides, et la vue d'une flèche les mit sur la défensive. La démonstration qui s'ensuivit de la part de Kellindil et de ses congénères se révéla plus efficace que prévu. Des douzaines de flèches s'abattirent en sifflant, clouant les worgs sur place. Seuls quelques-uns d'entre eux réussirent à échapper à ce barrage de tirs, et ils se dispersèrent prestement dans la nuit noire.

Drizzt en appela à un autre de ses sorts pour stopper les orques chevauchant les worgs. Le feu féerique, ces flammes dansantes et inoffensives, enveloppa soudain les torches qu'ils brandissaient, descendant le long du manche de bois pour lécher les mains des orques. Le feu féerique ne brûlait pas – il n'était même pas chaud – mais quand les orques virent des flammes danser sur leurs mains, ils en oublièrent vite d'être rationnels.

L'un d'entre eux jeta sa torche au loin, et ce mouvement brusque le délogea de sa selle. Il dégringola dans l'herbe au bas de sa monture, qui se retourna en émettant un grognement frustré.

L'autre lâcha simplement sa torche, qui tomba sur le haut du crâne du worg qu'il montait. Des étincelles et des flammes s'élevèrent du pelage épais de la créature, rôtissant ses yeux et ses oreilles, et la bête en perdit la tête. Elle se roula par terre la tête la première, rebondissant au passage en plein sur l'orque ahuri.

Celui-ci se remit sur ses pieds en chancelant, étourdi et endolori, les bras grands ouverts comme en signe d'excuse. Mais le worg roussi n'en avait cure. Il sauta droit sur lui et lui planta ses crocs puissants dans la figure.

Drizzt ne vit rien de cette scène. Le drow ne pouvait qu'espérer que son sort avait fonctionné, car, tout de suite après avoir lancé le sort, il avait relâché sa prise sur l'arbalète et laissé la branche courbée le conduire jusqu'au sol.

Deux orques, apercevant enfin une cible, se ruèrent sur le drow comme il atterrissait, mais à la seconde où les mains de Drizzt eurent quitté la branche, elles brandissaient déjà ses cimeterres. Les orques continuèrent à avancer, inconscients du danger, et Drizzt fit sauter leurs armes de leurs mains avant de les tailler en pièces. Le drow eut affaire à une résistance plus clairsemée tandis qu'il orientait ses pas vers le secteur qu'il avait aménagé. Un sourire sinistre passa sur son visage quand il sentit enfin la hampe métallique de la corsèque sous ses pieds nus. Il se souvint des monstres géants qui, à Maldobar, avaient massacré cette famille innocente, et il se sentit réconforté d'être sur le point de supprimer un autre membre de cette race malfaisante.

— *Mangura bok woklok!* cria Drizzt, plaçant l'un de ses pieds à la base de la racine et l'autre sur l'extrémité de l'arme dissimulée.

Montolio sourit en entendant le cri du drow, rasséréné par la proximité de son puissant allié. Son arc chanta à quelques autres reprises, mais le rôdeur sentait que les orques s'approchaient de lui par des voies détournées, utilisant les arbres épais pour rester à couvert. Le rôdeur les attendit, jouant le rôle d'appât pour les attirer jusqu'à lui. Puis, juste avant qu'ils soient trop proches, Montolio lâcha son arc, dégaina brusquement son épée et trancha la corde à côté de lui, juste en dessous d'un énorme nœud. La corde s'envola, le nœud se prit dans une des fourches de la branche la plus basse, et le bouclier de Montolio, ensorcelé au préalable par l'un des sorts d'obscurité de Drizzt, descendit jusqu'à se retrouver précisément à la hauteur du bras du rôdeur, prêt à le récupérer.

L'obscurité n'avait que peu d'effet sur le rôdeur aveugle, mais il en fut autrement pour les quelques orques qui s'étaient approchés de Montolio et qui se retrouvèrent en position précaire. Ils se bousculèrent, balançant des coups d'épée avec frénésie – l'un d'entre eux découpa en morceaux son propre frère – tandis que Montolio prenait calmement ses repères dans la mêlée, procédant avec méthode. En l'espace de quelques minutes, quatre de ses cinq assaillants avaient trouvé la mort ou étaient agonisants, et le cinquième s'était enfui.

Loin d'en avoir fini, le rôdeur et sa sphère de ténèbres ambulante continuèrent leur route, à la recherche de voix ou de bruits qui les guideraient vers plus d'orques à massacrer. De nouveau, retentit le cri qui faisait sourire Montolio.

—*Mangura bok woklok!* cria de nouveau Drizzt.

Un orque décocha sa lance vers le drow, que celui-ci dévia prestement sur le côté. L'orque lointain était maintenant désarmé, mais Drizzt ne le poursuivit pas, gardant sa position avec détermination.

—*Mangura bok woklok!* cria encore Drizzt. Viens donc par là, espèce d'imbécile heureux!

Cette fois-ci, le géant, qui s'approchait du muret du côté de Montolio, entendit ses paroles. Le gros monstre hésita un moment, regardant le drow avec curiosité.

Drizzt ne laissa pas passer cette occasion.

—*Mangura bok woklok!*

En hurlant, d'un coup de pied qui fit trembler la terre, le géant démolit une partie du muret de pierres et se rua sur Drizzt à grands pas.

—*Mangura bok woklok!* répéta Drizzt pour faire bonne mesure, positionnant ses pieds sous le bon angle.

Le géant partit dans une course effrénée, éparpillant les orques terrifiés qui se trouvaient devant lui et entrechoquant avec colère la massue qu'il tenait d'une main contre le rocher qu'il tenait de l'autre. Il lança un millier d'imprécations à Drizzt en quelques secondes, des mots dont le drow ne connaîtrait jamais le sens. Le géant faisait bien trois fois la taille de l'elfe noir et plusieurs fois son poids; il surgit au-dessus de Drizzt et sa charge donnait l'impression qu'il allait très probablement enterrer le drow sur place, là où celui-ci se tenait calmement.

Quand le géant ne fut plus qu'à deux de ses grandes enjambées de Drizzt, uniquement concentré sur la collision qui devait conclure sa course, l'elfe noir balança tout son poids sur son pied arrière. La base de la corsèque tomba dans le trou en contrebas. Sa pointe se releva.

Drizzt s'échappa d'un bond au moment où le géant plongeait sur la corsèque. La pointe de l'arme et ses piques imposantes disparurent dans le ventre du géant, transperçant son diaphragme, son cœur et ses poumons. La hampe métallique plia et sembla se rompre tandis que sa base s'enfonçait de plus de un pied dans le sol.

La corsèque résista, et le géant fut stoppé net. Il laissa tomber sa massue et son rocher, tentant désespérément d'atteindre la hampe métallique de l'arme avec des mains qui n'avaient même plus la force de s'en approcher. Ses grands yeux s'écarquillèrent, incrédules, terrorisés et surpris. Sa bouche s'ouvrit largement et se tordit de façon étrange, mais ne parvint pas à trouver le souffle nécessaire pour pousser le moindre cri.

Drizzt, lui aussi, faillit pousser un cri, mais retint ses paroles avant qu'elles sortent de sa bouche.

— Incroyable, dit-il.

Il reporta son regard vers l'endroit où se battait Montolio : en effet, le cri qu'il avait failli pousser se trouvait être une louange à la déesse Mailikki. Drizzt secoua la tête pour exprimer son impuissance et sourit, abasourdi par l'acuité des perceptions de son compagnon pas si aveugle en fin de compte.

Ces pensées en tête et un sentiment de droiture au cœur, Drizzt courut sur la hampe de la corsèque et trancha la gorge du géant en utilisant ses deux armes. Il continua sur son élan, bondissant sur l'épaule et la tête du géant pour fondre sur un groupe d'orques qui observaient la scène et poussèrent de hauts cris à son arrivée.

Voir leur géant, d'entre tous la brute la plus épaisse, tremblant et haletant, avait déjà déconcerté les orques, mais quand cet elfe monstrueux à la peau d'ébène et aux yeux sauvages se jeta sur eux, ils s'éparpillèrent dans tous les sens. L'assaut de Drizzt le conduisit aux deux orques les plus proches, qu'il tailla en pièces promptement avant de continuer sa charge.

À six mètres sur la gauche du drow, une boule d'obscurité sortit en trombe de l'abri des arbres, chassant une douzaine d'orques effrayés devant elle. Les orques savaient que disparaître dans cette impénétrable sphère signifiait tomber aux mains de l'ermite aveugle et en mourir.

Deux orques et trois worgs, tout ce qu'il restait des porteurs de torches, se regroupèrent et se glissèrent discrètement vers l'extrémité est du bosquet. S'ils pouvaient fondre sur leurs ennemis par l'arrière, ils pensaient pouvoir encore gagner la bataille.

L'orque le plus au nord n'eut même pas le temps d'apercevoir la silhouette noire qui se ruait sur lui. Guenhwyvar le laboura de ses griffes jusqu'à ce qu'il tombe, et elle continua son attaque, sûre et certaine que sa victime ne se relèverait jamais.

Le suivant sur sa trajectoire était un worg. Plus rapide à la détente que l'orque, le worg se retourna et fit face à la panthère, montrant les dents et claquant des mâchoires.

Guenhwyvar gronda férocement, avançant droit sur lui et s'arrêtant à une courte distance. Ses griffes s'abattirent dans une avalanche de coups : le worg ne faisait pas le poids face à la vélocité du fauve. Il balançait ses mâchoires d'un côté et de l'autre, ayant toujours un temps de retard sur les pattes qui l'assaillaient, ne pouvant les saisir. Après seulement cinq coups, le worg avait perdu le combat. Un de ses yeux ne s'ouvrirait plus jamais, sa langue, à moitié déchirée, pendait sans défense d'un côté de sa bouche et sa mâchoire inférieure était maintenant en décalage avec la supérieure. Seule la présence d'autres cibles sauva le worg; lorsqu'il se détourna et s'enfuit dans la direction d'où il venait, Guenhwyvar, voyant d'autres proies plus proches, ne le poursuivit pas.

Drizzt et Montolio avaient repoussé le plus gros de leurs assaillants de l'autre côté du muret de pierres. « Magie maléfique ! » devint le cri de ralliement des orques restants, le désespoir perçant dans leur voix. Ululant et ses compagnons hiboux ajoutèrent à la frénésie grandissante, battant des ailes brusquement devant les visages des orques, leur donnant qui un coup de bec, qui un coup de serre avant de regagner le ciel à toute vitesse. Un autre orque encore tomba sur l'un des pièges à loup au cours de sa fuite. Il s'écroula en poussant des hurlements et des cris perçants qui ne firent qu'attiser la terreur de ses compagnons.

— Non ! cria Férul McCartilage, incrédule. T'as laissé deux gars vaincre tout' ton armée !

Le regard de Graugn se reporta sur le robuste gaillard.

— On peut leur fair'faire d'mi-tour, dit Férul. S'ils te voient, ils r'tourneront au combat.

Le montagnard n'avait pas tout à fait tort. Si Graugn et Férul avaient fait leur entrée à cet instant précis, les orques, dont le nombre dépassait encore les cinquante, auraient pu se regrouper. La plupart de leurs pièges ayant déjà été utilisés, Drizzt et Montolio auraient pu se retrouver dans une position des plus délicates ! Mais le roi des orques avait vu venir du nord une autre menace imminente et il avait décidé, faisant fi des protestations de Férul, que le vieil homme et l'elfe noir ne valaient pas tant de sacrifices.

La plupart des orques qui se trouvaient dans le champ entendirent le nouveau péril arriver avant de le voir, car Fulmine et ses amis constituaient une troupe bruyante. L'obstacle majeur auquel durent faire face les ours quand ils se retrouvèrent au milieu des rangs des orques fut de sélectionner une seule et unique cible dans la frénésie ambiante. Ils attrapaient les orques d'un coup de patte au passage, puis les chassaient dans les taillis et au-delà, revenant jusqu'à l'emplacement de leurs grottes près de la rivière. On était au beau milieu du printemps ; l'air était chargé d'énergie et d'excitation, et comme ces bêtes joueuses aimaient chasser les orques !

L'ensemble de la horde fuyant précipitamment passa juste devant l'esprit follet, toujours à terre. Quand Tephanis se réveilla, il vit qu'il était le seul survivant du champ de bataille baigné de sang. Des grognements et des cris s'élevaient de l'ouest, provenant des orques en fuite, et des bruits de combat résonnaient toujours dans le bosquet du rôdeur. Tephanis savait que son rôle dans cette bataille, si mineur qu'il ait pu être, avait pris fin. Une douleur épouvantable remonta le long de la jambe de l'esprit follet, la douleur la plus intense qu'il ait jamais connue. Il baissa les yeux vers son pied blessé et se rendit compte à sa grande horreur que la seule façon dont il pouvait s'extraire du piège monstrueux était d'achever le travail de celui-ci, en perdant au passage le bout de son pied et ses cinq orteils. Ce n'était pas une tâche bien difficile – le pied ne tenait plus que par une fine couche de peau – et Tephanis n'hésita pas, craignant que le drow arrive à tout instant et le trouve.

L'esprit follet étouffa son cri et enveloppa la blessure dans sa chemise déchirée, avant de se diriger à pas lents vers le couvert des arbres.

L'orque rampait silencieusement, heureux que les bruits du combat entre la panthère et le worg couvrent sa progression. L'idée de tuer le vieil homme ou le drow avait totalement disparu de ses pensées à présent ; il avait vu ses camarades chassés au loin par une cohorte d'ours. Maintenant, tout ce que voulait l'orque, c'était de trouver un chemin pour s'enfuir, ce qui n'était pas une prouesse facile dans l'enchevêtrement épais et bas des branches de pins.

Il marcha sur des feuilles mortes alors qu'il pénétrait dans une zone à découvert et se figea devant leur crépitement sonore. L'orque jeta un coup d'œil sur la gauche, puis tourna doucement sa tête vers la droite. D'un coup, il sauta et se retourna, s'attendant à une attaque venant de l'arrière. Mais il ne vit rien ni personne aussi loin que son regard pouvait porter, et tout était calme aux alentours, à l'exception des feulements lointains de la panthère et des gémissements du worg. L'orque laissa échapper un long soupir de soulagement et repartit à la recherche du sentier.

Il s'arrêta brusquement par instinct et rejeta sa tête en arrière pour regarder vers le haut. Une silhouette noire était tapie sur une branche juste au-dessus de sa tête, et l'éclair argenté l'abattit avant que l'orque ait eu la moindre chance de réagir. La courbe de la lame du cimeterre s'avéra parfaite pour glisser autour du menton de l'orque et plonger dans sa gorge.

L'orque resta immobile, les bras ouverts et tremblants, et il tenta de crier mais son larynx avait été tranché sur toute sa longueur. Le cimeterre fut brutalement extirpé et l'orque tomba en arrière, mort.

Non loin de là, un autre orque parvint à s'extraire du filet suspendu et libéra rapidement son compagnon. Les deux combattants, furieux et peu désireux de s'enfuir avant d'avoir combattu, s'avancèrent en rampant silencieusement.

— Dans les ténèbres, expliqua le premier alors qu'ils traversaient un fourré et se retrouvèrent devant un paysage voilé par une sphère impénétrable. Ténèbres profondes.

Ensemble, les deux orques levèrent leurs lances et les jetèrent en avant, grognant sauvagement dans leur effort. Les lances disparurent au centre de la sphère obscure, l'une heurtant un objet métallique mais la seconde frappant quelque chose de plus mou.

Les cris de victoire des orques furent interrompus par la corde d'un arc, vibrant par deux fois. Une des deux créatures vacilla en avant, morte avant de toucher le sol, mais l'autre, restant obstinément debout, réussit à baisser les yeux vers sa poitrine, sur le point d'entrée de la flèche. Il vécut suffisamment longtemps pour voir Montolio le dépasser négligemment à grands pas, disparaissant dans l'obscurité pour y récupérer son bouclier.

Drizzt observa le vieil homme à bonne distance, secouant la tête, émerveillé.

— C'est fini, dit l'éclaireur des elfes à ses congénères quand ils le retrouvèrent parmi les rochers qui se trouvaient au sud, juste derrière le bosquet de Mooshie.

— Je n'en suis pas si sûr, répondit Kellindil, regardant avec curiosité vers l'ouest, attentif à l'écho des rugissements des ours et des cris des orques.

Kellindil soupçonnait que quelqu'un d'autre que Graugn était à l'origine de cette attaque, et se sentant d'une certaine manière responsable du drow, il voulait savoir ce qu'il en était.

— Le rôdeur et le drow ont repris possession du bosquet, expliqua l'éclaireur.

— C'est vrai, dit Kellindil, et votre participation s'arrête ici. Retournez au campement, tous autant que vous êtes.

— Ne vas-tu pas nous y rejoindre ? demanda l'un des elfes, bien qu'il ait déjà deviné la réponse à cette question.

— Si mon destin le décide, répondit Kellindil. Pour l'instant, j'ai d'autres affaires qui m'attendent.

Ses compagnons ne questionnèrent pas Kellindil plus avant. Il était rare qu'il s'aventure dans leur royaume et il ne restait jamais très longtemps en leur compagnie. Kellindil était un aventurier ; la route était sa demeure. Il s'éloigna en un instant, courant pour rattraper les orques en fuite, puis les suivit en parallèle, sur leur flanc sud.

— Tu les as laissés t'mettre une raclée ! s'énerva Férul quand Graugn et lui-même s'arrêtèrent un moment plus tard pour reprendre leur souffle. Et y z'étaient qu'deux !

La réponse de Graugn fut un coup assené par sa lourde massue. Férul bloqua en partie l'attaque, mais le poids de l'arme le propulsa en arrière.

— Tu vas m'payer ça ! grogna le montagnard, arrachant Saigneuse de sa ceinture.

Une douzaine des serviteurs de Graugn apparurent alors derrière leur roi et comprirent immédiatement la situation.

— Toi avoir apportu ruine sur nous, dit Graugn d'un ton brusque, avant d'ajouter à l'attention de ses orques : Tuer lui !

Le chien de Férul fit trébucher l'orque le plus proche et Férul n'attendit pas que les autres le rattrapent. Il se retourna et partit en courant dans la nuit, utilisant tous les stratagèmes qu'il connaissait pour semer la horde de ses poursuivants.

Ses efforts portèrent rapidement leurs fruits – les orques ne tenaient vraiment pas à mener une autre bataille cette nuit-là – et Férul aurait été bien inspiré d'arrêter de regarder derrière lui.

Il entendit un bruissement devant lui, en hauteur, et se retourna juste à temps pour prendre le pommeau d'une épée en mouvement en plein dans la figure. La force du coup, amplifiée par le propre élan de Férul, expédia le montagnard au sol, inconscient.

— J'aurais dû m'en douter, dit Kellindil devant le corps recroquevillé.

19

Des chemins séparés

Les huit jours qui venaient de s'écouler n'avaient en rien atténué la douleur du pied de Tephanis. L'esprit follet se déplaçait à pas lents, du mieux qu'il le pouvait, mais dès qu'il commençait à courir, il penchait tellement d'un côté qu'il s'écrasait plus souvent qu'à son tour dans un buisson ou, pire, dans le tronc rigide d'un arbre.

— Vas-tu-cesser-de-me-grogner-dessus-s'il-te-plaît, chien-stupide ! dit Tephanis d'un ton brusque au chien jaune qui l'accompagnait depuis le lendemain de la bataille.

Aucun d'entre d'eux n'appréciait vraiment la compagnie de l'autre. Tephanis se plaignait souvent que ce bâtard hideux n'était en rien semblable à Caroak. Mais Caroak était mort ; l'esprit follet avait retrouvé le corps mutilé du loup arctique. Un autre de ses compagnons n'était plus, et l'esprit follet était de nouveau seul.

— Seul-si-ce-n'est-ta-présence, chien-stupide, se lamenta-t-il.

Le chien montra les dents en grognant.

Tephanis aurait voulu lui trancher la gorge, il aurait voulu parcourir l'animal galeux sur toute sa longueur, coupant et tailladant chaque centimètre de son corps au cours de ses allers-retours. Il vit que le soleil déclinait dans le ciel et se dit que la bête pourrait bientôt se révéler utile.

— Il-est-temps-pour-moi-d'y-aller ! débita l'esprit follet.

Trop vite pour que le chien ait le temps de réagir, Tephanis fondit sur lui, attrapant la corde qu'il avait passée autour du cou de celui-ci, et lui fit faire trois fois le tour d'un arbre voisin. Le chien voulut le suivre, mais Tephanis n'eut aucun mal à rester hors de sa portée jusqu'à ce que le lien se tende, précipitant l'animal les quatre fers en l'air.

— Je-reviens-bientôt, chose-stupide !

Tephanis partit à toute vitesse le long des sentiers de montagne, sachant que cette nuit pourrait bien être sa dernière chance. Les lumières de Maldobar brûlaient au loin, mais c'était une lueur différente, celle d'un feu de camp, qui guidait l'esprit follet. Il arriva au petit campement à peine quelques minutes plus tard, heureux de voir que l'elfe n'était pas dans les parages.

Il trouva Férul McCartilage assis à la base d'un arbre immense, ses bras repliés en arrière et ses poignets liés autour du tronc. Le montagnard avait très mauvaise mine – aussi mauvaise mine que son chien – mais Tephanis n'avait plus vraiment le choix. Ulgulu et Kempfana étaient morts, Caroak était mort, et Graugn, après le désastre de la bataille dans le bosquet, avait mis sa tête à prix.

Cela ne laissait que Férul – pas vraiment son premier choix, mais Tephanis ne voulait plus passer une seule minute de survie en solitaire. Il accéléra, passant inaperçu, jusqu'à l'arrière de l'arbre et chuchota dans l'oreille du montagnard :

— Tu-seras-à-Maldobar-demain.

Férul se figea devant cette voix inattendue et grinçante.

— Tu - seras - à - Maldobar - demain, répéta Tephanis aussi lentement qu'il le put.

— Va-t'en, lui grogna Férul, pensant que l'esprit follet était là pour l'asticoter.

— Tu-devrais-être-plus-gentil-avec-moi, oh-oui-tu-devrais, rétorqua immédiatement Tephanis. L'elfe-veut-te-mettre-en-prison, tu-sais. Pour-crime-envers-le-rôdeur-aveugle.

— Ferm'la ! grogna McCartilage, plus fort qu'il en avait l'intention.

— Qu'est-ce qui t'arrive ? demanda la voix de Kellindil, pas si lointaine que cela.

— Voilà, tu-as-attiré-son-attention, homme-stupide ! chuchota Tephanis.

— Je t'ai dit de t'en aller ! répliqua Férul.

— Je-pourrais, et-alors-où-échouerais-tu ? En-prison ? dit Tephanis avec colère. Je-peux-t'aider, si-tu-veux-de-mon-aide.

Férul commençait à comprendre.

— Détache mes mains, ordonna-t-il.

— Elles-sont déjà détachées, répondit Tephanis, et Férul se rendit compte que les paroles de l'esprit follet étaient justes. Il commença à se lever puis changea brusquement d'avis comme Kellindil pénétrait dans le camp.

— Reste-tranquille, lui conseilla Tephanis. Je-vais-distraire-ton-ravisseur.

Tephanis s'était déjà mis en mouvement tandis qu'il prononçait ces paroles et Férul ne saisit qu'un murmure inintelligible. Il garda ses mains derrière lui, ne voyant pas d'autre solution pour l'instant avec l'elfe lourdement armé qui s'approchait de lui.

— C'est notre dernière nuit sur la route, remarqua Kellindil, laissant tomber à terre le lapin qu'il avait tiré pour le repas. (Il s'avança vers Férul et s'accroupit devant lui.) J'enverrai chercher la dame Fauconnier dès que nous serons arrivés à Maldobar, dit-il. Elle considère Montolio DeBrouchee comme un ami et elle sera très intéressée d'apprendre les événements qui se sont déroulés dans son bosquet.

— Et devine quoi ? cracha Férul dans sa direction. Le rôdeur était un d'mes amis, à moi aussi.

— Si tu es un ami de Graugn, le roi des orques, alors tu n'es en aucun cas l'ami du rôdeur du bosquet, rétorqua Kellindil.

Férul ne trouva rien à rétorquer, mais Tephanis lui épargna la peine de fournir une réplique. Un bourdonnement se fit entendre derrière l'elfe et Kellindil, la main sur son épée, se retourna.

— Quelle sorte de créature es-tu ? demanda-t-il à l'esprit follet, les yeux écarquillés dans son étonnement.

Kellindil n'obtint jamais de réponse à sa question, car Férul se releva soudain derrière lui et le jeta à terre. Kellindil était un combattant expérimenté mais, dans un corps à corps, il ne faisait pas le poids face aux muscles vigoureux de Férul McCartilage. Les mains énormes et sales de Férul se refermèrent sur la gorge mince de l'elfe.

— J'ai-ton-chien, dit Tephanis à Férul quand celui-ci eut fini sa basse besogne. Je-l'ai-attaché-à-un-arbre.

— T'es qui, toi ? demanda Férul, essayant de dissimuler son allégresse, aussi bien devant sa liberté retrouvée qu'à la nouvelle que son chien était encore en vie. Et qu'est-ce que tu attends de moi ?

— Je-suis-une-petite-chose, comme-tu-peux-le-voir-par-toi-même, expliqua Tephanis. J'aime-avoir-de-grands-amis.

Férul considéra l'offre pendant un moment.

— Eh ben, tu l'as bien mérité, dit-il dans un rire.

Il retrouva Saigneuse, sa hache fidèle, au milieu des possessions de l'elfe défunt et se releva, gigantesque, avec une expression sinistre.

— Viens avec moi, alors, retournons dans les montagnes. Il y a là-bas un drow avec lequel je n'en ai pas fini.

Une expression revêche passa sur les traits délicats de l'esprit follet, mais Tephanis la masqua avant que Férul ait pu la remarquer. Tephanis n'avait aucune envie de retourner à proximité du bosquet du rôdeur aveugle. Au-delà du fait que le roi des orques avait mis sa tête à prix, il savait que les autres elfes pourraient se montrer suspicieux si Férul réapparaissait sans Kellindil. De plus, Tephanis trouvait la douleur de sa tête et de son pied encore plus aiguë à la simple pensée de faire de nouveau face à l'elfe noir.

— Non ! laissa échapper l'esprit follet.

Férul, n'étant pas habitué à être désobéi, lui lança un regard menaçant.

— Ce-n'est-pas-la-peine, mentit Tephanis. Le-drow-est-mort, tué-par-un-worg.

Férul n'eut pas l'air convaincu.

— Je-t'ai-mené-au-drow-la-dernière-fois, lui rappela Tephanis.

Férul était véritablement déçu, mais il ne mit plus la parole de l'esprit follet en doute. Si Tephanis n'avait pas été là, il n'aurait jamais trouvé Drizzt, et il le savait. Il se trouverait alors à des milles de distance, flairant les alentours de la grotte de Morueme et dépensant tout son or pour des mensonges de dragons.

— Et pour le rôdeur aveugle ? demanda Férul.

— Il-est-vivant, mais-mieux-vaut-le-laisser-vivre, répondit Tephanis. De-nombreux-amis-puissants-l'ont-rejoint. (Il laissa le regard de Férul s'attarder sur le corps de Kellindil.) Des-elfes, beaucoup-d'elfes.

Férul acquiesça de la tête. Il n'en voulait pas vraiment à Mooshie et n'avait aucune envie de faire face aux congénères de Kellindil.

Ils enterrèrent l'elfe et toutes les affaires qu'ils ne pouvaient pas emporter avec eux, retrouvèrent le chien de Férul, et partirent cette même nuit vers les terres sauvages de l'Ouest.

Dans le bosquet de Mooshie, l'été fut paisible et productif, et Drizzt intégra les usages et les méthodes des rôdeurs avec encore plus de facilité que l'aurait pensé l'optimiste Montolio. Drizzt apprit les noms de chaque arbre ou broussaille de la région, de chaque animal, et chose plus importante, il apprit à apprendre, à observer les indices que Mailikki lui donnait. Quand il tomba sur un animal qu'il n'avait encore jamais rencontré, il se rendit compte que le fait d'observer simplement ses mouvements et ses actes lui permettait de comprendre en un rien de temps ses intentions, son comportement et son humeur.

— Va donc caresser sa fourrure, lui murmura Montolio un jour dans un crépuscule gris et venteux.

Le vieux rôdeur montra du doigt à travers un champ l'éclat de la touffe recouverte de trois lignes blanches qui caractérisaient la queue d'un cerf. Même dans la lumière terne, Drizzt avait du mal à voir l'animal, mais il sentait sa présence, comme l'avait bien évidemment fait Montolio avant lui.

— Est-ce qu'il me laissera faire ? lui chuchota Drizzt en retour.

Montolio sourit et haussa les épaules.

Drizzt rampa silencieusement et avec précaution, suivant les ombres qui s'étendaient en bordure de la prairie. Il choisit d'approcher par le nord, dans la direction opposée au vent, mais pour se positionner au nord du cervidé, il devait le contourner par l'est. Il comprit son erreur alors qu'il se trouvait encore à près de vingt mètres du cerf. Celui-ci releva brusquement la tête, reniflant autour de lui et relevant sa queue blanche.

Drizzt s'immobilisa et attendit un long moment, durant lequel le cerf recommença à brouter. La créature nerveuse était maintenant en alerte, et dès que Drizzt fit un autre pas prudent, le cervidé s'enfuit au loin.

Mais pas avant que Montolio, qui s'était approché par le sud, soit suffisamment proche pour lui caresser la croupe au passage.

Drizzt cligna des yeux dans sa stupéfaction.

— Le vent jouait en ma faveur ! protesta-t-il à l'attention du rôdeur à la mine suffisante.

Montolio secoua la tête.

— Seulement sur les vingt derniers mètres, quand tu te trouvais au nord du cerf, expliqua-t-il. Arriver par l'ouest était plus judicieux qu'arriver par l'est avant ce point précis.

— Mais tu ne pouvais pas l'approcher par le nord en arrivant de l'ouest, dit Drizzt.

— Je n'avais pas besoin de passer par le nord, répondit Montolio. Il y a un grand promontoire par là-bas, dit-il en pointant vers le sud. Il coupe le courant aérien selon cet angle – et le renvoie dans la direction opposée.

— Je n'en savais rien.

— Tu aurais dû le savoir, dit Montolio avec légèreté. C'est là qu'est toute l'astuce. Tu dois pouvoir voir comme le ferait un oiseau, et balayer toute la région du regard avant de décider de ta route.

— Je n'ai pas appris à voler, répondit Drizzt, sarcastique.

— Et moi non plus ! rugit le vieux rôdeur. Regarde au-dessus de toi.

Drizzt plissa des yeux alors qu'il levait les yeux vers le ciel gris. Il y discerna une silhouette solitaire, planant avec aisance sur ses grandes ailes largement étendues pour capter la brise.

— Un faucon, dit le drow.

— Il plane sur la brise qui vient du sud, expliqua Montolio, puis il vire sur l'aile vers l'ouest quand il rencontre les courants contraires aux alentours de la falaise. Si tu avais observé son vol, tu aurais pu appréhender l'évolution du terrain.

— C'est impossible, dit Drizzt avec un sentiment d'impuissance.

— Vraiment ? demanda Montolio et il s'éloigna – pour dissimuler son sourire.

Bien évidemment, le drow avait raison ; personne ne pouvait déterminer la topographie d'un terrain en observant les différentes phases du vol d'un faucon. Montolio avait eu connaissance des vents changeants par l'intermédiaire d'un certain hibou sournois qui s'était discrètement approché à la demande du rôdeur, juste après que Drizzt eut entamé sa progression dans la prairie, mais le drow n'avait pas besoin de le savoir. Qu'il réfléchisse à ce mensonge un moment, décida le vieux rôdeur. Un peu de méditation lui permettrait de se remémorer tout ce qu'il avait appris et serait une leçon profitable.

— C'est Ululant qui te l'a dit, lui dit Drizzt une demi-heure plus tard, sur le sentier qui les ramenait au bosquet. Ululant t'a prévenu pour le vent comme il t'a prévenu pour le cerf.

— Tu as l'air bien sûr de toi.

— Je le suis, dit Drizzt avec fermeté. Le faucon n'a poussé aucun cri – je suis devenu suffisamment attentif, je m'en serais rendu compte. Tu n'avais aucun moyen de voir ce rapace, et je sais que tu n'as pas entendu le murmure du vent sur ses ailes, quoi que tu puisses en dire !

Le rire de Montolio amena un sourire sur le visage du drow, confirmant ses dires.

— Tu t'es bien débrouillé aujourd'hui, dit le vieux rôdeur.

— Je n'ai pas réussi à m'approcher du cerf, lui rappela Drizzt.

— Ce n'était pas cela, le test, répondit Montolio. Tu as eu suffisamment confiance en tes connaissances pour contester mes affirmations. Tu es sûr des leçons que tu as apprises. Maintenant, écoute donc. Laisse-moi t'apprendre quelques ruses pour s'approcher d'un daim nerveux.

Ils discutèrent tout le long du chemin du retour, et tard dans la nuit qui s'ensuivit. Drizzt écouta avec intensité, buvant chaque parole, ainsi invité à découvrir de nouveaux secrets merveilleux du monde.

Une dizaine plus tard, dans un autre champ, Drizzt réussit à placer une main sur la croupe d'une biche et l'autre sur celle de son faon à la fourrure tachetée. Les deux animaux s'enfuirent à ce contact inattendu, mais Montolio « sentit » le sourire de Drizzt à des centaines de mètres.

Les leçons de Drizzt étaient loin d'être terminées quand l'été déclina, mais Montolio ne passait plus guère de temps à instruire le drow. Drizzt en savait assez à présent pour s'instruire par lui-même au cours de ses sorties, écoutant et observant les voix tranquilles et les signes subtils des arbres et des animaux. Il était si pris dans le cours de ces révélations incessantes qu'il remarqua à peine les profonds changements qui s'opéraient sur la personne de Montolio. Le rôdeur sentait le poids des années, à présent. Son dos avait du mal à se redresser dans les matins frisquets et ses mains s'engourdissaient régulièrement. Montolio restait stoïque face à ces changements, étant peu enclin à s'apitoyer sur son sort et à déplorer ce qui devait arriver.

Sa vie avait été longue et bien remplie, il avait accompli beaucoup de choses et vécu des expériences bien plus exaltantes que la plupart des hommes en vivraient jamais.

— Quels sont tes projets ? demanda-t-il une nuit à brûle-pourpoint, après qu'ils eurent fini leur dîner, un ragoût de légumes que Drizzt leur avait concocté.

La question heurta Drizzt avec violence. Il n'en avait aucun à part vivre au jour le jour, et pourquoi en aurait-il, quand sa vie était maintenant si simple et si agréable – plus qu'elle l'avait jamais été pour le drow renégat précédemment assailli de toutes parts ? Drizzt n'avait pas la moindre envie de réfléchir à la question, alors il jeta un biscuit à Guenhwyvar pour changer de sujet. La panthère s'était installée un peu trop confortablement sur la couchette de Drizzt, tellement enveloppée dans les couvertures que le drow se mit à craindre que la seule façon de l'en sortir soit de la renvoyer dans le plan astral.

Montolio insista.

— Quels sont tes projets, Drizzt Do'Urden ? répéta le vieux rôdeur avec fermeté. Où et comment vivras-tu ?

— Est-ce que tu me jettes dehors ? demanda Drizzt.

— Bien sûr que non.

— Alors je vivrai avec toi, répondit calmement l'elfe noir.

— Je te parle d'après, dit Montolio, de plus en plus troublé.

— Après quoi ? demanda Drizzt, pensant que Mooshie évoquait quelque événement mystérieux qu'il ignorait lui-même.

Le rire railleur de Montolio fit disparaître ses soupçons.

— Je suis un vieil homme, expliqua le rôdeur, et tu es un elfe juvénile. Je suis plus âgé que toi, mais même si je n'étais qu'un bébé, tu vivrais bien plus longtemps que moi. Où ira Drizzt Do'Urden quand Montolio DeBrouchee ne sera plus de ce monde ?

Drizzt se détourna.

— Je ne…, commença-t-il avec circonspection. Je resterai ici.

— Non, répondit simplement Montolio. Tu as mieux à vivre que cette vie, j'espère bien. Cela ne te conviendrait pas.

— Cela t'a bien convenu, à toi, rétorqua Drizzt, avec plus de hargne que ce qu'il l'aurait voulu.

— Pendant cinq ans, répondit calmement Montolio, sans s'offenser. Cinq ans après une vie d'aventures et de trépidations.

—Ma vie n'a pas été des plus calmes, lui rappela Drizzt.

—Mais tu es toujours un enfant, dit Montolio. Cinq ans ne sont pas cinq cents ans, et c'est cette durée-là qu'il te reste à vivre. Promets-moi aujourd'hui que tu reconsidéreras ta route quand je ne serai plus. Il y a un vaste monde là-bas, mon ami, rempli de douleur, mais tout autant de joie. La première te maintient sur le chemin de l'amélioration, et la seconde rend le périple tolérable. Promets-moi maintenant, répéta Montolio, que quand Mooshie ne sera plus, Drizzt s'en ira et trouvera sa place dans ce monde.

Drizzt voulait argumenter, demander au rôdeur comment il pouvait être aussi certain que le bosquet ne soit pas ladite « place » de Drizzt. Une barrière mentale à l'intérieur de son esprit se brisa avant de se relever, puis de retomber de nouveau. Il remit en perspective les souvenirs de Maldobar, la mort des fermiers et tous les souvenirs relatifs aux épreuves auxquelles il avait été confronté et aux êtres malfaisants qui l'avaient poursuivi sans relâche. En face de tout cela, Drizzt considéra son désir sincère de retourner dans ce monde. Combien d'autres Mooshie pourrait-il y trouver? Combien d'autres amis? Et à quel point ce bosquet lui semblerait-il vide une fois qu'il ne serait plus occupé que par lui-même et Guenhwyvar?

Montolio accepta son silence, comprenant la confusion du drow.

—Promets-moi juste que quand le temps sera venu, tu prendras au moins en considération ce que je t'ai dit.

Ayant confiance en Drizzt, Montolio n'avait nul besoin de voir le hochement de tête affirmatif que son ami lui adressa.

La première neige tomba tôt cette année, une fine couche poudreuse descendant des nuages épars qui jouaient à cache-cache avec la pleine lune. Drizzt, qui était sorti avec Guenhwyvar, s'émerveilla du changement de saison et apprécia la réaffirmation de leur cycle infini. Il était d'excellente humeur quand il revint en bondissant vers le bosquet, secouant la neige des épaisses branches de pin tandis qu'il dirigeait ses pas à l'intérieur de celui-ci.

Le feu de camp brûlait faiblement, Ululant était perché sur une branche basse et même le vent semblait silencieux. Drizzt regarda Guenhwyvar à la recherche d'une explication, mais la panthère restait assise devant le feu, sombre et immobile.

L'effroi est une émotion étrange, le point culminant d'indices trop subtils qui mènent à la même confusion que la peur.

— Mooshie ? appela doucement Drizzt, s'approchant de l'antre du vieux rôdeur.

Il poussa la couverture sur le côté et s'en servit pour voiler la lumière des braises du feu de camp sur le déclin, laissant ses yeux passer en vision infrarouge.

Il resta là un long moment, contemplant les dernières volutes de chaleur quitter une à une le corps du rôdeur. Mais si Mooshie était froid, de son sourire satisfait émanait de la chaleur.

Drizzt repoussa de nombreuses larmes les jours qui suivirent, mais chaque fois qu'il se remémorait ce dernier sourire, la paix ultime qui avait envahi le vieil homme, il se souvenait qu'il versait des larmes sur sa propre peine et non sur Mooshie.

Drizzt enterra le rôdeur sous un cairn proche du bosquet, puis il passa paisiblement l'hiver, accomplissant ses corvées tout en réfléchissant. Ululant lui rendait visite de moins en moins souvent, et un jour, le regard que lui lança le hibou en partant permit à Drizzt de comprendre sans le moindre doute possible que celui-ci ne reviendrait jamais plus dans le bosquet.

Durant le printemps, Drizzt finit par comprendre les sentiments de Ululant. Pendant plus d'une décade, il avait cherché un foyer, et l'avait trouvé chez Montolio. Mais maintenant que le rôdeur était parti, le bosquet ne lui semblait plus si hospitalier. C'était la place de Mooshie, pas celle de Drizzt.

— Comme je te l'ai promis, marmonna Drizzt un matin.

Montolio lui avait demandé de choisir sa route avec précaution quand le rôdeur ne serait plus, et Drizzt comptait bien respecter sa parole. Il se sentait à l'aise à présent dans le bosquet et y était toujours accepté, mais ce n'était plus son foyer. Son foyer était loin d'ici, il le savait, quelque part dans ce vaste monde qui, comme lui avait assuré Montolio, était « rempli de douleur, mais tout autant de joie ».

Drizzt empaqueta quelques affaires – des fournitures essentielles et quelques-uns des livres les plus intéressants du rôdeur –, accrocha ses cimeterres à sa ceinture et passa son arc long en bandoulière. Il parcourut le bosquet avant de partir, contemplant une dernière fois les ponts de cordes, l'arsenal, le tonneau d'eau-de-vie, la racine de l'arbre qui avait stoppé le géant qui se ruait sur lui et l'enclos abrité où Mooshie avait pris position. Il appela Guenhwyvar, et la panthère comprit ce qui se passait dès son arrivée.

Ils ne regardèrent pas une seule fois en arrière tandis qu'ils descendaient le long du sentier de montagne, vers le vaste monde plein de douleurs et de joies.

Cinquième partie

Terre promise

Comme la route qui quittait le bosquet de Mooshie m'a semblé différente de celle qui m'y avait mené. J'étais de nouveau seul, à part les moments où Guenhwyvar répondait à mon appel. Mais sur cette route, la solitude ne concernait que mon corps ; dans mon esprit, j'emportais maintenait un nom, l'incarnation des principes que je tenais en haute estime. Mooshie avait qualifié Mailikki de déesse, mais pour moi elle était un mode de vie.

Elle marcha à mes côtés le long des nombreuses routes que je parcourus à la surface. Elle me conduisit en lieu sûr et lutta contre mon désespoir quand je fus chassé de la citadelle d'Adbar par les nains, une forteresse située au nord-est du bosquet de Mooshie. Mailikki et ma croyance dans ma propre valeur m'ont donné le courage d'aller ville après ville au travers des terres du Nord. L'accueil était toujours le même : terreur et stupeur, qui se transformaient rapidement en colère. Les plus généreux de ceux que j'ai rencontrés m'ont simplement dit de m'en aller ; d'autres m'ont chassé l'arme à la main. À deux occasions je fus forcé de me battre, bien que je sois parvenu à m'échapper avant que quiconque soit gravement blessé.

Les plaies et bosses minimes qui en ont résulté n'étaient pas un bien grand prix à payer. Mooshie m'avait ordonné de ne pas vivre comme lui, et les perceptions du vieux rôdeur s'étaient toujours révélées exactes. Lors de mon périple à travers les terres du Nord, je conservais quelque chose – un espoir – que je n'aurais jamais pu préserver si j'avais continué ma vie d'ermite dans le bosquet de sempervirents. Comme chaque nouveau village apparaissait à l'horizon, un pincement impatient accélérait mes pas. Un jour, je le savais, je trouverais et des personnes qui m'accepteraient, et une terre pour m'accueillir.

J'imaginais que cela se produirait soudainement. Je m'approcherais d'une porte, formulerais une salutation des plus formelles et révélerais ensuite ma condition d'elfe noir. Mais même ce scénario imaginaire était tempéré par la réalité, car la porte ne s'ouvrait pas en grand à mon arrivée. On m'accorderait plutôt une entrée surveillée, suivie d'une période d'essai qui ressemblerait beaucoup à celle que j'avais endurée à Blingdenpierre, la ville des svirfnebelins. Les soupçons à mon sujet persisteraient pendant plusieurs mois, mais à la fin, on reconnaîtrait la validité de mes principes et on les accepterait pour ce qu'ils sont ; ma personnalité finirait par transcender la couleur de ma peau et la réputation de ma sombre engeance.

J'ai répété ce scénario dans mon esprit un nombre incalculable de fois, durant de nombreuses années. Chaque mot prononcé lors de chaque rencontre dans ma ville imaginaire devenait une litanie refuge contre les rejets continuels. Cela n'aurait probablement pas suffi, mais il me restait toujours Guenhwyvar, et maintenant j'avais Mailikki.

Drizzt Do'Urden

20

Des années et des milles

L'*Auberge de la Moisson*, à Pont-Occidental, était le lieu de rassemblement favori des voyageurs de la Longue Route, qui reliait les villes d'Eauprofonde et de Mirabar. En plus de ses lits confortables et de ses prix raisonnables, l'*Auberge de la Moisson* abritait la taverne restaurant *Chez Derry*, renommée pour les histoires qui s'y échangeaient chaque soir. N'importe quel jour de la dizaine, ses hôtes pouvaient y rencontrer des aventuriers de provenances diverses, de Luskan à Sundabar. Son âtre était lumineux et chaud, les boissons coulaient à volonté et les récits épiques contés chez *Derry* étaient de ceux qui seraient relatés et répétés d'un bout à l'autre des Royaumes.

Férul garda la capuche de sa cape de voyage baissée sur son visage, cachant ses cicatrices, tandis qu'il dévorait son mouton et ses biscuits. Le vieux chien jaune était assis sur le sol à ses côtés, poussant des grognements, Férul lui jetant distraitement un bout de viande de temps à autre.

Le vorace chasseur de primes ne relevait que rarement la tête de l'assiette, mais ses yeux injectés de sang, cachés derrière les ombres de son capuchon, jetaient des coups d'œil soupçonneux sur les alentours. Il connaissait quelques-unes des brutes rassemblées ce soir-là chez *Derry*, certaines personnellement et d'autres de réputation, et il ne leur accordait pas plus de confiance qu'ils lui en accorderaient eux-mêmes s'ils avaient un minimum de jugeote.

Un homme de grande taille reconnut le chien de Férul alors qu'il passait à côté de la table et s'arrêta, pensant saluer le chasseur de primes. Mais le grand homme s'éloigna finalement en silence, se disant que le misérable McCartilage n'en valait pas vraiment la peine. Personne ne savait exactement ce qui s'était passé dans les montagnes entourant Maldobar, mais Férul en était revenu avec de profondes cicatrices, aussi bien physiques que mentales. Il avait toujours été d'un tempérament hargneux, mais il passait maintenant plus de temps à grogner qu'à parler.

Après l'avoir rongé encore un peu, Férul jeta l'os épais à son chien et essuya ses mains graisseuses sur sa cape, repoussant par inadvertance le bord de son capuchon qui cachait ses horribles cicatrices. Il le rabattit vivement, balayant la pièce du regard pour vérifier que personne n'avait rien remarqué. Un simple regard dégoûté sur les cicatrices de Férul avait coûté la vie à plus d'un.

Mais personne ne semblait l'avoir remarqué, pas cette fois-ci. La plupart des convives qui n'étaient pas occupés à manger se trouvaient au comptoir, se disputant à grand bruit.

— Jamais de la vie ! grogna l'un des hommes.

— Je ne fais que te dire ce que j'ai vu, riposta un autre. Et je te dis la vérité !

— C'que tu crois être la vérité ! rétorqua le premier.

— Même si t'en voyais un, tu s'rais bien incapable de l'reconnaître ! ajouta un troisième.

Plusieurs convives se rapprochèrent, se heurtant les uns les autres, poitrine contre poitrine.

— Restez calme ! intervint une voix.

Un homme s'écarta de la foule et montra du doigt Férul qui, ne l'ayant pas reconnu, porta instinctivement la main sur Saigneuse, sa hache, son compagnon de longue date.

— Demandez à McCartilage ! cria l'homme. Demandez à Férul McCartilage. Il en sait plus que quiconque sur les elfes noirs.

Une douzaine de conversations s'interrompirent d'un coup et toute l'assemblée glissa vers lui telle une marée humaine. La main de Férul avait maintenant quitté Saigneuse, et il croisa les doigts sur la table devant lui.

— C'est bien toi, McCartilage, pas vrai ? demanda l'homme à Férul, plutôt respectueusement.

— C'est pas impossible, répondit calmement Férul, appréciant d'être le centre de l'attention générale.

Il n'avait pas été entouré d'un groupe aussi intéressé par ce qu'il avait à dire depuis que le clan Poildechardon avait été retrouvé, tous morts et mutilés.

— C'est ça, persifla une voix mécontente au fond de la salle, il s'y connaît en matière d'elfes noirs.

Le regard noir de Férul fit reculer d'un pas le premier rang de ses auditeurs, un mouvement qu'il ne manqua pas de remarquer. Il apprécia cette sensation, se sentant de nouveau important et respecté.

— C'est un elfe noir, un drow qu'a tué mon chien, dit-il d'un ton bourru. Et qu'a amoché la tête de çui-là.

Il tendit la main et releva brutalement la tête du vieux chien de chasse jaune, exposant sa cicatrice.

— C'est c'maudit elfe noir qui m'a fait ça, ajouta-t-il lentement, en abaissant son capuchon et en découvrant son visage.

Normalement, Férul dissimulait ses cicatrices hideuses, mais les exclamations et les murmures de la foule furent une satisfaction intense pour le malheureux chasseur de primes. Il se tourna pour montrer son profil, leur laissant le temps d'apprécier la vue, savourant leur réaction aussi longtemps qu'il le pouvait.

— L'avait la peau noire et les ch'veux blancs ? demanda un petit homme bedonnant, celui-là même qui avait lancé le débat au comptoir avec son histoire d'elfes noirs.

— Ben pour sûr si c'était un elfe noir, répondit Férul d'un ton irrité.

Le petit homme le regarda d'un air triomphant.

— C'est ce que j'essaie de leur dire, dit-il à Férul. Ils clament tous que tout ce que j'ai vu, c'était un elfe encrassé, ou peut-être même un orque, mais je sais bien que c'était un drow !

— Si t'avais vu un drow, dit Férul lentement et d'un air sévère, pesant chaque mot avec gravité, alors tu saurais que c'que t'as vu, c'tait un drow. Et tu pourrais pas oublier qu't'as vu un drow ! Et tu laiss'rais tous les gars qui mettent ta parole en doute aller vérifier de leurs propres yeux. Y r'viendraient avec la langue moins pendue !

— Eh ben, j'ai vu un elfe noir, proclama le petit homme. J'campais dans l'Bois Tapi, au nord de Vertbois. J'ai pensé que la nuit était tranquille, alors j'ai fait un peu plus de feu pour atténuer le froid du vent. Eh ben, c'est là qu'cette chose est arrivée, sans prévenir et sans dire un mot !

Chacun des convives était maintenant suspendu à ses lèvres, voyant ces paroles sous un autre jour maintenant que l'inconnu défiguré par un drow avait en quelque sorte confirmé son récit.

— Pas un mot, pas un grognement, rien ! poursuivit le petit homme bedonnant. Il avait son capuchon bas sur le visage, j'ai trouvé ça suspect, alors je lui ai dit : « Qu'est-ce que tu veux ? ». « Je cherche un endroit où mes compagnons et moi pourrions passer la nuit », qui m'a répondu aussi calme qu'on peut l'être. C'qui m'a dit m'a semblé assez logique, mais j'aimais toujours pas son capuchon baissé. « Remonte donc ta capuche, alors, j'lui ai dit. J'partage rien avec les gens dont j'ai pas vu l'visage. » Il a réfléchi à mes paroles quelques minutes, puis il a levé les mains, très lentement.

Le petit homme imita le mouvement avec emphase, jetant des coups d'œil autour de lui pour vérifier qu'il avait bien l'attention de toute l'assemblée.

— Je n'avais pas besoin d'en savoir plus ! cria-t-il tout à coup, faisant sursauter tout le monde, bien qu'ils aient tous entendu cette même histoire contée de l'exacte même manière à peine quelques instants plus tôt. Ses mains étaient aussi noires que du charbon et plus fines que celles d'un elfe ! C'est là que j'ai su, même si je ne sais pas comment je l'ai su, que c'était un drow qui se tenait devant moi. Un drow, j'vous dis, et que celui qui doute de ma parole s'en aille vérifier de ses propres yeux !

Férul approuva de la tête tandis que le petit homme bedonnant intimidait du regard ceux qui avaient douté de lui.

— J'ai l'impression qu'on entend trop parler d'elfes noirs ces derniers temps, grommela le chasseur de primes.

— C'est le seul et unique dont j'ai entendu parler, intervint un autre convive. Avant de vous parler, je veux dire, et d'entendre le récit de votre combat. Ça fait deux drows en six ans.

— C'est c'que j'veux dire, insista Férul d'un ton acerbe. On entend trop parler d'elf…

Férul n'eut pas le temps de finir sa phrase car l'assemblée qui l'entourait résonna soudain d'éclats de rire forcés. Cela rappela le bon vieux temps au chasseur de primes, les jours où tous ceux qui l'entouraient étaient suspendus à ses paroles.

Le seul qui ne riait pas était le conteur au ventre replet, trop secoué par son propre souvenir de la rencontre avec le drow.

— Quand même, dit-il, surmontant sa confusion, quand je pense à ces yeux violets qui me fixaient sous ce capuchon !

Le sourire de Férul disparut en un clin d'œil.

— Des yeux violets ? bredouilla-t-il péniblement.

Férul avait rencontré de nombreuses créatures utilisant la vision infrarouge, cette vision basée sur la perception des émanations de chaleur, très répandue au sein des habitants de l'Outreterre, et il savait que, normalement, les yeux ayant cette faculté étaient de couleur rouge. Férul se rappelait encore avec une acuité saisissante les yeux violets qui s'étaient baissés sur lui quand il s'était retrouvé coincé sous l'érable tombé à terre. Il savait alors, tout comme maintenant, que l'étrange coloration de ces iris était une rareté, même chez les elfes noirs.

Ceux qui étaient les plus proches de Férul cessèrent immédiatement de rire, pensant que la question de Férul remettait en cause la véracité du récit du petit homme.

— Ah oui, ils étaient violets, insista l'homme bedonnant, bien que sa voix tremblante manque de conviction.

Les convives qui l'entouraient attendaient l'approbation ou la dénégation de Férul, ne sachant plus s'ils devaient rire ou non du petit homme.

— Quelles armes a brandies le drow ? demanda lentement Férul en se redressant sur ses pieds, d'un ton menaçant.

Le petit homme réfléchit un moment.

— Des épées courbes, lâcha-t-il soudain.

— Des cimeterres ?

— Des cimeterres, confirma son interlocuteur.

— Est-ce que le drow t'a dit son nom ?

Quand il vit l'homme hésiter, Férul l'attrapa par le col et le souleva par-dessus la table.

— Est-ce que le drow a dit son nom ? demanda de nouveau le chasseur de primes, soufflant son haleine putride en plein sur le visage du petit homme bedonnant.

— Non… Heu, euh, Driz…

— Drizzit ?

Le petit homme haussa faiblement les épaules, et Férul le remit brutalement sur ses pieds.

— Où ? rugit le chasseur de primes. Et quand ?

— Au Bois Tapi, répéta le petit homme bedonnant en tremblant. Il y a trois dizaines. Le drow se dirigeait vers Mirabar, avec des Frères des Lamentations, je pense.

La majeure partie de l'assemblée grogna à la mention des religieux fanatiques. Les Frères des Lamentations étaient une bande de déguenillés, de mendiants malades qui croyaient – ou du moins prétendaient croire – que l'ensemble de la douleur infligée au monde était une donnée invariable divisée entre ses habitants. Plus ils ressentaient de souffrances et moins il en restait pour le reste du monde, disaient ces moines. La plupart des gens méprisaient cet ordre. Certains moines étaient sincères, mais d'autres mendiaient pour des babioles, promettant de s'infliger d'horribles souffrances au bénéfice de leurs donateurs.

— C'étaient les compagnons du drow, continua le petit homme au ventre replet. Ils vont à Mirabar, pour y trouver le froid, comme chaque fois que l'hiver s'annonce.

— Une longue route, remarqua quelqu'un.

— Encore plus longue que vous le pensez, dit un autre. Les Frères des Lamentations prennent toujours la route du tunnel.

— Presque cinq cents kilomètres, intervint l'homme qui, le premier, avait reconnu Férul, pour calmer l'agitation du chasseur de primes.

Mais Férul ne l'entendit même pas. Son chien sur les talons, il se détourna et se rua hors de *Chez Derry*, claquant la porte derrière lui, laissant l'assemblée frappée de stupeur échanger des marmonnements surpris.

— C'est Drizzit qui lui a coûté un chien et une oreille,

continua le petit homme, captivant de nouveau l'attention de l'assemblée.

Il n'avait jamais entendu l'étrange nom du drow auparavant ; il avait simplement fait une supposition à partir de la réaction de Férul. Maintenant le groupe avait les yeux fixés sur lui, chacun retenant sa respiration dans l'espoir qu'il leur conterait le récit de la rencontre entre Férul McCartilage et le drow aux yeux violets. Comme tout client de *Chez Derry* qui se respecte, l'homme ne laissa pas sa totale ignorance de ce qui avait bien pu se passer se mettre en travers de son récit. Il passa les pouces sous sa ceinture et commença à raconter, remplissant les blancs de son histoire avec tout ce qui lui paraissait approprié.

Cette nuit-là, une bonne centaine de sursauts, d'applaudissements de joie et de délicieux affolements résonnèrent dans les rues autour de *Chez Derry*, mais Férul McCartilage et son chien jaune, installés dans leur chariot dont les roues étaient déjà noires de boue, n'en surent rien.

— Hé, mais-qu'est-ce-que-tu-fais ? geignit une petite voix faible.

Tephanis s'extirpa d'un sac posé derrière la banquette de Férul.

— Pourquoi-on-s'en-va ?

Férul se tourna vers lui pour lui décocher un coup, mais Tephanis, même mal réveillé, n'eut aucun mal à l'esquiver.

— Tu m'as menti, espèce de cousin de kobold ! grogna Férul. Tu m'as dit que le drow était mort. Mais il ne l'est pas ! Il est sur la route de Mirabar, et je compte bien lui mettre la main dessus !

— Mirabar ? cria Tephanis. C'est-trop-loin, bien-trop-loin !

L'esprit follet et Férul avaient séjourné à Mirabar dans le courant du printemps dernier. Tephanis avait trouvé l'endroit tout à fait minable, peuplé de nains à la mine patibulaire et d'hommes à la vue perçante, sur lequel soufflait un vent bien trop glacial à son goût.

— Nous-devons-aller-vers-le-sud-pour-l'hiver. Dans-le-sud-là-où-il-fait-chaud !

Le regard noir que lui jeta Férul réduisit l'esprit follet au silence.

— J'oublierai le tour que tu m'as joué, grogna férocement Férul, avant d'ajouter sur un ton de mauvais augure : Si nous attrapons le drow.

Il se détourna alors de Tephanis, et l'esprit follet regagna péniblement son sac, malheureux, se demandant si Férul McCartilage en valait vraiment la peine.

Férul conduisit toute la nuit, penché sur ses chevaux pour les presser sur la route, tout en murmurant sans discontinuer :

— Six ans !

Drizzt se blottit plus près du feu qui s'élevait du vieux tonneau abandonné par les orques que le petit groupe avait trouvé. Ce serait le septième hiver que le drow passait à la surface, mais il ne s'était toujours pas habitué au froid. Il avait passé des décennies dans l'Outreterre chaude et dépourvue de saisons, et son peuple des millénaires avant lui. Bien que l'hiver soit encore à des mois de là, son approche se faisait déjà sentir dans les bises froides qui soufflaient depuis l'Épine dorsale du Monde. Drizzt ne portait que ses vêtements, sa cotte de mailles, sa ceinture et ses armes, seulement recouverts d'une vieille couverture mince et déchirée.

Le drow sourit quand il remarqua que ses compagnons s'agitaient et s'agaçaient autour d'une bouteille de vin qu'ils avaient mendiée, pour décider qui avait droit à la prochaine gorgée, et pour déterminer ce qu'avait pu boire le précédent buveur. Drizzt se trouvait seul à côté du tonneau maintenant ; les Frères des Lamentations, s'ils n'avaient pas littéralement chassé le drow, ne s'en approchaient guère pour autant. Drizzt acceptait cette situation et savait que les fanatiques appréciaient sa compagnie pour des raisons pratiques, voire esthétiques. Si quelques-uns des membres de la bande appréciaient d'être attaqués par les divers monstres qui peuplaient la contrée, y voyant une belle occasion de ressentir un bel échantillon de souffrance véritable, les plus pragmatiques d'entre eux préféraient la protection qu'offrait le drow armé et rompu à l'art du combat.

Sans être pour autant des plus satisfaisantes, cette relation était acceptable pour Drizzt. Il avait laissé derrière lui le bosquet de Mooshie quelques années auparavant, plein d'espoir, mais cet espoir avait été tempéré entre-temps par les réalités de son existence. Chaque fois que Drizzt s'était approché d'un village, il avait été accueilli par un véritable rempart de mots grossiers, de malédictions et d'armes brandies à son encontre. Chaque fois, Drizzt chassait ces rebuffades d'un haussement d'épaules. Se conformant à l'esprit du rôdeur – car c'est ce qu'il était maintenant, de par son cœur comme de par son entraînement –, il acceptait stoïquement son lot.

Mais le dernier rejet qu'il avait subi avait ébranlé ses résolutions. Il n'avait pas pu s'approcher de la ville de Luskan, sur la côte des Épées, mais pas à cause de gardes qui l'auraient empêché de passer : il ne s'en était même pas approché. C'étaient ses propres peurs qui l'avaient tenu à distance, et cela l'avait terrifié bien plus qu'aucune des épées auxquelles il avait dû faire face. Sur la route qui contournait la ville, Drizzt avait rencontré les Frères des Lamentations, et les parias l'avaient accepté à titre d'essai, aussi bien parce qu'ils n'avaient pas les moyens de le tenir à distance que parce qu'ils étaient trop absorbés par leur propre misère pour se soucier des différences raciales, quelles qu'elles soient. Deux des membres du groupe s'étaient même jetés aux pieds de Drizzt, le suppliant de déchaîner son « terrible courroux d'elfe noir » et de leur infliger les pires souffrances.

Durant le printemps et l'été, leur relation avait évolué vers un statu quo, où Drizzt jouait le rôle du rôdeur silencieux tandis que les moines se consacraient à leurs prières et à leurs souffrances auto-infligées. L'un dans l'autre, la situation était assez déplaisante, parfois même décevante pour le drow et ses principes, mais c'était la seule possibilité qui s'était présentée à lui.

Drizzt fixait les flammes dansantes du regard tout en réfléchissant à son destin. Il avait toujours Guenhwyvar à ses côtés et avait fait bon usage de son arc et de ses cimeterres à de nombreuses reprises. Chaque jour, il se disait qu'il servait Mailikki et son propre cœur de son mieux, malgré ces fanatiques dont le cas était somme toute plutôt désespéré. Cependant, il ne tenait pas les moines en haute estime et ne les considérait pas comme ses amis. Comme il regardait ses cinq compagnons, ivres, bavant les uns sur les autres, Drizzt pressentit que ce ne serait jamais le cas.

— Battez-moi ! Tailladez-moi ! se mit soudain à crier l'un des moines.

Il se rua sur le tonneau, trébuchant sur Drizzt. Celui-ci l'attrapa et le stabilisa, mais seulement pour un instant.

— Déch… chainez vot' vilenie drowechque chur moi ! bafouilla le moine sale et mal rasé, tandis que son corps efflanqué s'effondrait comme un tas de chiffons.

Drizzt se détourna en secouant la tête et, inconsciemment, il mit une main dans sa poche pour sentir la figurine d'onyx, ressentant le besoin de la toucher pour se rappeler qu'il n'était pas vraiment seul. Il parvenait à survivre, menant un long combat solitaire, mais il était loin d'être satisfait de sa vie. Il s'était peut-être trouvé une place dans ce monde, mais pas un foyer.

— C'est comme le bosquet sans Montolio, songea le drow à haute voix. Cela n'a rien d'un foyer.

— Vous avez dit quelque chose ? demanda un moine corpulent, Frère Mateus, qui s'était approché pour aller chercher son compagnon ivre. Excusez Frère Jankin, je vous en prie. Il est bien trop imbibé, je le crains.

Le faible sourire de Drizzt informa le moine qu'il ne s'en était pas formalisé, mais les mots qu'il prononça ensuite désarçonnèrent Frère Mateus, le meneur du groupe et le plus rationnel de ses membres – sans être pour autant le plus honnête.

— Je vous accompagnerai jusqu'à Mirabar, lui annonça Drizzt, puis je partirai.

— Partir ? demanda Mateus, inquiet.

— Je ne me sens pas à ma place.

— Les Dix-Cités, cha ch'est d'la plache ! balbutia Jankin.

— Si l'un de nous vous a offensé…, dit Mateus à Drizzt, sans se préoccuper de l'ivrogne.

— Pas du tout, répondit Drizzt, souriant de nouveau. Mais ma vie n'est pas ici, Frère Mateus. N'en soyez point fâché, je vous en prie, mais je vais vous quitter. Ce n'est pas une décision que j'ai prise à la légère.

Mateus prit un moment pour réfléchir à ces paroles.

— Comme vous le voudrez, dit-il, mais ne pourriez-vous pas au moins nous escorter dans le tunnel qui mène à Mirabar ?

— Les Dix-Chités ! insista Jankin. Cha ch'est un bon coin pour chouffrir ! Cha vous plairait auchi, le dwow. Ch'est la terre des renégats, là où un renégat peut trouver sa plache !

— Il y a souvent des bandits cachés dans l'ombre, à l'affût des moines désarmés, l'interrompit Mateus, gratifiant son compagnon d'une bonne secousse au passage.

Drizzt resta immobile un moment, pétrifié par les paroles de Jankin. Mais celui-ci avait maintenant sombré dans l'inconscience et le drow releva les yeux vers Mateus.

— N'est-ce pas là la raison pour laquelle vous passez sous le tunnel pour atteindre la cité ? demanda Drizzt au moine corpulent. Pour devenir une victime et souffrir ?

Le tunnel était normalement réservé aux chariots miniers qui descendaient de l'Épine dorsale du Monde, mais les moines l'empruntaient en permanence, même s'ils étaient forcés de faire un grand détour pour atteindre son entrée, comme c'était le cas cette fois-ci.

— Passer par la route sera certainement bien plus sûr, et plus agréable, étant donné que l'hiver n'arrivera pas avant des mois, poursuivit Drizzt.

Drizzt n'aimait pas le tunnel menant vers Mirabar. N'importe lequel des vagabonds rencontrés sur cette route le serait de bien trop près pour que le drow puisse dissimuler son identité. Drizzt n'y était allé que deux fois, et les deux fois il y avait été abordé.

— Les autres insistent pour que nous passions par le tunnel, bien qu'il se trouve à des milles de notre route, répondit Mateus, d'un ton un peu tranchant. Pour ma part, je préfère subir des formes plus personnelles de souffrance, et j'apprécierais votre compagnie jusqu'à Mirabar.

Drizzt avait envie de hurler au visage de ce charlatan de moine. Mateus considérait que rater un seul repas était une souffrance terrible et il se faisait passer pour un frère uniquement parce que beaucoup de personnes crédules jetaient des pièces à ces fanatiques en robe de bure, le plus souvent pour être tout simplement débarrassées de leur puanteur.

Drizzt hocha la tête et observa Mateus qui s'éloignait en traînant Jankin derrière lui.

— Je partirai après, murmura-t-il dans un souffle.

Il pouvait toujours se répéter encore et encore qu'il servait vertueusement sa déesse et son cœur en protégeant le groupe apparemment sans défense, mais leur comportement était trop souvent en contradiction avec ces paroles.

— Dwow ! Dwow ! postillonna le Frère Jankin tandis que Mateus le traînait jusqu'à ses compagnons.

21

Héphaïstos

Tephanis regarda le petit groupe de six personnes – les cinq moines et Drizzt – se frayer lentement un chemin dans le tunnel qui menait à Mirabar les voyageurs en provenance de l'ouest. Férul avait envoyé l'esprit follet en éclaireur pour explorer la région, disant à Tephanis de conduire le drow – s'il le trouvait – dans sa direction.

— Saigneuse s'en occupera, avait grogné Férul, claquant son imposante hache contre sa paume.

Tephanis n'en était pas si sûr. L'esprit follet avait vu Ulgulu, un maître sans doute beaucoup plus puissant que Férul McCartilage, abattu par le drow, et un autre de ses puissants maîtres, Caroak, avait été mis en pièces par la panthère noire de l'elfe. Si le vœu de Férul se réalisait, et qu'il combattait encore le drow, Tephanis n'aurait plus qu'à repartir à la recherche d'un nouveau maître.

— Pas-cette-fois, le-drow, chuchota brusquement le petit esprit follet, une idée se formant dans son esprit. Cette-fois-je-vais-t'avoir!

Tephanis connaissait le tunnel qui menait à Mirabar – Férul et lui l'avaient utilisé l'hiver dernier quand la neige avait enterré la route de l'ouest – et il avait appris nombre de ses secrets, y compris celui dont l'esprit follet comptait maintenant tirer avantage.

Il contourna le groupe à bonne distance, ne désirant pas chatouiller l'ouïe fine du drow, ce qui ne l'empêcha pas d'atteindre l'entrée du tunnel bien avant eux. Quelques minutes plus tard, l'esprit follet s'était enfoncé de plus d'un kilomètre et demi dans le tunnel, et il s'affairait déjà sur la serrure complexe de la manivelle d'une herse, serrure qui sembla pourtant enfantine au talentueux esprit follet.

Frère Mateus ouvrait la marche au sein du tunnel, un autre moine à ses côtés et les trois autres entourant Drizzt d'un cercle protecteur. C'était à la demande du drow, qui espérait ainsi passer inaperçu en cas de rencontre. Son capuchon était fermement baissé et ses épaules recroquevillées. Il se faisait tout petit au milieu du groupe.

Ils ne rencontrèrent pas d'autre voyageur et s'enfoncèrent à pas réguliers dans le passage éclairé par des torches. Ils arrivèrent à une intersection et Mateus s'arrêta brusquement, voyant que la herse qui barrait normalement le passage sur leur droite était relevée. Une douzaine de pas plus loin, une porte d'acier béait, grande ouverte, découvrant un passage sombre comme de la poix, qui n'était pas éclairé de torches comme le tunnel principal.

— Comme c'est curieux, remarqua Mateus.

— C'est négligent, corrigea un des moines. Prions que nul autre voyageur, qui ne connaisse pas la route aussi bien que nous, ne se soit aventuré et perdu par là-bas !

— Peut-être devrions-nous refermer la porte, proposa un autre moine.

—Non, s'exclama vivement Mateus. Il y a peut-être du monde à l'intérieur, des marchands par exemple, qui seraient bien marris si nous suivions ton idée.

—Non ! cria soudain Frère Jankin, courant jusqu'à se trouver en avant du groupe. C'est un signe, un signe de Dieu ! C'est notre appel, mes frères, celui de Phaïstos, c'est la souffrance ultime qui nous appelle !

Jankin se tourna vers l'ouverture sombre, prêt à se ruer à l'intérieur, mais Mateus et un autre moine, habitués aux soudains éclats de leur compagnon, bondirent pour s'interposer et le plaquèrent au sol.

—Phaïstos ! cria frénétiquement Jankin, ses longs cheveux noirs et hirsutes balayant sa figure. J'arrive !

—Qu'est-ce que c'est ? ne put s'empêcher de demander Drizzt, n'ayant aucune idée de ce dont les moines pouvaient bien parler, mais pensant avoir reconnu la référence. Qui ou qu'est-ce que c'est, Phaïstos ?

—*He*phaïstos, le corrigea Frère Mateus

Drizzt connaissait ce nom. L'un des livres qu'il avait emporté du bosquet de Mooshie était un traité sur les dragons, et on y mentionnait Héphaïstos, un vénérable dragon rouge vivant dans les montagnes au nord-ouest de Mirabar.

—Ce n'est pas le véritable nom du dragon, bien sûr, continua Mateus entre deux grognements tandis qu'il luttait avec Jankin. Je ne le connais pas, personne ne le connaît plus.

Jankin se tortilla brusquement, poussant l'autre moine sur le côté, et il écrasa vivement la sandale de Mateus.

—Héphaïstos est un vieux dragon rouge qui vit dans les cavernes à l'ouest de Mirabar depuis des temps immémoriaux, expliqua un autre moine, Frère Herschel, moins occupé que Mateus. La cité le tolère parce que c'est un dragon aussi paresseux que stupide, même si je n'oserais jamais lui faire cette observation en face. La plupart des cités, j'imagine, choisiraient la tolérance envers un dragon rouge si cela leur permettait de ne pas le combattre ! Mais Héphaïstos n'est guère friand de pillages – personne ne peut même se souvenir de la dernière fois qu'il est sorti de son antre – et il peut même fondre des minerais à la demande, bien que ses notes soient salées.

— Mais il y en a toujours pour les payer, ajouta Mateus, ayant repris le contrôle de Jankin. Surtout tard dans la saison, dans l'espoir d'être dans les temps pour la dernière caravane vers le sud. Rien ne peut réduire du minerai comme le souffle d'un dragon !

Son rire s'interrompit brusquement quand Jankin le frappa violemment, le projetant à terre.

Le moine libéré fila comme une flèche, mais pas pour longtemps. Avant que quiconque ait pu réagir, Drizzt se débarrassa de sa cape et se rua après le fugitif, le rattrapant juste derrière le seuil de la lourde porte de fer. Il lui suffit d'un pas et d'un geste pour projeter Jankin lourdement à terre, sur le dos, ce qui lui coupa la respiration.

— Reprenons donc notre route à présent, proposa le drow, baissant les yeux vers le moine ahuri. Je commence à me lasser des singeries de Jankin – je pourrais bien finir par le laisser se jeter dans la gueule du dragon !

Deux des moines vinrent aider Jankin à se relever, puis le petit groupe se détourna de la sombre ouverture pour reprendre sa route, quand leur parvint un cri en provenance des profondeurs du passage.

— À l'aide !

Les cimeterres de Drizzt apparurent dans ses mains. Les moines se rassemblèrent autour de lui, scrutant les ténèbres.

— Est-ce que vous voyez quelque chose ? demanda Mateus au drow, sachant que la vision nocturne de Drizzt était bien meilleure que la sienne.

— Non, il y a un virage peu après l'entrée de ce tunnel, répondit Drizzt.

Le cri retentit de nouveau :

— À l'aide !

Derrière le groupe, caché dans un recoin du tunnel principal, Tephanis luttait pour cacher son hilarité. Les esprits follets étaient naturellement doués pour la ventriloquie, et la seule chose à laquelle Tephanis devait faire attention pour parvenir à berner le groupe était de parler suffisamment lentement pour être compris.

Drizzt passa le seuil d'un pas prudent et les moines, y compris Jankin, que le cri de détresse avait dessaoulé, le suivirent de près. Drizzt eut un mouvement pour les faire reculer, tandis qu'il s'apercevait soudain que tout cela ressemblait peut-être bien à un piège.

Mais Tephanis fut trop rapide. La porte se referma avec un bruit assourdissant et, avant que le drow, qui les devançait de deux pas, puisse se frayer un chemin entre les moines médusés, l'esprit follet avait déjà verrouillé la porte. Un instant plus tard, Drizzt et les moines entendirent un autre bruit fracassant alors que la herse redescendait.

Tephanis avait retrouvé la lumière du soleil quelques minutes plus tard, fier de son intelligence et notant pour plus tard de garder une expression perplexe quand il expliquerait à Férul qu'il ne parvenait à trouver ni le drow ni son escorte.

Les moines cessèrent de crier à la seconde où Drizzt leur rappela qu'ils risquaient d'attirer l'attention de l'autre occupant du tunnel.

— Même si quelqu'un passait à proximité de la herse, il ne pourrait pas vous entendre à travers cette porte, dit le drow, inspectant le lourd portail avec la bougie que Mateus avait allumée.

C'était une combinaison d'acier, de pierre et de cuir, le tout parfaitement assemblé, une porte ouvragée par des nains. Drizzt tenta de la marteler avec le pommeau d'un de ses cimeterres, mais cela ne produisit qu'un bruit sourd qui ne résonna pas plus que leurs cris.

— Nous sommes perdus, grogna Mateus. Nous n'avons pas de porte de sortie, et nos réserves sont loin d'être abondantes.

— C'est un autre signe ! clama soudain Jankin, mais deux des moines le renversèrent et s'assirent sur lui avant qu'il puisse courir jusqu'à l'antre du dragon.

— Peut-être que l'idée de Jankin n'est pas si mauvaise, dit Drizzt après une longue pause.

Mateus le regarda d'un air soupçonneux.

— Voulez-vous dire que nos réserves dureront plus longtemps si le frère Jankin va à la rencontre d'Héphaïstos ? demanda-t-il.

Drizzt ne put retenir son rire.

— Je n'ai pas l'intention de sacrifier qui que ce soit, dit-il et il regarda Jankin qui luttait pour se dégager, coincé sous les deux moines. Même si cette personne est volontaire ! Mais à ce qu'il me semble, il n'y a plus qu'une seule sortie.

Mateus suivit le regard de Drizzt vers l'extrémité du tunnel obscur.

— Si vous ne comptez sacrifier personne, alors vous regardez assurément dans la mauvaise direction, s'énerva le moine corpulent. Vous ne pensez pas sérieusement passer en douce à côté du dragon !

— Nous verrons bien, fut tout ce que lui répondit le drow.

Il alluma une deuxième bougie avec la première et fit quelques pas à l'intérieur du tunnel. Son bon sens lui dictait d'ignorer l'excitation indéniable qu'il ressentait à la pensée de faire face à Héphaïstos, néanmoins son expérience lui disait que ledit bon sens ne pèserait pas bien lourd face à ce qu'exigeraient les circonstances. Montolio avait combattu un dragon, se souvint Drizzt, il avait perdu son œil dans sa bataille contre un dragon rouge. Les souvenirs du rôdeur, ses blessures exceptées, n'avaient rien d'épouvantable. Drizzt commençait à comprendre ce que voulait dire le vieux rôdeur quand il lui parlait de la différence entre la survie et l'épanouissement. Quelle tournure prendraient les cinq cents années qu'il pouvait encore espérer vivre ?

Pour le salut des moines, Drizzt espérait que quelqu'un passerait par là et en viendrait à ouvrir et la herse et la porte. Les doigts du drow n'en étaient pas moins parcourus de fourmillements devant les péripéties qui s'annonçaient, tandis qu'il fouillait dans son sac et en sortait le traité sur les dragons qu'il avait emporté du bosquet de Mooshie.

Les yeux sensibles du drow n'avaient besoin que de très peu de lumière, et il pouvait déchiffrer le texte sans trop de difficultés. Comme il le suspectait, il y avait un chapitre sur le vénérable dragon rouge qui vivait à l'ouest de Mirabar. Le livre confirmait qu'Héphaïstos n'était pas le vrai nom de la créature, mais celui qu'on lui avait donné en référence à un obscur dieu de la forge.

Le chapitre n'était pas bien long, rassemblant principalement des récits de marchands qui avaient loué les services du dragon et de son souffle enflammé, et d'autres histoires de marchands qui avaient apparemment dit ce qu'ils ne devaient pas dire ou trop marchandé sur le coût – à moins que le dragon ait simplement été affamé ou de mauvaise humeur – car ils n'en étaient jamais ressortis. Chose plus importante pour Drizzt, le chapitre confirmait la description que le moine avait faite de la bête : paresseuse et un brin stupide. D'après ces notes, Héphaïstos était d'une fierté excessive, comme la plupart des dragons, et il était capable de parler la langue commune, bien qu'il « manque de perspicacité et de méfiance, des qualités généralement caractéristiques des membres de sa race, les vénérables dragons rouges ».

— Frère Herschel tente de forcer la serrure, dit Frère Mateus, rejoignant Drizzt. Vos doigts sont agiles. Voudriez-vous faire un essai ?

— Ni Herschel ni moi ne pouvons forcer cette serrure, dit Drizzt distraitement, sans lever les yeux de son livre.

— Au moins Herschel essaie de faire quelque chose, grogna Mateus, il ne se réfugie pas ici tout seul à gâcher des chandelles pour lire un énorme livre inutile !

— Plus utile que ce que vous croyez pour ceux d'entre nous qui désirent sortir d'ici vivants, dit Drizzt, sans lever les yeux de l'ouvrage.

Le moine corpulent lui accorda alors toute son attention.

— Qu'est-ce que c'est ? demanda Mateus, se penchant juste au-dessus de l'épaule de Drizzt bien qu'il n'y voie pas assez pour lire.

— Cela parle de la vanité, répondit Drizzt.

— De la vanité ? Qu'est-ce que la vanité a à voir avec…

— La vanité du dragon, expliqua Drizzt. Un point peut-être très important. Tous les dragons sont excessivement vaniteux, les maléfiques encore plus que les bienveillants.

— Avec des griffes longues comme des épées et un souffle qui peut faire fondre la pierre, ils peuvent, grommela Mateus.

— Peut-être, concéda Drizzt, mais la vanité est une faiblesse – n'en doutez pas –, même pour un dragon. Plusieurs héros ont exploité ce travers pour les conduire à leur trépas.

— Maintenant, vous pensez tuer cette créature, souffla Mateus bouche bée.

— Si j'y suis obligé, dit Drizzt, de nouveau distrait.

Mateus laissa retomber ses bras et s'éloigna, secouant la tête en réponse aux questions muettes dans les yeux de ses compagnons.

Drizzt sourit discrètement et reprit sa lecture. Ses plans commençaient à prendre forme, à présent. Il lut le chapitre entier plusieurs fois, gravant chacun de ses mots dans sa mémoire.

Trois bougies plus tard, Drizzt lisait toujours et les moines étaient de plus en plus impatients et affamés. Ils poussèrent Mateus, qui se mit debout, remonta sa ceinture sur son ventre rebondi et s'approcha de Drizzt à grands pas.

— Encore la vanité ? ironisa-t-il.

— J'en ai fini avec cette partie, répondit Drizzt. Je m'instruis maintenant sur le dragon qui pourra aider notre cause.

Il leva le livre, montrant à Mateus le croquis d'un immense dragon noir enroulé autour de plusieurs arbres déracinés, au milieu d'un marécage dense.

— Héphaïstos est un dragon rouge, remarqua Mateus avec mépris, pas un dragon noir.

— Celui-ci est un autre dragon, expliqua Drizzt. Mergandevinasander de Chult, peut-être bien un visiteur de taille à faire la conversation à Héphaïstos.

Frère Mateus n'y comprenait plus rien.

— Les dragons rouges et les dragons noirs ne s'entendent pas, le coupa-t-il, un scepticisme évident dans la voix. N'importe quel idiot sait cela.

— Il est rare que j'écoute les idiots, répondit Drizzt, et de nouveau le moine se détourna et s'éloigna en secouant la tête. Il y a quelque chose que tu ignores, mais qu'Héphaïstos saura probablement, poursuivit Drizzt à voix trop basse pour être entendu. Mergandevinasander a des yeux violets !

Drizzt referma le livre, certain d'y avoir trouvé assez d'informations pour réussir sa tentative. S'il avait déjà vu de ses yeux la splendeur terrible d'un vénérable dragon rouge, il n'aurait pas souri à cet instant. Mais l'ignorance du drow comme le souvenir des yeux de Montolio qui s'illuminaient au souvenir de sa propre bataille donnèrent du courage au jeune guerrier qui avait si peu à perdre. Drizzt n'avait pas l'intention de se laisser mourir de faim au lieu d'affronter un danger inconnu. Il ne comptait pas aller plus loin pour autant, pas pour l'instant.

Pas avant d'avoir eu le temps d'exercer sa plus belle imitation de voix de dragon.

De toutes les splendeurs que Drizzt avait vues dans sa vie aventureuse, aucune d'entre elles – ni les grandes demeures de Menzoberranzan, ni la caverne des illithids, ni même le lac d'acide – ne pouvait soutenir la comparaison avec l'impressionnant spectacle qu'était l'antre du dragon. Des montagnes d'or et de pierres précieuses emplissaient la caverne démesurée en strates glissantes, évoquant le sillage fantastique qu'un navire géant laisserait sur la mer. Des armes et des armures, resplendissantes de magnificence, étaient empilées de toutes parts, et des objets d'art en abondance – calices, gobelets et autres – auraient pu garnir les salles du trésor d'une centaine de rois richissimes.

Drizzt eut le souffle coupé à l'instant où il leva les yeux vers toute cette splendeur. Ce n'était pas l'accumulation de richesses qui lui faisait un tel effet – il ne s'intéressait que peu à l'aspect matériel des choses – mais bien les péripéties qui avaient conduit au rassemblement de tant d'objets précieux et merveilleux, dont les possibilités infinies le tiraillaient en tous sens. La contemplation de l'antre du dragon remettait en perspective le mode de vie sommaire, proche de la survie, qu'il avait connu sur la route avec les Frères des Lamentations, ainsi que son simple désir de trouver un endroit calme et tranquille qu'il puisse considérer comme son foyer. Il repensa au récit de Montolio face au dragon, et à toutes les autres aventures que le rôdeur aveugle lui avait contées. Brusquement, il ressentait le besoin de vivre ces aventures par lui-même.

Drizzt recherchait une terre pour l'accueillir, un environnement qui pourrait l'accepter, mais il s'aperçut alors, tandis qu'il regardait toutes ces merveilles, qu'il désirait également avoir une place dans les recueils des bardes. Il espérait emprunter des routes pleines de danger et d'excitation, et même écrire un jour ses propres récits.

La caverne elle-même était immense et irrégulière, truffée d'angles morts. Elle était entièrement éclairée par une faible lueur brumeuse aux éclats rougeâtres et dorés. Il faisait chaud, ce qui mit Drizzt et ses compagnons mal à l'aise quand ils comprirent la provenance de cette chaleur.

Drizzt se retourna vers les moines qui attendaient ses instructions et leur fit un clin d'œil, pointant du doigt vers la gauche, en direction de l'unique sortie.

— Vous connaissez le signal, articula-t-il en silence.

Mateus acquiesça timidement, se demandant encore s'il avait été sage de faire confiance au drow. Aux yeux du moine pragmatique, Drizzt s'était révélé être un allié de valeur lors de ces derniers mois sur la route, mais un dragon restait un dragon.

Drizzt parcourut de nouveau la caverne des yeux, regardant cette fois-ci au-delà des trésors. Entre deux tas d'or, il repéra sa cible, qui n'était en rien moins splendide que les bijoux et les pierres précieuses qui l'entouraient. Au milieu de ces monticules, dans ce qui ressemblait à une vallée, se trouvait une énorme queue recouverte d'écailles, de la même teinte rouge et dorée que la lumière environnante, qui se balançait doucement et régulièrement d'un côté et de l'autre, chacun de ses mouvements provoquant des éboulements dans les monticules d'or qui la recouvraient encore un peu plus.

Drizzt avait déjà vu des images de dragon ; l'un de ses maîtres sorciers à l'Académie était même allé jusqu'à créer des illusions des nombreuses espèces de dragons qui existaient pour permettre à ses élèves de les examiner. Mais rien n'aurait pu préparer le drow à cet instant, à la première fois qu'il verrait un dragon vivant. Dans tous les royaumes connus, il n'y avait rien de plus impressionnant, et de toutes les espèces de dragons, les rouges étaient probablement les plus imposants.

Quand Drizzt réussit finalement à quitter la queue des yeux, il décida de son itinéraire à travers la caverne. Le tunnel débouchait en hauteur sur le flanc d'une paroi, mais un sentier bien dessiné menait jusqu'au sol. Drizzt l'étudia pendant un long moment, mémorisant chacun des pas qu'il aurait à faire. Puis il mit deux poignées de terre dans ses poches, prit une des flèches de son carquois et lui jeta un sort d'obscurité. Avec calme et prudence, Drizzt orienta ses pas aveugles le long du sentier, guidé par le balancement continuel de la queue écailleuse. Il faillit trébucher quand il atteignit le premier tas de pierres précieuses et entendit la queue cesser brusquement son mouvement.

— *L'aventure*, se rappela Drizzt en silence, et il continua, se concentrant sur l'image mentale de ce qui l'entourait.

Il imagina le dragon se dresser devant lui, perçant à travers l'illusion de sa sphère de ténèbres. Il grimaça instinctivement, s'attendant qu'un halo de flamme l'engloutisse et le ratatine sur place. Mais il se força à continuer, et quand il arriva enfin au tas d'or, il fut soulagé d'entendre la respiration calme et tonitruante du dragon endormi.

Drizzt commença à escalader le deuxième monticule lentement, un sort de lévitation prenant forme dans son esprit. Il ne s'attendait pas vraiment que celui-ci fonctionne très bien – chaque fois qu'il tentait de l'utiliser, il était de moins en moins efficace. Mais tout ce qui pouvait ajouter à l'effet de sa mystification était bon à prendre. À mi-chemin du sommet du monticule, Drizzt se mit à courir, dispersant des pièces et des pierres précieuses à chacun de ses pas. Il entendit le dragon se relever, mais ne ralentit pas, tendant son arc dans sa course.

Quand il atteignit le sommet, il bondit en hauteur et déclencha le sort de lévitation, flottant immobile dans les airs un bref instant avant que celui-ci s'évapore. Drizzt tomba alors, décochant sa flèche et envoyant la sphère de ténèbres droit dans les airs à travers la caverne.

Il n'aurait jamais cru qu'un monstre d'une telle taille puisse être aussi vif, mais quand il s'écrasa lourdement au milieu d'un tas de gobelets et autres bibelots incrustés de joyaux, il se retrouva les yeux dans les yeux avec une bête très en colère.

Ces yeux ! Comme deux faisceaux jumeaux rayonnants de malédiction, ils se fixèrent sur Drizzt, le transperçant, lui donnant envie de se jeter à plat ventre et d'implorer sa pitié, de révéler chacune de ses feintes, chacun de ses péchés à Héphaïstos, cette créature divine. Le long cou sinueux du dragon s'infléchit légèrement sur le côté, mais son regard ne quittait pas le drow, le retenant aussi solidement que le feraient les pattes de l'ours Fulmine.

Une voix résonna faiblement mais fermement dans l'esprit de Drizzt, la voix du vieux rôdeur aveugle lui contant des récits de combats héroïques. Au début, Drizzt l'entendit à peine, mais c'était une voix persistante, qui lui rappelait à sa singulière manière que le destin de cinq autres hommes était entre ses mains à présent. S'il échouait, les moines allaient mourir.

La première partie du plan n'était pas très difficile à réaliser pour Drizzt, car les paroles qu'il allait prononcer étaient sincères :

— Héphaïstos ! cria-t-il dans la langue commune. Est-ce bien toi, enfin ? Ô, toi le magnifique ! Bien plus magnifique que dans les contes, et de loin.

La tête du dragon s'éloigna à plus de trois mètres de Drizzt et un voile de confusion troubla les yeux omniscients, révélant que l'impression qu'ils dégageaient n'était qu'une façade.

— Tu me connais ? gronda Héphaïstos, sa respiration brûlante faisant voler la blanche chevelure de Drizzt derrière lui.

— Tous vous connaissent, puissant Héphaïstos ! cria Drizzt, se relevant sur ses genoux sans oser se lever complètement. C'est toi que je cherchais, et maintenant que je t'ai trouvé, je ne suis pas déçu !

Les yeux terrifiants du dragon se plissèrent avec méfiance.

— Pourquoi un elfe noir serait-il à la recherche d'Héphaïstos, le Destructeur de Parlacoque, le Dévoreur des Cent Mille Têtes de Bétail, Celui qui a vaincu Angalandeur l'Imbécile Argenteur, Celui qui...

L'énumération du dragon se poursuivit pendant plusieurs minutes, tandis que Drizzt endurait stoïquement le souffle vicié de la bête, feignant l'enchantement devant les nombreuses actions malfaisantes qui parsemaient l'inventaire. Quand Héphaïstos en eut fini, Drizzt eut besoin de quelques minutes de réflexion pour se souvenir de la question posée. Son trouble bien réel joua en fait en faveur de sa ruse.

— Un elfe noir ? demanda-t-il, comme s'il ne comprenait pas. (Il leva les yeux vers le dragon et répéta ces mots, d'un ton encore plus perturbé.) Quel elfe noir ?

Le dragon scruta les alentours, ses yeux, tels deux phares,

parcoururent les monticules de trésors amassés, s'arrêtant un moment sur la sphère de ténèbres de Drizzt, qui flottait à mi-hauteur dans la caverne.

— C'est de toi que je parle! rugit soudain Héphaïstos, et la force de son cri renversa Drizzt en arrière. Toi, l'elfe noir!

— Moi, un drow? dit Drizzt, retrouvant rapidement ses esprits et osant maintenant se redresser. Non, pas du tout...

Il s'examina ostensiblement et acquiesça alors de la tête en signe de compréhension.

— Mais bien sûr, dit-il, j'oublie si souvent l'apparence qui me dissimule!

Héphaïstos poussa un long grognement sourd exprimant son impatience croissante et Drizzt sut qu'il ne fallait pas traîner.

— Je ne suis pas un drow, dit-il, bien que je risque de le devenir bientôt si le grand Héphaïstos n'a pas les moyens de m'aider! (Drizzt ne pouvait qu'espérer avoir piqué la curiosité du dragon.) Tu as entendu parler de moi, j'en suis sûr, puissant Héphaïstos. Je suis, ou plutôt, j'étais et j'espère redevenir Mergandevinasander de Chult, un vieux dragon noir de grande renommée.

— Mergandevin...? commença Héphaïstos, mais les mots s'étranglèrent dans sa gorge.

Il avait entendu parler du dragon noir, bien évidemment; les dragons connaissaient en général la plupart de leurs congénères par leurs noms, où qu'ils se trouvent dans le monde. Héphaïstos savait également, comme l'espérait Drizzt, que Mergandevinasander avait les yeux violets.

Pour rendre ses explications plus convaincantes, Drizzt puisa dans son expérience personnelle avec Caqueteur, le pech infortuné qui avait été transmuté par un sorcier sous la forme d'un porte-crocs.

— C'est un sorcier qui m'a vaincu, commença-t-il sombrement. Un groupe d'aventuriers a pénétré dans ma tanière. Des voleurs ! Mais j'en ai eu un, quand même, un paladin !

Héphaïstos parut apprécier la mention de ce petit détail, et Drizzt, qui venait de l'improviser, se félicita en silence.

— Comme son armure d'argent a grésillé dans l'acide de mon souffle !

— C'est dommage de l'avoir gâché, intervint Héphaïstos. Les paladins font de si bons repas !

Drizzt sourit pour masquer son malaise à cette pensée. *Quel goût peut bien avoir un elfe noir ?* ne put-il s'empêcher de se demander devant la gueule du dragon si proche.

— Je les aurais bien tous tués – et cela aurait représenté une belle prise – s'il n'y avait pas eu ce misérable sorcier ! C'est lui qui m'a fait cette chose horrible !

Drizzt posa un regard réprobateur sur sa forme de drow.

— Une métamorphose ?

Drizzt décela un peu de compassion – du moins l'espérait-il – dans la voix de la bête. Il hocha la tête solennellement.

— Un sort maléfique. Il a pris ma forme, mes ailes et mon souffle. Je suis pourtant toujours Mergandevinasander en esprit, bien que…

Les yeux d'Héphaïstos s'élargirent devant cette interruption, et le regard confus et pitoyable que lui jeta Drizzt renforça sa conviction.

— Je me suis découvert une affinité soudaine pour les araignées, murmura Drizzt. Je les caresse et je les embrasse…

C'est donc à cela que ressemble un dragon rouge écœuré, pensa Drizzt quand il reposa ses yeux sur la bête. Des pièces et des bibelots tintèrent partout dans la pièce quand un frisson involontaire parcourut l'échine du dragon.

Les moines, tapis dans le tunnel bas de plafond, ne pouvaient pas voir la conversation qui se déroulait, mais ils en entendaient assez pour la reconstituer et comprendre ce que le drow avait en tête. Pour la première fois depuis qu'ils pouvaient s'en souvenir, Frère Jankin était réduit au silence, mais Mateus réussit à chuchoter quelques mots, formulant les sentiments qu'ils partageaient.

— En voilà un qui ne manque pas de courage ! dit le moine corpulent tout en riant sous cape, et il se plaqua la main contre la bouche, effrayé à l'idée d'avoir parlé trop fort.

— Pourquoi être venu à moi ? rugit Héphaïstos avec colère.

Drizzt dérapa en arrière sous la puissance de son souffle mais, cette fois-ci, il réussit à garder son équilibre.

— Je t'en supplie, puissant Héphaïstos ! plaida Drizzt. Je n'avais pas le choix. Je suis allé jusqu'à Menzoberranzan, la cité des drows, mais le sort de ce sorcier était si puissant, m'ont-ils dit, qu'ils ne pouvaient rien faire pour le dissiper. Alors, je suis venu à toi, grand et puissant Héphaïstos, toi qui es renommé pour tes talents en matière de sorts de métamorphose. Peut-être que toi, qui es de la même espèce que moi…

— De la même espèce ? reprit le dragon dans un rugissement assourdissant, provoquant cette fois la chute de Drizzt. Tu me prends pour un dragon noir ?

— Non, non, je veux dire, toi qui es aussi un dragon, dit vivement Drizzt, retirant l'apparente insulte tout se remettant sur ses pieds d'un bond – au cas où il devrait partir en courant la seconde qui suivrait.

Le grognement ininterrompu d'Héphaïstos informa Drizzt qu'il avait maintenant besoin d'une diversion, qu'il trouva derrière la créature, dans les marques profondes et calcinées qui parsemaient les parois d'une alcôve rectangulaire. Drizzt supposa que c'était là que le dragon gagnait des sommes considérables en fondant des métaux. Le drow ne put s'empêcher de frissonner tandis qu'il se demandait combien de marchands ou d'aventuriers malheureux avaient trouvé la mort entre ces murs en triste état.

— Qu'est-ce qui a bien pu causer un cataclysme pareil ? cria Drizzt avec un respect mêlé de crainte.

Héphaïstos n'osa pas détourner le regard, craignant une duperie. Mais un moment plus tard, le dragon comprit ce que l'elfe noir avait remarqué et son grondement s'interrompit.

— Quel est le dieu qui est venu à toi, puissant Héphaïstos, et qui t'a béni d'un pouvoir aussi considérable ? Nulle part dans les Royaumes ne peut-on trouver de roche ainsi dévastée ! Pas depuis que les flammes qui ont créé le monde...

— Ça suffit ! tonna Héphaïstos. Toi qui es si érudit, tu ne sais rien du souffle d'un dragon rouge ?

— Les flammes sont la marque des dragons rouges, répondit Drizzt, sans cesser de fixer l'alcôve, mais quelle intensité peuvent-elles donc atteindre ? Sûrement pas une intensité pareille, au point de provoquer de tels ravages !

— Tu voudrais que je te montre ? fut la réponse du dragon, dans un sifflement sinistre d'où s'échappait de la fumée.

— Oui ! cria Drizzt, avant d'ajouter : Non ! tout en se roulant en boule.

Il savait qu'il était sur la corde raide à présent, mais il savait aussi que le risque à prendre était nécessaire.

— En vérité, j'ai grand désir d'assister à un spectacle pareil, mais j'ai véritablement tout aussi peur d'en subir la chaleur.

— Alors, regarde, Mergandevinasander de Chult ! rugit Héphaïstos. Et admire le spectacle !

La brusque inspiration du dragon poussa Drizzt de deux pas vers l'avant, balayant ses cheveux blancs devant ses yeux et lui arrachant presque du dos la couverture qui lui tenait lieu de cape. Des pièces dégringolèrent du monticule qui se trouvait derrière lui dans une chute sonore.

Puis, le cou sinueux se balança amplement dans un arc large, amenant l'énorme tête du dragon rouge juste devant l'alcôve.

Le jet de flammes qui s'ensuivit chassa tout l'air de la caverne ; les poumons de Drizzt le brûlaient et ses yeux le piquaient, à cause de la luminosité et de la chaleur dégagées. Il continua quand même à regarder le souffle du dragon rouge qui consumait l'alcôve dans un flamboiement grondant et tonitruant. Drizzt remarqua ainsi qu'Héphaïstos fermait les yeux quand il soufflait des flammes.

Quand l'incendie fut terminé, Héphaïstos ramena sa tête vers le drow d'un air triomphant. Drizzt, dont les yeux étaient toujours fixés sur l'alcôve, sur les rochers fondus qui en dévalaient les parois et tombaient du plafond, n'avait nul besoin de feindre sa crainte respectueuse.

— Par les dieux ! chuchota-t-il avec gravité.

Il réussit à reporter les yeux vers la mine suffisante du dragon.

— Par les dieux, répéta-t-il. Mergandevinasander de Chult, qui se considère comme un être suprême, se sent maintenant bien humble.

— Et tu fais bien de l'être ! gronda Héphaïstos. Aucun dragon noir n'arrive à la cheville d'un rouge ! Sache-le à présent, Mergandevinasander. C'est une information qui pourrait te sauver la vie si jamais un dragon rouge venait frapper à ta porte !

— En effet, approuva Drizzt promptement. Mais je crains bien ne plus avoir de porte où il pourrait frapper…

Il reporta les yeux sur son corps et fronça les sourcils avec dédain.

— Ou bien elle se trouvera dans la cité des elfes noirs !

— C'est ta destinée, pas la mienne, dit Héphaïstos. Mais je t'ai pris en pitié. Je te laisserai partir en vie, bien que ce soit plus que ce que tu mérites pour avoir perturbé mon sommeil !

C'était le moment critique et Drizzt le savait. Il aurait pu accepter l'offre d'Héphaïstos ; à cet instant, il ne désirait rien tant que de pouvoir sortir d'ici. Mais ses principes et le souvenir de Mooshie l'empêchaient de partir. Et ses compagnons, toujours dans le tunnel ? se remémora-t-il. Et ses aventures, destinées à remplir les recueils des bardes ?

— Alors, dévore-moi, dit-il au dragon, bien qu'il puisse à peine croire les mots qu'il était en train de prononcer. Moi qui ai connu la gloire de vivre en tant que dragon ne puis me contenter de la vie d'un elfe noir.

La gueule immense d'Héphaïstos se pencha graduellement en avant.

— Hélas pour la race des dragons ! gémit Drizzt. Notre nombre ne cesse de décroître, tandis que les humains se multiplient comme de la vermine. Hélas pour les trésors des dragons, qui finissent volés par des sorciers et des paladins !

La façon dont il cracha cette dernière réplique interrompit le dragon.

— Et hélas pour Mergandevinasander, continua Drizzt sur un ton dramatique, qui a été terrassé par un sorcier humain dont les pouvoirs surpassent même ceux d'Héphaïstos, le plus puissant de tous les dragons !

— Comment ça, « surpassent » ! hurla Héphaïstos, et la caverne tout entière trembla sous l'intensité de son rugissement.

— Que dois-je donc croire ? hurla Drizzt à son tour, de façon quelque peu pitoyable après l'effroyable vacarme du dragon. Est-ce qu'Héphaïstos ne devrait pas aider l'un de ses pairs, quand son espèce se raréfie ? Non, cela, je ne peux pas le croire, et le monde ne le croira pas non plus !

Drizzt pointa un doigt accusateur vers le plafond au-dessus de lui, prêchant de tout son cœur. Il n'était nullement besoin de lui rappeler le prix de l'échec.

— Ils diront, tous et toutes, d'un bout à l'autre des Royaumes, qu'Héphaïstos n'a pas osé se confronter à la magie du sorcier, que le grand dragon rouge n'a pas voulu révéler sa faiblesse face à un sort aussi puissant, de crainte que cette révélation amène ce même sorcier et son escouade à venir dans le nord, pour un autre pillage de dragon ! Ah ! Mais la reddition apparente d'Héphaïstos ne conduira-t-elle pas de la même façon ce sorcier et ses malfaisants voleurs d'amis à espérer un tel pillage ? Et quel dragon possède plus de richesses à dérober qu'Héphaïstos, le dragon rouge de la riche Mirabar ?

Le dragon était dans une impasse. Héphaïstos appréciait son mode de vie, qu'il passait à dormir sur des monticules de richesses croissant sans cesse grâce aux fortes sommes que lui versaient les marchands. Il n'avait nul besoin d'aventuriers héroïques en quête de gloire s'introduisant dans sa tanière ! C'étaient exactement les sentiments sur lesquels comptait Drizzt.

— Demain ! rugit le dragon. Aujourd'hui, je vais étudier ce sort, et demain Mergandevinasander sera de nouveau un dragon noir. Il pourra alors s'en aller, la queue en flammes s'il a le malheur d'oser prononcer encore une seule parole blasphématoire ! Maintenant, il faut que je me repose pour me remémorer ce sort. Tu ne dois pas bouger, dragon enfermé dans un corps de drow. Je sens ta présence, ce qui me permet de te localiser, et j'ai la meilleure ouïe qui puisse exister en ce monde. J'ai le sommeil plus léger que l'aurait souhaité plus d'un voleur !

Drizzt ne doutait bien évidemment pas de la véracité de ces dires. Bien que son plan se soit déroulé aussi bien qu'il pouvait l'espérer, il se trouvait maintenant face à un dilemme. Il ne pouvait pas attendre une journée pour reprendre sa conversation avec le dragon rouge, pas plus que ses amis. Comment réagirait le fier Héphaïstos, se demanda Drizzt, quand il se rendrait compte qu'il tentait de contrer un sort qui n'existait pas ? Et que ferait-il, se demanda-t-il encore au bord de la panique, si Héphaïstos le transformait bel en bien en dragon noir ?

— Bien sûr, le souffle d'un dragon noir présente des avantages sur celui d'un dragon rouge, laissa échapper Drizzt tandis qu'Héphaïstos s'éloignait.

Celui-ci revint vers lui d'un mouvement terrifiant plein de colère.

— Veux-tu sentir mon souffle de plus près ? grogna férocement le dragon. Je me demande ce qu'il resterait de tes vantardises après cela !

— Non, non, ce n'est pas ce que je voulais dire, répondit Drizzt. Ne te sens pas offensé, puissant Héphaïstos. En vérité, le spectacle des flammes que tu peux cracher a réduit ma fierté à néant ! Mais le souffle d'un dragon noir ne peut être sous-estimé. Il recèle des pouvoirs qui surpassent même la puissance des flammes d'un dragon rouge !

— C'est-à-dire ?

— L'acide, ô toi Héphaïstos l'incroyable, le Dévoreur des Cent Mille Têtes de Bétail, répondit Drizzt. L'acide qui se fixe sur l'armure des chevaliers et qui les ronge dans un tourment interminable.

— Comme le feraient des gouttes de métal ? demanda Héphaïstos sarcastiquement. De métal fondu par le feu d'un dragon rouge ?

— L'acide prend plus son temps, je le crains, admit Drizzt en baissant les yeux. Le souffle d'un dragon rouge provoque une destruction rapide et explosive, mais celle provoquée par le souffle d'un dragon noir se prolonge, au grand dam de l'ennemi.

— Rapide ? grogna Héphaïstos. Combien de temps peut donc durer ton souffle, pitoyable dragon noir ? Je peux souffler bien plus longtemps que toi, je le sais !

— Mais..., commença Drizzt, en montrant l'alcôve.

Cette fois-ci, la brusque inspiration que prit le dragon manqua de balayer le drow d'un coup et l'entraîna plusieurs pas vers l'avant. Drizzt réussit à conserver ses esprits, suffisamment pour crier comme convenu, tandis qu'Héphaïstos replaçait sa tête face à l'alcôve :

— Par les feux des Neufs Enfers !

— Le signal ! dit Mateus par-dessus le tumulte. Courez pour sauver votre peau ! Courez !

— Jamais ! cria le Frère Herschel terrifié, les autres, mis à part Jankin, étant du même avis.

— Oh, une telle souffrance ! gémit le fanatique à la chevelure hirsute en sortant du tunnel.

— Il le faut ! Pour nos vies ! leur rappela Mateus, attrapant Jankin par les cheveux pour l'empêcher de partir dans la mauvaise direction.

Les deux hommes luttèrent à la sortie du tunnel pendant quelques secondes et les autres moines, comprenant que leur seul espoir s'évaporerait dans des délais très brefs, se ruèrent hors du tunnel. Le groupe entier dégringola sur le chemin en pente qui longeait la paroi. Quand ils se rétablirent, ils se savaient dans le pétrin le plus total et s'agitèrent en tous sens, ne sachant s'ils devaient escalader la paroi pour repartir dans le tunnel ou se diriger vers la sortie. Leur bousculade désespérée ne leur permettant en aucun cas de remonter la pente, particulièrement avec Mateus qui essayait toujours de maîtriser Jankin, la sortie restait leur seule option. Trébuchant les uns sur les autres, les moines se ruèrent dans une fuite éperdue à travers la caverne.

Mais même leur terreur ne les empêcha pas de rafler au passage une poignée de babioles chacun, Jankin y compris.

C'était le plus long jet de flammes jamais craché par un dragon ! Héphaïstos, les yeux fermés, rugissait encore et encore, désintégrant la roche de l'alcôve. D'énormes gouttes de feu furent projetées dans la caverne – Drizzt était presque asphyxié par la chaleur – mais le dragon en colère ne relâcha pas son effort, déterminé à remettre son ennuyeux visiteur à sa place une bonne fois pour toutes.

Le dragon jeta un coup d'œil pour évaluer les effets de sa démonstration. Les dragons connaissaient leurs cavernes aux trésors mieux que personne, et Héphaïstos ne manqua pas de remarquer les cinq petites silhouettes qui filaient à toute vitesse à travers la cavité principale, en direction de la sortie.

Il cessa brusquement de souffler des flammes et se tourna vers eux.

— Des voleurs ! rugit-il, le tonnerre de sa voix provoquant des bris de roche.

Drizzt sut que la partie était finie.

La gueule énorme aux dents tranchantes essaya de mordre le drow. Drizzt fit un pas de côté et bondit en avant, n'ayant nulle part où aller. Il attrapa l'une des cornes du dragon et se cramponna à la tête de la bête. Il réussit à l'escalader jusqu'à son sommet et s'y maintint fermement dans l'espoir de sauver sa peau tandis que le dragon outré la secouait violemment pour déloger l'intrus. Drizzt baissa la main vers son cimeterre, mais ce fut sa poche qu'il trouva, de laquelle il sortit une poignée de poussière. Sans la moindre hésitation, le drow l'envoya dans l'œil mauvais du dragon.

Héphaïstos devint fou furieux, secouant la tête avec violence, de haut en bas et dans tous les sens. Drizzt resta cramponné avec ténacité, et le dragon sournois imagina une meilleure méthode.

Drizzt comprit l'intention d'Héphaïstos quand ce dernier projeta la tête dans les airs à toute vitesse en direction du plafond. Celui-ci n'était pas si haut – pas quand on le comparait à la longueur du cou sinueux du dragon. La chute était terrible, mais restait un sort bien plus enviable et Drizzt se laissa tomber juste avant que la tête du dragon heurte le rocher.

Drizzt se remit sur ses pieds en trébuchant tandis qu'Héphaïstos, à peine ralenti par l'impact violent, prenait son inspiration. C'est la chance qui sauva le drow, ni pour la première ni pour la dernière fois, quand une quantité considérable de roches s'effondra du plafond martelé, s'écrasant sur la tête du dragon. Le souffle d'Héphaïstos s'étrangla dans une bouffée inoffensive et Drizzt gravit à toute vitesse le monticule de trésors, avant de plonger derrière.

Héphaïstos, sans réfléchir, poussa un rugissement furieux qui épuisa ce qui restait de son souffle sur la montagne de richesses. Les pièces d'or entrèrent en fusion ; d'énormes pierres précieuses éclatèrent sous la pression. Le monticule, constitué d'objets serrés les uns contre les autres, faisait bien six mètres de large, mais cela n'empêcha pas Drizzt, qui se trouvait de l'autre côté, de sentir la chaleur dans son dos. Il bondit hors de l'amoncellement, y laissant sa cape fumante et couverte d'or fondu.

Drizzt arriva sur le dragon, brandissant ses cimeterres,

au moment où celui-ci se redressait. Le drow se rua sur lui bravement et quelque peu stupidement, le frappant de toutes ses forces. Il s'arrêta, sidéré, après seulement deux coups, ses deux cimeterres vibrant douloureusement dans ses mains ; il aurait tout aussi bien pu les abattre sur un mur de pierre !

Héphaïstos, la tête haute, n'avait tenu aucun compte de son attaque.

— Mon or ! gémit le dragon.

Puis la bête baissa les yeux, son regard étincelant transperçant de nouveau le drow.

— Mon or ! répéta Héphaïstos d'un air mauvais.

Drizzt haussa timidement les épaules, puis s'enfuit en courant.

Héphaïstos donna un brusque coup de queue, heurtant au passage un autre monticule de trésors et projetant des pièces d'or et d'argent ainsi que des pierres précieuses aux quatre coins de la caverne.

— Mon or ! gémit le dragon encore et encore tandis qu'il se frayait un chemin à travers les épais amas de richesse.

Drizzt dégringola derrière un autre monticule.

— Aide-moi, Guenhwyvar, supplia-t-il en laissant tomber la figurine.

— Je sens ton odeur, voleur ! ronronna le dragon – pour autant qu'un tonnerre furieux puisse ronronner – pas très loin du monticule derrière lequel se trouvait Drizzt.

En réponse, la panthère apparut au sommet de l'amoncellement, grogna d'un air de défi, puis disparut d'un bond. Drizzt, tapi au pied du monticule, prêta attentivement l'oreille, comptant les pas d'Héphaïstos alors que celui-ci se ruait en avant.

— Je vais te réduire en bouillie, métamorphe ! beugla le dragon, dont la gueule béante se dirigea vers Guenhwyvar pour la mordre.

Mais les dents, mêmes des dents de dragon, n'avaient que peu d'effet sur le brouillard sans consistance que devint soudain Guenhwyvar.

Drizzt réussit à mettre dans ses poches quelques babioles tandis qu'il se ruait vers la sortie, sa retraite couverte par le vacarme de la fureur déchaînée du dragon frustré. La caverne était vaste et Drizzt était encore loin de la sortie quand Héphaïstos reprit ses esprits et le repéra. Confus mais non moins furibond, le dragon rugit et chargea Drizzt.

Dans la langue des gobelins, sachant d'après son livre que c'était une langue parlée par le dragon, mais espérant que celui-ci ne s'attendrait pas qu'il connaisse cette information, Drizzt cria :

— Quand cet animal stupide m'aura suivi dehors, sortez et prenez le reste !

Héphaïstos stoppa net en dérapant et se retourna, les yeux fixés sur le tunnel bas de plafond qui menait jusqu'aux mines. C'était un cruel dilemme pour le dragon stupide, qui d'un côté voulait broyer le drow inopportun mais qui craignait également d'être détroussé durant ce laps de temps. Héphaïstos se dirigea rapidement vers l'entrée du tunnel et cogna sa tête écailleuse dans le mur qui la surplombait pour faire bonne mesure, puis il revint sur ses pas pour réfléchir à ce qu'il devait faire.

Les voleurs avaient atteint la sortie maintenant, le dragon le savait ; il lui faudrait sortir de sa grotte, sous les vastes cieux, s'il voulait les rattraper – ce qui n'était pas la meilleure des idées à cette époque de l'année, considérant le commerce lucratif du dragon. Finalement, Héphaïstos régla ce dilemme de la même façon dont il réglait tous ses problèmes : il se jura de dévorer les prochains marchands qui croiseraient sa route. Sa fierté restaurée grâce à cette résolution, qu'il oublierait sûrement dès qu'il serait retourné à son sommeil, le dragon regagna sa caverne, reconstruisant les monticules de richesses et sauvant ce qui pouvait l'être de ce qu'il avait fait fondre par inadvertance.

22

Sur le chemin du foyer

— Vous nous avez permis de nous en sortir ! cria Frère Herschel.

Tous les moines serrèrent Drizzt dans leurs bras, à l'exception de Jankin, dès que celui-ci les eut rejoints dans une vallée rocailleuse, à l'ouest de l'entrée de la tanière du dragon.

— S'il y a quelque chose que nous puissions faire pour vous rendre la pareille…

Drizzt vida ses poches en réponse, et cinq paires d'yeux envieux s'élargirent tandis que des babioles et autres colifichets en or massif roulaient devant eux, scintillant dans le soleil de l'après-midi. Une pierre précieuse en particulier, un rubis de cinq centimètres, promettait une prospérité future qui dépassait tout ce que les moines avaient pu connaître.

— C'est pour vous, expliqua Drizzt. Tout est pour vous. Je n'ai nul besoin de trésors.

Les moines contemplèrent les alentours d'un air coupable, aucun d'entre eux ne tenant à révéler le butin déjà stocké dans leurs poches.

— Peut-être devriez-vous en garder un peu, proposa Mateus, si vous avez toujours en tête d'errer en solitaire.

— Je le veux toujours, dit fermement Drizzt.

—Vous ne pouvez pas rester ici, raisonna Mateus. Où irez-vous donc ?

Drizzt n'y avait pas vraiment réfléchi. Tout ce qu'il savait, c'est que sa place ne se trouvait pas parmi les Frères des Lamentations. Il pesa le pour et le contre un moment, se rappelant les nombreuses routes sans issues qu'il avait déjà parcourues. Une pensée émergea dans son esprit.

—Là où vous avez dit, dit Drizzt en avisant Jankin. Vous m'avez parlé de cet endroit une dizaine avant que nous entrions dans le tunnel.

Jankin le regarda avec curiosité, s'en souvenant à peine.

—Aux Dix-Cités, dit Drizzt. La terre des renégats, là où un renégat peut trouver sa place.

—Aux Dix-Cités ? protesta Mateus. Vous devriez reconsidérer votre route, mon ami. Valbise n'est pas des plus accueillants, tout comme les tueurs endurcis des Dix-Cités !

—Là-bas, le vent souffle sans interruption, ajouta Jankin, une expression mélancolique envahissant ses yeux sombres et vides. Il charrie des grains de sable cuisants et sa morsure est glaciale. J'irai avec vous !

—Et les monstres qui y vivent ! ajouta un autre moine, frappant l'arrière de la tête de Jankin de la main. Le yéti de la toundra et les ours blancs, et les barbares féroces qui la peuplent ! Non, je n'irais pas aux Dix-Cités même si Héphaïstos en personne tentait de m'y chasser !

—Cela pourrait bien arriver, dit Herschel, lançant des coups d'œil nerveux vers la tanière pas si lointaine. Il y a des fermes non loin d'ici. Peut-être devrions-nous y rester pour la nuit et reprendre le tunnel demain.

—Je n'irai pas avec vous, répéta Drizzt. Vous me dites que les Dix-Cités sont un endroit peu accueillant, mais trouverai-je un accueil plus chaleureux à Mirabar ?

—Nous irons chez des fermiers ce soir, répondit Mateus, reconsidérant ses paroles. Nous vous y achèterons un cheval et les provisions dont vous aurez besoin. Je ne tiens vraiment pas à ce que vous vous en alliez, mais les Dix-Cités me paraissent être un choix judicieux – il regarda sèchement Jankin – pour un drow. Nombreux sont ceux qui ont trouvé leur place là-bas. Ce peut être un foyer pour qui n'en a point.

Drizzt perçut de la sincérité dans la voix du moine et apprécia la bienveillance de Mateus.

— Comment puis-je y aller ? demanda-t-il.

— Il faut suivre les montagnes, répondit Mateus. Gardez-les toujours sur votre droite. Une fois que vous les aurez dépassées, vous aurez atteint Valbise. Il n'y a qu'un seul pic qui émerge des terres plates au nord de l'Épine dorsale du Monde. Les villes sont bâties autour. J'espère que vous y trouverez tout ce que vous recherchez !

Sur ces mots, les moines se préparèrent à partir. Drizzt joignit ses mains derrière la tête et s'adossa au versant de la vallée. Il était vraiment temps de se séparer des moines, il le savait, mais il ne pouvait nier la culpabilité et la solitude qui allaient en découler. Les quelques richesses qu'ils avaient prises dans la tanière du dragon allaient grandement changer la vie de ses compagnons, leur fournissant un toit et tout ce dont ils pourraient avoir besoin, mais la richesse même ne pouvait pas abattre les obstacles auxquels Drizzt devait faire face.

Les Dix-Cités, l'endroit que Jankin avait désigné comme étant le refuge des sans-logis, le lieu où se rassemblaient ceux qui n'avaient nulle part où aller, redonnaient un peu d'espoir au drow. Combien de fois le destin avait-il fait preuve d'une ironie mordante ? De combien de portes s'était-il approché, plein d'espoir, pour être finalement repoussé par la pointe d'une lance ? Cette fois-ci, ce serait différent, se dit Drizzt, car s'il ne pouvait pas trouver sa place sur la terre des renégats, vers où pourrait-il bien se tourner alors ?

Pour le drow accablé, qui avait passé tant de temps à fuir la tragédie, la culpabilité et les inévitables injustices qu'il subissait, l'espoir n'était pas un sentiment des plus agréables.

Drizzt établit son campement dans un petit bosquet cette nuit-là, tandis que les moines se rendaient dans le petit village de fermiers. Ils revinrent le matin suivant, lui amenant un bon cheval, mais l'un des membres du groupe manquait manifestement à l'appel.

— Où est Jankin ? demanda Drizzt, inquiet.

— Attaché dans une grange, répondit Mateus. Il a tenté de s'en aller, hier, pour retourner…

— Dans la tanière d'Héphaïstos, finit Drizzt à sa place.

— S'il est toujours du même avis aujourd'hui, nous pourrions bien le laisser y aller, ajouta Herschel visiblement dégoûté.

— Voilà votre cheval, dit Mateus, si vous n'avez pas changé d'avis pendant la nuit.

— Et voilà de quoi vous couvrir de nouveau, ajouta Herschel.

Il tendit à Drizzt une belle cape bordée de fourrure. Drizzt savait à quel point la présente générosité des moines était inhabituelle, et il faillit changer d'avis. Mais il ne pouvait pas se défaire de ses autres aspirations, et il savait qu'il ne pourrait les satisfaire en telle compagnie.

Pour montrer sa résolution, le drow alla droit vers le cheval, désireux de monter sur son dos aussitôt. Le drow avait déjà vu un cheval auparavant, mais jamais d'aussi près. Il était impressionné par la force délicate de la bête, par les muscles qui ondulaient le long de son cou, et il était également stupéfait de la hauteur de l'animal au garrot.

Il passa un moment à fixer l'animal dans les yeux, lui communiquant ses intentions du mieux qu'il le pouvait. Puis, à la stupéfaction de tout le monde, Drizzt y compris, le cheval s'inclina, permettant au drow de se mettre en selle sans difficulté.

— Vous avez un don avec les chevaux, remarqua Mateus. Vous n'avez jamais mentionné être un cavalier expérimenté.

Drizzt se contenta de hocher la tête et fit de son mieux pour rester en selle quand le cheval se mit à aller au trot. Il fallut un moment au drow pour comprendre comment contrôler l'animal et il était déjà loin à l'est – dans la mauvaise direction – avant de parvenir à le remettre dans le droit chemin. Tout au long de ce parcours, Drizzt essaya de garder sa superbe et les moines, qui eux non plus n'y connaissaient pas grand-chose en matière de chevaux, hochèrent la tête en souriant.

Quelques heures plus tard, Drizzt chevauchait à pleine vitesse vers l'ouest, le long du flanc sud de l'Épine dorsale du Monde.

— Les Frères des Lamentations, chuchota Férul McCartilage un peu plus tard dans la dizaine, le regard plongeant du haut d'un promontoire rocailleux vers le groupe en contrebas, qui reprenait le tunnel vers Mirabar.

— Quoi ? glapit Tephanis.

Il en resta bouche bée, se ruant hors de son sac pour rejoindre Férul. Pour la première fois, la vitesse de l'esprit follet se révéla être un handicap. Avant même de se rendre compte de ce qu'il disait, Tephanis laissa échapper :

— Ce-n'est-pas-possible ! Le-dragon…

Le regard noir de Férul s'abattit sur Tephanis, aussi sombre qu'un nuage orageux.

— Je-veux-dire-que-j'ai-supposé-que…, bafouilla Tephanis, mais il comprit que Férul, qui connaissait le tunnel mieux que lui et qui n'ignorait pas non plus les talents de l'esprit follet pour crocheter les serrures, avait déjà plus ou moins compris ce qu'il en était.

— T'as essayé de tuer l'drow toi-même, dit calmement Férul.

— Je-vous-en-prie, mon-maître, répondit Tephanis. Je-ne-voulais-pas… Je-craignais-pour-vous. Ce-drow-est-diabolique, je-vous-le-dis ! Je-les-ai-conduits-dans-le-tunnel-du-dragon. Je-pensais-que-vous…

— Oublie ça, grogna Férul. T'as fait c'que t'as fait, et c'est pas la peine d'en parler. Maint'nant, r'tourne dans ton sac. Ça s'pourrait qu'on puisse réparer tes bêtises, si l'drow est pas mort.

Tephanis acquiesça de la tête et disparut en un éclair dans son sac. Férul attrapa celui-ci et appela son chien à ses côtés.

— Je vais faire parler ces moines, se jura le chasseur de primes, mais avant…

Férul fit tournoyer le sac et le cogna violemment contre la paroi de pierre.

— Maître ! cria la voix étouffée de l'esprit follet.

— Sale voleur de drow ! s'énerva Férul, et il frappa impitoyablement le sac contre la pierre.

Tephanis réchappa des premiers chocs en se tortillant, il réussit même à déchirer légèrement la toile du sac avec sa dague minuscule. Mais le sac s'assombrit rapidement, se couvrant d'un liquide poisseux, et l'esprit follet cessa de se débattre.

— Sale mutant voleur de drow, marmonna Férul, jetant le paquet sanglant au loin. Viens, mon chien. Si le drow est vivant, les moines sauront où le trouver.

Les Frères des Lamentations étaient un ordre voué à la souffrance, et quelques-uns d'entre eux, Jankin en particulier, avaient en effet beaucoup souffert dans leur vie. Mais aucun des moines n'aurait pu imaginer la cruauté démesurée que pouvait leur faire subir un Férul au regard sauvage et, avant même qu'une heure soit passée, le chasseur de primes faisait route lui aussi, à toute vitesse, en direction de l'ouest, le long de la bordure australe de la chaîne de montagnes.

Le vent froid de l'est emplissait ses oreilles d'un chant ininterrompu. Drizzt l'avait entendu souffler sans discontinuer depuis qu'il avait contourné la partie occidentale de l'Épine dorsale du Monde pour se diriger vers le nord-est, vers l'étendue de terres stériles qu'on nommait Valbise – en référence à ce vent permanent. Drizzt acceptait son gémissement implorant et sa morsure glacée de plein gré, car il percevait dans ses rafales comme un parfum de liberté.

Autre symbole évocateur de liberté, la vaste étendue de la mer apparut en vue tandis que le drow contournait la chaîne de montagnes. Drizzt n'avait visité le littoral qu'une seule fois, lors de son passage à Luskan, et il aurait voulu s'arrêter et parcourir les quelques milles qui le séparaient des côtes. Mais le vent glacial lui rappela que l'hiver se rapprochait, et il imagina les difficultés qu'il aurait à parcourir la vallée une fois que les premières neiges seraient tombées.

Dès le jour où il pénétra dans la vallée, Drizzt repéra le Cairn de Kelvin, mont solitaire au milieu de la toundra, au nord de la grande chaîne de montagnes. Il se dirigea vers lui avec anxiété, voyant dans son pic singulier le symbole d'une terre qu'il considérerait bientôt comme la sienne. Un espoir timide l'envahissait chaque fois qu'il posait le regard sur cette montagne.

Il croisa plusieurs petits groupes, des chariots isolés ou une poignée de cavaliers, tandis qu'il se rapprochait du secteur des Dix-Cités par la route des caravanes, en provenance du sud-ouest. Le soleil était bas et faible dans le ciel de l'ouest, et Drizzt gardait baissé le capuchon de sa splendide cape, dissimulant sa peau d'ébène. Il faisait un bref signe de tête à tous les voyageurs qu'il croisait.

Trois lacs dominaient la région autour du pic rocailleux du Cairn de Kelvin, qui se dressait à près de trois cents mètres au-dessus de la plaine et qui restait couronné de neige même durant l'éphémère été. Des dix villes qui avaient donné à l'endroit son nom, seule la principale, Bryn Shander, était située à distance des lacs. Elle était sise au-dessus de la plaine, sur une petite colline, son drapeau claquant comme un défi contre le vent cinglant. Le sentier qu'avait pris Drizzt, la route des caravanes, menait directement à cette cité, où se tenait le principal marché de la région.

Drizzt pouvait dire d'après les fumées qui s'élevaient de feux lointains que plusieurs autres communautés étaient installées sur la colline à quelques milles de la cité. Il s'interrogea un moment sur l'itinéraire à suivre, se demandant s'il devait se diriger vers l'une de ces villes plus petites et plus isolées plutôt que de continuer droit vers la cité principale.

—Non, dit le drow avec fermeté, plongeant sa main dans la poche qui contenait la figurine d'onyx pour sentir son contact.

Drizzt éperonna son cheval, montant la colline jusqu'aux portes interdisant l'accès de la cité fortifiée.

—Vous êtes un marchand? demanda l'un des deux gardes qui se tenaient devant le portail bardé de fer. Vous êtes un peu en r'tard dans l'année pour les affaires.

— Je ne suis pas un marchand, répondit doucement Drizzt, perdant le contrôle de ses nerfs maintenant que l'heure était venue.

Il saisit lentement son capuchon, essayant de forcer sa main tremblante à bouger.

— De quelle ville tu viens, alors ? demanda l'autre garde.

Drizzt laissa retomber sa main, son courage dissipé par la question inopinée.

— De Mirabar, répondit-il avec honnêteté, et avant que les gardes puissent le distraire par une autre question, il saisit de nouveau son capuchon et le releva.

Quatre yeux s'écarquillèrent et autant de mains plongèrent immédiatement vers les armes que les gardes portaient à la ceinture.

— Non, répliqua soudain Drizzt. S'il vous plaît, pas ça.

Une lassitude que les gardes ne pouvaient pas comprendre envahit la voix et les mouvements du drow. Drizzt n'avait plus de force pour les combats insensés causés par des malentendus. Contre une horde de gobelins ou un géant en maraude, il lui était facile de brandir ses cimeterres, mais quand il les utilisait contre ceux qui ne le combattaient que sur la foi de perceptions erronées, ses armes lui paraissaient bien trop lourdes.

— Je suis venu de Mirabar jusqu'aux Dix-Cités pour y résider en paix, continua Drizzt, sa voix de plus en plus assurée à chaque syllabe.

Il ouvrit largement les bras, ne constituant visiblement aucune menace.

Les gardes ne savaient pas vraiment comment réagir. Aucun d'entre eux n'avait jamais vu d'elfe noir – bien qu'ils soient sûrs et certains que Drizzt en soit bien un – et ils ne connaissaient rien de plus sur cette race que des récits entendus au coin du feu, sur la guerre ancienne qui avait provoqué la sécession au sein des peuples des elfes.

—Attends ici, souffla l'un des gardes à son camarade, qui ne parut apprécier l'ordre que moyennement. Je vais aller en informer Cassius, le Porte-parole.

Il frappa un coup sur la porte cuirassée, et dès qu'elle se fut suffisamment entrebâillée pour le laisser passer, il se glissa à l'intérieur. Le garde qui restait fixa Drizzt du regard sans ciller, sa main ne quittant pas le pommeau de son épée.

—Si tu me tues, une centaine d'arbalètes te déchiquetteront, déclara-t-il, tentant d'afficher une confiance qu'il était loin d'éprouver.

—Et pourquoi le ferais-je? demanda innocemment Drizzt, gardant les mains largement écartées dans sa position pacifique.

Cette rencontre s'était bien déroulée jusqu'à présent, pensait-il. Dans tous les autres villages qu'il avait osé approcher, les premiers à l'avoir vu soit avaient fui de terreur, soit l'avaient chassé, leurs armes à la main.

L'autre garde revint peu de temps après, accompagné d'un homme petit et svelte, rasé de près, avec des yeux bleus et brillants qui scrutaient tout ce qui l'entourait en permanence, notant chaque détail. Il portait de beaux vêtements, et d'après le respect que lui montraient les deux gardes, Drizzt sut tout de suite qu'il s'agissait d'un homme de haut rang.

Il examina Drizzt un long moment, considérant chacun de ses mouvements et chacune de ses particularités.

—Je suis Cassius, dit-il enfin, le Porte-parole de Bryn Shander et le Premier Porte-parole du Conseil régnant des Dix-Cités.

Drizzt fit une petite révérence.

—Je suis Drizzt Do'Urden, dit-il, en provenance de Mirabar et de plus loin encore, souhaitant maintenant m'établir aux Dix-Cités.

—Et pourquoi donc? demanda sèchement Cassius, essayant de le prendre au dépourvu.

Drizzt haussa les épaules.

— Une raison est-elle requise ?

— Pour un elfe noir, peut-être, répondit honnêtement Cassius.

Le sourire d'assentiment de Drizzt désarma le porte-parole et tranquillisa les deux gardes, qui se tenaient maintenant à ses côtés d'un air protecteur.

— Je n'ai pas de meilleure raison à offrir pour ma venue que l'envie de venir, continua Drizzt. Ma route a été longue, Porte-parole Cassius. Je suis fatigué et j'ai besoin de repos. On m'a dit que les Dix-Cités étaient le lieu de rassemblement des renégats, et il ne fait aucun doute qu'un elfe noir soit un renégat parmi les habitants de la surface.

Ce raisonnement semblait assez logique, et la sincérité de Drizzt fut clairement perçue par l'observateur porte-parole. Cassius mit son menton dans sa paume et réfléchit un long moment. Il ne craignait pas le drow et ne mettait pas sa parole en doute, mais il n'avait pas l'intention de tolérer l'agitation que provoquerait la présence d'un drow dans la cité.

— Vous n'êtes pas à votre place à Bryn Shander, dit Cassius sans prendre de gants.

Les yeux couleur lavande de Drizzt s'étrécirent à cette proclamation injuste. Sans se laisser démonter, Cassius tendit l'index vers le nord :

— Vous devriez aller à Bois Isolé, dans la forêt, sur les rives nord de Maer Dualdon, proposa-t-il, avant de porter son regard vers le sud-ouest. Ou peut-être à Bon Hydromel ou à la Brèche de Dougan, sur les rives du lac le plus au sud, Eaux-Rouges. Ce sont des villes plus petites, où vous causeriez et rencontreriez moins d'ennuis.

— Et quand ils me fermeront leurs portes ? demanda Drizzt. Où irai-je alors, gentil Porte-parole ? Dehors dans le vent, pour mourir dans cette plaine aride ?

— Vous ne savez pas…

— Je ne le sais que trop bien, l'interrompit Drizzt. C'est une scène que j'ai vécue bien des fois. Qui accueillerait un drow, même celui qui a tourné le dos à ses pairs et à leurs pratiques, et qui ne désire que trouver la paix ?

La voix de Drizzt était sévère sans révéler aucun apitoiement sur lui-même, et Cassius comprit qu'une fois encore il disait la vérité.

Le porte-parole compatissait réellement. Il avait été un renégat lui-même, ce qui l'avait conduit aux frontières de ce monde, dans les contrées désolées de Valbise, pour y trouver un foyer. Il n'y avait rien au-delà de ses frontières ; Valbise était le dernier arrêt possible pour un renégat. Une autre pensée lui vint alors, une possible solution à ce dilemme, qui laisserait sa conscience tranquille.

— Depuis combien de temps vis-tu à la surface ? demanda Cassius, sincèrement intéressé.

Drizzt réfléchit un moment à la question, se demandant ce que voulait dire le porte-parole.

— Cela fait sept ans, répondit-il.

— Dans les terres du Nord ?

— Oui.

— Et pourtant tu n'as trouvé ni foyer, ni village pour t'accueillir, dit Cassius. Tu as survécu à des hivers hostiles et sans aucun doute à des ennemis plus menaçants encore. Sais-tu te servir de ces deux lames accrochées à ta ceinture ?

— Je suis un rôdeur, dit Drizzt d'un ton égal.

— Une profession inhabituelle pour un drow, remarqua Cassius.

— Je suis un rôdeur, reprit Drizzt plus fermement, parfaitement qualifié aussi bien dans les voies de la nature que dans l'usage de mes armes.

— Je n'en doute pas, dit Cassius, songeur.

Il fit une pause, puis poursuivit :

— Il y a un endroit qui t'offrirait un toit et la solitude.

Drizzt suivit le regard du porte-parole vers le nord, vers les pentes rocailleuses du Cairn de Kelvin.

— Au-delà de la vallée des nains se trouve la montagne, expliqua Cassius, et au-delà s'étend la toundra. Il serait bon pour les Dix-Cités d'avoir un éclaireur sur les pentes nord de la montagne. Le danger arrive toujours de cette direction.

— Je suis venu à la recherche d'un foyer, l'interrompit Drizzt, et vous m'offrez une niche dans un tas de rocailles, accompagnée d'un devoir envers des personnes auxquelles je ne dois rien.

En réalité, la suggestion ne déplaisait pas à l'esprit de rôdeur de Drizzt.

— Voudriez-vous que je vous dise que les choses sont différentes ? répondit Cassius. Je ne laisserai pas un drow errer dans Bryn Shander.

— Un humain serait-il ainsi obligé de prouver sa valeur ?

— Un humain n'est pas d'aussi sinistre réputation, répondit Cassius sans hésitation, d'un ton posé. Si j'étais aussi magnanime, si je t'accueillais sur la seule base de tes paroles et que je t'ouvrais grand mes portes, trouverais-tu le foyer que tu cherches ? Nous savons tous les deux à quoi nous en tenir, drow. Tout le monde à Bryn Shander n'aurait pas l'esprit aussi ouvert, je te le jure. Tu provoquerais un tollé partout où tu irais et quels que soient tes intentions et ton comportement, tu serais bien obligé de combattre. Il en serait de même dans n'importe quelle ville, poursuivit Cassius, pressentant que ses mots avaient atteint une corde sensible chez le drow sans logis. Je t'offre une niche dans un tas de rocailles, aux frontières des Dix-Cités, dans un endroit où tes actions, qu'elles soient bonnes ou mauvaises, bâtiront ta réputation indépendamment de la couleur de ta peau. Mon offre te paraît-elle toujours aussi futile à présent ?

— J'aurai probablement besoin de provisions, dit Drizzt, acceptant la triste vérité qui se dégageait des mots de Cassius. Et pour mon cheval ? Je ne pense pas que les versants d'une montagne soient un endroit approprié pour un tel animal.

— Vends ton cheval, alors, proposa Cassius. Mes gardes t'en donneront un bon prix et reviendront ici avec les provisions dont tu auras besoin.

Drizzt réfléchit un moment à la proposition, avant de tendre les rênes à Cassius.

Le porte-parole partit alors, se félicitant de son intelligence. Non seulement il avait désamorcé les troubles éventuels qui s'annonçaient, mais en plus il avait convaincu Drizzt de garder ses frontières, le tout à un endroit où Bruenor Marteaudeguerre et son clan de nains grimaçants l'empêcheraient certainement de causer le moindre ennui.

Férul McCartilage fit halte avec son chariot dans un petit village niché sous les ombres de l'extrémité occidentale de la chaîne de montagnes. Le chasseur de primes se rendait compte que les neiges étaient proches, et il n'avait aucun désir de se retrouver coincé à mi-chemin dans la vallée quand elles commenceraient à tomber. Il resterait ici, parmi les fermiers, pour attendre la fin de l'hiver. Il était impossible de quitter la vallée sans passer par ce secteur, et si Drizzt était bien venu par ici, comme les moines le lui avaient dit, il n'aurait nul autre endroit où fuir.

Drizzt quitta les portes de la cité cette nuit-là, préférant voyager dans l'obscurité, malgré le froid. Son escalade frontale de la montagne l'emmena vers le sommet, à l'est de la gorge rocheuse que les nains considéraient comme leur territoire. Drizzt prit de grandes précautions pour éviter les sentinelles éventuelles que les créatures barbues pouvaient avoir mises en place. Il n'avait rencontré des nains qu'à une seule occasion, aux alentours de la citadelle d'Adbar, lors de l'une de ses premières expéditions hors du bosquet de Mooshie, et cela n'avait pas vraiment été une expérience plaisante. La patrouille de nains l'avait chassé avant qu'il ait eu le temps de proférer la moindre explication et traqué dans les montagnes pendant plusieurs jours.

Malgré toute la prudence qu'il déployait pour traverser la vallée, Drizzt ne put ignorer le haut monticule rocailleux qui se dressa devant lui, avec un sentier tout tracé, fait de marches qui semblaient taillées dans l'amas de roches. Il n'était pas encore tout à fait à mi-chemin de la montagne, de nombreuses heures de marches nocturnes l'attendaient encore, mais Drizzt fit volontiers le détour, gravissant le monticule marche après marche, enchanté par le vaste panorama et les lumières des villes aux alentours.

Ce n'était pas une colline bien haute, à peu près quinze mètres à peine, mais grâce à l'absence de relief de la toundra et à la clarté de la nuit, Drizzt pouvait contempler une vue sur cinq des cités : deux sur les rives du lac se trouvant à l'est, deux à l'ouest du plus grand des lacs, et Bryn Shander sur sa colline, à quelques milles au sud.

Drizzt n'aurait su dire combien de temps il resta là, car cette vue rallumait trop d'espoirs et de chimères en lui pour qu'il y prenne garde. Il n'avait passé qu'une journée dans les Dix-Cités, mais il se sentait en harmonie avec cette vue, avec cet espoir que les milliers de personnes vivant autour de cette montagne entendraient peut-être parler de lui, et finiraient même par l'accepter.

Une voix bougonneuse et rocailleuse le tira d'un coup de sa contemplation. Il s'accroupit en position défensive et contourna un rocher. Le torrent de plaintes qui se déversait lui permit d'identifier clairement la source du raffut. Il avait les épaules larges et à peu près trente centimètres de moins que Drizzt, bien qu'il soit visiblement plus lourd. Le drow sut que c'était un nain avant même que la silhouette ne s'arrête pour réajuster son casque – en cognant sa tête contre une pierre.

— Sal'té d'foutu machin, murmura le nain, réajustant de nouveau son casque.

Drizzt était certainement intrigué, mais il était aussi suffisamment intelligent pour comprendre qu'il était peu probable qu'un nain grommelant accueille de bon cœur un drow inopportun au beau milieu de la nuit. Tandis que le nain se préparait à un autre réajustement, Drizzt s'éloigna en bondissant, courant légèrement et silencieusement sur le bord du sentier. Il passa juste à côté du nain, mais il disparut bien vite, dans un bruissement aussi léger que l'ombre d'un nuage.

— Hé ? marmonna le nain quand il se releva, cette fois-ci satisfait du positionnement de son couvre-chef. Qui est là ? Qu'est-ce qu'tu veux ?

Il exécuta toute une série de petits bonds, se tournant dans tous les sens, jetant des regards à la ronde.

Il n'y avait rien d'autre que l'obscurité, les rochers et le vent.

23

Un souvenir se réveille

Les premières chutes de neige de la saison s'abattirent paresseusement sur Valbise, constituées de gros flocons dérivant en lentes danses sinueuses, très différentes des blizzards violents auxquels était habituée la région. La petite fille, Catti-Brie, les observait avec un enchantement visible du seuil de la grotte qui lui tenait lieu de maison, la nuance de ses yeux d'un bleu profond encore ravivée par les reflets du manteau neigeux qui recouvrait le sol.

— Longue à venir mais abondante quand elle finit par arriver, grommela Bruenor Marteaudeguerre, un nain à la barbe rousse, tandis qu'il arrivait derrière Catti-Brie, sa fille adoptive. Sûr que ce s'ra un dur hiver, comme ils le sont tous dans ce coin fait pour les dragons blancs !

— Oh, mon p'tit papa, répondit Catti-Brie avec sévérité. Arrête donc de t'plaindre ! Sûr que c'est une belle chute, plutôt inoffensive sans le vent pour l'agiter.

— Ces humains, pouffa le nain d'un ton moqueur, se tenant toujours derrière la fillette.

Catti-Brie ne pouvait voir avec quelle tendresse il la regardait tandis qu'il bougonnait, mais elle n'en avait nul besoin. Catti-Brie estimait que les grognements de Bruenor étaient à quatre-vingt-dix pour cent des paroles en l'air et à dix pour cent seulement de véritables ronchonnements.

Elle se retourna brusquement vers le nain, ses boucles auburn coupées à la hauteur des épaules voltigeant autour de son visage.

— Est-ce que je peux sortir pour jouer ? demanda-t-elle, un sourire plein d'espoir sur le visage. Oh, s'il te plaît, mon p'tit papa !

Bruenor exagéra encore sa meilleure grimace.

— Sortir ! rugit-il. Mais personne de sain d'esprit n'verrait un hiver au Valbise comme un amusement ! Montre donc un peu de bon sens, jeune fille ! Cette saison a de quoi t'geler jusqu'aux os !

Le sourire de Catti-Brie disparut, mais elle refusa de se rendre si facilement.

— P'têt pour un nain, rétorqua-t-elle à la grande horreur de Bruenor. Vous êtes bien faits pour vivre dans des grottes, et moins vous voyez l'ciel, mieux vous vous portez. Mais un long hiver m'attend, et ça pourrait être ma dernière chance de voir le ciel. S'il te plaît, papa ?

Bruenor ne put continuer à feindre la colère devant le charme de sa fille, mais il ne voulait pas qu'elle sorte.

— Je crains qu'il y ait quelque chose qui rôde par ici, expliqua-t-il, essayant de paraître autoritaire. J'ai senti sa présence sur la colline y a quelques nuits, bien que je n'aie pas pu le voir. Ça pourrait être un lion blanc, ou un ours blanc. Mieux vaut…

Bruenor ne put terminer sa phrase, car la mine découragée de Catti-Brie réduisit à néant les craintes imaginaires du nain. La petite fille n'ignorait rien des dangers de la région. Elle vivait avec Bruenor et son clan de nains depuis plus de sept ans. Un raid de gobelins avait tué ses parents quand elle était encore toute petite, et bien qu'elle soit humaine, Bruenor l'avait adoptée et la traitait comme sa propre fille.

— T'es tenace, ma fifille, dit Bruenor en réponse à l'expression inflexible et peinée de Catti-Brie. Va dehors et joue tout ton saoul, mais t'éloigne pas trop ! Donne-moi ta parole, ma fougueuse pouliche, qu'tu garderas les grottes en vue et qu't'auras une épée et un cor à ta ceinture.

Catti-Brie se rua vers lui et lui planta un baiser mouillé sur la joue, que le nain taciturne essuya promptement, grommelant en direction de la fillette tandis que celle-ci disparaissait dans un tunnel. Bruenor était le chef du clan, et il était aussi dur que la pierre qu'ils creusaient dans leurs mines ; mais chaque fois que Catti-Brie déposait un baiser de gratitude sur sa joue, le nain se rendait compte qu'il lui avait cédé.

— Les humains ! grogna de nouveau le nain, et il descendit à pas lourds le long du tunnel qui menait à la mine, pensant battre quelques pièces de fer, juste pour se rappeler qu'il était encore coriace.

Il fut facile pour la petite fille pleine d'allant de justifier sa désobéissance quand elle reporta les yeux de l'autre côté de la vallée, du pied du versant du Cairn de Kelvin où elle se trouvait à plus de cinq kilomètres de là. Bruenor lui avait dit de rester en vue des grottes, et elle les voyait, ou plutôt elle voyait les hauts terrains qui les abritaient, un emplacement avantageux grâce à sa position dominante.

Mais Catti-Brie, qui glissait avec entrain sur une surface neigeuse pleine de bosses, découvrit rapidement l'inconvénient de n'avoir pas tenu compte des avertissements de son père. Elle était arrivée en bas de la pente après une descente délicieusement agréable, et elle était occupée à se frotter vigoureusement les mains pour en chasser le froid cuisant, quand elle entendit un grondement sourd et de mauvais augure.

— Un lion blanc, articula Catti-Brie en silence, se remémorant l'hypothèse de Bruenor.

Quand elle leva les yeux, elle vit que la supposition de son père n'était pas tout à fait exacte. C'était bel et bien un grand fauve qui se tenait devant la petite fille, la fixant du regard du haut d'un monticule pelé et rocailleux, mais ce fauve était noir ; et c'était une énorme panthère, pas un lion.

D'un air de défi, Catti-Brie sortit son couteau de son fourreau.

— Reste où t'es, l'gros chat ! dit-elle avec à peine un tremblement dans la voix, car elle savait que la peur poussait les animaux sauvages à attaquer.

Guenhwyvar aplatit ses oreilles et se laissa tomber sur le ventre, avant d'émettre un rugissement long et sonore qui se répercuta en écho d'un bout à l'autre de la région rocailleuse.

Catti-Brie ne pouvait pas faire face à la puissance qui se dégageait ce rugissement, pas plus qu'aux dents nombreuses et très longues que la panthère révéla alors. Elle regarda autour d'elle, se demandant par où s'enfuir, mais elle savait que, quelle que soit la direction dans laquelle elle partirait, elle ne pourrait empêcher la panthère de la rattraper d'un seul bond puissant. Un cri en provenance des hauteurs retentit :

— Guenhwyvar !

Catti-Brie leva les yeux vers l'étendue neigeuse pour y voir une mince silhouette enroulée dans une cape se dirigeant vers elle avec précaution.

— Guenhwyvar ! appela encore le nouveau venu. Va-t'en de là !

La panthère gronda une réponse gutturale, puis elle s'éloigna en bondissant d'une roche neigeuse à l'autre, escaladant les petites falaises aussi facilement que si elle était en train de courir sur un champ plat et régulier.

Malgré sa peur toujours présente, Catti-Brie regarda la panthère s'éloigner avec une admiration sincère. Elle avait toujours aimé les animaux et elle les étudiait souvent, mais le jeu des muscles lisses de Guenhwyvar sous sa peau était plus majestueux que tout ce qu'elle avait jamais pu imaginer. Quand elle sortit de sa transe, elle s'aperçut que la mince silhouette se trouvait juste derrière elle. Elle se retourna d'un seul mouvement, son couteau toujours à la main.

Sa lame lui échappa et sa respiration s'interrompit brusquement quand elle leva les yeux sur le drow.

Drizzt, lui aussi, fut abasourdi par cette rencontre. Il voulait juste vérifier que la petite fille allait bien, mais quand il baissa les yeux sur elle, toutes les pensées qu'il avait en tête s'évanouirent devant un flot de souvenirs.

Elle devait avoir à peu près le même âge que le petit garçon aux cheveux blond vénitien de la ferme, remarqua Drizzt tout d'abord, et cette pensée raviva inévitablement les souvenirs insoutenables de Maldobar. Mais quand Drizzt examina plus attentivement les yeux de Catti-Brie, ses pensées remontèrent encore plus loin dans son passé, à l'époque où il marchait aux côtés de ses noirs congénères. Les yeux de la fillette luisaient du même éclat joyeux et innocent que ceux de la petite elfe qu'il avait sauvée des lames sauvages de ses congénères lors du pillage. Ce souvenir bouleversa Drizzt, le renvoyant dans un tourbillon à cette clairière ensanglantée dans le bois des elfes, là où son frère et ses semblables avaient massacré brutalement une assemblée d'elfes. Dans la frénésie qui régnait, Drizzt avait failli tuer la petite fille, il avait presque emprunté cette voie obscure que les membres de sa race suivaient aveuglément.

Drizzt se secoua pour sortir de ses réminiscences et il se

rappela qu'il s'agissait d'un autre enfant, d'une autre race. Il voulut la saluer, mais la petite fille avait disparu.

Le mot maudit, le mot « drizzit » carillonna de nouveau dans la tête du drow plusieurs fois, tandis qu'il reprenait le chemin de la grotte où il s'était installé, sur la face nord de la montagne.

Cette même nuit, l'assaut de l'hiver commença pleinement. Le vent froid venu du nord, qui soufflait des hauteurs du Glacier Regh, amoncela la neige en congères hautes et infranchissables.

Catti-Brie observa la neige tristement, craignant que plusieurs semaines passent avant qu'elle puisse retourner au Cairn de Kelvin. Elle n'avait parlé du drow ni à Bruenor, ni aux autres nains, de crainte d'être punie, et aussi parce qu'elle savait que Bruenor le chasserait sans hésiter. Regardant la neige qui s'amassait, Catti-Brie souhaita avoir été plus courageuse et être restée pour parler à cet elfe étrange. Chaque hurlement du vent renforçait ce vœu et poussait la petite fille à se demander si elle avait laissé passer sa seule et unique chance.

—Je m'en vais pour Bryn Shander, lui annonça Bruenor un matin, plus de deux mois plus tard.

Un répit inattendu avait interrompu les sept mois habituels de l'hiver de Valbise, un rare redoux de janvier. Bruenor fixa sa fille avec méfiance pendant un long moment.

—Tu comptes mettre le nez dehors aujourd'hui ? demanda-t-il.

— Si je peux, répondit Catti-Brie. Les grottes m'étouffent et le vent n'est pas si froid.

— Je vais trouver un nain ou deux pour t'accompagner, proposa Bruenor.

Catti-Brie, qui se disait qu'aujourd'hui pourrait bien être sa chance de retrouver le drow, se déroba devant cette idée.

— Ils ne s'intéressent qu'aux réparations de leurs portes ! rétorqua-t-elle, d'un ton plus brusque que ce qu'elle le voulait. Les dérange pas pour mes beaux yeux !

Les yeux de Bruenor se plissèrent.

— T'es beaucoup trop obstinée.

— J'tiens ça d'mon père, dit Catti-Brie avec un clin d'œil qui neutralisa tout argument ultérieur.

— Fais attention, commença Bruenor, et reste bien…

— … en vue des grottes ! termina Catti-Brie à sa place.

Bruenor se détourna et sortit pesamment de la grotte, bougonnant d'un air impuissant et maudissant le jour où il avait pris une humaine pour fille. Catti-Brie se contenta de rire devant l'éternelle comédie de son père.

Cette fois encore, ce fut Guenhwyvar qui rencontra la première la petite fille aux cheveux auburn. Catti-Brie s'était dirigée droit vers la montagne et elle en était à choisir son chemin parmi les principaux sentiers qui se trouvaient à l'ouest quand elle repéra la panthère noire au-dessus d'elle, la regardant du haut d'un éperon rocheux.

— Guenhwyvar, l'appela la fillette, qui se souvenait du nom qu'avait utilisé le drow.

La panthère grogna sourdement et descendit de son promontoire, se rapprochant de la petite.

— Guenhwyvar ? répéta Catti-Brie, moins à l'aise, car la panthère ne se trouvait plus qu'à quelques douzaines de pas.

Les oreilles de Guenhwyvar se relevèrent à cette seconde mention de son nom, et les muscles tendus du fauve se relâchèrent visiblement.

Catti-Brie s'approcha lentement, un pas prudent après l'autre.

— Où est l'elfe noir, Guenhwyvar ? demanda-t-elle doucement. Tu peux m'emmener jusqu'à lui ?

— Et pourquoi donc voudrais-tu le voir ? dit une voix derrière elle.

Catti-Brie se figea, se souvenant de la voix douce et mélodieuse, puis elle se retourna pour faire face au drow. Il n'était qu'à trois pas derrière elle, ses yeux couleur lavande aimantant son regard dès l'instant où ils se croisèrent. Catti-Brie ne savait absolument pas quoi dire, et Drizzt, absorbé de nouveau par ses souvenirs, restait immobile, la regardant et attendant.

— T'es un drow, toi ? demanda Catti-Brie quand le silence fut devenu insupportable.

Aussitôt après avoir parlé, elle se réprimanda intérieurement pour avoir posé une question aussi stupide.

— J'en suis un, répondit Drizzt. Qu'est-ce que cela veut dire pour toi ?

Catti-Brie haussa les épaules devant cette étrange réponse.

— J'ai entendu dire qu'les drows sont maléfiques, mais t'as pas l'air bien méchant à mes yeux.

— Alors tu as pris un grand risque en venant jusqu'ici toute seule, remarqua Drizzt. Mais ne crains rien, ajouta-t-il vivement, voyant le malaise soudain de la fillette, je ne suis en rien maléfique et je ne te ferai pas de mal.

Après avoir passé des mois en solitaire dans sa grotte confortable mais totalement vide, Drizzt ne tenait pas à ce que cette rencontre s'achève en un rien de temps.

Catti-Brie hocha la tête, faisant confiance à ces paroles.

— Mon nom à moi, c'est Catti-Brie, dit-elle. Mon papa, c'est Bruenor, le roi du clan Marteaudeguerre.

Drizzt inclina la tête avec curiosité.

— Les nains, expliqua Catti-Brie, montrant la vallée du doigt. (Elle comprit la confusion de Drizzt au moment où elle prononça ces paroles.) C'est pas mon vrai papa, dit-elle. Bruenor m'a adoptée quand j'étais encore qu'un bébé, quand mes vrais parents ont été…

Elle ne put finir sa phrase, mais Drizzt n'avait pas besoin qu'elle le fasse, l'expression peinée de la fillette lui suffisait.

— Je suis Drizzt Do'Urden, dit-il pour changer de sujet. Heureux de te rencontrer, Catti-Brie, fille de Bruenor. Il est agréable d'avoir quelqu'un à qui parler. Pendant tout le temps qu'a duré cet hiver, je n'ai eu que Guenhwyvar comme compagnie, quand elle est dans les parages, et bien évidemment, mon amie n'est pas très bavarde !

Catti-Brie lui répondit par un sourire fendu jusqu'aux oreilles. Elle jeta par-dessus son épaule un coup d'œil à la panthère, qui s'était paresseusement allongée au milieu du chemin.

— C'est un beau fauve, remarqua Catti-Brie.

Drizzt perçut la sincérité dans le ton de sa voix et dans le regard admiratif qu'elle posait sur la panthère.

— Viens par ici, Guenhwyvar, dit Drizzt, et la panthère s'étira et se leva lentement.

La panthère se dirigea droit vers Catti-Brie, et Drizzt hocha la tête pour répondre à son désir inexprimé mais évident. Timidement au départ, puis avec plus de fermeté, Catti-Brie caressa le pelage lisse de la panthère, sentant la puissance et la perfection de la bête. Guenhwyvar accepta ses caresses sans se plaindre, allant même jusqu'à lui donner un petit coup sur le flanc quand elle cessa au bout d'un moment, pour la pousser à continuer.

— Est-ce que tu es toute seule ? demanda Drizzt.

Catti-Brie acquiesça de la tête.

— Mon p'tit papa m'a dit de rester en vue des grottes, dit-elle en riant. J'les vois bien assez d'ici, à mon avis !

Drizzt reporta son regard sur la vallée, vers les parois rocheuses qui se dressaient à plusieurs milles de distance.

— Ton père ne serait pas content. Cette contrée n'est pas si sûre. Cela ne fait que deux mois que je me suis installé sur cette montagne, et j'ai déjà rencontré à deux reprises des bêtes blanches et velues que je ne connais pas.

— Des yétis de la toundra, répondit Catti-Brie. Toi, tu dois être du côté nord de la montagne. Les yétis n'en font pas le tour.

— Est-ce que tu en es sûre ? demanda Drizzt sarcastiquement.

— Je n'en ai jamais vu, répondit Catti-Brie, mais je ne les crains pas. Je suis venue ici pour te trouver toi, et je t'ai trouvé.

— C'est vrai, dit Drizzt. Et maintenant ?

Catti-Brie haussa les épaules et recommença à caresser le pelage lisse de Guenhwyvar.

— Viens, lui proposa Drizzt. Allons trouver un endroit plus confortable pour parler. L'éclat de la neige me blesse les yeux.

— T'as l'habitude des tunnels sombres ? demanda Catti-Brie avec espoir, désireuse d'entendre des récits de contrées au-delà des frontières des Dix-Cités, le seul endroit que Catti-Brie ait jamais connu.

Drizzt et la petite fille passèrent une merveilleuse journée ensemble. Drizzt parla à Catti-Brie de Menzoberranzan et la fillette répondit à son histoire par des récits du Valbise et de sa vie parmi les nains. Drizzt était particulièrement intéressé par les récits qui concernaient Bruenor et ses pairs, étant donné que les nains étaient ses voisins les plus proches et les plus à craindre.

— Bruenor parle avec la dureté d'une pierre, mais j'sais bien qu'il n'est pas vraiment comme ça ! assura Catti-Brie au drow. C'est quelqu'un de bien, comme le reste du clan.

Drizzt était heureux d'entendre cela, et il était également heureux d'avoir rencontré cette petite fille, non seulement pour les avantages qu'il pouvait tirer d'une telle amitié, mais surtout parce qu'il appréciait véritablement la compagnie de cette petite fille charmante et pleine d'entrain. Catti-Brie débordait véritablement d'énergie et de joie de vivre. En sa présence, le drow oubliait tous les souvenirs qui le hantaient, il ne pouvait que se féliciter de sa décision d'avoir sauvé la petite elfe des années auparavant. La voix chantante de Catti-Brie et la façon dont elle faisait négligemment voler ses cheveux gracieux autour de ses épaules soulageaient le fardeau de culpabilité qui pesait sur Drizzt avec l'aisance d'un géant soulevant un rocher.

Leurs récits auraient pu durer des jours et des nuits entiers, et de nombreuses dizaines encore, mais quand Drizzt remarqua que le soleil était bas sur l'horizon occidental, il comprit qu'il était temps pour la fillette de repartir chez elle.

— Je vais te ramener, proposa Drizzt.

— Non, répondit Catti-Brie. Tu f'rais mieux pas. Bruenor ne comprendrait pas et ça mettrait l'bazar dans la montagne. Je peux rentrer toute seule, t'en fais pas. J'connais ces chemins mieux qu'toi, Drizzt Do'Urden, et tu pourrais pas m'en empêcher même si t'essayais !

Drizzt rit devant la vantardise de l'enfant, mais faillit la prendre au sérieux. La fillette et lui se mirent en route en même temps, se dirigeant vers le principal éperon rocheux se trouvant au sud et se disant au revoir avec la promesse de se revoir – si possible au cours de ce dégel, sinon dès le printemps.

La fillette se sentait véritablement légère quand elle réintégra le réseau de grottes peuplé par les nains, mais le premier regard qu'elle leva sur la mine revêche de son père la fit redescendre de son petit nuage. Bruenor était allé à Bryn Shander ce matin voir Cassius pour affaires. Il n'avait pas été des plus ravis d'apprendre qu'un elfe noir s'était installé si près de sa porte, mais il devina que, pour sa fille très – trop – curieuse, cela constituerait un événement excitant.

— Reste à bonne distance de la montagne, dit Bruenor dès qu'il remarqua la présence de Catti-Brie, ce qui la mit au désespoir.

— Mais mon p'tit papa…, tenta-t-elle de protester.

— Donne-moi ta parole, jeune fille ! ordonna le nain. Tu ne mettras plus un pied sur cette montagne sans ma permission ! Il y a un elfe noir qui s'y terre, d'après ce que m'a dit Cassius. Donne-moi ta parole !

Catti-Brie hocha la tête en désespoir de cause, suivant du regard Bruenor qui s'éloignait dans le réseau de grottes, sachant qu'elle aurait beaucoup de mal à le faire changer d'avis, mais sachant également que les idées que Bruenor se faisait sur Drizzt Do'Urden étaient loin d'être justifiées.

Un autre redoux eut lieu un mois plus tard, et Catti-Brie tint sa promesse. Elle ne mit pas un pied sur le Cairn de Kelvin, mais elle appela Drizzt et Guenhwyvar des sentiers de la vallée qui l'entouraient. Drizzt et la panthère, qui avaient commencé à chercher la fillette quand le temps s'était radouci, la rejoignirent bientôt, cette fois dans la vallée, pour partager de nouveaux récits et un panier garni que Catti-Brie avait emporté.

Quand Catti-Brie revint aux mines des nains ce soir-là, Bruenor avait de forts soupçons et il lui demanda, une seule fois, si elle avait respecté sa parole. Le nain avait toujours eu confiance en sa fille, mais quand Catti-Brie lui assura qu'elle n'avait pas mis un pied sur le Cairn de Kelvin, ses soupçons ne s'atténuèrent en rien.

24

Révélations

Bruenor déambula le long des pentes basses du Cairn de Kelvin une bonne partie de la matinée. Le parfum entêtant de printemps qui flottait dans l'air avait fait fondre la plus grande partie de la neige à présent, mais des plaques tenaces rendaient les sentiers encore difficiles. Sa hache dans une main, son bouclier orné de la traditionnelle chope débordante d'écume – le blason du clan Marteaudeguerre – dans l'autre, Bruenor se traînait péniblement, maudissant le verglas, les rochers et les elfes noirs en général.

Il fit le tour de l'éperon rocheux le plus imposant sur le versant nord-ouest de la montagne, son nez rouge cerise à cause du vent mordant et sa respiration rendue difficile.

— Il est temps de prendre un peu de repos, murmura le nain, repérant une alcôve rocheuse abritée du vent incessant par de hautes parois.

Bruenor n'était pas le seul à avoir repéré la confortable cavité. Juste avant qu'il atteigne la brèche, qui fendait la paroi sur une largeur de trois mètres, un battement soudain d'ailes de peau fit apparaître une énorme tête d'insecte qui s'éleva devant ses yeux. Le nain tomba en arrière, surpris et effrayé. Il reconnut la bête comme étant un remorhaz, un gros ver polaire, et il n'était pas vraiment désireux de se ruer sur elle.

Le remorhaz sortit de son trou à la poursuite du nain. Son corps, ressemblant à un serpent de douze mètres de long, se déroula derrière lui comme un ruban de la couleur bleu pâle de la glace. Ses yeux d'insecte aux multiples facettes, étincelant d'un blanc lumineux, se fixèrent sur le nain. De petites ailes de peau soulevaient la moitié supérieure de la créature, prête à frapper, tandis que des dizaines de petites pattes grouillantes propulsaient le reste de son long torse.

Bruenor sentit une chaleur intense envahir l'atmosphère, quand le dos agité de la créature commença à luire, d'abord d'une teinte brun mat pour s'éclaircir ensuite dans le rouge.

— Voilà qui va contrecarrer les effets du vent pour un petit moment ! gloussa le nain, prenant conscience du fait qu'il ne pourrait pas semer la bête.

Il cessa de reculer et balança sa hache de façon menaçante.

Le remorhaz chargea droit sur lui, sa gueule formidable et affamée claquant sans discontinuer, suffisamment large pour engloutir l'intégralité de sa petite cible.

Bruenor se jeta sur le côté et leva son bouclier pour se protéger de la gueule, qui visait ses jambes, tandis qu'il plantait sa hache droit entre les cornes du monstre.

Les ailes de la bête battirent furieusement, relevant sa tête. Le remorhaz, à peine blessé, se redressa vivement pour frapper de nouveau, mais Bruenor le prit de vitesse. Il attrapa son imposante hache tandis que la main qui tenait le bouclier se saisissait d'une longue dague, et il les plongea en avant, au beau milieu de la première paire de pattes du monstre.

La grosse tête se baissa brusquement, mais Bruenor s'était déjà glissé sous son ventre, le point le plus vulnérable de la bête.

— Tu vois où qu'je veux en venir ? gronda Bruenor, plongeant sa dague au milieu de l'ample abdomen.

Le nain était trop coriace et trop bien protégé par son armure pour être gravement blessé par les coups du ver, mais la créature commença à rouler sur elle-même, essayant d'appliquer son dos brûlant et lumineux sur le nain.

— Non, ça non, espèce de ver-dragonneux-oisilleux-insecteux dérangé! hurla Bruenor, luttant pour rester à distance de la chaleur.

Il se déplaça sur le flanc de la créature et la souleva de toutes ses forces, déséquilibrant le remorhaz et provoquant sa dégringolade.

La neige gicla et grésilla quand le dos incandescent entra en contact avec elle. Bruenor se fraya un passage à coups de pied et de poing entre les pattes de la créature pour atteindre son abdomen vulnérable. La hache du nain s'abattit, peut-être pour la millième fois de son existence, ouvrant une profonde et large déchirure dans le ventre de la créature.

Le remorhaz se tordit en tous sens, agitant son long corps d'avant en arrière, projetant Bruenor sur le côté. Le nain se releva en un instant, mais il ne fut pas assez rapide, et le ver polaire s'approcha en rampant. Le dos brûlant entra en contact avec la cuisse de Bruenor tandis qu'il essayait de s'éloigner d'un bond, et le nain se mit à boiter, agrippant ses jambières de cuir fumantes.

Ils se firent face de nouveau, chacun montrant soudain bien plus de respect à l'autre.

La gueule du ver s'ouvrit; d'un coup rapide, la hache de Bruenor s'abattit sur l'une de ses dents, qu'elle dévia sur le côté. Mais la jambe blessée du nain plia sous l'élan et Bruenor, trébuchant, ne put éviter l'attaque qui s'ensuivit. Une longue corne se planta sous le bras du nain, le projetant avec violence sur le côté.

Il s'écrasa au milieu d'un petit terrain rocailleux, reprit ses esprits puis tapa volontairement sa tête contre un gros rocher pour réajuster son casque et pour se remettre les idées en place. Le remorhaz laissa une trace sanglante sur son chemin, mais il ne fléchit pas pour autant. Sa large gueule s'ouvrit de nouveau tandis que la créature émettait un sifflement, et Bruenor en profita pour lancer prestement une pierre dans son gosier.

Guenhwyvar avertit Drizzt du combat qui se déroulait en dessous de l'éperon rocheux qui se trouvait au nord-ouest. Le drow n'avait jamais vu de ver polaire, mais dès qu'il repéra les combattants, du haut de la corniche qui les surplombait, il sut que le nain était en danger. Déplorant d'avoir laissé son arc dans la grotte qu'il occupait, Drizzt dégaina ses cimeterres et descendit à la suite de la panthère aussi rapidement que le permettait la pente glissante.

—Allez, ramène-toi ! gronda le nain tenace à l'attention du remorhaz, et le monstre chargea effectivement.

Bruenor prit son courage à deux mains, désireux de porter au moins un dernier coup avant de devenir de la nourriture pour vers. La grosse tête s'abaissa vers lui, mais le remorhaz, entendant un rugissement derrière lui, hésita et regarda au loin.

—Mauvais réflexe ! cria le nain dans son allégresse, et Bruenor frappa de sa hache la mâchoire inférieure du monstre, la coupant nettement en deux au beau milieu de ses deux grandes incisives.

Le remorhaz hurla de douleur ; ses ailes de peau battirent frénétiquement, tentant de mettre la tête de la créature hors de portée du nain.

Bruenor le frappa de nouveau, et encore une troisième fois, chacun de ses coups laissant de profondes marques sur la gueule de la bête et entraînant sa tête vers le bas.

— Tu penses encore que tu vas me mordre, hein ? cria le nain, ripostant de la main qui tenait le bouclier et saisissant une des cornes du remorhaz alors que celui-ci relevait la tête.

Une brusque secousse provoqua alors la rotation de celle-ci, qui se présenta sous un angle vulnérable, et les muscles noués du bras de Bruenor entrèrent brutalement en action, fendant le crâne du ver polaire de sa puissante hache.

La créature trembla et se débattit encore une seconde, puis cessa tout mouvement, son dos luisant dégageant toujours une chaleur intense.

Le second rugissement de Guenhwyvar détourna les yeux du nain de sa proie. Bruenor, blessé et hésitant, leva les yeux pour apercevoir Drizzt et la panthère qui approchaient rapidement, le drow brandissant ses deux cimeterres.

— Allez, venez ! gronda Bruenor à leur attention, se méprenant sur le sens de leur charge, frappant sa hache contre son lourd bouclier. Venez donc tâter de ma lame !

Drizzt s'arrêta brusquement et appela Guenhwyvar à en faire de même. La panthère continua à menacer le nain malgré tout, les oreilles aplaties.

— Disparais, Guenhwyvar, lui ordonna Drizzt.

La panthère grogna une dernière fois avec indignation et s'éloigna d'un bond.

Satisfait de la disparition du fauve, Bruenor reporta vivement son regard noir sur Drizzt, qui se tenait de l'autre côté du cadavre du ver polaire.

— C'est entre toi et moi, alors, maint'nant ? cracha le nain. Est-ce que t'as les tripes pour t'mesurer à ma hache, ou est-ce que tu préfères t'attaquer aux p'tites filles ?

L'évidente référence à Catti-Brie alluma une lueur de colère dans les yeux de Drizzt, et il resserra sa prise sur ses cimeterres.

Bruenor fit de grands mouvements de hache avec aisance.

—Allez, viens, gronda-t-il avec mépris. Est-ce que t'as les tripes pour v'nir te frotter à un nain ?

Drizzt avait envie de crier de toutes ses forces pour que le monde entier l'entende. Il avait envie de sauter par-dessus le cadavre du monstre et de pulvériser le nain, d'effacer ses paroles avec une ardeur absolue et brutale, mais il n'en fit rien. Drizzt ne pouvait ni abjurer Mailikki ni trahir Mooshie. Il lui fallait sublimer sa rage une fois encore, il se devait de supporter ces insultes avec stoïcisme grâce à la conviction que sa déesse et lui-même connaissaient la véritable nature de son cœur.

Ses cimeterres réintégrèrent leurs fourreaux et Drizzt s'éloigna, Guenhwyvar réapparaissant derrière lui.

Bruenor regarda les deux compagnons s'en aller avec curiosité. Au départ, il pensa que le drow était un pleutre, mais ensuite, alors que l'excitation de la bataille diminuait graduellement, Bruenor en vint à se poser la question des motivations du drow. Était-il descendu jusqu'à lui pour achever les deux combattants comme l'avait cru Bruenor au départ ? Ou était-il possible qu'il soit venu à son secours ?

—Meuh non, murmura le nain, écartant cette possibilité. Pas un elfe noir !

La marche du retour parut longue au nain qui boitait, lui laissant la possibilité de rejouer dans sa tête la scène qui s'était déroulée aux alentours de l'éperon rocheux du nord-ouest à de nombreuses reprises. Quand il arriva finalement aux mines, le soleil s'était couché depuis longtemps et plusieurs nains s'étaient rassemblés, ainsi que Catti-Brie, prêts à partir à sa recherche.

—Vous êtes blessé, remarqua l'un des nains.

Catti-Brie imagina aussitôt qu'une bataille avait eu lieu entre Drizzt et son père.

— Un ver polaire, expliqua tranquillement le nain. J'ai fini par l'avoir, mais je me suis un brin brûlé au passage.

Les autres nains hochèrent la tête avec admiration devant les prouesses de leur chef au combat – un ver polaire n'était pas un adversaire des plus faciles à tuer – et Catti-Brie émit un soupir de soulagement perceptible.

— J'ai vu le drow ! grogna Bruenor à son attention, soupçonnant la raison de son soulagement.

Le nain était encore perturbé par sa rencontre avec le drow, et tout aussi perturbé quant au rôle que pouvait bien jouer la fillette dans tout cela. Avait-elle véritablement côtoyé l'elfe noir ? se demanda-t-il.

— Je l'ai vu, en vérité ! continua Bruenor, s'adressant maintenant principalement aux autres nains. J'ai vu le drow et il était accompagné du plus gros et du plus noir félin que j'aie jamais vu. Il est arrivé d'en haut de la pente pour m'attaquer, à l'instant même où je venais d'abattre le ver.

— Drizzt ne ferait jamais ça ! l'interrompit Catti-Brie avant que son père se lance, comme à son habitude, dans un récit interminable.

— Drizzt ? interrogea Bruenor.

La fillette se détourna, se rendant compte qu'elle venait de se trahir. Bruenor fit comme si de rien n'était – pour le moment.

— C'est ce qu'il a fait, je vous le dis ! poursuivit le nain. Il est venu vers moi en brandissant ses armes, une dans chaque main ! Je l'ai chassé et son fauve avec !

— On pourrait le poursuivre, proposa l'un des nains. Pour le chasser de la montagne !

Les autres nains hochèrent la tête et grommelèrent leur accord, mais Bruenor, qui était toujours hésitant quant aux intentions du drow, coupa court à la discussion.

— C'est là qu'il vit, leur dit-il. Cassius lui a permis de s'installer là, et mieux vaut éviter les problèmes avec Bryn Shander. Tant que l'drow reste où il est et qu'il évite de s'mettre en travers d'notre chemin, nous le laisserons tranquille. Mais toi, poursuivit Bruenor en fixant Catti-Brie, t'iras plus jamais lui parler, tu t'approcheras plus de lui, plus jamais !

— Mais..., commença la fillette sans grand espoir.

— Jamais ! Tu vas me donner ta parole ici et maintenant, jeune fille, qu'tu r'verras jamais c't'elfe noir, ou je te jure par Moradin que j'aurai sa tête !

Catti-Brie hésita, en proie à un horrible dilemme.

— Tu as ma parole, murmura la fillette, avant de s'enfuir à l'abri des sombres profondeurs de la caverne.

— C'est Cassius, le Porte-parole de Bryn Shander, qui m'a dit d'venir vous voir, dit l'homme bourru. Y dit qu'si y a quelqu'un qui connaît l'drow, c'est bien vous.

Bruenor parcourut du regard sa salle d'audience officielle, où de nombreux autres nains attendaient leur tour, aucun d'entre eux ne paraissant spécialement impressionné par l'étranger malpoli. Bruenor posa son menton barbu dans la paume de sa main et bâilla largement, déterminé à rester en dehors de ce conflit apparent. Il aurait pu rouler ce grossier personnage et son chien puant dans la farine, afin qu'ils quittent les lieux et qu'il n'ait plus à s'en préoccuper, mais Catti-Brie, assise aux côtés de son père, remua, mal à l'aise.

Férul McCartilage ne manqua pas de remarquer l'agitation révélatrice de la fillette.

— Cassius dit qu'vous d'vez avoir vu l'drow, vu qu'y vit tout près.

— Si l'un des membres de mon clan l'a vu, répondit

distraitement Bruenor, ils ne m'en ont pas dit un mot. Si vot' drow est dans les parages, il est pas bien dérangeant.

Catti-Brie regarda son père avec curiosité et respira plus librement.

— Pas bien dérangeant ? murmura Férul, une lueur rusée s'allumant dans ses yeux. Mais il l'est jamais. Il l'est jamais, quand on s'attend pas à ce qu'y peut faire !

Lentement et avec emphase, le montagnard releva son capuchon, révélant sa cicatrice.

— C'est l'drow qui t'a fait ça ? demanda Bruenor, pas vraiment alarmé ni même impressionné. D'jolies cicatrices – plus décoratives qu'la plupart de celles qu'j'ai vues.

— Il a tué mon chien ! grommela Férul.

— Il m'a pas l'air bien mort, railla Bruenor, provoquant des gloussements aux quatre coins de la pièce.

— Mon autre chien, gronda Férul férocement, comprenant l'opinion qu'avait de lui le nain entêté. Tu t'moques bien de moi, et t'as pas d'raison d'le faire. Mais c'est pas pour ma pomme que j'traque ce gars-là, et c'est pas non plus parce que sa tête est mise à prix. T'as déjà entendu parler d'Maldobar ?

Bruenor haussa les épaules.

— Ça s'trouve au nord de Sundabar, expliqua Férul. Un petit coin tranquille. Tous fermiers. Une des familles, les Poildechardon, vivait en dehors de la ville, trois générations sous le même toit, comme toute famille honnête. Bartholomée Poildechardon était un homme de bien, j'vous l'dis, et son père avant lui, et ses enfants pareil, quatre p'tits gars et une p'tite donzelle – qui r'ssemblait beaucoup à la tienne –, un homme droit et juste, avec le cœur sur la main et aimé de tout l'monde.

Bruenor voyait où voulait en venir le gaillard, et d'après les tortillements inconfortables de Catti-Brie devant lui, il devina que sa fille, perspicace, l'avait compris elle aussi.

— Une brave famille, dit Férul d'un ton songeur, feignant une expression lointaine et rêveuse. Neuf personnes qui vivaient dans une même demeure.

Le visage du montagnard se durcit subitement et il jeta un regard noir et direct vers Bruenor.

— Neuf personnes qui sont mortes dans cette même demeure, déclara-t-il ensuite, taillées en pièces par le drow, et l'une d'elles a même péri dévorée par son fauve diabolique !

Catti-Brie voulut répondre, mais elle ne réussit à émettre qu'un couinement incompréhensible. Bruenor se félicita de sa confusion car, si elle avait pu parler, ses arguments en auraient plus appris au montagnard que ce qu'il voulait bien lui révéler. Le nain posa une main sur l'épaule de sa fille, avant de dire calmement à Férul :

— T'es v'nu à nous avec un noir récit. T'as fait peur à ma fille, et j'aime pas qu'on lui fasse peur !

— Je prie Sa Majesté d'bien vouloir m'pardonner, dit Férul avec une révérence, mais tu dois être prév'nu du danger qui s'trouve à tes portes. C'drow, c'est d'la mauvaise graine, et son fauve maléfique pareil ! J'veux pas que la tragédie d'Maldobar se répète.

— Et y en aura pas sur mes terres, lui assura Bruenor. Nous sommes pas d'simples fermiers, crois-en ma parole. L'drow nous ennuiera pas plus que c'que tu l'as déjà fait.

Férul n'était pas étonné du fait que Bruenor refuse de l'aider, mais il pensait que le nain en savait plus sur Drizzt que ce qu'il voulait bien dire, et il était certain que c'était le cas de la petite fille.

— Si c'est pas pour moi, alors qu'ce soit pour Bartholomée Poildechardon, j't'en supplie, gentil nain. Dis-moi si tu sais où que j'pourrais trouver ce sombre démon. Ou si t'en sais rien, alors prête-moi des soldats, qu'ils m'aident à l'débusquer.

— Mes nains ont beaucoup à faire avec la forge, expliqua

Bruenor. Je peux pas leur faire perdre leur temps pour chasser des démons qui les concernent pas.

Bruenor se moquait bien de la raison pour laquelle Férul poursuivait le drow, mais l'histoire du montagnard avait renforcé sa conviction que le drow devait être évité, en particulier par sa fille. Bruenor aurait pu donner un coup de main à Férul et être débarrassé du problème, une solution qu'il aurait choisie plus pour que les deux intrus quittent sa vallée que pour n'importe quelle raison morale, mais il ne pouvait passer outre à la détresse évidente de Catti-Brie.

Férul essaya sans succès de masquer sa colère, cherchant une autre option.

— Où iriez-vous si vous étiez en fuite, roi Bruenor? demanda-t-il. Vous connaissez la montagne mieux qu'personne, c'est c'que Cassius m'a dit. Où d'vrais-je chercher?

Bruenor se rendit compte qu'il appréciait de voir cet homme déplaisant sortir de ses gonds.

— La vallée est grande, dit-il énigmatiquement. La montagne est vaste. Y a beaucoup d'grottes.

Il resta immobile et silencieux pendant un long moment, secouant la tête.

Le masque de Férul tomba en un instant.

— Vous aideriez un drow meurtrier? rugit-il. Vous vous dites roi des nains, mais vous êtes qu'un...

Bruenor sauta de son trône de pierre, et Férul recula prudemment d'un pas, posant une main sur le manche de Saigneuse.

— Tout c'que j'ai ici, c'est les dires d'un renégat contre celles d'un autre renégat, grommela Bruenor. À mes yeux, c'est du pareil au même, y en a pas un pour rattraper l'autre!

— C'est pas l'opinion qu'aurait un Poildechardon! cria Férul, et son chien, sentant sa fureur, montra les dents en grognant de façon menaçante.

Bruenor regarda l'étrange bête jaune avec curiosité. On approchait de l'heure du dîner et les querelles lui donnaient toujours très faim ! Il se demanda comment il pourrait se remplir la panse d'un chien jaune.

— Tu peux rien d'plus pour moi ? demanda Férul.

— J'peux t'signifier ton congé, répondit Bruenor en grommelant.

Plusieurs soldats bien armés se rapprochèrent pour s'assurer que l'imprévisible humain ne tenterait rien de stupide.

— Je t'offrirais bien l'souper, poursuivit Bruenor, mais tu sens trop mauvais pour dîner à ma table, et puis t'as pas trop l'air du genre à aimer prendre un bain.

Férul tira sur la laisse de son chien et sortit en trombe, martelant le sol de ses bottes épaisses et claquant toutes les portes qu'il pouvait trouver. Au signe de tête de Bruenor, quatre soldats suivirent le montagnard pour s'assurer qu'il quitte les lieux sans incident malheureux. Dans la salle d'audience officielle, les nains se congratulèrent en riant aux éclats de la façon dont leur roi avait réglé son compte à l'humain.

Catti-Brie ne participa pas à l'hilarité ambiante, nota Bruenor, et le nain pensait savoir pourquoi. Le récit de Férul, qu'il soit véridique ou non, avait semé le doute dans l'esprit de la fillette.

— Voilà d'quoi t'mettre les points sur les *i*, lui dit brutalement son père, essayant de la gagner à sa cause et de mettre un terme à un désaccord qui se prolongeait. L'drow est un tueur recherché. Maint'nant tu prendras mes avertissements au sérieux, jeune fille !

Catti-Brie pinça les lèvres en une moue amère. Drizzt ne lui avait pas beaucoup parlé de sa vie à la surface, mais elle ne pouvait croire que ce drow qu'elle commençait à connaître puisse être capable de commettre un meurtre.

Mais Catti-Brie ne pouvait pas non plus nier l'évidence : Drizzt était un elfe noir, et ce seul fait donnait du poids aux assertions de Férul McCartilage, c'était du moins l'avis de son père, qui avait plus d'expérience qu'elle.

— Tu m'as entendu, jeune fille ? grommela Bruenor.

— Il faut organiser une rencontre, dit brusquement Catti-Brie. Avec le drow et Cassius, et cet affreux McCartilage. Nous devons…

— C'est pas mon problème ! rugit Bruenor, la coupant net.

Des larmes soudaines envahirent les yeux doux de la petite fille, provoquées par la rage soudaine de son père. Le monde lui paraissait basculer devant ses yeux. Drizzt était en danger, et la vérité à propos de son passé plus encore. Fait tout aussi douloureux pour Catti-Brie, son père, qu'elle aimait et admirait depuis aussi longtemps qu'elle pouvait s'en souvenir, semblait maintenant faire la sourde oreille devant ses appels à la justice.

Durant ce moment horrible, Catti-Brie fit la seule chose qu'une enfant de onze ans pouvait faire dans ces circonstances – elle se détourna de Bruenor et s'enfuit.

Catti-Brie ne savait pas vraiment ce qu'elle comptait faire quand elle se retrouva en train de courir sur les sentiers au pied du Cairn de Kelvin, brisant la promesse qu'elle avait faite à Bruenor. La fillette ne pouvait résister à son impérieuse envie de venir ici, bien qu'elle n'ait pas grand-chose à offrir à Drizzt si ce n'était de l'avertir que McCartilage était à sa recherche.

Elle ne réussissait pas à faire le tri dans ses inquiétudes, mais quand elle se retrouva devant le drow, elle comprit la véritable raison pour laquelle elle s'était embarquée dans cette aventure. Elle n'était pas venue pour Drizzt, bien qu'elle souhaite le savoir en sécurité. Elle était venue pour sa propre tranquillité d'esprit.

— Tu m'as jamais parlé des Poildechardon de Maldobar, dit-elle d'un ton glacial en guise d'introduction, ce qui fit disparaître le sourire du drow.

L'expression sombre qui traversa alors le visage de Drizzt exprimait clairement sa douleur.

Pensant que cette expression signifiait que Drizzt reconnaissait être l'auteur de la tragédie, la petite fille blessée fit demi-tour et tenta de s'enfuir. Mais Drizzt l'attrapa par l'épaule et la retourna, la maintenant fermement dans ses bras. Il serait sans nul doute maudit si cette fillette, qui l'avait accepté de tout son cœur, en venait à croire à ces mensonges.

— Je n'ai tué personne, chuchota Drizzt par-dessus les sanglots de Catti-Brie, à part le monstre qui a massacré les Poildechardon. Je t'en donne ma parole !

Il lui conta alors toute l'histoire, dans son intégralité, lui racontant même sa fuite devant Colombe Fauconnier et son escouade.

— Et maintenant je suis ici, conclut-il, et j'essaie d'aller de l'avant, bien que je ne sache que trop bien que je ne parviendrai jamais, sur ma parole, à l'oublier !

— Vos récits sont le jour et la nuit, répondit Catti-Brie. L'tien et celui de McCartilage, j'veux dire.

— McCartilage ? s'étouffa Drizzt comme si tout air avait été chassé de ses poumons.

Drizzt n'avait pas croisé la route de l'homme robuste depuis des années, et il pensait que le montagnard faisait maintenant partie de son lointain passé.

— Il est v'nu aujourd'hui, expliqua Catti-Brie. Un grand homme avec un chien jaune. Il te pourchasse.

Cette confirmation bouleversa Drizzt. N'échapperait-il jamais à son passé ? se demanda-t-il. Et si ce n'était pas le cas, comment pouvait-il encore espérer être accepté par qui que ce soit ?

— McCartilage nous a dit qu'tu les avais tués, continua la fillette.

— Alors tu n'as que notre parole pour savoir à qui te fier, raisonna Drizzt, et il n'y a de preuve pour aucune de nos versions.

Le silence qui s'ensuivit sembla durer des heures.

— Cette brute épaisse m'a jamais bien plu, renifla Catti-Brie, retrouvant le sourire pour la première fois depuis qu'elle était arrivée.

Cette attestation de leur amitié toucha profondément Drizzt, mais il ne pouvait ignorer la menace qu'il savait maintenant planer sur lui. Il devait se faire à l'idée de combattre Férul, et peut-être même d'autres adversaires si le chasseur de primes savait éveiller les ressentiments – ce qui n'était pas bien difficile compte tenu des origines de Drizzt. Sinon il faudrait encore s'enfuir, accepter de nouveau que la route lui tienne lieu de demeure.

— Qu'est-ce que tu vas faire ? demanda Catti-Brie, sentant sa détresse.

— Ne t'inquiète pas pour moi, lui assura Drizzt en la serrant dans ses bras, dans ce qui serait peut-être bien sa façon de lui dire adieu. La journée est bientôt finie. Tu dois rentrer à la maison.

— Il te trouvera, répondit Catti-Brie d'un air mécontent.

— Non, dit calmement Drizzt. Pas de sitôt. Avec Guenhwyvar à mes côtés, nous nous tiendrons à distance de McCartilage jusqu'à ce que je décide du meilleur itinéraire à suivre. Maintenant, va-t'en ! La nuit tombe vite et je ne crois pas que ton père apprécierait ta venue ici.

La pensée qu'il lui faudrait bien faire face à Bruenor de nouveau mit Catti-Brie en mouvement. Elle fit ses adieux à Drizzt et se détourna, avant de se ruer de nouveau sur le drow et de le serrer dans ses bras. Son pas était plus léger tandis qu'elle redescendait la montagne. Elle n'avait rien fait pour résoudre les problèmes de Drizzt, du moins à ce qu'elle en savait, mais ceux-ci lui semblaient lointains et secondaires comparés à son propre soulagement devant la découverte que son ami n'était pas le monstre que certains décrivaient.

La nuit serait bien sombre pour Drizzt Do'Urden. Il avait pensé que McCartilage était un problème réglé depuis longtemps, mais sa menace planait encore sur lui maintenant, et nul mis à part Catti-Brie n'avait jugé bon de le défendre.

Il lui faudrait faire face, seul – toujours seul – s'il voulait continuer à vivre. Il n'avait pas d'alliés, excepté Guenhwyvar et ses deux cimeterres, et la perspective de combattre McCartilage – qu'il gagne ou qu'il perde – était loin de l'enchanter.

— Ceci n'est pas un foyer, murmura Drizzt au vent glacial.

Il sortit la figurine d'onyx de sa poche et appela sa compagne féline.

— Viens, mon amie, dit-il à la panthère. Allons-nous-en avant que notre ennemi s'abatte sur nous.

Guenhwyvar garda un œil alerte sur les environs pendant que Drizzt rassemblait ses affaires, tandis que le drow fatigué de la route vidait la grotte qu'il avait considérée comme sa demeure.

25

Humour de nain

Catti-Brie entendit les grognements du chien, mais elle n'eut pas le temps de réagir avant que l'homme de grande taille surgisse de derrière un rocher et l'attrape brutalement par le bras.

— J'savais bien qu'tu savais où l'trouver ! cria McCartilage, soufflant son haleine fétide dans le visage de la petite fille.

Catti-Brie lui donna un coup de pied dans le menton.

— Tu vas m'laisser partir ! rétorqua-t-elle.

Férul fut surpris de n'entendre aucune trace de frayeur dans sa voix. Il la secoua violemment quand elle tenta de le frapper de nouveau.

— T'es bien v'nue sur cette montagne pour une raison, dit Férul d'un ton égal, sans relâcher sa prise. T'es v'nue pour voir le drow – j'savais bien que t'étais copine avec celui-là. J'l'ai lu dans tes yeux !

— Tu sais rien du tout ! lui cracha Catti-Brie à la figure. Toi, t'es qu'un sale menteur.

— Alors l'drow t'a raconté sa version d'l'histoire des Poildechardon, hein, répondit Férul, devinant facilement ce qu'impliquaient les paroles de la petite.

Catti-Brie réalisa alors qu'elle s'était laissé emporter par sa colère, et qu'elle venait malheureusement de confirmer les doutes du montagnard.

— Le drow? dit Catti-Brie d'un air distrait. Je vois vraiment pas de quoi vous m'parlez.

Férul répondit par un rire moqueur.

— T'étais avec le drow, ma p'tite. T'as été assez claire. Et maint'nant tu vas m'emm'ner jusqu'à lui.

Catti-Brie lui répondit par un sourire sarcastique, qui lui valut une autre mauvaise secousse.

La grimace de Férul s'adoucit soudain, et Catti-Brie aima encore moins la lueur qui s'alluma alors dans ses yeux.

— T'es une petite fille pleine d'entrain, pas vrai? ronronna Férul, attrapant l'autre épaule de Catti-Brie et la plaçant face à lui. Pleine de vie, hein? Tu vas m'am'ner jusqu'au drow, petite, n'en doute pas. Mais y a d'aut'choses qu'on pourrait faire d'abord, des choses qui t'apprendraient à pas croiser la route des gars comme moi.

Sa caresse sur la joue de Catti-Brie était ridiculement grotesque, mais elle était aussi sans conteste horriblement menaçante, et la petite fille eut l'impression d'étouffer.

Elle eut besoin de toute sa force d'âme pour tenir tête à Férul à cet instant. Ce n'était qu'une petite fille, mais elle avait été élevée parmi les nains patibulaires du clan Marteaudeguerre, une société fière et farouche. Bruenor était un guerrier, et sa fille marchait sur ses traces. Catti-Brie donna un grand coup de genou dans l'aine de Férul, et comme sa prise se relâchait soudainement, la petite fille leva une de ses mains pour lui griffer le visage. Elle lui donna un autre coup de genou, avec moins de résultat cette fois-ci, mais le mouvement de recul défensif de Férul lui permit de se dégager, presque de se libérer.

La poigne de fer de Férul lui agrippa soudain le poignet, et ils luttèrent un moment. Puis Catti-Brie sentit sa main libre agrippée par une poigne tout aussi solide que celle du montagnard, et avant de comprendre ce qui lui arrivait, elle était projetée loin de l'étreinte de Férul et une silhouette sombre se dressait à ses côtés.

— T'es final'ment venu à la rencontre de ton destin, grogna férocement Férul à Drizzt avec délectation.

— Va-t'en, dit Drizzt à Catti-Brie. Ceci ne te concerne pas.

Catti-Brie, encore secouée et terriblement effrayée, ne discuta pas.

Les mains noueuses de Férul se resserrèrent sur le manche de Saigneuse. Le chasseur de primes avait déjà affronté le drow et il n'avait pas l'intention de se mesurer à ses pas agiles et à ses retournements habiles. Sur un signe de tête, il lâcha son chien.

Le chien était à mi-chemin de Drizzt, sur le point de se jeter sur lui, quand Guenhwyvar le heurta violemment, le faisant rouler à bonne distance sur le côté. Le chien se redressa ; il n'était pas gravement blessé, mais reculait de plusieurs pas chaque fois que la panthère rugissait devant lui.

— Il suffit, dit Drizzt, soudain sérieux. Tu m'as poursuivi pendant des années et sur des lieues et des lieues. Je salue ta persévérance, mais ta colère est injustifiée, je te le dis. Je n'ai pas tué la famille Poildechardon. Je n'aurais jamais levé mon arme à leur encontre !

— Qu'les Poildechardon aillent brûler dans les Neufs Enfers ! gronda Férul en retour. Tu crois vraiment que c'est d'ça qu'y s'agit ?

— Ma tête ne te rapportera aucune prime, rétorqua Drizzt.

— Qu'l'or aussi aille brûler dans les Neufs Enfers ! hurla Férul. Tu m'as coûté mon chien, drow, et mon oreille !

Il cogna de son doigt sale le côté balafré de son visage. Drizzt voulait discuter, rappeler à Férul que c'était lui qui avait été à l'initiative du combat, et que c'était sa propre hache qui avait coupé en deux l'arbre ayant détruit son visage. Mais Drizzt comprenait les motivations de Férul et savait que de simples mots ne suffiraient pas à le calmer. C'était la fierté de Férul que Drizzt avait blessée, et pour un homme tel que lui, une telle blessure l'emportait sur toute douleur physique.

— Je ne veux pas me battre, insista fermement Drizzt. Prends ton chien et va-t'en, en me donnant ta parole que tu ne me traqueras plus.

Le rire moqueur de Férul provoqua un frisson qui courut le long de l'échine de Drizzt.

— J'te pourchass'rai jusqu'au bout du monde, drow ! gronda-t-il. Et j'te trouv'rai chaque fois. Y aura pas d'tanière assez profonde pour te dérober à mes yeux. Pas de mer assez vaste ! Je t'aurai, l'drow. J't'aurai maintenant, ou si tu t'enfuis, j't'aurai plus tard !

Férul lui décocha un sourire aux dents jaunes et s'avança avec précaution vers Drizzt.

— J't'aurai, drow, grommela doucement le chasseur de primes.

Son assaut soudain lui permit de se rapprocher et Saigneuse s'abattit avec frénésie. Drizzt bondit en arrière.

Un second coup semblait parti comme le premier, mais Férul, au lieu de suivre le mouvement, fit rapidement un revers d'une simplicité trompeuse qui frôla le menton de Drizzt.

Il était sur lui en un instant, sa hache fouettant les airs dans tous les sens avec fureur.

— Arrête de bouger ! cria Férul tandis que Drizzt esquivait adroitement la hache, sautant ou se baissant à chaque coup.

Il savait qu'il prenait un gros risque en n'essayant pas de parer les coups furieux, mais il espérait que, s'il parvenait à fatiguer suffisamment l'homme coriace, peut-être pourrait-il encore trouver une solution plus pacifique.

Férul était agile et rapide pour sa grande taille, mais Drizzt était bien plus véloce, et le drow pensait pouvoir jouer ce jeu encore un bon bout de temps.

Saigneuse arriva par le côté, plongeant vers la poitrine de Drizzt. L'attaque était une feinte, Férul attendant que le drow se baisse pour pouvoir lui donner un coup de pied dans la figure.

Drizzt n'en fut pas dupe. Au lieu de se baisser, il bondit, faisant un saut périlleux au-dessus de la hache tranchante et atterrit tout en douceur, plus proche encore de Férul. Le drow se mit alors à attaquer, frappant le visage de Férul des deux gardes de ses cimeterres. Le chasseur de primes chancela en arrière, sentant du sang chaud jaillir de son nez.

— Va-t'en, dit Drizzt avec sincérité. Ramène ton chien à Maldobar, ou à tout autre endroit que tu nommes ton foyer.

Si Drizzt pensait que Férul allait se rendre après cette nouvelle humiliation, il se trompait complètement. Férul hurla de rage et chargea droit sur lui, lançant ses épaules en avant dans une tentative pour déséquilibrer le drow.

Drizzt martela la tête baissée de Férul avec la garde de ses armes et repartit dans un autre saut périlleux juste au-dessus du dos de Férul. Le chasseur de primes s'écroula lourdement mais il se remit vite à genoux, dégainant et lançant une dague vers Drizzt bien que celui-ci lui tourne le dos.

Drizzt vit l'éclair argenté au dernier moment et dévia le poignard avec la lame d'un de ses cimeterres. Une autre dague suivit, et encore une autre, et chaque fois, Férul se rapprochait d'un pas du drow distrait.

— C'est que j'connais tes tours, le drow ! dit Férul avec un rictus diabolique.

Deux pas rapides l'amenèrent à portée de Drizzt et Saigneuse s'éleva de nouveau.

Drizzt plongea dans une roulade sur le côté et se releva à quelques mètres de distance. L'assurance inébranlable de Férul commençait à l'énerver ; il avait atteint le chasseur de primes avec des coups qui auraient terrassé la plupart des hommes, et il se demanda jusqu'à quel point le montagnard coriace pouvait lui résister. Cette pensée amena Drizzt à la conclusion inévitable qu'il devait peut-être commencer à frapper Férul avec autre chose que la garde de ses cimeterres.

De nouveau, il vit Saigneuse arriver sur le côté. Cette fois, Drizzt n'essaya pas de l'éviter. Il avança à l'intérieur de l'arc décri par la lame de la hache et la bloqua d'un seul cimeterre, utilisant l'autre pour frapper Férul ainsi exposé. Trois petits coups rapides et directs fermèrent l'un des yeux de Férul, mais le chasseur de primes se contenta de sourire et repartit à l'assaut, réussissant à attraper Drizzt et projetant son adversaire plus léger au sol.

Drizzt se tordit tout en le frappant de ses bras, comprenant que sa conscience l'avait trahi. Au corps à corps, il ne faisait pas le poids face à la force de Férul, et ses mouvements étaient si limités qu'il en perdait l'avantage de la vitesse. Férul maintint sa position sur lui et manœuvra l'un de ses bras pour le découper en tranches avec Saigneuse.

Son chien jaune aboya pour l'avertir mais trop tard : la panthère était déjà sur lui. Guenhwyvar renversa Férul pour libérer Drizzt et le projeta au sol. L'homme coriace avait suffisamment gardé ses esprits pour balancer sa hache vers la panthère tandis qu'elle roulait plus loin, la blessant à l'arrière-train.

Le chien obstiné se précipita vers eux, mais Guenhwyvar se remit sur ses pattes, contournant Férul et chassant l'animal au loin.

Quand Férul se tourna vers Drizzt, il fit face à une rafale sauvage de coups de cimeterre qu'il ne pouvait ni suivre ni compter. Drizzt avait vu que la panthère était touchée et le feu qui dévorait ses yeux couleur lavande en avait effacé toute velléité de compromis. Le pommeau d'une de ses armes heurta le visage de Férul, suivi d'un coup du plat de l'autre lame. Un pied le frappa à l'estomac, à la poitrine et à l'aine dans ce qui sembla être un seul et unique mouvement. Insensible, Férul encaissa les coups avec un grognement féroce, mais le drow enragé se déchaîna. Un de ses cimeterres se bloqua encore une fois sous la lame de la hache, et Férul se déplaça pour se jeter sur lui, pensant plaquer Drizzt au sol une fois de plus.

Mais la deuxième arme de Drizzt frappa la première, taillant à travers l'avant-bras de Férul. Le chasseur de primes recula, serrant son membre blessé tandis que Saigneuse tombait sur le sol.

Drizzt ne ralentit même pas. Son attaque prit Férul par surprise et plusieurs coups de poing comme de pied l'assaillirent jusqu'à ce qu'il vacille. Drizzt bondit ensuite dans les airs et le frappa carrément de ses deux pieds en même temps, qui se rencontrèrent au niveau de la mâchoire de Férul et provoquèrent sa lourde chute sur le sol. Férul se secoua et tenta encore de se relever, mais cette fois-ci, ce furent les pointes des deux cimeterres que le chasseur de primes sentit se poser des deux côtés de sa gorge.

— Je t'ai dit de t'en aller, dit Drizzt d'un ton sévère, sans bouger ses lames d'un pouce mais appliquant une pression qui permettait à Férul de bien sentir le métal froid.

— Tue-moi, dit calmement Férul, percevant un point faible chez son adversaire, si tu as les tripes pour ça !

Drizzt hésita, mais son expression ne s'adoucit pas.

— Va-t'en, dit-il avec tout le calme dont il était capable, un calme qui s'opposait à l'épreuve qu'il savait devoir affronter bientôt.

Férul se moqua de lui.

— Tue-moi, espèce de diable à peau noire ! gronda-t-il, se redressant vers Drizzt tout en restant sur ses genoux. Tue-moi ou j't'attraperai ! C'est sûr et certain, drow. J'te chass'rai jusqu'aux limites de c'monde et même en d'ssous si j'dois !

Drizzt pâlit et jeta un coup d'œil à Guenhwyvar, à la recherche d'un soutien.

— Tue-moi ! cria Férul, au bord de l'hystérie.

Il attrapa les poignets de Drizzt et les poussa en avant. Des ruisselets de sang apparurent de chaque côté du cou du montagnard.

— Tue-moi comme t'as tué mon chien !

Horrifié, Drizzt essaya de relever ses armes, mais la poigne de Férul était comme de l'acier.

— T'as pas les tripes pour ça ? hurla le chasseur de primes. Alors j'vais t'aider !

Il tira brusquement les poignets de Drizzt vers l'avant malgré les efforts de celui-ci, tailladant son propre cou de coupures plus profondes, et si ce forcené sentait la douleur, son sourire inflexible n'en laissait rien paraître.

Des vagues d'émotions mêlées envahirent Drizzt. Il voulait tuer Férul à cet instant précis, plus par frustration stupéfaite que par vengeance, et pourtant il savait qu'il ne devait pas le faire. Pour autant que Drizzt le sache, le seul crime que Férul avait commis était sa traque injustifiée, et ce n'était pas une raison suffisante. Pour tout ce qui lui était cher, Drizzt se devait de respecter la vie humaine, même si l'humain en question était aussi misérable que Férul McCartilage.

— Tue-moi ! hurlait encore et encore Férul, tirant un plaisir obscène du dégoût grandissant du drow.

— Non, cria Drizzt au visage de Férul avec suffisamment de force pour réduire le chasseur de primes au silence.

Enragé au point de ne pouvoir contrôler ses tremblements, Drizzt n'attendit pas de voir si Férul allait reprendre ses hurlements déments. Il donna un coup de genoux dans le menton de Férul, libéra ses poignets de son étreinte et frappa simultanément les deux tempes du chasseur de primes avec les pommeaux de ses armes.

Férul loucha sous l'impact, mais il ne perdit pas connaissance, ébranlé mais toujours debout. Drizzt le frappa encore et encore, finissant par le battre violemment, horrifié par ses propres actions et par l'indestructible attitude de défi du chasseur de primes.

Quand sa colère fut épuisée, Drizzt se tenait au-dessus de l'homme coriace, tremblant, des larmes perlant aux coins de ses yeux couleur lavande.

— Emmène ce chien loin d'ici ! hurla-t-il à Guenhwyvar.

Puis il lâcha ses lames ensanglantées, totalement horrifié, et s'agenouilla pour vérifier que Férul n'était pas mort.

Quand Férul se réveilla, son chien se tenait au-dessus de lui. La nuit tombait et le vent s'était levé. Sa tête et son bras lui faisaient mal, mais il surmonta la douleur, seulement désireux de reprendre sa traque, assuré maintenant que Drizzt n'aurait jamais la force de le tuer. Son chien trouva la piste de l'elfe noir en un instant ; elle repartait vers le sud, et ils se mirent en route. Férul venait juste de relâcher sa vigilance quand ils contournèrent un affleurement rocheux derrière lequel l'attendaient un nain à la barbe rousse et une fillette.

— T'aurais pas dû toucher à ma p'tite, McCartilage, dit Bruenor d'un ton égal. T'aurais vraiment pas dû toucher à ma p'tite.

— Elle est de mèche avec le drow ! protesta Férul. Elle a prévenu c'meurtrier diabolique de mon arrivée !

— Drizzt, c'est pas un meurtrier, cria Catti-Brie en retour, il a jamais tué ces fermiers ! Il dit que tu dis ça juste pour convaincre d'autres gens d't'aider à l'attraper !

Catti-Brie se rendit compte qu'elle venait d'admettre devant son père qu'elle était retournée voir le drow. Quand elle l'avait retrouvé tout à l'heure, elle ne lui avait parlé que de la façon grossière dont McCartilage l'avait traitée.

— T'es allée le voir, dit Bruenor, visiblement meurtri. Tu m'as menti, et t'es allée voir le drow. J't'ai pourtant bien dit d'pas y aller. T'as dit qu't'irais pas…

Les lamentations de Bruenor touchèrent profondément Catti-Brie, mais elle s'en tint à ses convictions. Bruenor l'avait élevée dans un esprit d'honnêteté, mais cela signifiait également être honnête envers ce qu'elle savait être juste.

— Une fois, tu m'as dit : « Dans la vie, à chacun selon son mérite », rétorqua la fillette. Tu m'as dit qu'chaque chose était différente et que chacune d'vait être regardée pour ce qu'elle était. J'ai regardé Drizzt, et j'l'ai vu tel qu'il était, je te l'jure. C'est pas un tueur ! Et lui (elle pointa un doigt accusateur vers McCartilage), c'est un menteur ! Je tire aucune fierté de mes mensonges à moi, mais je pouvais pas laisser Drizzt tomber entre les mains d'ce gars-là !

Bruenor considéra ses paroles un moment, puis passa un bras autour de la taille de sa fille et la serra fermement dans ses bras. Sa trahison lui était encore pénible, mais le nain était fier qu'elle se soit révoltée pour ses convictions. En vérité, Bruenor était venu ici non pas pour rechercher Catti-Brie, qu'il pensait être en train de bouder dans les mines, mais bien pour trouver le drow. Plus il se remémorait son combat contre le remorhaz, plus il était convaincu que Drizzt était bien venu à son secours et non pour le combattre. Maintenant, à la lumière des éléments récents, il ne restait que peu de place pour le doute.

— Drizzt est arrivé et il m'a libérée de ce gars-là, continua Catti-Brie. Il m'a sauvée.

— L'drow lui a tourné la tête, dit Férul, sentant le revirement d'attitude de Bruenor et ne souhaitant pas livrer bataille contre ce nain dangereux. C'est un sale meurtrier, j'te l'dis, et c'est c'que te dirait Bartholomée Poildechardon si les morts pouvaient parler !

— Bah ! grogna Bruenor. Tu connais pas ma fille, sinon t'y réfléchirais à deux fois avant d'la traiter d'menteuse. Et j't'avais déjà dit, McCartilage, que j'aimais pas voir ma p'tite toute retournée ! Moi j'pense qu'tu f'rais mieux d'quitter ma vallée. Moi j'pense qu'tu f'rais mieux d'partir, maintenant.

Férul grogna, aussitôt imité par son chien, qui sauta entre le montagnard et le nain et montra ses dents à Bruenor. Celui-ci haussa les épaules sans s'inquiéter et grogna vers l'animal en retour, le provoquant encore.

Le chien tenta de mordre la cheville du nain, mais Bruenor lui colla prestement sa lourde botte dans la bouche, maintenant sa mâchoire inférieure au sol.

— Et emmène ta saleté de chien puant avec toi ! rugit Bruenor, admirant au passage la chair dodue du chien, pensant de nouveau qu'il pourrait trouver un usage plus utile à cette bête revêche.

— J'vais où j'le décide, le nain ! rétorqua Férul. J'vais me r'trouver ce drow, et si ce drow s'trouve dans ta vallée, ben j'm'y trouv'rai aussi !

Bruenor reconnut une note de frustration évidente dans sa voix et il examina avec plus d'attention les bleus sur le visage de Férul et l'entaille sur son bras.

— T'as r'trouvé l'drow mais il s'est sauvé, dit le nain, et son gloussement provoqua une douleur cuisante chez Férul.

— Pas pour longtemps, promit Férul. Et c'est pas un nain qui va s'mettre en travers de ma route !

— Retourne aux mines, dit Bruenor à Catti-Brie. Et dis aux autres que je risque d'être un peu en retard pour le dîner.

Bruenor descendit sa hache de son épaule.

— Le rate pas ! marmonna Catti-Brie dans un souffle, n'ayant aucun doute sur les résultats des prouesses de son père au final.

Elle l'embrassa sur le haut de son casque et s'éloigna prestement, avec gaieté. Son père lui avait fait confiance ; rien dans le monde ne pouvait plus mal tourner.

Férul McCartilage et son chien à trois pattes quittèrent la vallée peu après. Férul avait trouvé un point faible chez Drizzt et pensait maintenant pouvoir le vaincre, mais il n'en était pas de même pour Bruenor Marteaudeguerre. Quand le nain l'avait mis à terre, une prouesse qui ne lui avait pas demandé une éternité, Férul n'avait pas douté une seule seconde que celui-ci l'aurait tué avec joie s'il lui avait pris l'idée saugrenue de le lui demander.

Du haut du versant austral qu'il avait gravi pour contempler une dernière fois les Dix-Cités, Drizzt regarda le chariot qui quittait la vallée, le suspectant d'être celui du chasseur de primes. Ne sachant pas ce que cela signifiait, mais ayant peine à croire que Férul avait changé d'avis, Drizzt reporta les yeux vers ses maigres possessions empaquetées et se demanda vers où il devait se tourner à présent.

Les lumières de la ville commençaient à s'allumer, et Drizzt les contempla avec des sentiments contradictoires. Il était venu sur cette rampe à plusieurs reprises, enchanté par ce qui l'entourait et pensant y avoir trouvé son foyer. Comme son opinion était différente aujourd'hui ! L'apparition de McCartilage l'avait coupé dans son élan et lui avait rappelé qu'il était un paria, et qu'il le resterait toujours.

— Drizzit, murmura-t-il pour lui-même, un mot décidément toujours aussi accablant.

À cet instant, Drizzt ne pensait pas pouvoir trouver une quelconque terre promise, il ne pensait pas qu'un drow qui n'était pas un elfe noir dans l'âme puisse trouver sa place dans les Royaumes, que ce soit à la surface ou en Outreterre. L'espoir, qui s'était toujours accroché dans le cœur las de Drizzt, avait fini par s'évaporer.

— On l'appelle la Rampe de Bruenor, c't'endroit, dit une voix bourrue derrière Drizzt.

Il se retourna, pensant s'enfuir, mais le nain à barbe rousse était trop proche pour qu'il puisse l'éviter. Guenhwyvar se précipita sur lui, montrant les dents.

— Dis à ta panthère apprivoisée de s'tenir à distance, dit Bruenor. Si les fauves ont aussi mauvais goût qu'les chiens, je voudrais même pas la manger. C'est chez moi, ici, étant donné que j'suis Bruenor et qu'cet endroit s'appelle la Rampe de Bruenor !

— Je ne vois aucun signe de propriété, répondit Drizzt avec indignation, sa patience mise à bout par le long chemin qu'il avait déjà parcouru et qui lui semblait maintenant devoir s'allonger encore. J'ai bien compris tes revendications à présent, et je vais donc m'en aller. Réjouis-toi, le nain. Je ne reviendrai pas.

Bruenor leva une main en l'air, aussi bien pour interrompre le drow que pour l'empêcher de partir.

— C'est jamais qu'un tas d'cailloux, dit-il, plus proche de s'excuser qu'il l'avait jamais été auparavant. Je l'considère comme ma propriété, mais qu'est-ce que ça y change ? C'est jamais qu'un foutu tas de cailloux !

Drizzt releva la tête, surpris par le discours peu cohérent du nain.

— Rien n'est c'qu'il paraît être, l'drow ! déclara Bruenor. Rien ! T'essaies de suivre c'que tu sais, tu sais ? Mais après tu t'rends compte que c'que tu croyais savoir, en fait tu l'savais pas ! J'croyais qu'le cuissot d'chien, ça aurait bon goût – ça avait l'air, en tout cas – mais maintenant j'ai l'ventre qui me maudit à chaque mouvement !

Cette seconde mention du chien déclencha une soudaine révélation, qui éclaira le départ de Férul McCartilage d'un jour nouveau.

— C'est vous qui l'avez fait partir, dit Drizzt, pointant du doigt la route en contrebas qui menait hors de la vallée. Vous l'avez empêché de suivre ma trace.

Bruenor l'entendit à peine, et il n'aurait certainement pas admis, en aucun cas, que cette action avait été dictée par son bon cœur.

— J'ai jamais fait confiance aux humains, dit-il d'un ton égal. On sait jamais c'qu'ils ont en tête, et quand on l'sait, souvent il est trop tard pour réparer les dégâts ! Mais j'ai toujours eu les idées claires sur les aut'races. Un elfe, c'est un elfe, après tout, et un gnome c'est pareil. Et tous les orques sont tout c'qu'y a d'plus stupides et très moches. J'en ai jamais vu un qui l'soit pas, et j'en ai rencontré que'ques-uns !

Bruenor caressa sa hache, et Drizzt ne se méprit pas sur ses intentions.

— Et c'est aussi c'que je pensais des drows, continua Bruenor. J'en avais jamais rencontré – et j'y t'nais pas. Qui l'voudrait, j'te l'demande ? Les drows sont mauvais comme la peste, leur âme est noire comme l'enfer, c'est c'que m'disait mon père, et son père avant lui, et toutes les personnes qui m'en ont jamais parlé. (Il contempla les lumières de Termalaine sur Maer Dualdon à l'ouest, secoua la tête et donna un coup de pied dans un caillou.) Et maint'nant, j'apprends qu'y a un drow qui rôde dans ma vallée, et qu'est-ce que d'vrait faire un roi dans c'cas-là ? Et ensuite, j'apprends qu'ma fille lui a rendu visite !

Un feu soudain s'alluma dans les yeux de Bruenor, mais il s'adoucit rapidement, presque d'embarras, dès que le nain reposa les yeux sur Drizzt.

— Elle m'a menti en me r'gardant droit dans les yeux – elle avait jamais fait ça avant, et jamais elle le r'fera si elle a un brin d'jugeote !

— Ce n'était pas sa faute, commença Drizzt, mais Bruenor agita violemment ses mains pour couper court à cette conversation.

— J'ai cru que j'savais c'que j'savais, poursuivit Bruenor après une courte pause, sa voix exprimant presque un regret sincère. J'pensais tout savoir de c'monde, j'en étais sûr. Facile à dire quand on reste dans son trou.

Il reporta les yeux sur Drizzt, les plongeant droit dans la faible luminescence des yeux couleur lavande du drow.

— La Rampe de Bruenor ? demanda le nain en haussant les épaules d'un air résigné. Ça rime à quoi, hein, le drow, de donner son nom à un tas de cailloux ? J'croyais l'savoir, en vérité, comme j'croyais qu'les chiens avaient bon goût.

Bruenor se frotta l'estomac d'une main et fronça les sourcils.

— On pourrait tout aussi bien l'app'ler « Tas D'cailloux », et j'ai pas plus de droit sur un tas d'cailloux qu'toi ! T'as qu'à l'app'ler la Rampe de Drizzt, et comme ça, c'est toi qui pourras m'en chasser !

— Je n'en ferai rien, répondit vivement Drizzt. Je ne crois pas que je le pourrais, même si je le voulais !

— Appelle ce coin comme tu veux, cria Bruenor, soudain bouleversé. Et appelle un chien une vache – ça ne changera pas le goût d'la bestiole !

Bruenor laissa retomber ses mains dans son trouble et se détourna, dévalant pesamment le chemin rocailleux, grommelant à chaque pas.

— Et tu gard'ras un œil sur ma fille, l'entendit grogner Drizzt au milieu de ses ronchonnements, si elle continue à avoir la cervelle d'un orque, à se balader dans cette montagne pleine de yétis puants et de vers polaires ! Et oublie pas que j'te tiens à l'…

Le reste de la phrase s'évanouit tandis que Bruenor disparaissait derrière un tournant.

Drizzt ne parvenait pas à faire le tri dans cette conversation confuse, mais il n'avait pas besoin de tout remettre dans l'ordre. Il posa une de ses mains sur Guenhwyvar, espérant que la panthère appréciait elle aussi le merveilleux panorama. Drizzt sut alors qu'il s'assiérait à de nombreuses reprises sur cette rampe, la Rampe de Bruenor, pour contempler les lueurs scintillantes qui apparaissaient peu à peu ; car en additionnant tout ce que lui avait dit le nain, Drizzt ne pouvait en tirer qu'une seule phrase, qu'il rêvait d'entendre depuis tant d'années : « Bienvenue chez toi. »

Épilogue

De toutes les races connues dans les royaumes, aucune n'est aussi déroutante, ou aussi déroutée, que les humains. Mooshie m'a convaincu que les dieux, loin d'être des entités externes, sont des personnifications de ce qu'il y a dans nos cœurs. Si cela est vrai, alors les nombreuses et diverses divinités des sectes humaines – des dieux aux comportements sensiblement différents – révèlent beaucoup sur cette race.

Si vous entrez en contact avec un halfelin, un elfe ou un nain, ou avec un membre de toute autre race, vous pourrez à peu près savoir à quoi vous attendre. Il y a des exceptions, bien sûr ; je me considère comme l'une des plus flagrantes ! Mais un nain est susceptible d'être bourru, quoique bienfaisant, et je n'ai jamais rencontré, ni même entendu parler, d'un elfe préférant une caverne à l'immensité du ciel. Les préférences des humains, en revanche, ne sont connues que d'eux seuls – en admettant qu'ils les connaissent eux-mêmes.

En terme de bon et de mauvais, la race humaine doit être jugée avec précaution. J'ai combattu de vils humains assassins, j'ai été le témoin des actes de sorciers humains si absorbés par leur quête de pouvoir qu'ils ont détruit sans merci tout être vivant qui se trouvait sur leur route, et j'ai vu des villes où des humains faisaient leur fortune de l'infortune de leurs congénères, vivant dans des palaces dignes des rois tandis que d'autres hommes et femmes, et même des enfants, se tordaient de faim et mouraient dans les caniveaux boueux des rues. Mais j'ai aussi rencontré d'autres types d'humains – Catti-Brie, Mooshie, Wulfgar, Argowal de Termalaine – dont le sens de l'honneur ne saurait être remis en question et dont la contribution bénéfique aux Royaumes durant leurs courtes périodes de vie l'emporte sur celle de la plupart des nains et des elfes qui peuvent pourtant vivre plus de la moitié d'un millénaire.

Il s'agit en effet d'une race déroutante, et de jour en jour le destin du monde est de plus en plus entre leurs mains. Cela pourrait se révéler être un équilibre délicat, mais certainement tout sauf terne. Les humains abritent un éventail d'émotions plus complet que les autres espèces ; c'est la seule race bienfaisante qui déclare des guerres contre elle-même – à une fréquence alarmante.

Au bout du compte, ce sont les elfes de la surface qui détiennent l'espoir. Eux, qui ont vécu le plus longtemps et qui ont vu défiler de nombreux siècles, ont foi dans le fait que la race humaine, en atteignant sa maturité, ne sera plus que bienfaisante, que tout ce qu'elle a de maléfique s'autodétruira dans le néant, laissant le monde à ceux qui restent.

Dans la cité où je suis né, j'ai été témoin des limites de la malfaisance, de l'autodestruction qu'elle entraîne tout comme de l'impossibilité de réaliser des objectifs plus ambitieux, même des objectifs basés sur l'acquisition d'un plus grand pouvoir. C'est pour cette raison que, moi aussi, j'ai foi en la race humaine, et dans les Royaumes. Comme ils sont les plus divers, les êtres humains sont aussi les plus malléables, les plus capables de réagir face à leurs démons intérieurs.

Toute ma survie a été basée sur la croyance qu'il y a un but suprême à cette vie : que les principes sont une récompense à la fois dans leur existence et dans leur application. C'est pourquoi je ne peux pas me complaire dans le désespoir, mais plutôt dans de plus grands espoirs pour tous, tout en ayant la conviction de pouvoir, à ma façon, contribuer à cet élan vers le meilleur.

Voici mon histoire, contée d'une façon aussi complète que possible d'après mes souvenirs, avec tout ce que j'ai jugé bon de révéler. Ma route a été longue, parsemée d'ornières et d'obstacles, et c'est seulement aujourd'hui, maintenant que j'ai réussi à mettre tant de choses derrière moi, que je suis capable de la raconter avec honnêteté.

Le souvenir de ces jours ne me tirera jamais un sourire ; le bilan en est trop lourd pour que l'humour s'y infiltre. Je pense souvent à Zaknafein, cependant, et à Belwar, et à Mooshie, et aux autres amis que j'ai laissés derrière moi.

J'ai souvent pensé, également, à tous les ennemis auxquels j'ai fait face, à toutes les vies auxquelles mes lames ont mis un terme. J'ai vécu une vie violente dans un monde violent, plein d'ennemis prêts à fondre sur moi ou sur ceux qui m'étaient chers. On a fait mon éloge pour la perfection des coups de mes cimeterres, pour mon art de la bataille, et je dois admettre que je me suis plusieurs fois laissé aller à ressentir de la fierté devant ces talents appris à la sueur de mon front.

Mais quand j'oublie mon excitation et que je considère les choses dans leur ensemble, je déplore qu'elles ne se soient pas déroulées différemment. Il est douloureux pour moi de me souvenir de Masoj Hun'ett, le seul drow que j'ai jamais tué, même si c'était lui qui était à l'origine de notre combat et qu'il m'aurait très certainement tué si je n'avais pas pris le dessus. Je peux justifier de mes actes en ce jour fatidique, mais je ne serai jamais à l'aise face à ce genre de nécessités. Il devrait y avoir un meilleur langage que celui de l'épée.

Dans un monde rempli par tant de dangers, où rôdent les orques et les trolls à chaque tournant de la route, à ce qu'il semble, celui qui peut se battre est souvent acclamé comme un héros et généreusement applaudi. Le rôle de « héros », d'après moi, implique plus que la force du bras ou que les prouesses au combat. Mooshie était un véritable héros, car il avait surmonté l'adversité, parce qu'il n'avait jamais reculé devant des circonstances défavorables, et surtout parce que son comportement était régi par des principes clairement définis. Ne pourrait-on en dire autant de Belwar Dissengulp, le gnome grave et manchot qui s'était lié d'amitié avec un drow renégat ? Ou de Caqueteur, qui avait préféré sacrifier sa propre vie plutôt que de mettre ses amis en danger ?

De la même façon, je considère Wulfgar de Valbise comme un héros, car il plaçait ses principes avant sa soif de bataille. Wulfgar qui avait surmonté les perceptions erronées qu'il tenait de son enfance sauvage, qui avait appris à voir le monde comme un lieu plein d'espoir plutôt que comme des conquêtes potentielles. Et Bruenor, le nain qui avait appris à Wulfgar cette différence essentielle, est le roi le plus légitime qui n'ait jamais été dans tous les Royaumes. Il incarne les principes qu'il défend, que ses sujets ont à cœur de préserver, et ils défendraient de leur plein gré Bruenor de leur propre vie, lui chantant une ode avec leur dernier souffle.

Quand il a finalement trouvé la force de renier Matrone Malice, mon père, lui aussi, est devenu un héros. Zaknafein, qui a perdu le combat pour ses principes et son identité pendant la plus grande partie de sa vie, a fini par triompher.

Mais aucun de ces guerriers ne peut éclipser une jeune fille dont j'ai fait la connaissance la première fois que j'ai voyagé sur les terres des Dix-Cités. De toutes les personnes que j'ai rencontrées, aucune ne s'est conformée à des standards aussi élevés en matière d'honneur et de bienséance que Catti-Brie. Elle a assisté à bien des batailles, et pourtant ses yeux rayonnent toujours d'innocence et son sourire éclatant est resté intact. Ce sera un triste jour, que le monde entier déplorera, le jour où une note discordante de cynisme gâchera l'harmonie de sa voix mélodieuse.

Souvent, ceux qui me donnent le titre de héros ne parlent que de mes prouesses au combat et ne savent rien des principes qui guident mes lames. J'accepte ce titre pour ce qu'il vaut, pour leur faire plaisir mais sans en ressentir pour ma part. Quand Catti-Brie m'appellera ainsi, alors je laisserai mon cœur se gonfler de la satisfaction d'avoir été jugé pour mon cœur et pas pour le bras qui tient l'épée ; alors, j'oserai croire que ce titre est justifié.

Et c'est ainsi que se termine mon histoire – puis-je vraiment dire cela ? Je suis maintenant confortablement assis aux côtés de mon ami, le roi légitime de Castelmithral, et tout autour de nous est calme, tranquille et prospère. Le drow a fini par trouver son foyer, et sa place dans le monde. Mais je dois me souvenir que je suis encore jeune. Il me reste encore à vivre dix fois le temps que j'ai déjà vécu. Et malgré ma satisfaction actuelle, ce monde reste un endroit dangereux, où un rôdeur doit s'en remettre à ses principes mais aussi à ses armes.

Puis-je vraiment croire que mon histoire a été contée jusqu'au bout ?

Je ne le pense pas.

Drizzt Do'Urden.

Achevé d'imprimer en septembre 2009 par CPI-Hérissey
N° d'impression : 112398 - Dépôt légal : septembre 2009
Imprimé en France
81120192-1